罗海曦 著

万水千山
只等闲

红二方面军征战纪实

四川文艺出版社

图书在版编目（CIP）数据

万水千山只等闲：红二方面军征战纪实 / 罗海曦著.
—成都：四川文艺出版社，2016.9（2020.5重印）
ISBN 978-7-5411-4430-1

Ⅰ.①万⋯ Ⅱ.①罗⋯ Ⅲ.① 纪实文学—中国—
当代 Ⅳ.① I25

中国版本图书馆CIP数据核字（2016）第205857号

WANSHUI QIANSHAN ZHIDENGXIAN HONGERFANGMIANJUN ZHENGZHAN JISHI
万水千山只等闲：红二方面军征战纪实

罗海曦　著

策划组稿	林小云
责任编辑	奉学勤
封面设计	叶　茂
内文设计	史小燕
责任校对	汪　平
责任印制	桑　蓉

出版发行　四川文艺出版社（成都市槐树街 2 号）
网　　址　www.scwys.com
电　　话　028-86259285（发行部）　028-86259303（编辑部）
传　　真　028-86259306

邮购地址　成都市槐树街 2 号四川文艺出版社邮购部　610031
排　　版　四川胜翔数码印务设计有限公司
印　　刷　四川五洲彩印有限责任公司
成品尺寸　168mm×238mm　　　　开　本　16 开
印　　张　23.25　　　　　　　　字　数　330 千
版　　次　2016 年 9 月第一版　　印　次　2020 年 5 月第二次印刷
书　　号　ISBN 978-7-5411-4430-1
定　　价　39.80 元

这一支红军队伍，他们踏上征途的第一步即拉开了全体红军长征的序幕，而红军长征的胜利结束以他们走完漫长的征途为标志。

他们是最先踏上战略转移之路的红军部队，也是翻越雪山次数最多的一支红军部队和经历艰巨作战任务后保留红军数量最多的一支部队。

他们历时两年两个月另十八天的西征，有着更多的激烈战斗的残酷场景，也有着更多的鲜为人知的传奇故事。毛泽东曾赞扬他们说："你们一万人，走过来还有一万人，没有蚀本，是一个了不起的奇迹！"

他们在长征中创造了奇迹，也创造了红军长征中的多个第一。他们，是由红二军团、红六军团和红三十二军组成的中国工农红军第二方面军。

序

他们这样走过

贺晓明

中国工农红军的长征，是一部壮丽的历史画卷。在史诗般的红军长征纪实中，红二方面军的长征征战记，更是鲜为人知的传奇和充满激情的壮举。

贺龙总指挥在中国工农红军长征途中的首次大会师庆祝大会上风趣而又生动的话语，至今仍给人们以深刻启迪："同志们，可靠的根据地在我们的脚板上！"是的！在敌军重围、艰难险阻杀出一条胜利的血路，在雪山冰峰、亘古荒原走出一条光明的坦途，只有立足于自己，立足于坚定不移地坚持红军必胜的信念，坚定不移地保持与党中央一致的艰苦奋斗。红二方面军的广大指战员们在贺龙、任弼时、关向应、萧克、王震等红军将领的统一指挥下，胜利地到达了宁夏固原西吉的将台堡和兴隆镇。由此，红一、二、四方面军三大主力红军的大会师实现了，中国工农红军的旷世壮举和人类战争史的奇迹——伟大的长征，"以我们的胜利，敌人的失败，而宣告结束"。

走！他们走在了正确的方向。

红二方面军的长征，始终把坚定不移地执行党中央的指示，作为指引自己行动的唯一准则。方面军重要组成部队之一的红六军团，就是作为中央红军长征先遣队拉开长征序幕，而红军长征的结束又是以这支部队到达宁夏固原西吉而宣告胜利结束。他们的征程，长达两年两个月另十八天。他们始终不渝地把执行党中央的指示作为一切行动的指令。1934年10月初，经过两个月征战的他们胜利地突破湘江等敌军四道封锁线，来到贵州瓮安县乌江边。此时，西渡乌江，就能够把围追堵截的敌军全部甩掉。但是，两天时间内，连续接到中革军委电报，命令他们"东返"。东返，这将使我们仅有五个团的部队，进入敌人二十四个团重重包围的石阡。他们坚决地毫不迟疑地重新钻进敌人的重围，在二十一天中，师团规模的战斗行动，连续二十二次，以自己的牺牲和英勇作战，终于胜利地圆满完成党中央赋予的"探路"和"调敌"两项战略任务。10月18日，红六军团向党中央电告"突围成功"。两天后的10月20日，中央红军开始了长征。红六军团近一半红军指战员牺牲在石阡这片英雄的土地上，为胜利付出了无比沉重的代价。红二军团与红六军团木黄会师后，他们为了配合中央红军的突围长征和遵义会议的胜利召开，顾不上休整，立即投入湘西攻势。红二、六军团的湘西攻势行动猛烈，捷报频传。他们夺占大庸，兵临常德，威慑长沙，直指敌巢，弄得时任对红军作战的"追剿总指挥"何键慌了手脚。何键声言，蒋总司令"欲除朱毛，先除萧贺"，连忙把三十多个团的兵力抽回，以对付红二、六军团。红二、六军团湘西攻势，使得中央红军压力全面减轻，对遵义会议十二天的安全发挥了极大作用。红二、六军团，以自己的积极行动吸引敌军，策应了党中央的重要会议，自己却陷入十倍后增至三十倍于己的敌军的重重包围之中。信念坚定，意志顽强，自我牺牲，不图功利，以中央的胜利为自己的胜利，这是红二方面军的本质特征。

走！他们走近了紧密的团结。

红二方面军是一支由多个来自不同的红军根据地和战略区、具有不同战斗经验和传统的战略力量构成的。其中，有来自于洪湖、巴兴归、襄枣宜，湘鄂西与黔东的红二军团（红三军），有来自于湘鄂赣、湘赣的红六军团，还有来自于中央苏区红九军团改编为左路军的红三十二军。他们为了一个共同的目标走到了一起，成为一支紧密团结、不可战胜的战略力量。

贺龙总指挥曾这样评价这支部队在长征途中的首次会师——木黄会师："二、六军团会师是团结的，六千多人，六千多个心，可是大家团结得像一个人，要怎么走就怎么走，要怎么打就怎么打。""总之，二、六军团会师团结得很好，可以说是一些会师的模范。"两个军团统一作战，策应中央红军长征，牵制湖南、湖北敌军主力，创建湘鄂川黔革命根据地，自己的兵力由8000余人，迅速发展到1.1万人。这次会师，也是标志着中国工农红军成为一支团结战斗的整体，是长征途中诸次会师的开端。红二军团与红六军团的木黄会师，是团结的模范，互相帮助、互相支援的模范，也是并肩作战、歼灭敌人、形成统一的战略力量的模范。

走！他们走强了无敌的力量。

红军的长征，是在自己作战行动冲破敌人围追堵截中完成的。"玉汝于成"，红军是在长征中不断成长的，红二方面军的成长更是光辉典范。

中国工农红军两万五千里的长征，早已遐迩闻名。红一方面军"四渡赤水"、"巧渡金沙江"、"强渡大渡河"、"飞夺泸定桥"的故事，已经家喻户晓。红军长征故事里，也有红四方面军"反六路围攻"和"嘉陵江战役"的辉煌战绩。

然而，红二方面军"阳明山调敌"、"强攻新田城"、"巧渡湘江"、"石阡突围"、"十万坪大捷"、"勇战陈家河—桃子溪"、"智克忠堡"、"歼敌板栗园"、"刘家坪调虎离山"、"乌蒙山回旋战"、"智取金沙江"、"克敌甘南四城"，这些战斗故事充满智慧勇敢，饱含传奇色彩。

红军三个方面军会师之后，毛泽东在保安与红二方面军、红四方面军部分领导人会晤时，曾十分高兴地说："二、六军团在乌蒙山打转转，不要说敌人，连我们也被你们转昏了头。硬是转出来了嘛！"

虽然红二方面军长征的这些故事鲜为人知，但在本书中有详尽的描述。读者一定能有很多收益。

走！他们走到了胜利的辉煌。

红二方面军的长征，是中国工农红军长征中重要的组成部分。任弼时、贺龙、关向应、萧克、王震等红二、六军团及红二方面军领导人和广大指战员，凭借坚定不移的信仰、牺牲奉献的精神、坚不可摧的意志、坚忍不拔的毅力、灵活机智的战法、勇猛顽强的作风、包容融洽的团结、排除万难的气概，在征途上同数倍、数十倍的敌人围追堵截进行了殊死战斗，同雪山草地，峻岭巨川进行顽强拼搏，他们在中国工农红军的长征史上，创造出诸多个"第一"和"最"，其中，有的甚至于是红军中的"唯一"。本书中，都做了一一介绍。

红二方面军和一、四方面军一样，是由这样一群人，他们凭着对中国共产党的无比忠诚、对共产主义坚定不移的信仰、对中国人民解放事业的坚定信念，走在艰苦卓绝的长征道路上，征服着恶劣的自然环境，战胜了于己数倍、数十倍的强敌。

本书的作者罗海曦，是国防大学战略教研部的一名教授，他对战略学、国防经济学和军事心理学研究均有造诣，并有诸多成果。他在军旅执教四十八年，对战略与军史研究有许多心得。在庆祝红军胜利完成长征八十周年之际，他向我们介绍红二方面军长征中的辉煌战绩和征战故事，使我们更深刻地体味长征精神，领悟"天下红军是一家"，感受红军在面对艰难险阻依然保持坚定的信念，战胜形形色色的敌人与各式各样的困难，团结一切可以团结的力量，完成我们自己的新的长征。

（本文作者为中华人民共和国元帅贺龙之女，贺龙体育基金会主席）

目 录

第三章 五千里流星赶月

第四章 中国工农红军长征期间的第一个会师

第八章 雪山上的佳话与荒原草地的脸庞

第九章 扩红扩红，越来越壮大的队伍

第十章 大会师，奔赴抗日前线

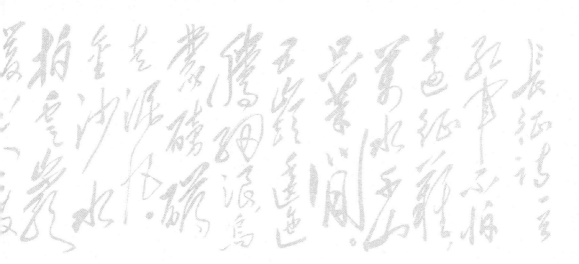

第一章

"十送红军"的歌声中

一支久久传唱的著名歌曲《十送红军》，描述了红军长征出发时的景象。那一阵阵如泣如诉的歌声，诉说着湘赣革命根据地军民对红军离别时依依不舍的心情。"三送红军到拿山，七送红军五斗江"，勾勒出这支英雄部队的行军路线。

踏出长征第一步的这支部队，正是中国工农红军第六军团。

一、"五斗江"：跨出长征第一步

1934年的夏秋之交，正是井冈山麓"秋老虎"肆虐的时节，也是中国工农红军反第五次"围剿"战事紧迫的时候。此时井冈山地区的气候炎热潮湿，使人异常的难以忍受，忽儿是骄阳似火，忽儿又是骤雨倾盆，加上地表灼烤，暑湿气足以把人带进闷热的蒸笼。这种气候加大了红六军团行军作战的难度，但是，这也使得红军的敌人，一个一个急着钻进他们修筑的被红军指战员们戏称作"乌龟壳"的碉堡里，躲避炎热。同时，他们还企望着通过借助"乌龟壳"坚固的外壳，给自己壮胆。这当然也为红军突破敌人布置的层层碉堡封锁线创造了有利战机。

8月7日是这一年立秋的前一天。任弼时、萧克、王震，率领红六军团红十七师、红十八师和红四分校、随军工作团、野战医院及修械、弹药、被服厂各一部，共计9758人，顶着酷暑秋燥，告别长期哺育自己的湘赣苏区人民，离开了以鲜血和生命建立起来的湘赣、湘鄂赣根据地，按照中央书记处和中革军委（即"中华苏维埃共和国中央革命军事委员会"）的统一部署，率先"突围"。他们的"突围"行动，拉开了中国工农红军长征的序幕，开始了万里长征的艰难征途。

下午3时，根据中央书记处和中革军委的指令，他们以湘赣军区独立第四团为先导，从井冈山下的遂川县的横石、新江口地域出发，乘敌人第16师仍然未能明了红军行动意图，尚在赶来途中之际，在溪口突破了敌军设在衙前至五斗江的第一道封锁线。从此，五斗江成为红军西征的重要地标，也成为歌曲《十送红军》中著名唱句"七送（里格）红军，（介支个）五斗江"的重要依据。

接着，红六军团在官坑突破了由遂川至黄坳的第二道封锁线，当晚，又袭占遂川县的藻林，歼灭守敌，突破了遂川至七岭的第三道封锁线。持续的作战行军，虽然疲劳，但是，在连续胜利的鼓舞下，红六军团越战越勇，指战员们在当地党、群众和游击队的支援下，不顾疲劳、酷热，昼夜兼程，迅速南进。9日，攻占左安镇，紧接着，在猴子岭突破了寒口至广东桥的第四道封锁线。

至此，红六军团胜利地突破了敌军的战役包围纵深，冲出了湘、粤、赣三省敌军的重重包围。红六军团的这一行动展现了这支部队能走能打的顽强作风，也反映出这支部队的领导者们的睿智才华和相互间默契配合的紧密团结。这是他们能够不断胜利的基本保证。

其实，在8月7日行动前三天，红六军团第十七师第四十九团即奉命攻占了敌内层封锁线上的重要支撑点遂川县的衙前，建立了突围的侧翼掩护阵地。这就使得敌人处于完全盲目的状态，弄不清红军的走向，他们以为红六军团要东进赣南与中央红军会合。而红军却突然跨江南下，出其不意地突破了第一道碉堡群构成的封锁线。

五斗江，红军西征的重要地标，也是歌曲《十送红军》中著名唱句的重要依据。

　　不能不说，红六军团的胜利前进，还仰仗着湘赣军区部队的支援协助。早在红六军团主力出发之前，为了迷惑敌人，湘赣军区独立第五团，就伪装成红六军团主力，在牛田、津洞一带继续活动。同时，又以该团一部进入赣江沿岸万安县的下东和沙塘一带配合游击队活动，扬言红六军团主力将分三路东渡赣江与中央红军一起对敌作战。他们的行动有力地帮助了红六军团实现声东击西、调虎离山的战略意图，致使敌"围剿"湘赣、湘鄂赣革命根据地的西路军总司令何键，在红六军团攻占衡前之前，一直没有能够弄清红六军团突围南下的企图。当他发现正在赶筑马家洲、衡前至五斗江碉堡线的王懋德第28师及鲍刚独立第46旅兵力较弱，急令还在永新河下游修筑碉堡的第16师，以一部暂时维持现有防务，以主力迅速赶赴衡前、五斗江一线对红六军团实施堵截，但是，这一切已经为时太迟了。

二、寨前圩：红六军团领导机关宣告成立

红六军团以迅雷不及掩耳之势，连续突破敌人四道碉堡封锁线的行动，使得敌人大为震惊。

直到8月9日，其西路军第一纵队司令刘建绪方才判断红军"确实离巢南窜并有折入湘边模样"，慌忙部署侧击并严堵红军进入湖南。急令第15师"火速集结全部采取机敏动作对该匪痛予侧击勿使匪西窜是为至要"；令第16师已集中息锣、黄坳之三个团"取捷径兼程星夜开赴大汾……督同团队切实阻匪并相机迎剿随时联络王师（15师）"；令第62师"火速取捷径兼程开赴黄坳集中尔后暂归（16师）彭师长位仁指挥"；令第19师55旅旅长兼湖南保安第五区司令段珩"并指挥胡凤璋部迅以湘东南军团全力火速布置桂东酃县（今炎陵县）汝湘城边防务阻匪西窜"；令第77师师长罗霖指挥本部及第28师一个团、独立第46旅"统筹配备赣江西岸沿线防务"，以防红六军团东向与中央红军会合；又令第23师师长李云杰"派机飞往匪窜线路切实轰炸"[1]。

与此同时，西路军总司令何键电请南路军（即粤军）派兵北上"协剿"。

桂军第7军也开始向广西北部边境调动。

然而，这一切明显地迟于红六军团的战斗行动。

8月10日，红六军团已经向西南偏西方向，前进到湘赣边界的诸广山北麓的高坪圩（今遂川县高坪镇）。

西路军总司令何键又一次做出错误判断，认为红六军团有"扰乱湘边及在湘粤赣边境之深山中营谋新寨之企图"，拟将西路军"大部转移于湘粤赣边觅

---

[1] 引自刘建绪《佳（9日）辰（7~9时）参机电》（1934年8月）。

匪进击以一部在赣西原区肃清残匪并防止窜去，免匪回窜老巢"。并急令刘建绪率第15、16、62师及补充第1、2团"转移于湘粤赣边区，……觅匪主力进剿，协同友军（适南路粤军两个团已进至上犹附近，另四个团正在续进中）迅速将其歼灭"。[①]

而在次日即8月11日，正当敌无法准确判断红六军团行踪之际，红六军团猛然掉转方向，突然西折。中午，他们进至湖南省境内的桂东县城以南12.5公里处的寨前圩。

红六军团命令其红十八师第五十三团于11日当晚继续南进，占领了寨前圩南二十余公里的沙田镇，同时，摧毁了寨前至沙田间的二十多个敌人修筑的碉堡。五十三团还得到命令，在此后，先主力一日行动，完成扫除沿途障碍、侦察敌情、收集资财等各项任务。

8月12日，红六军团命令湘赣军区独立第四团进至寨前圩以西十余公里的四都圩，执行警戒任务。之后，于14日"东移至青要圩（今青腰镇）附近，15日则至资兴、东江方向，阻止由资兴、东江至郴州之敌"，[②] 用以保障军团主力右侧安全。

经过周密的安排，在全面部署万无一失的安全防范下，红六军团召开了庆祝胜利突围的"祝捷——誓师大会"。

全军团连以上干部和就近部队集结在一片广场上，誓师大会隆重召开。任弼时做了进一步的战斗动员，正式成立了红六军团的领导机关，宣布了军团主要领导干部的任命。

红六军团的组织序列

军团军政委员会

主席：任弼时

委员：萧克、王震

---

① 引自刘建绪《愿（14日）未（13~15时）参机电》（1934年8月）。

② 《任弼时、萧克、王震致朱德电》（1934年8月12日）。

红六军团师团指挥员合影。前排右起第四人为萧克，第六人为王震，第八人为周仁杰；中排右起第二人为晏福生，第三人为罗章。

红六军团军团部

军团长：萧克

政治委员：王震

参谋长：李达

政治部主任：张子意

第十七师（辖第四十九、五十、五十一团）

师长：萧克（兼）

政治委员：王震（兼）

参谋长：李达（兼）

政治部主任：张子意（兼）

政治部副主任：袁任远

第四十九团

团长：吴正卿

政治委员：晏福生

第五十团

团长：刘式楷

政治委员：彭栋才

第五十一团

团长：张鸿基

政治委员：苏杰

第十八师（辖第五十二、五十三、五十四团）

师长：龙云

政治委员：甘泗淇

参谋长：谭家述

政治部主任：方礼明

第五十二团

团长：王植三

政治委员：方礼明

第五十三团

团长：张正坤

政治委员：余立金

第五十四团

团长：田海清

政治委员：魏□青

任弼时的战斗动员和军团主要领导干部的任命宣布之后，萧克军团长、王震政委分别讲话。他们分别从不同角度说明红六军团西征的重要意义和在西征中将面临的艰巨任务，并提出号召，要求全军团指挥员战斗员不怕困难，战胜一切艰难险阻，完成党中央、中革军委交给的任务。与会的全体指战员们群情激奋、斗志昂扬。"红军万岁！""胜利属于我们！"的口号声，接连不断，响彻云霄。

三、"任萧王"：红六军团的领导核心

任弼时、萧克、王震，红六军团军政委员会的三位成员，构成了红六军团的领导核心。这是一个十分完美的人才组合。

任弼时，红六军团军政委员会主席、中央代表，拥有红六军团行动的最后决定权。

他1920年8月加入中国社会主义青年团。1922年初加入中国共产党。1927年7月任第四任共青团中央总书记。1927年5月在中共五大上当选为中央委员。

第一次"国共合作"破裂后，1927年8月7日出席在汉口召开的中共中央紧急会议，积极主张土地革命，当选为中共临时中央政治局委员。1928年在中共六大上继续当选为中央委员。1931年在中共六届四中全会上当选为中央政治局委员。

这是一位伟大的马克思主义者，杰出的无产阶级革命家、政治家、组织家，中国共产党和中国人民解放军的卓越领导人。

1904年4月30日，任弼时出身于湖南汨罗市一个教员之家。5岁随父亲读书，7岁入明德小学，12岁去长沙，考入师范附属高小。之后，进入长郡中学，在校内受五四运动影响，积极参加游行宣传等爱国活动。1920年，他因家境困难无法继续学业，联系旅法勤工俭学未成，便加入毛泽东、何叔衡组织的俄罗斯研究会，准备去那里勤工俭学。经研究会介绍，他到上海参加俄语学习班，在那里加入了社会主义青年团，从此走上革命的道路。

1921年春，任弼时与刘少奇等一同赴苏俄。他们通过了苏俄红军与白军交战的火线，历经种种艰辛到达莫斯科，进入培养革命干部的东方劳动者大学。回国后，他到上海，在共青团中央工作，因张太雷长期离职，两年间由他代理

红二方面军中央代表、方面军政委、红六军团军政委员会主席任弼时。

中央书记。当时,仅二十来岁的他,却敢于向党中央领导陈独秀提意见,曾经有一次,由于他的坚持,气得陈独秀把他的意见书当面撕碎。

1927年国共破裂后,党内同志深感他与陈独秀争论时的观点正确。在"八七会议"上,仅仅23岁的他被选入政治局,成为党史上最年轻的政治局委员。1931年,任弼时进入江西中央苏区,由于缺乏经验犯过"左"的错误,所以在后来的工作实践中,下大力气纠"左"成为他的特点之一。 1933年5月,调任中共湘赣省委书记。同年11月30日,被选为中共湘赣省委第三届执行委员。12月10日,接替蔡会文兼任湘赣军区政治委员。1934年1月中旬,在中共六届五中全会上继续被选为中央政治局委员。

中共中央书记处、中革军委向红六军团及湘赣军区发出训令,做撤离湘赣苏区的准备。任弼时被指定为中共中央代表、红六军团军政委员会主席。这位有着"骆驼"性格的坚强战士,年仅三十出头,可是干部战士们从外貌看多以为他已有五十来岁,在长征中是红六军团和后来的红二方面军的最高政治领导人。

红二方面军副总
指挥、红六军团
军团长萧克。

　　萧克，红六军团军团长，以足智多谋著名，戎马一生，素有儒将之称，又以宽广的胸怀和高风亮节，给人们留下了深刻的印象。

　　1907年7月14日，萧克出身于一个清贫的书香门第。幼年入私塾，读"四书""五经"；之后，上高等小学，就读于同善高小（后改同善中学）。1923年，考入嘉禾甲种简习师范学校。1925年冬，从甲种简习师范学校毕业后，只身前往广州。

　　1926年初，考入国民政府军事委员会宪兵教练所（该教练所后归并黄埔军校），毕业后参加北伐战争，并随国民革命军征战江西、浙江等地。

　　1927年初，到国民革命军第11军叶挺部任连政治指导员、连长，蒋介石叛变革命后，他投入武装反抗国民党反动派的斗争洪流。同年5月，加入中国共产党。

　　8月1日，萧克随叶挺部参加了南昌起义，在起义军南下途中任七十一团四连连长。南昌起义军在广东潮汕失败后，萧克回到家乡，组织发展基层支部。

　　1928年初，萧克在嘉禾县组织了中国共产党南区支部。同年1月，任宜章县游击队长并率一部宜章农军参加朱德、陈毅领导的湘南起义。4月上旬，湘南农军在强敌的合攻下向井冈山撤退，萧克营长奉命率独立营翻过骑田岭山峰向东转移。4月中旬的一天，独立营进入资兴县的龙溪洞，在路上，突然与毛泽东带领的井冈山红军相遇。开始萧克等人紧张起来，传令准备战斗。井冈山红军发现对方是湘南农军，派第一连连长陈毅安过去联系。萧克发现，双方都打红旗，见面如见亲兄弟。大家闻知是毛泽东带的"大红军"(当时农军对主力红军的尊称)，欣喜若狂，欢呼雀跃。

陈毅安与萧克走到毛泽东跟前，陈介绍说这是宜章赤石独立营副营长萧克。原来，毛泽东是率队从井冈山下来，专程迎接朱德率领的湘南起义的红军的。毛泽东与萧克握手，风趣地说："好哇，没接到朱德，接到个萧克！"说完打量着这支五六百人的队伍，对萧克问："你们有多少人枪？"萧克答道："人倒有六百多，枪只有七八十支，都是梭镖，所以叫我们梭镖营呢。""梭镖营？是啊，果然那么多梭镖。"毛泽东说完又倾吐心中的感慨，"揭竿而起，这就是揭竿而起呀！"

萧克于井冈山斗争时期就显露出来的军事才干，在其后更为波澜壮阔的革命斗争中得以更多地展现。朱德、毛泽东会师后，1928年5月10日，赣敌杨如轩师两个团自吉安开到永新，兵分两路向红四军夹攻而来。军情报至，毛泽东与朱德在茅坪计议对策，决定集中精锐先把一路敌军打垮，由朱德率二十八团、二十九团从茨坪方向开出去迎击犯敌。

5月11日上午11时，两个团的红军走过了朱砂冲，朱德命二十九团为前卫赶往黄坳。二十九团团长胡少海命一营走在前面，萧克在该营任三连连长。三连是全团中战斗力最强的连队。一营行至黄坳村口不远，尖兵班返回来向萧克报告，说黄坳村的河滩、大路边，三三两两地坐着正在休息的敌人。萧克听说敌人到了黄坳，对营长朱舍我说："敌人也是刚到不久，应当乘其不备打过去！"朱舍我犹豫着说："光是我们打过去，要是二十八团跟进不上怎么办？"萧克回道："早下手一分钟就早强一分，二十八团是一定赶得上的。"朱舍我见萧克说得决断，思忖萧克在北伐军就打过很多仗，应当有把握，于是对萧克回道："好吧，你们连打前锋！"

萧克指挥第三连和另两个连冲进黄坳打响了战斗。只一转眼的工夫，猝不及防的敌人便死伤了四五十人。村里的敌人赶来参战，一到村口就遇到一排排子弹迎面射来。敌人见活活地挨打，只得往村里退。萧克命令部队追击过去。随着后续部队赶到，二十九团那些亮光闪闪的梭镖，看上去就像6月里沙洲上的片片芦花，声势好不吓人。只十几分钟，以萧克连为前锋的二十九团，打垮了赣敌81团的先遣营，消灭敌军一百余人，俘虏四十多人。随后不久，朱德率二十八团赶到，问明情况，欣喜而道："俗语说打架靠头场，这一仗打得好！"随即夸赞朱舍我指挥得当，朱营长却指着萧克说："当时我下不了决心，是萧连长说要乘敌不备打过去。"朱德听后望着萧克点头："要得，打仗就讲究快捷，哪个占先就哪个得利！"

1929年初，红四军进军赣南、闽西，萧克任支队长、纵队参谋长。在宁都攻城战中，率部首先登上城墙。1930年春，任红四军第三纵队司令员，率领部队进军江西、湖南。萧克利用打仗间隙，针对部队的具体情况，抓紧训练，使第三纵队成为红四军的主力之一。是年6月后，历任红四军第三纵队司令员、第十二师师长。1931年7月，萧克调离第三纵队，任红一方面军独立第五师师长，率领部队英勇作战，有力地配合了红一方面军粉碎敌人的第三次"围剿"。

1932年10月，应湘赣省委的要求，中革军委派蔡会文任湘赣军区总指挥兼政治委员并兼任红八军政委，萧克调任湘赣苏区红八军军长。随即投入湘赣苏区的反第四次"围剿"和第五次"围剿"。在作战中，充分展现了他的指挥才能。他以能够在战斗中调动敌人的飞机而著称于红军队伍。

1934年，萧克率红十七师（原红八军整编而成），执行配合中央苏区第五次反"围剿"作战北上破坏南浔（南昌—九江）铁路的任务。2月2日，红十七师进到修水东南20公里的黄沙地区。3日9时，敌朱耀华率领第52、184旅，赶到黄沙阻拦。红十七师趁敌人立足未稳，当即发起攻击，经过六个小时的激战，突破了敌184旅阵地，敌人仓皇溃退。这时敌人派出了五六架飞机分三个批次由南昌飞来临空助战，使红军的战斗行动受到很大阻碍。在这紧急状态下，萧克师长立即命令，将从敌人手里缴获的陆空联络信号标志铺好，将飞机导向敌人方向，机智地指挥敌人的飞机向已经开始溃退的自己部队进行狂轰滥炸。184旅本来就受到红军强力打击，再加上空中轰炸，就像炸了窝的蚂蚁，红军乘胜穷追猛打，歼敌一千多人，缴获枪支四百余支，此外还缴获了许多军用物资。

萧克将军创作的小说《浴血罗霄》，荣获茅盾文学奖荣誉奖，书中人物个个鲜灵活现，说的正是这段时光的故事。他又是一位军事教育家、作家、诗人和书法家，这都是后话了。

战争年代，萧克办教导队，担任过红军大学校长、华北军政大学的副校长，为革命战争和我军的发展壮大培养了人才。新中国成立后，他首任军训部长，继任训练总监部长；编写条令、创办军校，是我军院校正规化、现代化建设的开拓者。1972年后，他先后担任军政大学校长和军事学院院长。是他最先提出院校的工作要以教学为中心；是他率先倡导要把我军的初级指挥院校办成正规大学，把我军的干部培养成"既能治军又能治国"的军地两用人才。作为作家，萧克在枪林弹雨的战争年代，写下了一部长篇小说《浴血罗霄》。这部奇书，还未出版就被批过两次，50年后才得以出版，并获得茅盾文学奖。作为诗人，萧克在戎马倥偬的日子里，偷闲赋得许多动人的诗篇，记下了他的情感和思考，袒露了他的心路历程。作为书法家，萧克的书法笔走龙蛇，直抒胸臆，展示了他是军人又是诗人的个性。

王震，红六军团政治委员。1908年4月11日，出生于湖南省浏阳县一个农民家庭，因家境贫寒，几度辍学务农。13岁时，王震便离开亲人到长沙，在那里，他先拉人力车，后当铁路扳道工。1924年后，任粤汉铁路工会长岳段分工会执行委员、工人纠察队队长。1927年1月加入中国共产主义青年团，同年5月转入中国共产党。

1927年大革命失败后，王震参加了长沙工人暴动，并做党的地下交通和兵运工作，毅然投身武装反抗国民党反动派的斗争，参加了湘赣苏区的创建工作。1929年，参与组织中共湘鄂赣边区特区委和游击队，任特区区委书记，先

红六军团政治
委员王震

后任湘鄂赣边区赤卫军第六师政委，红军湘东独立一师团政治委员、师政治委员、师党委书记，红八军师政治委员、军政治部主任、代理军长，中共湘赣省委委员，省军区代理司令员。在湘赣苏区斗争中，有力地配合了中央革命根据地反"围剿"斗争。由于他英勇善战，荣获三等红星奖章。

1931年年底和1934年年初，王震先后参加了中华苏维埃第一、第二次全国代表大会，回到湘赣苏区后，坚决执行毛泽东关于纠正"肃反"扩大化、简单化的正确指示和粉碎敌人"围剿"的战略战术原则，尽力保护同志，抵制"左"倾军事路线造成的影响。

1934年4月，王震指挥湘赣红军在江西永新沙市取得了伏击国民党军第43旅、毙伤国民党军旅长及官兵二千余人的重大胜利，受到中革军委通令嘉奖。

王震瘦长挺拔，白发后掠，直鼻梁，厚嘴唇，大嘴巴，耿介为人，纯真为怀，怒则嘴咧齿突如金刚，乐亦嘴咧齿突似孩童，以性格火暴、雷厉风行、骁勇善战、作风强硬著称。王震凡受领作战或建设任务，必蓄胡留须，毛泽东、朱德、彭德怀、贺龙等领导同志常常戏称他"王胡子"。毛泽东曾经引用《三国志》中评论关羽与张飞"羽善待卒伍而骄于士大夫，飞爱敬君子而不恤小人"的话，说王震是"取两人之长，去两人之短"。

1964年6月16日，毛泽东至十三陵观看军事表演，见王震问道："胡子，你怎么瘦了？"王震回答说："我肠子不好。"毛主席笑了，说："你肠子不好，心好！""文革"中，造反派批判王震说他"有野心"时，王震反唇相讥："毛主席说我王胡子心好！"这也是后话了。

这三位领导人才集中在一起，形成了一个最佳搭配的组织结构。既有意志坚定的掌舵人，又有足智多谋的军事家，还有刚毅顽强的铁血汉。这就在领导层面上奠定了红六军团长征胜利的组织基础。

四、湘鄂赣·万载：红十八师／红十八军的故乡

根据中革军委的命令，红六军团的编成拟包括：红十六军、红八军和红十八军三支部队。红六军团组成初期，中革军委将湘鄂赣苏区的红十六军改编为红十六师，打算将其调归红六军团建制，但没有实现。所以红六军团所辖部队，最初由湘鄂赣苏区红十八军改编的红十八师和由湘赣苏区红八军改编的红十七师组成。此时，并没有设立红六军团的领导机关，而是暂时由红十七师首长统一指挥。

拟编成红六军团所属的红十六军和红十八军的历史，可以追溯到秋收起义和平江起义后，建立起来的湘鄂赣革命根据地的红色武装。他们是在毛泽东领导组织指挥的秋收起义后，除去跟随毛泽东上井冈山的起义部队以外分散在湘鄂赣地区的赣西、湘东和鄂南坚持斗争的武装力量。

毛泽东领导的秋收起义，总指挥部设在湘鄂赣地区的江西省铜鼓县的陈家祠堂。1927年9月9日，毛泽东在那里组织领导秋收起义。

链接：秋收起义

秋收起义，或称中秋起义，是1927年9月9日（中秋节），由毛泽东在湖南东部和江西西部领导的工农革命军（后称中国工农红军）举行的一次武装起义。起义地点包括：江西（铜鼓、安源、修水），湖南（浏阳、醴陵、平江），起义军5000余人。这是继南昌起义之后，中国共产党领导的又一次著名的武装起义，是中共党史军史上的三大起义之一（另一个是1927年中共党人发动的反抗国民党右派的起义——广州起义）。1977年江西省在铜鼓县和修水县建立了秋收起义纪念馆。1998年在萍乡市建立了秋收起义广场。

湘鄂赣革命根据地是在彭德怀、滕代远等同志领导平江起义后建立起来的。1928年7月，中共湘东特委成立，滕代远同志任书记。同月22日，接任湘鄂赣边特委书记的滕代远与时任国民革命军第五师第一团团长的彭德怀共同领导了平江起义，此际，时任第三团第三营营长的黄公略率部于嘉义起义，贺国忠领导随营学校在岳阳起义。同月24日，平江县工农民主政府成立。湖南军阀纠集六个团的兵力进行围攻。8月1日，红五军撤出平江县城，转战于平江、浏阳和江西的万载、修水、铜鼓，湖北的通山一带，进行游击战争，开辟了湘鄂赣革命根据地。11月，王首道同志接任中共湘鄂赣边特委书记，黄公略任中国工农红军湘鄂赣边支队支队长。12月中旬，彭德怀、滕代远率领红五军主力由江西省万载出发，到井冈山与红四军会合，其余部分武装在王首道、黄公略的领导下，继续在湘鄂赣边区坚持游击战争。1929年7月，彭德怀率部重返湘鄂赣；次年3月，相继攻占宜春、万载、平江、修水等城；5月，组建了湘鄂赣红军独立师。这支部队后来发展成为红三军团的红十六军。自1930年12月至1934年8月，湘鄂赣红军先后五次反"围剿"作战。1931年7月，中共湘鄂赣省委成立，同时成立了湘鄂赣省总指挥部。下辖东、北、南三路指挥部。1932年3月，湘鄂赣省总指挥部改称湘鄂赣省军区。

4月12日，为巩固修（水）铜（鼓）万（载）根据地，根据苏区中央局指示和第一届省委第三次执委扩大会精神，中共湘鄂赣省委和省苏维埃政府从修水上衫迁驻万载小源（今仙源）。从此，江西万载小源成为湘鄂赣革命根据地的心脏。小源位于万载西北部，距万载县城49公里，西出5公里是湖南浏阳张坊，北去数十里是铜鼓，依山傍水，竹木苍翠，物产丰富，民风朴素。更主要的是这里群众基础好，革命热情高。从1928年至1930年，彭德怀、滕代远、黄公略、王首道、傅秋涛等老一辈革命家便在这里播下了革命的火种。尤其是1929年春，湘鄂赣边境特委直接进驻小源官元山，这里便成为湘鄂赣边区开辟最早的苏区之一。1932年至1934年，是湘鄂赣苏区发展、壮大的全盛时期。"赣水那边红一角"，由彭德怀、滕代远、黄公略等老一辈革命家播下的星星之火，此时已成燎原之势。国民党"剿共"西路军总司令何键也不得不在他的"清剿'概要报告书'"中称小源为"小莫斯科"。 在小源期间，省委把扩大红军作为中心工作，动员群众参军作战，全省主力红军由1932年7月的1.5万余人发展到1933年春的2.5万余人；省苏维埃政府主办了兵工厂、造币厂、工农银行、被服厂等，组织群众发展生产。省委、省苏维埃政府依靠群众支援，赢得了株木桥大捷，成功牵制敌人六十多个团的兵力，取得了湘鄂赣革命根据地第四次反"围剿"斗争的重大胜利。

红十六军，诞生于彭德怀领导的红三军团第一次攻占长沙的战火中。这是中国工农红军历史上战果非常辉煌的一次进攻战役，也是红军唯一一次攻下省会城市。攻占长沙后，从国民党监狱中释放出几千名政治犯和革命群众，其中包括第二天就要被杀害的向仲华、许建国、曾佑生等。1930年7月30日，湖南省苏维埃政府成立，宣布了《土地法》《暂行劳动法》等施政纲领，恢复和发展各行业工会，并且筹措现款40余万银圆，解决了红军被服和医疗困难，而且扩大红军七八千人。按照湖南省委原先的决定，在长沙，以湘鄂赣独立师和红五军第一纵队为主，并将修水、平江等地方赤卫队编入，组建红十六军。胡一鸣任军长，于兆龙任军政治委员，列入红三军团编制序列。

湘鄂赣根据地，位于反动统治中心的长沙、武汉、南昌之间，对敌人威胁甚大，是阻止敌人进攻中央根据地的有力战略支点。在毛泽东、朱德领导中央根据地胜利地进行三次反"围剿"作战的同时，湘鄂赣根据地也胜利地进行了三次反"围剿"作战。1931年3月1日，根据中共湘鄂赣边特委决定，由平江、浏阳的地方革命武装组建成湘鄂赣红军独立第一师，师长邱训民、政委李锷，下辖两个团，共2000余人。由万载、宜春、萍乡及浏阳地方革命武装一部组建成湘鄂赣红军独立第二师，师长邱金生、政治委员徐洪，直辖四个大队，共1000余支枪。两师组建后，配合红十六军转战，粉碎了敌军对湘鄂赣根据地的第二次、第三次"围剿"。

1933年2月10日，湘鄂赣军区根据中革军委的指示，将在战火中成长的两师合编为红十八军，独立第一、第二两师分别改称为红五十二师和红五十四师。由湘鄂赣军区副总指挥严图阁兼军长，徐洪为政治委员。

1933年春，红十八军与红十六军一起，在湘鄂赣省委、军区所在地的江西省万载县激战一昼夜，取得了"株木桥大捷"，歼敌九个团。此次作战，成功牵制敌人六十多个团的兵力，紧密地配合了中央苏区第四次反"围剿"斗争。7月底，徐洪率红十八师（由红十八军改称）南渡袁水。8月初，红十八师到湘赣苏区永新沙市，与红十七师会合。当时保留红十八师番号，未设师领导机关，并将部队缩编成为一个团，由徐洪任团长，苏劳任政治委员。

链接：徐洪

徐洪（1904—1935），中国工农红军高级指挥员。原名徐应生。生于湖南浏阳大洛乡集阳村。1926年开始参加工人运动，同年冬加入中国共产党。1927年春任浏阳工农义勇队排长，同年9月参加湘赣边界秋收起义。后因重病到平江山区治疗，病愈后参加平江游击队。1928年任中国工农红军第五军二纵队五大队中队长，同年11月参加浏阳东乡暴动。1929年2月以中共浏阳县委特派员身份到浏阳北乡组织游击队，开展武装斗争。1930年4月任浏阳县赤卫军副总指挥兼赤卫军第六师师长，后率部参加攻克浏阳、长沙等战斗。1931年春任红军湘鄂赣独立二师政治委员。1932年3月被选为中共湘鄂赣临时省委委员。1933年2月任红十八军政治委员，率部参加湘鄂赣苏区反"围剿"作战。同年6月任红十八师政治委员，后兼师长，率部转至湘赣苏区，先后参加茶陵县梅花山和万安县潞田等战斗。1934年入瑞金中央红军大学学习。中央红军主力长征后，率部坚持游击战争，任红军独立三团团长。1935年春在江西信丰地区突围战斗中牺牲。

因情况变化，红十六军留在湘鄂赣革命根据地，没有归建，未能参加红六军团西征。红六军团在西征途中，根据红二、六军团军分会指示，在湖南省桑植县重新组建第十六师，与红二、六军团其他部队一起胜利完成长征。

五、湘赣·永新：红十七师／红八军的故乡

以红十七师番号编入红六军团的原红八军，是战斗中成长在湘赣军区的主力红军。长征中曾任红六军团政治部宣传干事的曾涤同志说，"六军团是湘赣、湘鄂赣两个苏区的部队组成的，原定以湘鄂赣的部队为主，但由于各方面的原因，实际上是以湘赣的部队为主。它的主力是十七师和十八师的五十二团。十七师是湘赣的，五十二团是湘鄂赣的。""湘东南独立师就是红八军的二十二师。红八军是萧克来时成立的。红八军改编为十七师时，萧克任师长；是在永新的列宁广场成立的。"

关于红八军，中国工农红军历史上先后成立过三个红八军。其一是1930年2月1日龙州起义武装组成，俞作豫任军长，同年4月，编入红七军。另一个是1930年6月由红五军第五纵队和鄂东南地方武装扩编组成的，隶属于红三军团建制的红八军。首任军长为李灿，政委为何长工。1931年9月，部队改为红三军团第二师，红八军番号被正式取消。第三个红八军就是这支部队。1932年4月据中共中央苏区局指示，湘赣独立第一师和第三师合编为中央红军第三军团第八军。也即是后来编入红六军团红十七师的红八军。

湘赣红军部队的历史,是和井冈山的斗争紧紧联结在一起的。1927年10月,毛泽东率领秋收起义部队中国工农革命军(1928年5月25日改称中国工农红军)第一军第一师第一团,进入井冈山地区,开始了创建以宁冈(今井冈山市)为中心的井冈山革命根据地的斗争。

在以毛泽东为首的中共前敌委员会的领导下和主力红军的帮助下,湘赣边界各县的党组织迅速恢复,各级工农兵政权和工农暴动队、赤卫队和游击队等群众武装纷纷建立。这些游击队先后加入了红八军的行列。湘东独立师(后改编为湘东南独立师)、湘赣独立第一、第三师就是由这些游击队的部分主力组建的。

1929年5月,中共湘赣边界特委在宁冈古城召开第四次执委扩大会议。讨论了毛泽东令彭德怀带来的前委致特委的信,总结了井冈山2月失败的经验教训;确立了游击战争政策,制定了游击工作大纲,决定以永新为中心,大力开展游击战争,建立湘赣革命根据地。在红五军和红四军等主力红军的帮助下,永新、遂川、莲花、宁冈、茶陵、酃县逐步收复。经过两年的艰苦奋斗,扩大了根据地。1931年7月,中共湘东南、湘南两个特委和西路、南路、北路三个分委将所辖的赣江以西地区合并为湘赣省。同年8月1日,成立中共湘赣临时省委(10月8日,成立正式省委),王首道任书记;成立省苏维埃政府,袁德生任主席。1932年1月,在永新县成立湘赣军区,张启龙、蔡会文、陈洪时、王震、彭辉明先后任总指挥或司令员,甘泗淇、陈洪时、任弼时先后任政治委员。军区辖红八军、独立第九师和第一、第二、第三、第四军分区指挥部,领导了湘赣革命根据地的五次反"围剿"斗争。

编入红八军的湘赣军区独立第一师,李天柱任师长,谭思聪、王震先后任政治委员。这支部队是1931年8月1日,由湘东南独立师改称的。其前身是1930年10月6日,在江西省萍乡县大安里组建的湘东独立师。刘沛云任师长,谭思聪任政治委员。组建时,全师仅编有第一团和第三团,四个月之后,部队由800人发展到1500余人,增编了第二团,并于1931年2月中旬,改编为湘东南独立师。

编入红八军的湘赣军区独立第三师，冯建元、刘子奇先后任师长，刘光炎、甘泗淇、李朴先后任政治委员。这是1931年11月由湘赣革命根据地独立第七团、红色警卫团和永新、莲花、宁冈、安福、吉安、遂川、茶陵、酃县等县赤卫队组成的。

在湘赣军区指挥下，独一师、独三师联合作战和地方武装频频出击，使敌军对湘赣苏区的第四次"围剿"被彻底粉碎。1932年4月，根据中共苏区中央局的指示，湘赣红军独立第一师和独立第三师合编为中央红军第三军团第八军（简称红八军）。红八军一直奉命在湘赣根据地单独作战，并没有归建红一方面军红三军团。此时，红八军并没有成立军部，也未正式任命军的领导干部，而是以独立第一师师部代替军部进行指挥。独一师师长李天柱为代军长，王震为代政委，谭家述为代参谋长，袁任远为代政治部主任。全军3400余人，各种枪支2100余支（挺）。同年10月，应中共湘赣省委要求，中革军委派蔡会文任湘赣军区总指挥兼政治委员并兼任红八军政委，派萧克到红八军任军长。于同月25日，到达湘赣省委、湘赣军区所在地的永新。红八军建立了军司令部，部队扩编为三个师，下辖第二十二师（原独立第一师）、第二十三师（原独立第十二师）和第二十四师（原独立第三师）。之后，立即投入配合红一方面军发起的第六次进攻战役，给向进攻吉安苏区、安福苏区的不同方向的敌军以沉重打击。并以红八军和其他湘赣红军主力配合红一方面军第四次反"围剿"作战，同时，以部分地方革命武装牵制进攻湘赣苏区之敌，旋以红八军回师南下，连战连捷，粉碎了敌军对湘赣苏区的第四次"围剿"作战。6月2日，中革军委主席朱德、副主席周恩来致电萧克、蔡会文并红八军全体指战员。电报中指出："你们……以百战百胜的英勇，连续消灭敌人，活捉敌人团长……这表现了你们的英勇和光荣……方面军全体战士对于你们的胜利，表示热烈的庆祝。方面军要与你们共同努力，全部打碎敌人大举进攻，好迅速实现江西首先胜利，特电贺勉。"[1]

---

[1]《朱德、周恩来嘉勉棠市大捷电》（1933年6月20日）。

此时，湘赣红军已经扩大至13727人，各种枪支增至6468支（挺）。

1933年5月，中革军委命令组建中国工农红军第六军团（红六军团），将湘鄂赣红十六军、湘赣红八军和湘鄂赣红十八军分别改编为中国工农红军第六团第十六师、第十七师和第十八师。第十六师，师长高咏生，政治委员温锦惠；第十七师，师长萧克，政治委员蔡会文；第十八师，师长严图阁，政治委员徐洪。但是，当时中革军委并没有任命军团首长，也没有成立军团领导机关。红十八师奉命由湘鄂赣调往湘赣革命根据地。在第十六师、第十八师与第十七师的共同行动中，由第十七师首长统一指挥。同年8月初，红十八师到达永新沙市，与红十七师会合。师长严图阁返回湘鄂赣革命根据地，政委徐洪任师长，王震任政治委员。

红十七师与红十八师会合后，立即投入配合中央红军的第五次反"围剿"的作战行动。其分工是红十八师整编为十八师五十二团，留守湘赣革命根据地；红十七师北上湘鄂赣与仍然留在那里的红十六师，并肩作战，彻底破坏南浔铁路，以牵制向中央苏区进犯的敌军重兵，并威胁白匪的战略重地南昌，配合中央红军，粉碎蒋介石的第五次"围剿"。

红十七师来到湘鄂赣后，在临江、高安一带，被敌陶广的62师跟上，企图和红十七师来一次决战。妄想在决战中消灭红十七师。红十七师的指挥员，就有意将敌人拖进苏区腹地，一面依靠苏区人民的帮助，一面寻求有利的地形，以消灭敌人。红十七师进入宜丰的黄沙地区。为了消灭尾追之敌，已和修铜宜丰县委、县苏维埃取得了联系，在地方党和群众全力支援下，抢修工事，并严密地封锁消息，诱敌人陷入天罗地网。这时，南昌的剿共总部已得知红十七师来到湘鄂赣的宜丰地区，就调动宜丰县城驻军敌18师朱耀华的全部人马，企图会同陶广，来一个所谓的"前堵后追两面夹"。可惜的是敌人又晚了一步，等敌18师弄清红十七师的去向，而匆忙地赶到黄沙时，黄沙已成了捕捉他们的一只口袋了。朱耀华给装进口袋后，陶广才气喘吁吁地赶到。蒋介石派了大批飞机，轮流不息地前来助战，飞机一来，又是扫射又是投弹。但两军已短兵相接，飞机根本找不到正确的目标。1934年2月2日，红十七师先敌到达黄沙，并乘敌第52旅和第184旅立足未稳发起攻击。战至3日夜，红十七师全歼敌18师及62师的一个团，取得了缴枪两千多支的黄沙大捷。这时，活动在修铜宜丰县的红十六师，也闻讯赶来助战。两支红军部队胜利会师，有力地配合了中央红军第五次反"围剿"作战。随即，会师后的两支兄弟部队，一齐奔赴赣北，去破坏南浔铁路。

2月11日，萧克师长、陈洪时政委接到中革军委主席朱德电报，命令"第六军团十六、十七师基本的任务是：（1）威胁南昌来吸引赣东敌人重兵，破坏蒋敌之基本运输线南浔路。（2）第六军团渡修水后即活动于武宁瑞昌永修以至南浔中地域，经常破坏该路……"①电文中，朱德还对部队的行动路线、破路方法提出了具体要求。接到电报后，萧克即指挥红六军团两师部队向瑞昌、永修间前进。当晚，在武宁附近击溃敌第26师一个营的堵截。

12日晨8时，进至武宁的横路，当即占领横路的碉楼工事，缴获步枪10余支，驳壳枪2支。

14日进抵瑞昌县的王家铺、洞口源，以少数兵力包围。以特等射手袭击碉堡中之敌，并以政治攻势，极大地震慑敌人，缴枪30余支，红军无一伤亡。接着又推翻了当地敌政权，打土豪，救济贫苦群众，向群众宣传中国共产党的政策，扩大了党和红军的政治影响。

同月15日，红六军团第十六、十七师进至大、小坳，留第十六师于该地牵制尾追之敌第16、18、26师，掩护第十七师继续向马回岭车站开进。第十七师于次日进至黄树港。17日晚，红十七师进至马回岭车站6公里的青龙饭铁路边，部队就地警戒，萧克师长亲率一个营开始破路。随即撤入德安县秦山山区，伺机再次破路。

此时，蒋介石发觉红六军团向南浔路挺进，立即从南昌行营之"预备军"中抽调独立第36、43旅及暂编第4旅共九个团，在瑞昌、岷山（今岷山垦殖场）德安间布防，以防止红军破路。同时急令刘膺古调整部署，企图压迫红军

---

① 引自《朱德致萧克、陈洪时电报》（1934年2月11日）。

于富江（水）以南、鄱阳湖以西、修水以北的狭小地区而后歼灭之。随即，调动四个师又三个旅共计二十六个团兵力，对红六军团第十七师（仅有三个团兵力）进行合围。敌人计划于19日完成部署，20日发起进攻。

20日，朱德来电，指出："1. 敌人企图紧缩我于富江鄱阳修水之间后集中兵力消灭我军，其16、18两师专由□县向东南行主要的突击。2. 目前我六军团任务是：（1）执行破坏南浔路的基本任务。（2）保持有生力量，避免与敌优势兵力决战破路。（3）你们应由部队选取派一精悍的别动队立即出到斗丕米岭铺及叶家坂（铺）依照以前电令穿过敌36旅……破坏铁路后归还主力。（4）六军团主力应□移到金山沿均山地并准备在白槎木港地域南渡。……"[1]是日，敌第16师已经进至德安县的叶家铺、张甫田地区，与红六军团红二十七师交火，其余敌军正向红十七师逼近。红十七师决定依照中革军委指令在白槎附近之敌兵力相对薄弱处南渡修水。当夜乘天黑大雨，秘密摆脱敌人。22日，跳出了敌人的包围圈。

3月3日，击溃偷袭的来敌第50师第300团与第297团之一个营，毙敌2连长以下80余人，俘敌80余人内含连长1人，缴获步枪99支。之后，胜利地冲破敌武宁、修水、铜鼓封锁线，于5日到达湘鄂赣省委所在地，与红十六师会合，并受到湘鄂赣省委和苏区军民热烈欢迎，并准备按照中革军委指令在湘鄂赣苏区休整两周。

但是，此时蒋介石因企图消灭红六军团的计划一再落空，电斥其西路军第2纵队司令刘膺古"督剿"不力，并给予朱耀华、彭位仁、岳森、郭汝栋等各师长一律降级记过，督令加紧向红军进攻。刘膺古即调集五个师发起攻击。湘鄂赣省委认为，此次敌人进攻，兵力大，部署严密，而我方地域狭小、人口少，粮食极端困难，不利于红军内线作战，为保存有生力量，应当放弃休整计划，迅速向北突围。通过急速行军和连续激战，红六军团两师再次跳出敌人包围圈。

---

① 引自《朱德致萧克、陈洪时电》（1934年2月20日）。

3月10日，红六军团红十六、红十七师进至九宫山为中心的修（水）武（宁）崇（阳）通（山）苏区，得知鄂东苏区已经被敌分割，区域大为缩小，粮食保障极端困难。红十七师自1月26日以来连续行军作战44天，伤亡减员900人。近天来，红十六师红十七师"不但无米吃，番薯也买不到，部队十分疲劳，且两师已无分文……给养补充万分困难……"[①]。两师首长决定，先北后南，甩开敌人，实行突围。途中，两师首长研究后，再次决定，红十七师返回湘赣根据地，"十六师应暂留湘鄂赣收容部队"，"找到四十七团，然后与彦刚南下"。[②]经过连续行军作战，红十七师于3月25日胜利地返回永新，与一直坚持英勇保卫湘赣苏区的红十八师会合。

红十七师北上南返，历时55天，牵制和调动了敌军六个师又六个旅另两个团，共计四十六个团以及许多地方反动武装，击溃敌第18、50、62师各两个团和第26师一个营，歼灭敌军两个营，破坏了数百座碉堡，消灭了不少地方反动武装，捣毁区公所、食盐公卖处等数十所，通过了2500里的国民党统治区，先后5次冲破敌军大的包围、堵截。在萧克指挥下，红十七师在与十倍于己的敌军作战中，采取运动战、游击战，灵活机动地打击敌人，多次摆脱优势敌人的包围。在连续行军作战中，指战员紧密团结，克服困难，不怕牺牲，英勇奋战，表现出了大无畏的革命精神。

红十七师北上后，留在湘赣苏区的红十八师与其他地方革命武装和根据地群众一起，为保卫苏区进行了艰苦的反"围剿"斗争，先后于永新城南自在亭伏击敌第43旅，在永新城北高车岭击退敌第44旅的进攻，反击敌补充第1总队，保卫了湘赣根据地的立足点。

但是，这次行动是在当时"左"倾盲动主义影响下的决策，命令红十七师远离根据地孤军深入敌人重兵把守的地域，去争取与力量并不大的红十六师会合，北出南浔路，试图威逼南昌，牵制敌人，这种计划设想是脱离了当时的实际的。它不仅不能达到预期的目的，反而因红十七师与红十八师分

---

① 引自《萧克致朱德主席电》（1934年3月10日）。

② 引自《萧克致朱德主席电》（1934年3月23日）。

兵，使得湘赣苏区的中心区受到很大损失，同时，红十七师也受到很大的削弱。在此行动中，仅红十七师损失共计1300余人，6名团职干部伤亡5名，9个营长伤亡8名，师长萧克、参谋长李达也负伤。"左"倾盲动主义的教训是相当深刻的。

六、"突围、突围"：中央红军长征的先遣队

在当时，无论是在中央红军还是在红六军团以至全体红军使用的词汇中，都还没有出现"长征"这个概念。他们使用的是"突围"和"战略转移"。

红军的"突围"或"战略转移"的决策，应当说是多重因素使然，既有主观愿望，也有客观原因。

其一，中国共产党和中国工农红军把民族利益放在最高位置上，决心抗击日本帝国主义侵略，这是红军长征的远期目标。

1931年9月18日22时20分，以日本军官河本末守中尉为首的 7 名驻扎在中国东北的"关东军"，按照预定的阴谋，炸毁了南满铁路柳条湖村一段。日军反诬中国军队破坏铁路，袭击日本军队，随即向沈阳东北军精锐第七旅驻地北大营发起进攻。日军袭击了北大营火药库，守护火药库的众多中国士兵从睡梦中惊醒，来不及着装，便被射杀、屠戮。驻北大营王以哲旅数万余人，装备齐整，素有东北军模范旅之称，由于忍辱执行不抵抗的命令，却被日军铁路守备队第二大队500人一举将营地攻占，王旅仓皇溃退。次日，日军侵占沈阳，又陆续侵占了东北三省。1932年2月，东北全境沦陷。此后，日本在中国东北建立了伪满洲国傀儡政权，开始了对东北人民长达14年之久的奴役和殖民统治。

九一八事变是日本帝国主义长期以来推行对华侵略扩张政策的必然结果，也是企图把中国变为其独占的殖民地而采取的重要步骤。它同时标志着世界反法西斯战争的开始，揭开了第二次世界大战东方战场的序幕。

九一八日本帝国主义武装侵略事件爆发，是日本疯狂侵略中国的侵华战争开端，标志着中国的主要矛盾发生了变化。1931年9月20日，九一八事变的第三天，中国共产党从中华民族的根本利益出发，中共临时中央发表了《中国共产党为日本帝国主义强暴占领东三省事件宣言》，明确地提出"反对日本帝国主义强占东三省"的口号，表明了主张抗日救国的坚定立场。[1]9月22日，中共临时中央又做出《关于日本帝国主义强占满洲事变的决议》，《决议》对事变的定性是：

"这严重的事变，是日本帝国主义的积极殖民地政策之产物，是日本武装占领整个满洲及东蒙的企图最露骨的表现，是将满洲更殖民地化，而作更积极的进攻苏联的军事根据地的实现。"并提出："特别在满洲更应该加紧的组织群众的反帝运动，发动群众斗争（北宁路、中东路、哈尔滨等），来反抗日本帝国主义的侵略，加紧在北满军队中的工作，组织它的兵变与游击战争，直接给日本帝国主义以严重的打击。"[2]当时的中共中央主要负责人之一周恩来于10月发表题为《日本帝国主义占领满洲与我党的当前任务》的文章，提出党应领导和组织民众救国义勇军，赶走日本帝国主义。

1932年1月，日寇又在上海挑起"一·二八"事变。2月1日，中华苏维埃共和国临时中央政府发出《为帝国主义瓜分中国与帝国主义大战致全国的通电》："号召全国工人、农民、兵士、学生及一切劳苦民众，自动地组织义勇军，自动地武装起来，夺取国民党的武装，直接与帝国主义作战，驱逐日本及一切帝国主义侵略者出中国，反对帝国主义瓜分中国，反对帝国主义大战，建立全中国的民众苏维埃政权。"同年4月15日，发表了当年1月下旬，由中华苏维埃共和国临时中央政府主席毛泽东在瑞金城郊东华山起草的《中华苏维埃共和国临时中央政府宣布对日战争宣言》："中华苏维埃共和国临时中央政府特正式宣布对日战争，领导全中国工农红军和广大被压迫民众，以民族革命战争，驱逐日本帝国主义出中国，以求中华民族彻底的解放和独立。" 这标

[1] 《中国共产党为日本帝国主义强暴占领东三省事件宣言》（1931年9月20日）。
[2] 《关于日本帝国主义强占满洲事变的决议》（1931年9月22日）。

志着中国共产党领导的苏维埃政府公开对日本帝国主义宣战。同日发表毛泽东在1月起草的《中华苏维埃共和国临时中央政府关于动员对日宣战的训令》(下文简称《训令》)，强调"对日作战的时机将愈迫近，全苏区红色战士应准备着更大规模的民族革命战争的到来"。因此，必须在红军战士、工农群众中做好宣传和动员工作，"经常不断地揭露日本及一切帝国主义侵占中国、瓜分中国，屠杀和榨压中国民族与国民党出卖中国污辱中国民族的事实，激励起全体红色战士对日宣战的热忱与勇气"。当"红色游击队向外发展到接近日本帝国主义势力的地方"，就应该及时"领导民众组织抗日义勇军，自动地武装起来，实行游击运动，直接对日作战，吸引白军士兵，自动对日作战"。同日还发表的《中华苏维埃共和国临时中央政府为对日宣战向全世界无产阶级和被压迫民族宣言》，也表达了与全世界无产阶级及被压迫民族一起反对帝国主义侵略、为中国民族解放和独立而战的决心。

1933年1月3日，日军攻占山海关。同月17日，毛泽东、朱德发表《为反对日本帝国主义侵入华北愿在三条件下与全国各军队共同抗日宣言》，正式提出中国工农红军准备在三个条件下与任何武装部队订立共同对日作战的协定。1月26日，中共驻共产国际代表团以中共中央的名义发出《给满洲各级党部及全体党员的信——论满洲的状况和我们党的任务》中指出："我们的总策略方针，是一方面尽可能的造成全民族的反帝统一战线，来聚集和联合一切可能的，虽然是不可靠的动摇的力量，共同的与共同敌人日本帝国主义及其走狗斗争。"中国共产党积极支持长城抗战。并积极同冯玉祥为首的抗日同盟军合作，抗日同盟军进行了收复失地的战斗，同盟军前敌总指挥共产党员吉鸿昌等起到了重要作用。

中国共产党在这期间发表的宣言、做出的决议还有一些。虽然有些文献在今天看来对时局的分析有不够准确的地方，但是以民族利益为重，高举抗日旗帜，号召人民反抗日本帝国主义的侵略这一立场是鲜明的，也是坚决的。

而在此时，国民党面对日本侵略却采取"不抵抗"和"攘外必先安内"政策，调动大军"围剿"中国工农红军。

中国共产党和工农红军抗日决心，必然只能在完成突围之后，才能付诸实现。

其次，蒋介石政府置民族危亡于不顾，无视红军提出的"共同抗日"的主张，奉行"攘外必先安内"的政策，集中强大的军事力量对中国工农红军和工农兵苏维埃的民主政权实行"围剿"，直接危及根据地的生存。这应当说是红军实现突围走上长征路的重要客观原因。

第一次国内革命战争于1927年失败后，中国共产党纠正了自动放弃革命领导权，特别是放弃武装斗争的领导权的右倾投降主义的错误路线。为了中华民族的伟大复兴，中国共产党高举革命的大旗，率领广大群众展开英勇的武装斗争，并在井冈山开创了"农村包围城市，武装夺取政权"的正确道路。在中国的广袤的土地上，一支支工农红军队伍建立起来了，一块块革命根据地建立起来了，工农红军保卫着革命根据地，各个革命根据地内普遍地开展了土地革命，建立了各级工农兵民主政权。

然而，这也使封建主义、帝国主义和官僚资本主义的统治者感到了末日的临近。他们凭借手中的军事力量，进行"进剿"、"会剿"和"围剿"，试图"剿灭"正在蓬勃发展的人民政权。其使用的军事力量一次比一次大，持续的时间一次比一次长。自1930年年底，蒋介石便开始了三次大规模的军事"围剿"，均以失败收场。在日本侵略者发动九一八侵华事件，武装占领东北，向关内逼近，民族生存危机深化的关键时刻，蒋介石反而加大规模，使用更多兵力，对红军的各个根据地进行"围剿"。1932年3月9日溥仪到达长春，在关东军导演下，就任伪满洲国"执政"。1933年1月3日，日本侵略军攻占山海关。3月9日，第29军在喜峰口与日军展开激战。5月26日，察哈尔民众抗日同盟军在张家口建立，冯玉祥任总司令，方振武任前敌总司令，吉鸿昌任前敌总指挥。5月31日《塘沽协定》签订。1933年9月，蒋介石在他1932年发动的第四次"围剿"失败后，又集中100万军队、200架飞机，对各个革命根据地实施最大的一次"围剿"，即第五次"围剿"。

此时，中国工农红军的鄂豫皖根据地、湘鄂西根据地均已经受到较大程度的损失。鄂豫皖根据地的主力红军曾经三次取得了反"围剿"作战的胜利，并发展到拥有近3万兵力，于1931年11月7日成立了红军第四方面军。此后，连续取得黄安、商潢、苏家埠、潢光四次战役的胜利，共歼敌约6万人，扩大到4.5万余人。但是，1932年6月，敌人聚集30余万人的第四次"围剿"，红四方面军抗击失利，被迫于10月11日向西转移。12月以保存下来的1.5万人为骨干，形成开创以川北为中心的川陕边根据地。1933年7月在粉碎敌人三路围攻后，红四方面军部队已经发展到8万余人，加上地方武装1.5万余人，共计10万余人，成为川陕根据地空前昌盛时期。湘鄂西根据地主力红二军团，已经改编为红三军，在湘鄂川边流动游击。为此，蒋介石把第五次"围剿"的重点，放在中央苏区和与之相邻的湘鄂赣、湘赣、闽浙赣等革命根据地，集中50万兵力，分北路、南路和西路军及第19路军，企图全部消灭在上述地域的红军。其部署是：

北路军，以顾祝同为总司令，蒋鼎文为前线总指挥，下辖三路军，共三十三个师又三个旅，作为"围剿"中央革命根据地的主力。其任务是：向广昌方向筑垒推进，寻求与中央红军主力决战。

南路军，以陈济棠为总司令，指挥粤军十一个师又一个旅，阻止中央红军向南发展，并逐步向筠门岭、会昌推进，协同北路军作战。

第19路军等部共六个师又两个旅，扼守闽西和闽西北地区，阻止中央红军向东发展；浙赣闽边区警备部队五个师又四个保安团，"围剿"闽浙赣革命根据地，并配合北路军第二路军，阻止中央红军向赣东北方向发展。

西路军以何键为总司令，指挥湘军九个师又三个旅，"围剿"湘鄂赣、湘赣革命根据地，并相机东进，阻止中央红军向赣江以西机动。

为了确保取得此次"围剿"的成功，蒋介石在南昌设立了全权处理赣粤闽湘鄂五省军政事宜的"军事委员会委员长南昌行营"，亲自坐镇南昌，指挥这次"围剿"。他在政治上继续采取"三分军事，七分政治"的战略方针，厉行保甲制度和"连坐法"，加强地主武装建设、强化其反动统治。但是，他在军事上吸取以往失败的教训，一改过去"长驱直入"、"分进合击"的战法，实施持久消耗的作战样式和"堡垒主义"的新战略,制定"以守为攻,乘机进剿,运用合围之法,兼采机动之师,远控密垒,薄守厚援,层层巩固,节节进逼,对峙则守,得隙则攻"①等原则,同时,向美、英、德、意等国大量借款,购置军火,聘请外国军事顾问,改编部队,举办军官训练团,普遍构筑堡垒封锁等,企图不断消耗红军的有生力量,最后将红军压缩在狭小区域内,聚而歼之。

国民党方面采取了一系列政治、经济社会政策,严密统治、收揽人心,其中,对苏区最具威胁的是封锁政策。通过实行严密的经济、交通和邮电封锁,严禁粮秣、食盐、工业品和原材料等物资流入苏区,断绝其与外界的联系。蒋介石判断:"匪区数年以来,农村受长期之扰乱,人民无喘息之余地,实已十室九空,倘再予以严密封锁,使其交通物资,两相断绝,则内无生产,外无接济,既不得活动,又不能鼠窜,困守一隅,束手待毙。"用心既狠且辣。与此同时,对外加紧同美、英、日等帝国主义勾结,对内肆意进行横征暴敛,筹措"剿共"经费,购买飞机、大炮等,企图彻底消灭红军,摧毁各个革命根据地。

周恩来曾经谈到,蒋介石在"第五次'围剿'时能动员五十万军队发起进攻、实行封锁,那是他势力最强大的时期"。和前四次"围剿"几乎一直在国内外动荡局势中进行相比,第五次"围剿"进行过程中,南京政府内外环境相对宽松,给了其从容展布的机会。当时对国民政府压力最大的日本,有所缓和。长城抗战并签订《塘沽协定》后,日本在华北活动告一段落,北方的压力暂时有所减轻,此后直到第五次"围剿"结束,日本在华北一直未有大的动作,南京政府获得第三、四次"围剿"以来相对稳定的外部环境。

与此同时,南京政府积极调整对外政策,与英、美等国加强联系,行政院副院长、财政部部长宋子文于1933年4月开始长达半年的欧美之行,并与美国订立5000万美元的棉麦借款合同。宋子文之行被认为标志着"南京政府对欧美

①《剿匪战史》(二),中华大典编印会,台湾国民党"国防部"史政局1967年版,第241页。

国家实行经济开放政策的起端"。在加强经济联系的同时，南京政府向西方国家大量订购武器装备，据中央信托局统计，1933年和1934年两年间，购买军火费用达6000多万元。这些，既加强了南京政府与西方国家间的政治、经济联系，又提高了其军事装备和统治能力。

当国民党方面制定出持久消耗的作战方针时，其所依恃、针对的即为中共作战资源的短缺，应该说，这确实击中了中共反"围剿"作战的弱点。作为被迫面对战略决战的一方，中共在作战资源上远远无法和国民党抗衡。

其三，当时占据中共党内统治地位的政治上的"左"倾冒险主义以及由此而决定的军事战略指导的失误，是导致第五次反"围剿"斗争失败的主观原因。同时，这也是中央红军被迫实行"突围"、"长征"的核心原因。

第三次反"围剿"战争胜利后，毛泽东在解释红军挺出闽东南地区攻打漳州原因时就指出："在三次战争以后，我们的军事战略，大规模上决不应再采取防御式的内线作战战略，相反要采取进攻的外线作战战略。""在现时的敌我形势下，在我军的给养条件下，均必须跳出敌人的圆围之外，采取进攻的外线作战，才能达到目的。"[①]也就是说，敌变我变，一切正确的决策，只能建立在对已经变化了形势的正确判断之上。一成不变、故步自封，只能导致失败。在新的形势下，红军不应再固守原来诱敌深入、内线作战的一贯战略，而应变内线作战为外线作战，主动出击，打到敌人后方去，从根本上破坏敌人的部署。这需要惊人的胆识和灵活的战术，在《中国革命战争的战略问题》中毛泽东则强调："当'围剿'已经证明无法在内线解决时，应该使用红军主力突破敌之围攻线，转入我之外线敌之内线去解决这个问题。堡垒主义发达的今日，这种手段将

---

① 毛泽东关于对政治估量、军事战略和东西路军任务的意见致电苏区中央局，1932 年 5 月 3 日，见《毛泽东年谱》，中共中央文献出版社，2002 年版，第 374 页。

要成为经常的作战手段。"①让思想冲破牢笼，绝不是一句空洞的话语，而是需要对"实事求是"的深刻思考。

从最危险最困难的角度思考发展趋势，是战略决策必须具备的思维习惯。可是，当时中国共产党的政治军事决策，盲目乐观情绪占据了自己的头脑，又有前几次反"围剿"胜利的美好回忆，几乎不太可能一开始就确立破釜沉舟、死里求生的大胆设想。同时，他们认为，以红军的现有力量，挺进到国民党政权的纵深区域，在一个不具有群众基础、回旋余地也有限的地区作战，风险应当是相当大。为此，当时的政治军事决策者们，选择在中央苏区展开反"围剿"作战。

1933年年初，以博古为首的中共临时中央在上海已经无法立足，被迫迁入中央苏区。这就使"左"倾冒险主义在中央苏区得到了进一步贯彻执行。他们无视自1931年日本帝国主义发动九一八侵华事件及后来的更大规模地侵略中国以来，中日民族矛盾已经上升为主要矛盾，看不到中国中间阶级的抗日要求，更不懂得应当及时调整自己的战略策略，尽可能地团结一切可以团结的力量，以打击主要敌人。相反，他们却认为"中间派"是最危险的敌人。他们脱离中国实际，不去研究中国革命的特点和规律，否认敌强我弱的客观现实，更不懂得中国革命的长期性和曲折性，照搬苏联的"城市中心论"，主张实行"进攻路线"。在这条错误的政治路线指导下，实行宗派主义的干部路线，对持不同意见的人实行"残酷斗争，无情打击"，控制了各级的党、政、军大权。

错误的政治路线，也导致错误的军事战略。他们抛弃了毛泽东一贯主张并经实践证明是行之有效的灵活机动的战略战术，例如，集中兵力、诱敌深入、运动歼敌等，而是采取了冒险主义的作战方针，主张并实行分兵把口，打阵地战、正规战、拼实力地"御敌于国门之外"。这是一条完全不符合中国革命实际的错误的军事路线，它只能是"龙王爷和乞丐比宝"，焉有不败之理。

在"左"倾冒险主义指导下，不正确的军事战略必然也采取了错误的"短

---

① 《中国革命战争的战略问题》，毛泽东，《毛泽东选集》第1卷，人民出版社1991年版，第236页。

促突击"战术。王明路线的领导者请来的"洋教头"李德，总结了敌军"围剿"中所取战略，认为敌军在战略上放弃了过去的坚决的突击，而采取持久消耗的作战方针，面对这一新形势，红军像以前那样采取诱敌深入的大规模运动作战已不太可能，短促突击的方法应是相对可行的选择。但是，战略决策的失误，仅仅战术调整是无济于事。正是这种"短促突击"的战法，使红军的反"围剿"战争成了不折不扣的阵地战、堡垒战、消耗战，帮助了敌人三里五里一进、十里八里一推的堡垒主义战法。其结果就是红军消灭敌人的数量极少，自己却遭受很大的损失。不少红军指战员称"短促突击"为"肉包子打狗战术"。自此，第五次反"围剿"由进攻中的冒险主义转变为防御中的保守主义了，这是一条完全不符合中国革命实际的错误的军事路线。

1934年4月底，中央红军在广昌失守后，形势日趋恶化。如果红军仍然坚持企图运用内线作战的方式击败重重包围的敌军，几乎是不可能的了。此时，中央书记处和中革军委才开始考虑红军主力撤离中央苏区的问题。

时任共产国际派驻中共中央的代表、中革军委军事顾问李德的翻译的伍修权在他的回忆录《我的历程》中说："一九三四年春，李德同志就同博古说，要准备做一次战略大转移。不过那时根本没有准备走那么远，也没有说是什么长征，只准备到湘鄂西去，同二、六军团会合，在那里创建新的革命根据地。大约在长征开始前的半年前，就开始进行了各项准备工作。"[1]

李德在其回忆录《中国纪事》中说："五月初，我受中央委托草拟了一九三四年五至七月关于军事措施和作战行动的三个月的季度计划。这个计划是以军事委员会决议的三个观点为基础的，这三个观点是：主力部队准备突破封锁，独立部队深入敌后作战，部分放弃直接在前线的抵抗。"[2]

后来，美国记者哈里森·索尔兹伯里在采访程子华（时任红军第二十二师师长）时，程子华说："1934年5月，周恩来曾叫他去谈过几次话，谈红军处

[1]《我的历程》，伍修权，解放军出版社1984年版，第75页。
[2]《中国纪事》，李德，现代史料编刊社1980年版，第97页。

境困难，根据地正在缩小，准备开始长途跋涉，建立新的根据地。"①

随即，中央成立由博古、李德、周恩来组成的最高决策机构"三人团"。政治上由博古为主，军事上由李德为主，周恩来只是负责督促军事准备计划的实行。他们把这一计划上报共产国际后，于6月25日得到共产国际致中共中央的复电。复电称："动员新的武装力量在中共并未枯竭，红军各部队的抵抗力及后方环境等，亦未足使我们惊慌失措。"关于主力红军的退出，"这唯一有只是为了保存活的力量，以免遭受敌人可能的打击。"②博古、李德一方面做转移准备，一方面命令各主力红军"用一切力量继续捍卫中央苏区来求得战役上大的胜利"。③

这表明，进行"突围"或称"战略转移"的思想酝酿与各种准备，应始于1934年5月。一俟共产国际复电，即于7月初派出约6000人的红七军团北上闽北、浙西、皖南。同时，于7月23日以训令形式致电红六军团，令其统限于8月中旬前完成各种准备工作，待命出发。

离开苏区进行外线的运动战，是置之死地而后生的无奈选择，留在中央苏区继续作战，也就意味着第五次"围剿"不能被打破。果然，在此后的反"围剿"作战中，红军一败再败，损失惨重。到1934年9月上旬，中央苏区仅存瑞金、会昌、雩都、兴国、宁都、石城、宁化、长汀等县的狭小地区，人力、物力极度匮乏，失去了在内线打破"围剿"的可能性，中央红军只剩下"长征"这一条路了。

"突围"、"长征"，已经成为中央苏区的唯一选择。

红六军团成为红军先遣队，为中央红军"突围"、"长征"开辟前进道路，也成为必然选择。

---

① 《长征——前所未闻的故事》，[美]哈里森·索尔兹伯里，解放军出版社1987年版，第60页。
② 中共中央党史资料征集委员会、中央档案馆：《中共中央关于反对敌人五次"围剿"的总结决议》，《遵义会议文献》，人民出版社1985年版，第17页。
③ 同上。

七、"受命"：红六军团"西征"的直前准备

红六军团能够迅猛刚烈地突破敌人四道封锁线，除了这支部队在湘鄂赣、湘赣根据地历次反"围剿"斗争中，历经艰难险阻、实战锤炼，筚路蓝缕、玉汝于成之外，他们之所以能够圆满取得突围的成功，是建立在他们做出的充分准备的基础上的。

中央书记处和中革军委的致红六军团及湘赣军区《关于红六军团转移到湖南创造新苏区问题给红六军团及湘赣军区的训令》，是在7月23日下达的。

其基本精神有：1．中央书记处及军委决定六军团离开现在的湘赣苏区，转移到湖南中部去发展广大游击战争，及创立新的苏区。2．六军团以自己在湘中的积极行动，将破坏湘敌逐渐紧缩湘赣苏区的计划及辅助中央苏区之作战。3．中央与军委坚决指出绝不允许将这个决定曲解成为放弃湘赣苏区与无计划退却逃跑。4．省委、军区及六军团首长应立即采取各种具体的准备。其中，在永新以南直到万遂五斗江、上下七地域推广游击战争。5．弼时即为中央代表，并与萧克、王震三人组成六军团的军政委员会，弼时为主席。6．预计向湖南发展的路线、地域和行动，第一步，迅速脱离敌人；第二步，新田、祁阳、零陵（今永州）地域；第三步，新化、溆浦间山地，并与二军团取得联系。7．这一训令只限于给省委常委、六军团及军区首长，不得丝毫下达。8．一切准备工作统限八月中进行完毕。

链接

《关于红六军团转移到湖南创造新苏区问题给红六军团及湘赣军区的训令》

党中央书记处、中革军委关于红六军团向湖南中部转移给六军团及湘赣军区的训令

一九三四年七月二十三日

（一）中央书记处及军委决定六军团离开现在的湘赣苏区转移到湖南中部去发展广大游击战争，及创立新的苏区，同时除了六军团外，湘赣军区所属诸独立部队及游击队，应无例外的留在现有苏区及其周围进行广大的游击战争，捍卫苏区。这个决定是从如下的政治与军事的考虑出发的。

（甲）目前苏维埃运动发展的一般的状况是在江西及四川存在着巩固的苏维埃区域，而湖南将成为两者将来发展联系的枢纽。虽然在湖南有着我们发展的良好的客观条件，但是由于我们在湖南力量的薄弱，及二军团在湘西北行动的不积极，湖南的游击运动还没有广大地开展起来，这使湘敌可集全力向湘赣苏区进攻。

（乙）在粉碎敌人五次"围剿"中，湘赣苏区是我们的辅助方向之一，在钳制与吸引敌人方面湘赣苏区是相当地完成了自己的任务，但是湘赣苏区本身是紧缩了；敌人正在加紧对于湘赣苏区的封锁与包围，特别加强其西边封锁，企图阻止我们力量的向西发展。

（丙）在这种状况下，六军团继续留在现地区，将有被敌人层层封锁和紧缩包围之危险，而且粮食及物质的供给将成为尖锐的困难，红军及苏区之扩大受着很大的限制，这就使保全红军有生力量及捍卫苏区的基本任务都发生困难。

（丁）改变这种状况的可能有两个或者是取得足以促使敌人变更战略计划的胜利，迫使敌人不得不放弃现有的计划，这在敌人堡垒主义及优势力量的条件之下，依靠湘赣苏区自己的力量是难于达到的。或者是主力离

开现有地区转移虽更加广大与有自由机动可能的地区作战，并创造新的苏区，而以独立的与游击的部队在现在区域及其周围发展积极的游击活动，捍卫苏区，由于湖南中部敌人力量之极端薄弱及一般良好条件（湘南红军及游击队之活动证明了这点），这种决定是更适当的。

（二）中央与军委这个决定，是有如下的目的：

（甲）六军团以自己在湘中的积极的行动，消灭敌人的单个部队，最广大的发展当地的游击战争与土地革命，直至创立新的苏区，给湘敌以致命的威胁，迫使他不得不进行作战上及战略上的重新部署，这将破坏湘敌逐渐紧缩湘赣苏区的计划及辅助中央苏区之作战。

（乙）最大限度地保存六军团的有生力量并在积极的游击活动中加倍地扩大它。

（丙）尽量地组织与发展湖南的群众的革命斗争，反帝国主义的与土地革命的斗争。六军团应以自己英勇的斗争革命化湖南的环境，并鼓动与组织湖南的群众斗争，发展为革命的游击战争，彻底的土地革命，直至由建立苏维埃政权与新的大片苏区，确立与二军团的可靠的联系，以造成江西四川两苏区联结的前提。

（丁）为着保卫湘赣苏区及阻止湘敌组成沿赣江东向中央苏区进攻的可能，一切军区的独立部队游击队及地方武装，应留在现有苏区及其周围发展（有）积极的游击战争。

（三）中央与军委坚决地指出，绝不允许将这个决定曲解成为放弃湘赣苏区与无计划地退却逃跑。中央与军委责成省委及军政首长进行坚决的斗争，反对我们队伍中的任何悲观失望的情绪，并依据这个训令，采取一切的必要方法进行各种具体的准备工作，加强游击活动及部队中的政治工作。

（四）六军团由现在苏区转移的时机，要看敌人的堡垒程度及我们行动顺利与否，而后由军委个别命令决定之。但现在省委、军区及六军团首长应立即采取各种具体的准备，以便必要时，六军团能有组织而不受阻碍地退出现在的苏区。主要的准备办法如下：

1. 重新分配党的干部，使一部分留在原地工作，现在就应派往加强各特委及中心县委的领导，使他们能独立自主的（在）敌人封锁线内，发动广大群众，开展游击战争，并准备能转变为秘密工作的基础。在永南的新苏区①及万、太（泰）、遂地方②，应有得力干部主持，以便向南发展苏区。另一部则应派到六军团各级政治部去，加强其政治工作，并准备担任新区的地方工作。

2. 最高度的加紧动员工作，于八月十号前应充实十七十八两师到九千人，步枪到三千五百支。军区部队中五个独立面应于八月半每团都充实到两个营的组织，庞大的分区直属队，应编入独立团；独立营及基干游击队亦应充实起来，并进行广大的政治运动，广泛的发展群众的武装自卫及游击队组织与活动。

3. 红校五百学生应组成干部队，以便随六军团行动。如已届毕业，应即分配给六军团，以少数的分配给地方独立部队，并应立即成立新的干部队随军行动。

4. 应准备储存两周粮食。

5. 加紧弹药厂的生产，保证在八月十号前六军团能补充必要的弹药。修械弹药两厂应各分成两部，一部留下，一部随军行动。

6. 将军区医院分成两部，一部留下，一部组成可收容全军团百分之十的人数的野战医院约四个所随军行动。

7. 无线电应留下一架小的，随军区行动。

8. 军区组织及其直属队应力求缩小，便于行动与指挥游击战争，并须预先将决定留下的各工厂医院等机关分置便于掩护的地域。

9. 在永新以南直到万、遂、五斗江、上下七地域，现在就应以独五团及现时随独五团行动之吉安独立营遂川独立营为基干，加紧肃清当地地主武装，并向南推广游击战争，争取赤化，以利于六军团的转移，及其转移后的发展。

---

① 指江西省永新县东南部的牛田、津洞一带地区。
② 指江西省西部的万安、泰和、遂川三县。

10. 向第一步预计的向西发展的路线，进行详细的敌情道路及地形的侦察。

（五）准备离开现在苏区的部队应包括六军团之十七十八两师全部，及红校学生，无线电两架，野战医院和制弹、修械厂。弼时同志及部分的党政干部应准备随军行动。弼时即为中央代表，并与萧克、王震三人组织六军团的军政委员会，弼时为主席。

留在现苏区的应为省委省苏军区及各分区地方党政组织，地方的独立和游击部队，重伤病员，体弱的干部及苏区的基本群众，担任继续发展游击战争及党的工作。洪时①同志留为省委书记，云逸②到后，王震即任六军团兼十七师政委。

（六）预计的向湖南发展的路线，地域和行动：

1. 六军团由黄坳、上下七地域的敌人工事守备的薄弱部或其以南转移到现独四团行动的桂东地域。在转移中要迅速脱离敌人，以便到桂东的游击区域，高度的迅速的发展游击战争和推广游击区域。

2. 六军团在桂东不应久停，第二步应转移在新田、祁阳、零陵地域去发展游击战争，和创立苏区的根据地。

3. 以后则向新化溆浦两县间的山地发展，并由该地域向北与红二军团取得联络。

（七）这一训令只限于给省委常委、六军团及军区首长，不得丝毫下达。一切准备及第一步的行动应伪装进攻湖南军队的行动行之。

（八）关于六军团在湖南中部地区行动时之政治任务及政治工作，及省委、军区在现在苏区发展游击战争及党的工作，另发个别的训令。

（九）一切准备工作统限八月中进行完毕。

党中央书记处、中革军委

七月二十三日

---

① 即陈洪时。

② 即张云逸。

准备，一切都是在紧张而有序地进行着。

中共湘赣省委、湘赣军区和红六军团的领导人，对中共中央总书记、中革军委的训令进行了认真详细的研究，认为红六军团离开湘赣苏区，到湖南中部发展游击战争，创立新的根据地，威胁湘军后方，配合中央苏区作战，是一项光荣而又十分艰巨的具有重大意义的战略任务。在这一行动中，必须首先冲破敌人的重兵包围，然后脱离根据地，长途远征，孤军深入敌后，这必将遭到强敌的围、追、堵、截和许多艰难险阻。只有艰苦奋战，冲破重重困难，以灵活机动的战略战术打败敌人，才能完成任务。主力红军离开湘赣苏区后，保卫湘赣根据地的斗争任务更加艰巨。为此，中共湘赣省委、省军区和红六军团立即着手进行各项准备。

第一项准备，思想动员。

在任弼时亲自主持下召开了红六军团政治工作会议。会上，任弼时做了题为《争取新的决战胜利，消灭湖南敌人，创造新的苏区与新的根据地》的报告，向与会人员讲清了当前的形势，说明了党中央和中革军委给予红六军团的任务，指出了完成任务的有利条件和可能遇到的困难，号召全体指战员坚决执行党的指示，团结一致，依靠群众，发扬我军英勇顽强和艰苦奋斗的光荣传统，克服困难，战胜敌人，胜利地完成这个战略任务。同时指出，要防止在战略关头，部队中可能出现的惊慌失措和消极动摇的思想情绪以及乡土观念等。与会同志对任弼时的报告进行了认真的讨论，统一了思想。会后，在全军进行了深入细致的思想动员工作。

第二项准备，扩大红军。

湘赣省委、湘赣军区尽最大努力，积极为红六军团补充兵员和武器弹药。湘赣军区通过调整机构、合并缩减各直属部队、清理医院伤病员、动员回家的战士归队等工作，挑选了青壮精干人员2000多人和500余支（挺）枪补充了红六军团。使红六军团由原先的6830人、3202支（挺）枪增至9758人、3700余支枪。建立健全了政治机关；将茶陵、永新、干南三个独立营合编，组建了第十八师第五十四团（团长田海清、政委魏□青）；以安福独立营两个连充实了五十二团。从红四分校调出部分干部，将部队各级正、副职干部全部配齐，安置了老、弱、病、残人员。中共湘赣省委、湘赣军区还抽调了250名地方干部，组成地方随军工作团，作为开展土地革命斗争、建立红色政权、建立新根据地的骨干力量，在突围、西征途中，随军工作团将在政治机关的领导下，负责宣传群众、扩大红军、检查纪律、处理战俘和筹备粮款等项工作。

第三项准备，组织调整。

遵照党中央和中革军委指示精神，中共湘赣省委召开了常委扩大会议，详细研究确定了在湘赣苏区坚持游击战争的总部署。在党的工作方面，决定由陈洪时、旷光明、谭余保、姚厚德、旷逸爱、王用济、张云逸组成中共湘赣省委临时常委会，陈洪时任省委书记。根据当时根据地被分割的状况，重新调整了县一级的党的组织，将莲花、安福、萍乡三县委合并，成立莲安萍中心县委，将新峡、清江、分宜合并，成立新清分中心县委，将茶陵、宁冈合并成立茶宁中心县委，将万泰苏区分开成立吉泰县委和万泰县委，由永新管辖。在政府工作方面，谭余保任省苏维埃政府主席。在军事工作方面，组成新的湘赣军区领导机关，彭辉明任军区司令员。同时对地方革命武装独立第一、二、三、四、五团的活动范围和作战任务重新做了调整。这些部队和留在湘鄂赣苏区的红十六师，在红军"突围"后，面对敌人更猛烈的"围剿"进行了艰苦卓绝的斗争，湘赣军区司令员彭辉明牺牲，以湘赣省苏维埃政府主席谭余保为首的中共湘赣临时省委，组建了谭余保同志担任主席的湘赣边区军政委员会和游击司令部，坚持了三年游击战争。这支部队后来改编为新四军第一支队第二团第一营，开赴江南抗日前线。曾经编入红六军团第十六师的原红十六军斗争更为残酷、牺牲更加惨烈，陈寿昌（湘鄂赣省委书记兼军区政委）、徐彦刚（红十六师师长）、高咏生（红十六师师长）、明道方（红十六军九师九团副团长）、艾权胜（红十六师交通队政委）、明安楼（红十六师政委）、黄加高（红十六师政治部主任）、曾湘娥（傅秋涛的夫人、湘鄂赣妇女部长）、郭子明（湘鄂赣军区副参谋长）相继牺牲。湘鄂赣省委、军区机关和红十六师余部等400余人在傅秋涛（1907—1981，湖南平江人，1955年被授予中将军衔）、严图阁

（1903—1939，河南沈丘人，积劳成疾逝世）等人的率领下坚持三年游击战争，艰苦奋斗，一直到编入新四军第一支队第一团。

第四项准备，研究部署。

红六军团军政委员会对军团的突围部署进行了缜密的研究，认为，如果从黄坳、上下七地段突围，则山大路险，不便于大部队运动，容易遭受到宁冈之敌第15师的堵截和永新之敌第16、62师的追击，并且容易过早地暴露红军行动企图；而红军南面则是湘军与粤军的结合部，兵力相对比较薄弱，在五斗江至白牛岭地段的碉堡封锁线，仅有保安队和反动地主武装防守，从五斗江至桂东地带，虽然有敌人三道碉堡封锁线，但也都是由地方反动武装防守，而且空隙较大。同时，这个方向上的地形既便于红军迅速运动，又不致过早地暴露红军西征的意图。因此，红六军团决定向南突围，先从衡前至五斗江附近突破敌人内层封锁线，然后不分昼夜向西南疾进，一鼓作气突破五斗江到桂东之间的其他三道封锁线，冲出敌人的战役包围，进到桂东以南，再视情况决定以后的行动。

第五项准备，配合行动。

在进行周密的突围部署后，湘赣省委、湘赣军区迅速行动，为红六军团突围做好准备，确保突围计划的实现。湘赣军区命令军区独立第一、二、三团分别向永新、安福和莲花方向游击，牵制弱面的敌人；湘赣军区红军独立第五团活动于遂川、万安和泰和地区，牵制东线的敌第23师和第53师，同时调在桂东活动的湘赣红军独立第四团北上，迎接红六军团。

这是一整套的周密细致的突围计划，湘赣省委、湘赣军区、湘赣省苏维埃政府和湘赣根据地的人民为了这次突破的成功做出了巨大的自我牺牲，正是这种严谨的作风和牺牲精神确保了红六军团突围的成功。

就在红六军团紧锣密鼓地进行着突围前准备的过程中，1934年8月初，国民党军对湘赣苏区的碉堡封锁线，除南部黄坳、五斗江、衡前一线尚未完成外，其余都已经基本完成了。机动部队也开始调整部署。湘军第15师向息锣一线前进，第62师向龙源口和娥岭仙地区开进。在南康的粤军余汉谋部准备北进。湘粤军企图部署调整完毕即向红六军团发动全面进攻。

据此，红六军团立即向中革军委建议，拟提前于8月上旬突围，并隐蔽地进到遂川的横石和新江口一带机动位置待命。

这个建议得到批准。

红六军团准备已久的突围行动，提前开始了。

他们突围的成功，揭开了红军长征的序幕，并且，由"突围"的胜利走向了长征的伟大胜利！

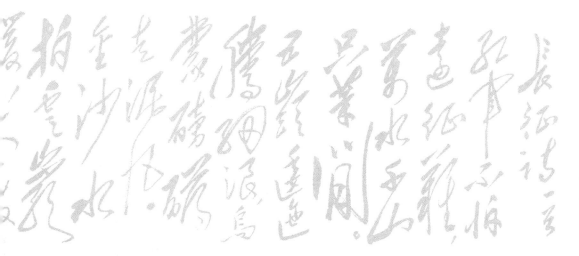

第二章

这支队伍"洪湖岸边是家乡"

　　红六军团"突围"、"长征"的目的地，是在行军途中逐步由中革军委的补充训令形式明确的。1934年9月8日，在他们由遂川踏上征程的一个月之后，红六军团先头部队第十八师第五十二团进入湖南省城步县的蓬洞。军团主力翻越海拔1700多米的蔡石界，进至西延以西的车田，收到中革军委关于红六军团今后行动及任务的补充训令。电文命令："在中央局、军委七月二十三日的训令中，规定的六军团第一步的动作，基本上是结束了，对六军团以后的行动，转移到湘西北地域，并与二军团在川黔湘边境行动的部队取得联络，为避免渡大河的障碍与不利的战斗，应规定沿湘、黔边的前进路线如下：即绥宁、通道到贵州之锦屏、天柱、玉屏、铜仁转向湘西之凤凰地区前进。这是九月二十日后的任务。""在第三阶段中，六军团即应协同二军团，于湘西及湘西北地域发展苏维埃及游击运动，并于凤凰、松桃、乾城、永绥地域建立巩固的根据地，其后方则背靠贵州，以吸引更多湘敌于湘西北方面。"

　　中革军委电文中提到的红二军团，即中国工农红军第二军团的简称，中国工农红军主力部队之一。

　　该军团是1930年7月7日由湘鄂西地区湘鄂边的红四军（后称红二军）、洪湖的红六军、巴兴归的红四十九师、襄枣宜的红二十六师和鄂西北的红二十五师以及其他游击武装，几支红军部队合编而成的。此后，还编入了一些人数较少的武装部队。1931年春，红二军团曾改编为红三军，并于1934年6月转战至黔东，创立了黔东苏区。但是，在中革军委的电文中一般仍称其红二军团。这支部队的前身，是贺龙在湖北省洪湖地区一带领导创建的"洪湖赤卫队"。正如那支著名的歌曲《洪湖水浪打浪》中唱的那样，这支英雄的部队"洪湖岸边是家乡"。

一、洪湖：水网游击战中成长的部队

洪湖根据地，指红二军团在以湖北省沔阳（今仙桃市）、监利、石首、江陵(今荆州市)、潜江和湖南省华容为中心创立的革命根据地。

在大革命时期，湖北工农运动就曾蓬勃发展，具有良好的群众基础。1927年，蒋介石、汪精卫相继叛变革命，但是，共产党人没有被反动派的嚣张气焰吓倒。8月，湘鄂西地区各特委根据中共中央"八七"会议精神和湖南、湖北省委制订的秋收暴动计划，发动群众，准备武装起义。

9月10日，中共鄂中特委和沔阳县委领导农民群众在沔阳和沔阳、监利交界地区举行暴动，组成游击队。武装暴动失败后，保留了沔阳游击队（鄂中游击队）和石首、监利等数支游击队，在洪湖边上打土豪、分田地，开展游击活动。

1928年1月下旬，中共湘西北特委领导人周逸群、贺龙等奉中共中央指示赴湘西北组织工农武装，途经洪湖地区时，将分散活动的各地游击队共500余人，组成第四十九路工农革命军，初步开创了洪湖地区武装斗争的局面。

周逸群、贺龙离开后，洪湖地区游击队遭到敌人重兵"围剿"，仅剩段德昌、彭国材等人率领游击队余部数百人在洪湖继续坚持斗争。后来，周逸群又回到洪湖，重建中共鄂西特委，按照"左"倾中央指示在各县组织暴动。结果，各县暴动相继失败，许多优秀共产党员被杀害。

周逸群从血的教训中认识到中央的路线存在问题，遂对洪湖地区的现状、敌情、社情做了详细调查，并将材料上报中央，特别谈了对暴动的看法。而中央在致湖北省委并转鄂西临时特委的指示信中，对周逸群的报告进行了严厉的批评。周逸群遂亲自赴中央，向周恩来进行了汇报。周恩来在认真地听取了周逸群的汇报后，起草了《给贺龙及湘鄂西前委的指示信》，信中对游击战争、建立农村根据地等方面，做出了明确指示，从而摆正了革命的航向。

周逸群回洪湖后，湖北省委批准成立了鄂西特委，由周逸群任书记、万涛任副书记。之后，周逸群、万涛和段德昌一起在三屋墩对各县赤卫队进行了整编，在赤卫队里建立了党团组织，清除了不纯分子。

洪湖赤卫队，由周逸群任队长、段德昌任参谋长，自此停止盲目暴动，改为通过发动群众，利用洪湖水泊网地的便利条件，开展游击战争。与此同时，随着党员队伍逐渐扩大，建立了秘密的农协会、妇女会和少先队等组织。游击队时而集中，时而分散，运用"你来我飞、你去我归、人多则跑、人少则搞"和"分散以发动群众，集中以应付敌人"等游击战术，打击罪大恶极的土豪劣绅和贪官污吏，先后在洪湖、白露湖和华容东山一带开辟若干小块游击根据地。就这样，洪湖地区的革命力量，在严重的白色恐怖下，依然稳步发展。到了1929年3月春回大地之际，洪湖地区23个县的党组织都初步恢复。

1929年春，洪湖赤卫队改称为鄂西游击大队，编成三个大队，后扩编为鄂西游击总队，领导鄂西地区军民，多次挫败了国民党正规军和地主武装的"清剿"。洪湖赤卫队也随着洪湖苏区的发展而不断壮大，在赤卫队的基础上，组建了中国工农红军独立第一师。

1930年1月上旬，中共鄂西特委万涛到鹤峰传达中央指示及中共鄂西地区第二次代表大会精神，接红四军东下洪湖根据地。2月5日，中央独立师改编为中国工农红军第六军，孙德清任军长。孙患病后由邝继勋继任，周逸群任政委。

1930年7月4日，红六军与贺龙率领来洪湖的红四军，在洪湖根据地的公安县陆湖堤会合。是月中旬，两军在江陵县普济观统一编为红军第二军团。9月，中共鄂西特委改为湘鄂西特委，邓中夏为书记；鄂西联县政府改为湘鄂西联县政府，周逸群为政府主席，创立了以洪湖为中心的湘鄂西苏区。

此后，苏区各县乡的赤卫队积极组织农民自卫武装，在敌人来"围剿"时，配合红军保卫苏区，特别是在红军主力离开苏区后，更是成为反"围剿"

洪湖革命根据地反第二次"围剿"经过要图

的主力。期间，先后有数十万农民群众参加赤卫队，在中国革命史上写下了可歌可泣的动人篇章。洪湖革命根据地鼎盛时期东起洪湖，西抵沙市，北接京山，南邻洞庭湖，辖15个县苏维埃政府。

二、洪家关：这里也有个"红四军"

洪家关，是一座山清水秀的山村小镇，距离桑植县县城不到15公里，这里是红二方面军总指挥贺龙的故乡。在这里爆发了中国共产党"八七"会议指引的，贺龙、周逸群同志领导的，利用桑植民族地区独特的地理位置和人文因素的著名的桑植起义。起义成功后，贺龙、周逸群组建了中国工农红军第四军。

在中国工农红军的历史记载中，曾经有过三支部队使用过"红四军"的番号，其中有两支部队先后都使用过工农革命军第四军的番号，而且在后来这两支部队又先后改称中国工农红军第四军，即红四军。

第一支红四军，是1928年4月，毛泽东领导的秋收起义的中国工农革命军第一军第一师与朱德、陈毅率领的南昌起义军余部和湘南农军在井冈山会师后，改编为由朱德任军长、毛泽东任党代表的中国工农革命军第四军。同年6月，改称中国工农红军第四军。

第二支红四军，是1928年7月，由湘西北桑植地区工农革命军组成。贺龙任军长，恽代英任党代表（未到职）。1929年2月，改称中国工农红军第四军。

1928年1月18日，农历腊月二十四。监利观音洲，一个身着水獭皮袄，头戴皮帽，眼戴墨镜的大汉在几个随从的簇拥下，大摇大摆地向戒备森严的汉口码头的团防队部走去。团防队长见来者的打扮，以为是大官来视察，急忙吹哨集合，十几个团防队员列队欢迎。大汉走到团防队队长面前，摘下墨镜，劈头就说："认得吗？我是贺龙，特来借你的枪！"队长一听，这就是贺龙，吓得"扑通"一声跪了下来，连声求饶。一个团防队员企图开枪，被贺龙的随从一

红二方面军总指挥、中华人民共和国元帅贺龙。

枪打倒，其他几人趁机一拥而上，将团防队员的枪械全部缴下。

原来，这个大汉就是武汉国民党当局正在通缉的武汉三镇年关暴动总指挥、南昌起义总指挥贺龙。随从几人都是革命军战士，他们正准备去湘鄂西拉队伍干革命。智取了敌人的武装后，贺龙迅速与堂弟贺锦斋领导的100多人的队伍会合，轰轰烈烈的洪湖地区年关暴动开始了。一个月时间，贺龙率部打得敌人闻风丧胆：消灭了团防和土匪2000余人，缴获了大量武器，革命队伍也发展到1000多人。不久，贺龙把发展起来的武装留在当地，自己带少数人去湘西北，开辟新根据地。

1896年3月22日，贺龙元帅出身于湖南省桑植县洪家关一户贫苦农民家庭。由于家境贫寒，念私塾五年，便辍学务农。少年时期的贺龙元帅以愤世嫉俗，仗义疏财，敢于同恶势力相抗争而闻名乡里。在辛亥革命的影响下，贺龙于1914年参加了孙中山领导的中华革命党，在桑植、石门、沅陵等县从事反帝、反封建的武装斗争，曾三度入狱，威武不屈。1916年，贺龙20岁那年，他邀了一群农民兄弟，以两把菜刀起家，打开了芭茅溪盐税局，得到12条枪，从此走上革命道路，组织起一支农民革命武装。这支武装在军阀林立的旧社会，屡遭失败，几经起落，在贺龙的带领下，逐渐发展壮大，在讨袁护国和护法战争中屡建战功。

1924年至1927年，在第一次国内革命战争期间，贺龙积极拥护孙中山先生"联俄、联共、扶助农工"的三大政策，高举打倒列强、打倒军阀的旗帜，率部参加北伐战争。1926年夏，他担任国民革命军第9军第1师师长时，已成为北伐军中著名的左派将领。1927年6月，由于战功卓著，升任国民革命军第20军军长。他不断追求真理，在北伐战争中，逐渐由信仰三民主义转变为信仰共产主义。1927年"四一二"事变后，革命转入低潮，贺龙无所畏惧，坚定地站在共产党和工农大众一边，率部参加并参与领导了南昌起义，担任起义军总指挥。起义部队南下途中，是最危急的时刻。但是，此时的贺龙却以自己坚定的信仰，经周逸群、谭平山介绍，加入了中国共产党。

1928年1月初，中共中央根据贺龙要回湘西发展工农武装的请求，决定成立以湖北省委书记郭亮为书记、贺龙和周逸群等为成员的湘西北特委。随后，贺龙、周逸群等来到武汉，与正在组织武汉年关暴动的郭亮会合，贺龙应邀担任暴动总指挥。不料计划泄密，暴动流产，湖北省委乃决定由贺龙、周逸群等先行组成鄂西南特委，前往荆江两岸地区领导年关暴动。

该月下旬，参加过南昌起义的原国民革命军第20军第1师师长贺锦斋奉命来到鄂西，组建起一支百余人的游击队，在荆江沿岸开展游击战争。

由贺龙、周逸群等组成的鄂西南特委到达监利以后，首先与贺龙的堂弟贺锦斋率领的游击队会合，并在鄂中特委及所属县委的配合下，将荆江两岸革命武装300余人合编为中国工农革命军第四十九路军，由贺锦斋任军长，准备发动年关暴动。

第四十九路军成立后，即在荆江两岸攻打团防据点，镇压土豪劣绅，宣传土地革命，帮助各地建立农民协会和农民自卫军。至1928年2月中旬，共毙敌2000余人，部队发展到1000余人。在工农革命军的推动和鼓舞下，湖北、湖南中西部20余县掀起武装暴动高潮。

2月下旬，鄂西南特委决定撤销特委和第四十九路军，贺龙、周逸群按原定计划组建湘西北特委，前往湘鄂边组织武装起义。1928年2月29日，湘西北特委的贺龙、周逸群率贺锦斋、卢冬生和张海涛等人到达湘西桑植县洪家关，利用贺龙的特殊关系，组织其旧部和农民武装3000余人，建立工农革命军。

　　1928年4月2日，由周逸群、贺龙、贺锦斋等领导的桑植起义正式发动。贺龙指挥工农革命军一举歼灭守城团防武装，夺取了县城。接着，建立了桑植县革命委员会，开展声势浩大的宣传活动，四处张贴《工农革命军布告》，宣传党的政治主张和工农革命军的宗旨。周逸群率一部转移到鄂西的石首，组织中共鄂西特委，领导洪湖地区的武装斗争。贺龙收拢失散的三四百人，在桑植、鹤峰边界重整队伍，坚持游击斗争。6月间，重新攻下洪家关，收编部分地方武装，使工农革命军恢复到1500多人，从而开始了创建湘鄂边革命根据地的斗争。7月，部队改编为工农革命军第四军，贺龙任军长，恽代英任党代表（未到职）。

　　党领导的桑植起义是继秋收起义、湘南起义之后在湘西北爆发的又一次武装起义，形成了工农武装割据的局面，为湘鄂西革命根据地的创建打下了坚实的基础。

三、巴东："神兵"战胜了"神兵"

　　神兵是一种带有浓厚封建迷信色彩的农民自卫武装团体。湘鄂渝黔边区属武陵山区，历史上巫风盛行，因此多稀奇古怪之事，神兵便是其中一种。历史上湘鄂渝黔边区神兵组织十分盛行。神兵，是迷信与武装相结合的一种组织，他们以神堂为单位，人数从几十到数百不等，互不隶属，自成系统，没有统一领导。会众平时为民，战时为兵，他们迷信刀枪不入，作战时又是唱又是跳，特别勇敢，冲锋陷阵，凌厉无比，官、匪闻之丧胆，望风披靡。踩铧口、吞炭火是湘西神兵的必修课，从此以后撒豆成兵、刀枪不入。

　　湘鄂渝黔边区神兵的起源，最早可追溯至商周时期。华阳国故地在今四川、重庆。《华阳国志》记载，其地"民勇敢善战，好为神兵"。牧野之战是周武王与商纣王的一场生死大决战，周武王能够取得这场战争的胜利，关键在于一支巴人部队的参战。据《华阳国志》记载："武王克纣，实得巴蜀之师，著乎尚书。""巴师勇锐，歌舞以凌，殷人前徒倒戈。故世之曰：武王伐纣，前歌后舞也。"意思是牧野之战到紧急关头，西周阵营一支巴人部队杀了出来，他们的战法很古怪，又是唱歌又是跳舞，商军莫名其妙，手足无措，很快溃不成军。周武王一举杀进朝歌，商纣王鹿台自焚。在战场上又是唱歌又是跳舞的巴人，就是神兵。

20世纪初叶，在土家族、苗族聚居的山高人稀地瘠民贫的鄂西地区，爆发过声势浩大的反抗官僚军阀、土豪劣绅残酷剥削压迫的农民运动——神兵起义。起义迅猛地蔓延至土家族、苗族聚居的湘、川、黔边的广袤山区。当年曾在湘鄂西领导土地革命斗争的贺龙在《湘鄂西初期的革命斗争》一文中深刻地指出："神兵虽然都是迷信团体，但其成员大都是被压迫的劳动人民，为了反对军阀、反对苛捐杂税组织起来的。除了被地主恶霸控制的一部分，一般不欺压群众。"波澜壮阔的神兵起义，在与军阀、反动团队、土匪恶霸和贪官污吏的抗争中，前仆后继。熟知湘鄂渝黔边区神兵组织十分盛行的情况，贺龙、周逸群在创建湘鄂西革命根据地的过程中，十分注重改造与吸收神兵。湘鄂西、湘鄂川黔革命根据地的党组织和红军，十分重视这一区域的神兵武装力量。神兵为周逸群、贺龙能在湘鄂西立足、红军队伍的壮大与根据地的发展立下了奇功。区分不同类型的神兵的不同性质，当地党组织和红军领导人周逸群、贺龙等能够采取正确的方针和策略，打击那些为地方恶霸、反动势力控制的"神兵"组织，引导普通神兵群众走上了土地革命的道路，争取他们中的积极分子参加红军。

1927年5月，四川军阀杨森部东下时，湖北省巴东县一带的革命运动遭到了严重摧残，革命斗争转入低潮。8月以后，巴（东）、兴（山）、（秭）归地区的党组织在湖北省委和鄂西特委的领导下，积极贯彻党的"八七"会议精神，确定从教育和争取神兵入手，领导群众斗争。在巴东县，黄大鹏等人打入神兵组织，很快在甘坪、平阳坝、五道垭、牛洞等地，掌握神兵2000余人。在兴山县，共产党员刘子和、刘子泉等在神兵中工作，也颇有成效。这些活动，为巴东、秭归、兴山地区的革命斗争播下了火种。1928年3月初，黄大鹏、张华甫等人集中几支神兵队伍，并联合兴山、秭归部分神兵，一举夺下巴东县城，处决了县长高安琪等七名县吏，夺取了县印，建立了巴东革命政权——人民委员会，这就是著名的杀官夺印事件。巴东武装起义最后遭到失败，但起义骨干在巴、兴、归继续坚持斗争。

1928年4月至5月，由贺龙任书记的湘西前敌委员会成立，组建了红四军。红四军在石门活动失利，贺龙率余部200多人转移到五峰县清水湾，在宣恩、恩施、利川和建始展开游击活动，沿途改造、收编神兵，壮大红军队伍，打开斗争新局面。施鹤地区的神兵，主要有两个系统，一是咸丰王锡九把持的，人数多而分布广，以咸丰精灵宫为中心，在利川、宣恩、恩施、来凤等地都有部属；二是由保康经过兴山传过来的大刀会、双刀会、红枪会等，其中红枪会人数较多，以巴东为中心，在鹤峰、建始均有部属。另外还有一些零星神兵组织，如联英会、黄帝会、白带会等，各县都有，但人数少。前委在江垭整军时，便研究了对神兵的政策，对于神兵领袖，实行分化、争取，对于下层人士，要教育、吸收，使之成为革命武装。前委按照这一原则，在游击施鹤过程中灵活地解决了神兵的问题。红四军游击施鹤期间，鉴于活动区域的扩大，于是湘西前委改为湘鄂西前委，贺龙为书记，部队取消师的番号，设第一路指挥部，编为一个大队，收编了乾文统的神兵队伍40余人。

1928年8月中旬，五峰、长阳、建始、巴东及鹤峰神兵联合攻打五峰湾潭团防孙峻峰的战斗，对参加这次战斗的神兵是一次深刻的教训。孙峻峰是上述五县边区中战斗力最强的团防，五县神兵联合组织400人攻打孙峻峰团防驻地，惨遭失败，邬阳关神兵小头领陈宗元及其部属20余人被杀。这对神兵单纯迷信"刀枪不入"和"平时为农，战时为兵"组织松散却战无不胜的信心是一次重创，他们开始怀疑自己的神力，并考虑寻求新的斗争组织和新的领导，这就促成了神兵朝共产党指引的方向转化，也是后来湘鄂川黔边神兵纷纷归附红军的一个重要原因。1928年10月,鄂西特委派人巡视兴山,刘子和主持召开了三县党的干部会议。会上巡视员肯定了三县改造神兵工作的成绩,传达了鄂西特委的有关决议,为把神兵工作纳入农运轨道,要打入神兵,改变其性质,使之成为反封建的革命组织。

邬阳关神兵头领陈宗瑜受到教育后,觉悟大幅度提高,被接收入党。1929年1月3日,前委正式收编邬阳关神兵,在收编大会上,贺龙讲了话,向陈宗瑜授了旗,将邬阳关神兵编为中国工农红军特科大队,陈宗瑜任大队长,覃苏任副大队长。邬阳关神兵的收编,对开辟湘鄂边根据地的斗争具有十分重要的意义。后来在开辟桑植鹤根据地的历次重大战斗中,陈宗瑜领导的神兵冲锋陷阵,屡建战功,尤其重要的是前委通过改造邬阳关神兵,取得了领导当地农民运动、进行农村武装割据的初步经验。

1928年12月,贺龙到达老屋基,着重处理了与黑洞神兵的关系。咸丰黑洞精灵宫神兵头目王锡九,率众抵抗川(今属重庆部分地区)鄂官、匪、军阀,在湘鄂川黔边一带声望很高,但他实行封建割据,不受任何人的节制。手下李宝山,群众基础较好,而另一个手下李长清,作恶多端,民愤极大,正率部四五十人在利川汪家营打家劫舍。杨树藩加入精灵宫神兵队伍后,得到王锡九重用。根据这一情况,贺龙以袍哥的名义,与王锡九接洽,晓以大义,争取他不妨碍红军的行动,并赠送他部分人员与枪支,争取了李宝山部、杨树藩部八九十人加入红军,对李长清部,则坚决予以消灭。至此红军已扩大到300余人。于是对部队进行调整,设两个大队与一个神兵特科大队,贺炳南任第一大队长,文南甫任第二大队长,杨树藩兼任第一神兵特科大队长。

1929年3月,鄂西特委第一次扩大会议把巴兴归划为第三游击区和第三巡视区。会后曹壮父来此指导工作,指出巴兴归当前主要工作,就是争取神兵。5月,敌刘和鼎师一个团和巴东团防张家彩联合进驻甘坪,宋文盛指挥2000神兵在溪丘鞍子垭突袭敌人,毙敌副团长王馨荣以下百余人,缴获长枪80多支。12月中旬,黄大鹏、陈宗培和张家乾带神兵60余人,袭击张家彩,缴枪33支,此役陈宗培牺牲。队伍回到甘坪以后,成立工农革命军鄂西游击大队,李子洋、杨显分别任正副大队长，辖两个中队，100多人、40多支枪。接着在高桥、平邑口、新六区、黄粮坪、桂花、马营等地相继成立了六个游击队。1930年6月，根据鄂西特委的指示，工农革命军鄂西游击大队改编为工农红军第四十九师，师长刘子泉，政委黄大鹏，下辖四个连，200余人，此外，区乡游击队、赤卫队5000多人，编为赤卫队总队，王载源任总队长。至此，三县统一的党政军组织均已建立，以甘坪为中心的巴兴归革命根据地形成了。1931年，红四十九师改编为红三军教导第二师。

在红二军团的组成队伍中，不仅有来自巴兴归苏区的红四十九师，还有襄（阳）枣（阳）宜（城）苏区的红二十六师。这是一支于1927年11月中旬由中共鄂北特委在枣阳县发起暴动，组成的工农革命军——枣阳游击队发展起来的红军部队。枣阳游击队由程克纯（祖武）领导活动于枣阳西部的蔡阳铺、璩家湾一带。半年后，在枣阳西部和襄阳东部开辟了一块根据地，游击队发展到300人，编为以程克纯为总队长、以李实为党代表的游击总队。后来，遭受挫折，至1930年4月16日，由杨秀阡、余益庵和张香山等同志领导，重新恢复武装斗争的襄枣游击大队，连续作战，消灭了瞿家古城、黄龙垱、璩家湾团防队，建立了以这两地和蔡阳铺、耿家集为中心纵横一百余里的根据地。游击队发展到5000人，改编为红二十六师。张香山任师长、余益庵为党代表。以程克纯为主席的鄂豫边革命委员会，并建立了下属的襄东县、宜东县和枣阳县苏维埃政权，形成了襄枣宜革命根据地。加入了游击队队伍的神兵普通群众成了真正的"神兵"；沉重地打击了那些坚持反动立场的"神兵"。

四、公安：红二军团的成立

1930年5月，中共中央在上海召开红军代表会议。会议决定各地红军分别集中组成军团和军，执行"争取革命暴动在一省与数省首先胜利直到全国政权夺取的总任务"。指示红军集中力量"进攻交通要道、中心城市，消灭敌人主力"。会议还要求在8月以前无条件地扩大红军五十万，并颁布了中国工农红军编制草案和组织序列，以统一军制。鄂西特委派段德昌参加了这次会议。

7月1日，周逸群率领红六军攻克了公安（南坪）。3日贺龙率领红四军进驻西斋后得知红六军攻占公安，便指挥部队经申津渡进至公安。4日，两军会合。7日，两军召开联席会议，决定红四军改称红二军，成立红二军前委[①]（在会师前，红四军由湘鄂西前委领导），并且开始北渡。此后，红六军红二军依次在陡湖堤（今斗湖堤）一带渡江。当红二军渡江期间，遭遇敌舰阻挠，但是，被红二军击退。两军全部安全渡过长江后，到达郝穴，确定进攻监利。红二军攻下监利的堤头镇，歼敌200余人。红六军经普济观（今江陵区）、太马河向监利进攻，进至刘家铺时，遭遇敌新编第5师两个团的顽强阻击，未能实现攻城计划。两军即撤至普济观、沙岗一带休整。"在普济观七二军团前委会，正式成立了红二军团，编成了二军团指挥部"，"开了一个星期的会，研究是很仔细"[②]。经过讲座统一了部队的编制序列，红六军的纵队、大队、中队、分队改组成师、团、营、连、排，并以排为单位成立伙食单位。红二军，原来的路指挥部改组为师，下属团、营、连、排。

此时，红二军团的编制序列和领导人如下：

红二军团：贺龙任总指挥，周逸群任前委书记、政治委员（鄂西特委书记一职由周小康代理），孙德清任参谋长，柳克明（即柳直荀，系中央代表，在巡视洪湖工作后留在鄂西工作）任政治部主任。第二军：贺龙兼任军长，朱勉之任政治委员，下辖第四师及警卫团。第四师，王炳南任师长，陈协平任政治委员，向鲁清任参谋长。师辖第十团，团长张一鸣，政治委员吴凤卿；第十一团，团长覃甦，政治委员汪毅夫；第十二团，团长吴虎臣，政治委员张海涛。警卫团，团长贺佩卿，政治委员吴协仲。第六军：邝继勋任军长，柳克明兼任政治委员，下辖第十六、十七师。第十六师（第六军第一纵队改编），王一鸣

---

① 二军军委《关于红二、六军会师前部队作战情况给中央的报告》，1930年7月22日。
② 《关于一九二七年冬——一九三一年间湘鄂西武装斗争问题的谈话》，贺龙，1961年2月2日。

任师长，王鹤任政治委员。师辖第四十六团，团长李骑；第四十七团，团长贾鸣钟，政治委员邱鸿禧；第四十八团，团长桂伦，政治委员谭抗。第十七师（红六军第二纵队改编），段德昌任师长，许光达任政治委员。师辖第四十九团，团长刘仁载，政治委员戴文彬；第五十团，团长张海清；第五十一团，团长陈华山，政治委员段德福。

红六军过去没有自己的伙食单位，通常是近似游击队分散在群众家里吃饭。红二军的组织编制比较随意。此次统一编制，两支部队都整编为统一编制的正规红军，这对革命战争的进一步发展和湘鄂西根据地的巩固和扩大，有着十分重要的意义。红军第二军团和军团党的前委的成立，标志着湘鄂西革命斗争进入了一个新的阶段，使湘鄂西苏区的主要武装力量在组织上达到了统一。

军团前委认为，由于红二军和红六军发展历史不同，诞生地不同，各有其自己的特点和存在的问题，因而确定，要进一步加强和领导政治工作，建立健全各级政治机关，充实工农成分，提高政治素质，严肃认真地整顿纪律，加强团结教育；并要求边打边练，利用战斗间隙，结合实战需要进行军事训练。

同时，前委决定，充分利用统治阶级内部分裂的有利时机，巩固和扩大根据地，当时湘鄂西的敌正规军已大部开赴中原地区参加蒋、冯、阎军阀混战，洪湖地区仅有讨逆军新编第3师李云龙的部队及独立第14旅彭启彪的部队分驻于沙市和监利等要点，其余各地只有团防、白极会（亦称北极会）等反动地主武装进行防守，出现了有利于革命战争胜利发展的新形势。前委认为，当前决策的关键是：充分利用这一有利的时机，迅速发展与扩大红军力量，进一步巩固与扩大革命根据地。因此决定，首先集中力量以六个月为期，拔除洪湖苏区内部的白点，肃清地方反动武装，以建立中心区域的坚实基础；之后，逐次开辟敌人统治较弱的襄河北岸的京山、钟祥、潜江、天门等地，再向荆（门）、当（阳）、远（安）地区发展，逐步使湘鄂西各根据地连成一片。这是一个重要的战略部署。这个计划如果能够实现，就能够使洪湖苏区北与襄枣宜苏区打通，西与巴兴归苏区打通，并能够与湘鄂边联系，这样，红二军团就能够有跨襄河、长江的回旋地区，居于进可以攻、退可以守的有利战略地位。

遵循这一决定，各部队于7月下旬分两路向东北挺进。军团主力扫除了龙湾、熊口等白点，然后跨过东荆河解放了潜江县城，基本上肃清了襄河以南潜江县境的反动势力，残敌窜至襄河以北，红军乘胜北渡襄河攻占了天门重镇岳口。国民党军恐红军向东发展威胁武汉，急令其驻汉川的教导第3师及第25师一部增援岳口、仙桃一线，纠合当地白极会、大刀会等反动武装拼命反扑，防阻红军。白极会，又称北极会，是洪湖地区的一个反动会道门组织。清朝时，沔阳县"石山港"的白极会，因"剿杀"太平天国"成绩卓著"，清政府"恩赐"，设有"总坛"，总坛下设"分坛"，分坛下设"佛堂"，并配有会长、总坛坛长、护卫队长、分坛坛长、分队长等。大小头目均由地方土劣绅担任。凡白极会员，不论起风下雨，早晚需到坛前敬天地鬼神，声称：如此持续一百天，且独居，则可"刀枪不入"。红六军奉命迎接红四军东下。盘踞在东荆河以北的白极会，趁机在沔阳彭家场挂起了"湖北阐教坎门金钟罩"的牌子，扯起了"除暴安民"的黄幡，并煽动白区一些不明真相的群众向东荆河以南的赤区进攻，反对新生的苏维埃政权和红军，使东荆河一带革命工作遭到很大破坏。

1930年4月，贺龙按照党中央的指示，二进洪湖。洪湖地区有一块压在人民头上的巨石白极会。这是个反动迷信武装组织，会众有一万多人，由大土豪、湖霸操纵，专门装神弄鬼，残害革命群众。为揭穿白极会"刀枪不入"的鬼话，贺龙把活捉来的几个胸前画着太极图的会首当众枪毙，极大鼓舞了人民的斗志。在赤卫队和群众的配合下，仅用了一个多月，白极会就被红军打得四处逃窜，土崩瓦解。

红二军团主力击退敌之反扑后，为了首先巩固襄河以南地区，然后再稳步向外扩大，主动撤至襄河南岸。与军团主力在潜江地区行动的同时，红六军十七师赴沔阳地区打击白极会等地主武装，在杨林尾等地严重打击了反动武装，残敌窜至彭家场等地。战斗中，第十七师牺牲一位团长。至此，洪湖苏区的江陵、监利、潜江、沔阳等县连成了一片，各地的游击队、赤卫队、少年先锋队等地方武装，也在新的形势下有了扩大和提高。

1930年上半年，以李立三为代表的第二次"左"倾路线在中央取得了统治地位。他们过分夸大国内统治阶级的危机，过高地估计革命力量的发展。1930年6月11日，中共中央发布了《新的革命高潮与一省或几省的首先胜利》决议案。此后，中共中央和中央军委又制订了以夺取武汉为中心的全国中心城市武装起义和集中红军进攻中心城市的冒险计划，并将各级党、团、工会领导机关合并组成领导武装起义的行动委员会。规定湘鄂西红军帮助鄂西与鄂西南地方暴动，之后各路红军向武汉进逼，会师武汉，饮马长江。中共湖北省委也在6月通过了《湖北政治任务决议案》，认为"湖北是中心区之一"，具备了"革命首先在湖北胜利的可能"，要加紧准备武装暴动，争取革命首先在湖北胜利的前途。

在此期间，鄂西特委由周小康主持，在江陵沙岗的全家渊召开了鄂西党的第三次代表大会。因敌情紧迫，大会只开了三天，即告结束，没有形成决议，也没有进行选举。特委根据中共中央的"左"倾方针，指责红二军团会师时没有攻取沙市是右倾，违背了中央的集中进攻路线；不同意前委在普济观会议上议定的行动方针，坚决要红二军团攻打沙市。

红二军团经月余战斗行动后，在府场、峰口等地休整了一周，进行了战术、技术训练和未完成的整编工作。由于前委的正确领导和全军上下的一致努力，部队素质得到了迅速提高。休整之后，红二军团以突然的动作攻占了荆门县的沙洋镇，并以一部兵力渡襄河向东发展。就在红二军团胜利进展之际，鄂西特委连续来信催促他们向南进攻沙市。红二军团被迫放弃原来计划，回师攻打沙市。

沙市南邻长江，交通方便，是国民党在鄂西的统治中心。守敌为独立第14旅，约两个团的兵力，并筑有坚固的工事。红军9月5日发起进攻。因缺乏攻坚的装备和经验，顽强战斗一昼夜，未能攻克，部队受到很大损失，伤亡达千余人，红二军四师十团团长张一鸣等英勇牺牲。攻城失败后，红二军团退至周老嘴一带整顿。

此时中共湖北省委行动委员会又令红二军团进逼武汉，配合鄂豫皖、湘鄂赣等地红军实现夺取全省政权的任务。前委为执行上述指示,同时兼顾根据地的巩固和发展,决定结合普济观会议确定的方案,以红二军沿潜江、天门、京山地区前进,红六军沿监利、沔阳、汉川地区前进,逐步向东北方向发展。9月上旬,红二军自潜江渡襄河到达永隆河一带。红六军从江陵地区出发,经监利县境时,值江南反动武装大举"清乡",红六军遂渡江打击"清乡"的敌人,在广大群众的积极支援与石首、华容二县游击队的密切配合下,先后攻克石首、藕池等城镇,毙敌石首县长以下数百人,缴步枪300余支、机枪9挺,扩大了江南根据地。

这时,中共中央派邓中夏赴湘鄂西任特委书记及红二军团政治委员。9月12日,邓中夏到洪湖地区,当即命令部队返回洪湖附近集结。9月20日,在周老嘴召开了前委扩大会议,传达和讨论中共中央要红二军团配合红一、红三军团攻打长沙的指示。讨论中,以周逸群为代表的一些同志认为:置多年艰苦创建的根据地于不顾,驱使红二军团从鄂西奔往遥远的长沙,直接违背了游击战争的原则,也超越了客观的可能性,即使打下来也站不住脚,要求与会同志慎重考虑。但这些正确的意见没有得到应有的重视,最后还是决定红二军团自螺山、白螺矶一线渡江,攻占岳阳,截断武(汉)长(沙)铁路交通以配合红一、红三军团攻占长沙,并且按照第二次"左"倾路线的要求,将大部地方武装的人枪编入了红二军团。洪湖根据地仅保留了拥有80余支枪、300人左右的武装。面对敌强我弱的形势,特委决定另行组织民兵和红色警备队担负保卫根据地的任务。

为在渡江前使洪湖根据地得到巩固,红二军团决定先攻下监利。邓中夏给中共中央的报告中说:"中夏到后,立调第二军团回来。9月20日,中夏赶到周家嘴(周老嘴),召开前委军事会议,全体接受中央所指示的路线(即渡江与一、三军团配合行动之路线)。但在未渡江以前,大家觉得有攻下监利再行渡江的必要。理由:一、鄂西赤色区域不致因红军渡江完全抛弃。二、……攻下监利可以声东击西,乘敌不备以渡江。三、大家估计攻下监利只需三日并可保障全胜。因此决定先攻下监利再渡江。"①

监利位于江汉平原，南枕长江，东襟洪湖，是敌人阻塞洪湖根据地南北通路的最大据点，仅保安队就有十六个连队之多，且有国民党军新3师一部驻防。1928年以来，红军曾两次攻打监利，均未攻克。这里的群众深受国民党的残害，此次攻打监利，得到了广大群众的热烈拥护。监利、石首、华容等县群众、赤卫队、游击队支援与配合红军作战的达数万人，担负了送饭送水、运伤员、搜索溃散隐蔽的敌人等任务，积极支前参战。红军自普济观等地出发，9月22日拂晓，分三路向监利攻击前进。以红二军四师一部攻占堤头，切断监利敌军与江陵的联系；以红六军十六师一部攻占毛家口，消灭红军背后之敌；以红六军十七师攻占太马河和刘家铺，从正面进攻县城。攻城红军在北郊曾家夹堤、火把堤一线击溃了守敌之后，经几次强攻，突入城内。其时，打入敌军内部任连长的中共党员杨家瑞，率部里应外合。红军攻城得手后，残敌一个营退守城南江堤和大庙顽抗，在红军压迫下，于23日晨缴械投降。此役激战一天一夜，歼灭国民党军新3师教导团及监利保安团等共2000余人，缴枪千余支、迫击炮5门。红军也受到了很大伤亡。邓中夏给中共中央的报告中说："二军此次攻下监利，死伤太多，枪多于人。"至此，监利全境全部解放，荆江南北，湘北、鄂西连成一体。23日上午，城内男女老少敲锣打鼓欢庆胜利，下午召开了有数万军民参加的祝捷大会。这是红二军团成立后的第一次重大胜利，极大地鼓舞了根据地人民的斗争精神，加强了两军的战斗团结。

24日，鄂西特委及红二军团前委在监利城召开联席会议，对湘鄂西党在目前的政治任务、政权组织、党的组织和军事行动等问题做了全面讨论。会议确定：将鄂西特委改为湘鄂西特委，将鄂西联县政府改为湘鄂西联县政府，统一领导鄂西和湘鄂边地区的工作。因邓中夏随红二军团行动，会议决定周逸群专事地方工作，代理湘鄂西特委书记，兼任湘鄂西联县政府主席，周小康改任特委组织部长。因邝继勋调中央另行分配工作，红六军军长由段德昌升任，红

_____

① 《邓中夏同志关于二军团行动方向向中央的报告》，1930年9月30日。

十七师师长由许光达继任，李剑如为红十七师政治部主任。同时，根据长江局意见，任命柳克明为红六军政治委员。

10月5日，红二军团分两路向仙桃前进。6日，红二军收复沔阳县城，继于张家场歼敌两个连，乘胜占领了里仁口；红六军经尤拨攻占了彭家场。7日，两军合攻仙桃，歼守敌一部，缴枪二百余支，残敌退守襄河北岸。攻克仙桃后，部队本应北渡襄河进攻岳口，开辟襄北地区。但邓中夏认为北进襄北是"大军冒进，敌情虽然（不）复杂，后方失其联系，亦为军事所忌。又天门、钟祥、荆门等县并非富庶之区，经济只能小解决，不能大解决。因此，决定……不再北进，移师南征"[①]。据此，部队占领仙桃只两日，便退回峰口，否定了在朱河做出的决定。邓中夏只想攻打大中城市，没有乘胜发展胜利，又一次丧失了扩大根据地的有利时机。

红二军团成立后，三个月中，虽有"左"倾路线的干扰，但仍基本肃清了洪湖根据地内部白点，解放了石首、监利、沔阳、潜江等县城和广大乡村，巩固和扩大了革命根据地，沉重打击反动武装，广大群众的斗争热情受到了极大鼓舞，鄂西根据地的局面得到进一步发展，苏区纵横达数百里。红二军团和地方武装也在实际战斗中得到了锻炼提高，人员扩大到近三万人，战术、技术也有了进步。邓中夏很重视部队的团结和建设，在政治上开展反不良倾向的斗争，极力保证部队在思想政治上的高度统一。他还经常强调在经济分配和部队补充方面尽可能消除可以引起不平的现象。红二军在湘西北时，那里吸大烟的现象比较普遍，战斗员、勤杂人员中也有不少人吸大烟，甚至个别干部也吸，此时这种现象已基本消除；红六军存在的极端民主化倾向也有了相当克服。两军团结有了加强，部队建设前进了一大步。

---

① 《邓中夏同志向中央的报告》，1930年10月19日。

五、黔东苏区·枫香溪：为长征中第一次会师打造的落脚点

　　红二军团的成立，掀起了湘鄂西斗争新的高潮。湘鄂西第二次工农兵代表大会，在监利茶庵胜利闭幕。800多名代表欢欣鼓舞，革命气氛极为高涨。会议制定了《湘鄂西苏维埃法令》，并正式建立了一个拥有30多个县的湘鄂西联县政府，湘鄂西地区政治经济建设得到了全面发展。

　　1930年10月中旬，中共中央长江局发来指示，要求红二军团渡江南下，在岳阳方面截断武（昌）长（沙）铁路，以配合红一、三军团第三次攻打长沙。红二军团相继攻占南县、华容、津市，并围攻澧州（今澧县）。湖南敌军惊恐万状，急令驰援。红二军团顺势撤围，转而夺占石门，势逼常德。其间，围绕是否坚持依托洪湖老根据地，充分利用洪湖广泛而浓厚的群众基础展开斗争的问题，在以周逸群为代表的一些同志与新调任红二军团政治委员的邓中夏之间发生剧烈争执。"左"倾冒险主义占据上风，周逸群等同志的正确意见未能得到重视。在蒋、冯、阎军阀混战结束后蒋介石组织的对红军各根据地的"围剿"中，接连失利，洪湖根据地遭到严重破坏，沔阳（今仙桃）、潜江、江陵地区几乎全部失守。

　　1931年4月，根据中共中央指示，红二军团缩编为红三军。贺龙任军长，邓中夏任政治委员，孙德清任参谋长，柳克明任政治部主任。原红二、六军改编为红七师、红八师，两师各辖三个团。另拟定以洪湖苏区的部队编成第九师，以湘鄂边分区（鹤峰、五峰、石门、长阳、桑植五县）独立团改编为红三军教导第一师。红三军即刻北上，攻占巴东后渡过长江，连克兴山、秭归、远安、荆门，创建鄂西北苏区。此后，转战房县、均州（今丹江口市）、郧县。

　　自红二军团成立到1932年初，在湖南、湖北两省西部形成了包括洪湖、湘鄂边、巴兴归、鄂西北和襄枣宜苏区在内的湘鄂西根据地。对那些没有包括

在洪湖苏区之内的较小的苏区，在后来曾被担任红二军团副政委的关向应称之为卫星根据地。各个卫星根据地以中央分局、特委和省委所在地洪湖苏区为中心，相互支援、相互依存，进行了艰苦曲折的斗争，红三军和湘鄂西根据地军民连续粉碎敌人的三次"围剿"。

1932年1月22日至30日，在当时中央"左"倾冒险主义路线的指引下召开了湘鄂西区第四次代表大会。此次会议之后，"左"倾路线变本加厉地贯彻执行，对湘鄂西根据地工作造成了严重损失。在敌人加紧进攻襄北地区的时候，湘鄂西的一次次大规模"肃反"开始了，造成了巨大的、无可弥补的损失。这些错误，导致了洪湖苏区第四次反"围剿"失败，洪湖苏区、湘鄂边、巴兴归、襄枣宜和洞庭特区相继丧失。

1934年5月，红三军开始了创建黔东苏区的行动。此时的夏曦已经在一系列挫折和失败面前，从"左"倾冒险转变为悲观消沉。贺龙、关向应、卢冬生等同志坚决反对再继续无目的地游荡，主张在红三军中恢复党团组织、政治机关并创建根据地，重新建立了军政治部。

红二方面军副政委
关向应

6月19日，红三军进驻贵州省沿河县的枫香溪。湘鄂西中央分局在此召开会议，决定创建黔东苏区。自此，红三军从退出洪湖苏区后一直流动的无后方状态得到了改变。伤员安置、人员补充和休整场所的困境，都相对有所缓解。最重要的是黔东苏区的建立，为红二、六军团的会师，创造了有利条件，使红六军团从1934年8月由湘赣苏区西征后，能够有目标地会合红三军，并在会师后得到一个落脚点。正如贺龙在回忆这段历史时说过的那样，"如果没有这块根据地，六军团没有目标可找，也收不到部队。"因此，虽然黔东苏区在规模和巩固程度上远远不能同过去的洪湖、湘鄂边等根据地相比，但是其意义却是特别重大的。

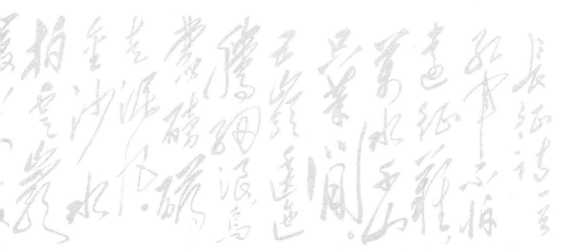

第三章

五千里流星赶月

红六军团长征路线要图

红六军团的"突围"很成功。这支只有9000多人的部队，竟然能够在装备精良的八个师以及其他反动武装的重兵把守和严密封锁下，撕开其战线，冲破重围，而自己的部队保持了完整无损，充分显示了这支部队的英勇善战；也充分证明，军团在战役指挥方面，从突围前对敌情的掌握是全面细致的，分析判断是准确的，突围方向的决定是正确的，突围时机的选择是得当的，各项保障措施的组织是周密有力的，突围行动的指挥是机智果断和正确的，突围中部队的行军作战行动是勇猛迅速和可为典范的。

红六军团的胜利突围，打了敌人一个措手不及，湘赣两省敌军大为震惊。这一胜利，在蒋介石部署的第五次"围剿"全局的战略西线打开了缺口。蒋介石见状，急令其西路军总司令何键及南路军总司令陈济棠派出主力部队联合出击，追歼红六军团。何键紧急派刘建绪为前敌总指挥，火速赶赴衡阳，实施追击。刘建绪率王东原之第15师、彭位仁之第16师、陶广之第62师等三个师及补充第1总队，昼夜兼程轻装疾进，企图对红六军团实施侧击和堵击。同时，令湘军李觉之第19师的段珩之第55旅并指挥胡凤璋部以及湘南地方武装，布防桂东汝城，阻止红六军团进入湖南；并令罗霖之第77师并指挥第28师一个团及鲍刚之独立第49旅在遂川以东、沿赣江西岸统筹配备沿江防务，严防红六军团东渡赣江会合中央红军。红六军团的成功突围，实现了中共中央书记处、中革军委在《关于红六军团转移到湖南创造新苏区问题给红六军团及湘赣军区的训令》中所赋予他们的战略目标："给湘敌以致命的威胁，迫使他不得不进行战场及战略上的重新部署，这将破坏湘敌逐渐紧缩的湘赣苏区的计划及辅助中央苏区之作战。"①

一、田庄圩：把追剿的敌军甩在后边

1934年8月12日，寨前圩誓师大会后，红六军团指挥员对敌情进行了全面分析。

我军突围后，敌军必将派重兵组织"追剿"。而此时，湘、粤、桂各路敌军从北、东、南、西四个方向紧急行进在对红六军团的"追剿"与堵截途中。其次，桂东地区虽然可能建立游击区，但是，此地距离湘赣敌军主力很近，这将便于敌人对我军实施包围。而且，这还便于"追剿"的敌军与封锁包围湘赣苏区的敌人取得密切协同，会对中央红军和湘赣红军造成极大困难。如果仍然按照原先设想的第一步目标——在湘南的桂东地区开展游击战争，已经很不现实了。而如果在此地久留，《关于红六军团转移到湖南创造新苏区问题给红六军团及湘赣军区的训令》中规定的第一步目标不仅无法实现，而且部队必然重新陷入湘、粤、桂敌军联手的重重包围之中。

因此，红六军团决定：放弃在湘南地区发展游击战争、推广游击区域的计划，迅速甩开敌人。直奔中央书记处、中革军委《关于红六军团转移到湖南创造新苏区问题给红六军团及湘赣军区的训令》指定的第二步目标——向新田、祁阳、零陵（今永州）地域开进。随即，他们通过急电向中革军委报告，并对湘赣军区独立第四团的行动予以部署后，部队立即轻装，当晚出发。急行军一夜，南进40公里，经沙田，于13日进至汝城以北的田庄圩。

几乎就在同时，南路粤军的六个团已经进至上犹以西地域，广西军阀李宗仁也令其第7军副军长廖磊率领所属周祖晃之第19师、覃联芳之第24师紧急向

---

① 中央书记处、中革军委《关于红六军团转移到湖南创造新苏区问题给红六军团及湘赣军区的训令》，1934年7月23日。

桂北湘桂边界区域调动。敌西路军第1纵队司令刘建绪在13日晚的电文报告中说，红六军团"主力尚在遂（川）（上）犹西部之高坪圩附近，其一部已于文（12日）申（15～17时）到达沙田，似有继续西窜之势"。为防红军转入湘北并阻其西进，刘建绪制订了一个"压迫该匪以（于）桂（东）资（兴）以南地区与南路军会剿而歼灭之"计划。①急令湘军李觉之第19师55旅旅长段珩，"督率湘东南全部军团义勇"在桂东、沙田以西，从北面的彭公庙，沿青要圩、渡头司、滁口、文明司，到南面的汝城，构成一条半环形封锁线，"严密堵匪西窜并控制兵力四团于适当地点以备觅机截剿"；令彭位仁"指挥15、16两师，暂以主力控制贵（桂）东附近，首先酌派兵一部驱逐沙田附近之匪，固守沙田，再觅该匪主力向南痛剿"②。还督令"各县地方总动员，努力实行坚壁清野，并于封锁线前方后方分组行、坐、明、秘各侦探，组成严密侦探网"③。

显然，敌军的这些判断与红六军团的行军作战行动差距太大。此时的红六军团主力早已乘敌军西部防线尚未达成之机，由田庄圩出发，兼程西进，经资兴县的滁口和郴县（今郴州）的狮子岭、走马岭，越过耒阳到郴县公路，于18日进至桂阳以东10公里处的长塘（今华塘镇），将敌第15、16师甩在后边，刘建绪企图于桂资历以南地区与南路军会剿歼灭红军的计划完全破产。

二、新田：红军西征攻占的第一座县城

1934年8月19日，红六军团先头部队红十七师四十九团，抵达新田县七里坪。此时，走在最前面执行尖兵搜索任务的第三营，接到了团司令部下达的攻占新田县城的战斗命令。三营决定七连为攻城突击队。连长马秋德对一排排

---

① 引自刘建绪《元（13日）戊（19～21时）参机电》（1934年8月）。
② 引自刘建绪《元（13日）戊（19～21时）参机电》（1934年8月）。
③ 引自刘建绪《元（13日）戊（19～21时）参机电》（1934年8月）。

长张铚秀说，新田县城内的保安团人数虽然不少，但是，我们是乘敌不备，夜间袭击。一、二排同时发动进攻，一排是主攻。只要一排攻得猛，首先登上城墙，攻下这座县城是没有问题的。一排排长张铚秀将连长的意图迅速传达到每个战士，战士们求战情绪极高，纷纷表示，攻打县城当突击排虽然还是头一回，但是，一定要把这次突击任务完成好。于是，他们对攻城时如何攀登城墙等战术技术问题，逐项做了专门研究。

新田县城城墙以青条石为底，墙高5米，女墙1.7米，底宽5.3米，全长1.5公里。城垛排列为"凸"、"凹"形。全城有四道城门，东门名隅阳门、西门名宣德门、南门名文明门、北门名迎恩门。四门城门上均建有谯楼。内外城门用厚铁皮做护板，用酒杯大的铁钉均匀钉牢，很有防护能力。谯楼外设置了"猪崽崽炮"，这是一种用生铁铸造形似小猪的土炮，装填黑硝铁钉铁片，其射程可达150步。县城围地约0.3平方公里，南北长680米，东西宽440米。县内驻有国民党保安团近200人。县城北部的二羊岭（现中山路步行街处）建有炮楼一座，有敌20多人。其他兵力都分守在县城的东、南、西、北四个城门。其中东门又是敌人防守的重点，有40余人。19日晚上，红四十九团三营强行军由七里坪抵达新田县城郊外。攻城命令发出后，担任主攻任务的该营七连指战员同时发起攻击，一、二排突击队战士在机枪的掩护下，迅速跃进到城墙脚下，立即搭起人梯强行攀登。城上敌人的枪口发出一股股火焰，密集的子弹压制着登城的红军战士，登城数次受挫。一排的几名战士在排长张铚秀率领下从城楼较为隐蔽的一侧攀缘成功。城垛上的敌人还没有弄清这些红军指战员怎么这么机智勇敢，就在枪声、手榴弹爆炸声中被击毙了。他们又打退了敌人的反冲后，占领了城门谯楼并且迅速砸开了城门，为全营部队开辟了通道。全营指战员仅用了30多分钟，全部歼灭了守敌，缴获敌人枪支160余支。战至20日上午，红四十九团主力进入县城，将二羊岭石砌炮楼摧毁，碉堡内20余名敌军全部被歼灭，战斗全部结束。

新田，是红六军团在西征途中攻占的第一座县城。

能够取得攻占新田的胜利，首先是红六军团指挥员决策正确和部署得当。

红六军团领导在桂东寨前圩时，对当时的敌我态势进行了深入分析，认为：第一，新田是中央书记处、中革军委"训令"确定的开辟游击战争的指定地域，志在必夺。第二，敌人的围堵部署还在形成中，其三路主力部队正在向新田、零陵一线赶来。我们的快速行动，是可以把敌人甩在后面的。第三，敌人湘江江防此时比较薄弱，我军可以迅速抢夺过江，摆脱敌人，向"训令"确定的第三步目标新化、溆浦地区挺进。第四，敌人并没有发现我军团主力的位置，更不清楚我军行动目标，有利于出其不意地取得胜利。我军快打快走，攻克新田，既能够使部队得到给养补充，也能够使人员得到休息，更重要的是，能够赢得时间使指挥部召开师团干部会议研究抢渡湘江的问题，分析敌我态势、确定行军和渡江方案。因而，夺取新田意义重大。红六军团首长研究后，定下攻占新田县城的决心，并组织实施，取得成功。

其次，攻占新田取决于红军指战员们不怕牺牲、勇猛顽强的战斗作风。同时，这一胜利，对鼓舞士气和坚定指战员们革命到底的决心，具有巨大影响力。红六军团自从8月7日退出湘赣革命根据地后，敌人凭借其空中优势，经常派飞机在白天飞到部队行进方向上空侦察、扫射、投弹，给红军战士行军作战造成许多不便。为减少伤亡，必须隐蔽行动，所以红军只能是晓宿夜行，行军条件更加艰苦险恶。攻打新田时，守城敌军凭借高墙石堡和火力压制，红六军团几次攀登城墙受挫失利。但是，红军指战员们前仆后继英勇作战，终于夺占了县城。攻占新田城，是红六军团自离开遂川五斗江后十多天以来攻占的第一座城市，并且是首战告捷。这使得正处于极度困境中的红军战士看到了胜利的希望，坚定了指战员对敌斗争的信心和决心。

攻占新田县城，扩大了红军的政治影响，鼓舞了新田人民群众。1928年4月，敌人对湘南起义后的新田展开"清乡"，新田城乡笼罩在白色恐怖之中。敌人还放出谣言，声称"共产党已被斩尽杀绝"，致使新田群众情绪极度低落，对革命前途丧失信心。此次红六军团攻克新田城，人民群众一眼就认出了这支共产党的队伍，敌人的谣言不攻自破。群众深知共产党还在，穷人出头还有希望，革命精神重新振作起来。

同时，胜利极大地震慑了敌人，曾经嚣张一时的豪绅地主，顿感惊恐，有的对"除暴"、"清乡"有所收敛，有的开始向工农群众讨好。

三、小源村：渡湘江作战的决策

1934年8月20日上午，红四十九团由古楼、芹溪胡家进入新田县境内，经白杜窑、知市坪、大坪塘、白杜、霞落岭，直驱新田县城南的欧家塘、东门桥，进入新田县城。红六军团主力由桂阳境内的赵家下进入新田县境内，军团司令部驻在新田县小源村。

当晚，红六军团军政委员会在小源公祠召开师、团干部会议。会议的主要议题是，分析敌我态势，研究和制定红六军团行军路线和渡湘江作战方案。

红六军团连日西进，发现敌后方兵力空虚，沿途城镇只有少数地方部队，并无正规军，判断敌在湘江沿岸的部署正在形成中。

小源会议开了整整一个通宵。军团长萧克在会上说，红六军团虽已突出敌军重围，但目前处境依然艰难。湘军李觉之19师，王东原之15师，还有两个保安团，正咬住红军不放。敌第4路"追剿"司令李云杰所属彭位仁之第16师、第23师，第2路"追剿"司令陶广纵队（第62师），第5路"追剿"司令李报冰部，正在从南北两翼向红军压来，敌军各路人马从东、南、北三面对红六军团实施合围。国民党地方政府和驻军也急令乡兵集中训练，修筑碉堡炮楼，企图阻拦红军西进。而红六军团的前面，也就是西面，便是湘江，必须迅速渡过。部队在连日行军途中，发现湘敌后方兵力极为空虚，在郴宜公路以西广大地区，除部分县城有保安团少数武装防守外，还没有发现敌军正规部队的踪迹。为了赢得时间，"减少将来渡湘江的困难"，必须抢占先机，摆脱敌人，乘敌人部署就绪之前渡过湘江。但湘江水深流急，对岸还有敌军把守，渡湘江绝非易事。因此，选择好渡江时间和地点最为关键。

军团军政委员会决定：一，电报中革军委，放弃在新田、祁阳、零陵地域发展游击战争，创立根据地的计划，乘虚在零陵以北抢渡湘江，向中革军委要求的第三步目标——新化、溆浦地域前进。二，部队进入新田县城作短暂休整，及时补充给养，并开展扩红工作。三，重伤病员留下来，就地养伤治病。四，主力部队于25日前以急行军速度到达湘江南岸零陵（今永州市零陵区）蔡家埠附近，在零（陵）祁（阳）间西渡湘江，提前执行向新化、溆浦前进的第三步计划。五，情况有变，则在祁（阳）、新（田）、常（宁）地域之阳明山及附近地域发展游击活动，以阳明山为根据地。

接着，任弼时在会上特别强调要求各部队进入新田县城后，要加强对战士的形势教育，做好政治宣传，发动和组织群众开展打土豪分浮财等活动，真正发挥红军宣传队的作用。

次日，红六军团主力部队按照"小源会议"的决定全部进入新田县城，部队休整、扩红、宣传、分浮财、寄养伤病员等各项工作全面细致地展开。至今，在县城内不少地方还能见到当年红六军团书写的宣传标语，如："红军是工农的武装"、"共产党十大政纲"、"对日宣战"。其中，特别是红六军团宣传部副部长刘光明书写的"对日宣战"，采取图文并茂的形式给当地群众留下极深刻印象："对"字，画上红军战士和工农骑着战马向日本侵略军杀去；"日"字，画成一个肥头大耳的日本财阀；"宣"字，画了一个抗日战士正在发表演说；"战"字，画中国人民对日作战的雄姿，右边一撇，就像一把利剑，直向日本军阀的大肚皮刺去。

四、阳明山：声东击西新篇章

中革军委关于在零陵以北抢渡湘江的训令，是红六军团行动的基本任务。零陵，即今天的湖南省永州市。永州位于湖南省南部，潇、湘二水汇合处，雅称"潇湘"。永州东接郴州市，东南抵广东省清远市，西南达广西壮族自治区贺州市，西连广西壮族自治区桂林市，西北接邵阳市，东北靠衡阳市。自公元前124年始置泉陵侯国以来，永州已有2100多年的建城史。永州是怀素、黄盖、何仙姑、周敦颐、李达、陶铸等历史名人的故乡。今天作为地级市的永州下辖零陵区、冷水滩区二区及双牌县、祁阳县、东安县、道县、宁远县、新田县、蓝山县、江永县、江华瑶族自治县九县，另设有回龙圩、金洞管理区。

根据中革军委的指令，1934年8月21日，红六军团主力进入新田县城。此时，红六军团获悉敌彭位仁之第16师、陶广部已经尾追到达桂阳。次日，军团即将主力部队转入城外七里坪，隐蔽露宿在老虎坪、瓦槽岭一带山坡密林中。当晚，红六军团先头部队由七里坪出发，急行军进入宁远鲤溪。23日凌晨，后半夜启程的军团主力沿先头部队前进路线抵铲子坪（今双牌县），与先头部队会师。

随即，军团部队分两路直插零陵县城以北的湘江东岸。右路为军团主力8000人，过分水岭、罗家桥、接履桥（今接里桥），于当日傍晚到达零陵县蔡家埠对岸的略江口、沙洲边一带，筹备过江。左路红十八师1000余人为先头部队，翻越鸭脊岭，经零陵县钓龙亭、炭子桥直至菱角塘街，为配合主力渡湘江，在刘瓦屋村分成两路急转西进，赶往零陵城北实施佯攻。一路由桥头、晓桥速到油草塘；另一路从菱角塘、搞茶背、六塘进入油草塘。两路会合后，乘月夜以天字地、梁木桥，进至零陵城北的灵峰、七里店、黄古山，后在斧子岭、樟树脚、五里牌一带燃起数十堆篝火，摆出适时主力攻城的阵势，迫使城内之敌龟缩防守，以掩护主力抢渡湘江。左路军经老埠头、石马凼沿江而下直奔略江口与右路军会合，准备按计划抢渡湘江。

这一次，敌军第4路前敌总指挥刘建绪似乎嗅到了什么，判断红六军团"有经新田向祁阳零陵偷渡湘水西窜之样"[1]，急忙调兵遣将，部署湘江江防。在湘江兵力极度空虚的情况下，何键和刘建绪为了调集部队解决燃眉之急，抽出警卫省会长沙的警备部队和大量地方保安部队，防守湘江，还将长

---

[1] 引自刘建绪《皓（19日）戊（19～21时）参机电》（1934年8月）。

沙、萍乡、醴陵地区部分列车以及茶陵、醴陵、萍乡、湘潭、宝庆等县的汽车全部集中，由西路军交通处控制，用来紧急输送作战部队。他们把第19师段珩第44旅从郴州以汽车运到祁阳，连同就近调来的朱帮纪、王见龙、袁建谋、唐肃等部共六个团，统归段珩指挥，在归阳至零陵地段上，沿湘江北岸并列展开，抢先占领沿江有利地形，构筑阵地，堵击红军，将长沙警备部队独立第32旅从长沙以汽车运至宝庆（今邵阳），并指挥保安第六区晏国涛部共四个团，担任老埠头至绿埠头地段湘江左岸防备；令第15师紧随红军尾追，由南向北压迫红军于湘江右岸地区；将第16师以汽车运至常宁及其附近地区，准备从湘江右岸侧击红军，并防止红军向东突围；从湘鄂赣边刘膺古防区调出补充第2总队何平部（两个团）到宝庆（今邵阳市）待命；电请桂军派兵出全县、零陵，粤军派兵出宜章配合作战。这样，湘、桂、粤三省总共计划动用二十八个团的兵力，采取联合行动，企图围歼红军于零陵附近地区。又制订了一个"聚歼该匪于湘水右岸地区"[①]的计划，在西起黄沙河东至常宁的湘江沿岸，湘、桂军部署了十二个团又两个常备大队及一个保安团。

24日0时，红六军团主力在楚江圩、接履桥一线展开，准备渡江时，发现敌军已经在湘江对岸严密布防，零陵至冷水滩间的全部船只都已经被集中在对岸，而此地江面宽阔，正处于涨水期，江水深，也没有徒涉场。同时，跟踪在后穷追不舍的敌16师已经到达常宁，第15师追得更紧，正向铲子坪（今属双牌县）疾进。因此，红六军团首长做出正确判断，"由零（陵）、祁（阳）间西渡已无可能，四沟水间渡湘江亦困难。"[②]并报告中革军委"我们意见六军团在祁（阳）、新（田）、常（宁）地域之阳明山及其附近地域发展游击活动，以阳明山为根据地"[③]。同时，将具体部署一并上报。

至当日18时，敌王东原之第15师先头部队第44旅已经追到分水坳地域，在丫髻岭遭到红六军团十七师四十九团的英勇阻击。

---

① 引自刘建绪《皓（19日）戌（19～21时）参机电》（1934年8月）。
② 《任弼时、萧克、王震致朱德电》1934年8月24日。
③ 《任弼时、萧克、王震致朱德电》1934年8月24日。

25日拂晓，敌44旅向白泥坳攻击前进，红四十九团占领白泥坳两侧高地，顽强阻敌4小时，杀伤大批敌人，使敌军不能前进。在红四十九团的掩护下，红六军团主力沿黄溪河及其支流朗江源，翻越马鞍山，进入阳明山。傍晚，登上祖爷岩，当夜，红六军团在山上露营。

湖南阳明山位于潇水之东，双牌县境内东北隅，与零陵、祁阳、宁远等县接壤。主峰海拔1625米。这里山高水秀、林木茂密，环境幽美，景色迷人。据地方志载："阳明山，名山也。荒蟠百里，秀齐九嶷。"又云："其麓险绝，几疑无路。有银沙十里，鸟道盘折，上与天齐。及登顶峰，左衡（山）右（九）嶷，极目千里，身在云际，超然出尘。"景致奇特，人多向往。宋朝，和尚们在阳明山绝顶之下的南侧，海拔1357米的花岗岩坡地上建一寺院——阳明山寺，在阳明山建庵，原名"昭禅寺"，1515年后改为"歇马庵"。

也许巧合，部队在阳明山上歇马露营，而一次紧张严肃的会议在歇马庵召开了。会议由红六军团军政委员会主席任弼时主持，内容是讨论如何贯彻中革军委主席朱德的复电和红六军团下一步的行动方案。中革军委朱德主席复电："敌人拟于零陵地区与我决战"[1]，令红六军团"在敌各部未联合一起、取得协同动作之前，击溃敌人单个部队，而在潇水上游，找到西渡的可能"[2]。潇水，是湘江上游的别名，是指由道县至零陵（今永州市零陵区）这一段，更上游的一段是自江华至道县，那一段称为沱水。中华人民共和国成立后，在道县到双牌县一段的潇水建成了双牌水库。

红六军团军政委员会十分清楚，以四面是敌的阳明山为根据地，准备坚持长期的游击作战是十分困难的。虽然阳明山风景秀丽、山道险绝，当地民谣说："阳明山，离天三尺三，人过要低头，马过要丢鞍；翻过阳明山，时间三天三。"山高路险，有利于小部队作战。但是，这里居民不超过三百户，土地贫瘠、人烟稀少、物资困乏，无力支持较大兵团生活需求。红六军团准备迎接更大规模的中央红军，这里活动区域相对狭小，把它作为前进基地难度太大。中革军

---

① 《朱德致任弼时、萧克、王震电》1934年8月25日。
② 《朱德致任弼时、萧克、王震电》1934年8月25日。

委命令西渡湘江，红六军团必须坚决执行。当前，于我三倍多兵力的两个师又两个旅敌人正分南北两路向阳明山进行围攻，必须声东击西，把敌人调动到阳明山以北、以东，而红六军团自己才能寻机西渡。这要分三步棋，第一步，东出阳明山；第二步，南下新田、嘉禾；第三步，蓝山县急转向西，直抵道县。

于是，26日晨，红六军团经歇马庵进入阳明山北麓的祁阳县白果市乡鸡子胯（今辰光村），越过界牌石，奇袭防守队哨所，紧接着过接龙桥，翻过马迹坳，在早餐时分，直捣白果市街的阳明山特别区区公所，缴获步枪13支。然后，大张旗鼓地进行文艺演出、宣传革命道理，发放财物、接济群众，并举行大会，公审前阳明县县太爷。然后，在稍事休整后，绕过敌15师侧翼，向东前进，摆脱敌军包围。

这一下子可把刘建绪搞蒙了。他认为，红六军团"向东南逃窜之公算较多"①。同时，他也担心红军可能东出，或者北上。所以，把所有的力量压到阳明山北部和东部。26日，他急令第15师（六个团）主力由双牌县铲子坪一线兼程向阳明山东南之平田、永安圩、新田之线转移截堵；第16师主力五个团由阳明山东北之常宁出至花延江、吕公洞之线攻剿，其47旅93团（唐肃团）在新田以东之高亭司待命；调驻安仁之第62师钟光仁的第184旅（两个团）西进耒阳，并指挥第16师第93团；胡达率独立第32旅两个团并指挥第19师55旅两个团长，除以小部队搜剿桐子坪、庙门口外，主力兼程赶赴阳明山以北之大忠桥待命；段珩指挥四个保安团及晏国焘部两个团在零陵至祁阳间筑碉堡固守江防。桂军第19师及四个民团大队在零陵、道县间沿潇水布防。粤军独立第3师两个团进至郴县、宜章间堵截。刘建绪还令桂阳、新田、嘉禾、宁远、道县、零陵、祁阳、常宁、信县团队义勇，"一律集合围剿断绝交通封锁粮食禁止卖肥并与王彭胡各部切实可行取联络共歼该匪"②。

这次，敌人又迟了一步。26日，红六军团翻越阳明山，东出白果市后，当日急转南下。27日经石家洞向新田方向急进。敌第16师师长章亮基（接彭位仁

---

① 引自刘建绪《感（27日）酉（17～19时）参机电》（1934年8月）。

② 引自刘建绪《宥（26日）戌（19～21时）参机电》（1934年8月）。

任）在27日零时许率部进至白果市，方知红六军团已经南下，遂急速跟追。是日拂晓，敌人追到上洞铺，遭遇守候在那里的红六军团后卫部队顽强阻击，激战一小时，敌人溃逃。

27日15时至17时，红六军团兵分三路进至新田以北的分水岭、土地塘，敌第16师前卫第46旅91团赶来，遭红军后卫部队迎头痛击、毙敌一批，伤敌官兵24人。当晚，红六军团在永安圩重返新田县境，在马步岭左右两路军会合，宿营在双巴凉亭、山田一带崇山密林中。之后，在永安圩至新田间绕过第15师截堵阵地，兼程南进。29日凌晨3时许，进至新田以南嘉禾县的石古圩、广发圩，终于从4倍之敌围追堵截中摆脱出来。

红六军团南进嘉禾，使敌不知所措。

刘建绪彻底蒙了。他既担心红军向西强渡湘江，又害怕红军向东返回井冈山湘赣苏区。他一面令湘军第19师55旅、第62师184旅、第16师47旅93团、黄新补充团及粤军独立第3师两个团，在新田以东耒阳、高亭司、郴县、宜章间沿耒郴公路设防，防红军东进；一面令晏国恭、胡达率所部六个团在零陵至道县至江华间沿沱水布防，防红军西进。李宗仁、白崇禧急调第7军第24师72团由柳州北上保卫桂林。

红六军团在石古圩、广发圩休息半天，即转而西进。3天急行军，穿越在嘉禾、蓝山、宁远间。嘉禾是萧克军团长的家乡，他对这里充满了故乡之情，也对这里一草一木、一山一水，了如指掌。这对他的指挥提供了极其有利的条件。他率领部队露宿密林、绕道而行，避开了敌人。红六军团途经嘉禾县甘溪、广发圩、走马冲，进入蓝山县土桥圩、新村。蓝山县，湖南省永州市辖县，位于湖南省南部边陲，南岭山脉中段北侧，有"楚尾粤头"之称，是湘西南通往广东沿海地区的重要门户。蓝山地处九嶷山东麓，地势由西南向东北倾斜，境内山、丘、岗、平区相互交错，以山地为主，是典型的山区县。红六军团到达蓝山县时，军团司令部就设在蓝山县新村李光成家，现在保存为红六军团长征旧址纪念地。

30日凌晨，红六军团经洪观圩、兰坪圩，突向西折，急行军40公里，第三次进入宁远境内，经宁远县下灌、香草圩、水打铺，朝道县方向疾进。道县，别名道州，雅称"莲城"。是湖南省永州市南部的一个辖县，位于潇水中游，东邻宁远县，南界江永县和江华瑶族自治县，西接广西全州县、灌阳县，北连双牌县，素有"襟带两广、屏蔽三湘"之称。

31日，左路军6000余人，到达道县四眼桥（今驷马桥）、华山。右路军2000余人，从宁远县的岭脚进入西源、马垒。

转战途中，红六军团以自己模范地遵守纪律，展现出红军的号召力。道县华山村的农民何志远看见红军战士连续行军作战，二十多天以来，几乎没有休整，每个人头发都很长，就主动地帮助红军理发。理发后的红军都要照价给钱，何志远开始不肯收。一位红军风趣地对他说，"剃头不给钱，就该杀头啊！"一句玩笑话，逗得看热闹的群众哈哈大笑。何志远只得收下了理发费。村民何志桂见到这么好的队伍，经过一再请求，终于参加了红军。群众的支援是红六军团能够神机妙算、出其不意走与打的重要因素，腾房、送菜、接纳伤员、带路、送消息，都是红军能够隐蔽行动，准确歼敌的重要因素。

红六军团毅然改变行动方向和高速度地运动，使敌人处处扑空。西路军总司令何键对前线战况大为不满，严厉斥责追堵部队，并将作战不力的第16师师长彭位仁等军官撤职查办，无可奈何地向上司报告：红军"专走偏僻小路"，"沿途地方藏匿符号旗帜，假称湘军回防"，"用极迅速飘忽的行动，乘虚急进，不与国军接触"，"迄今未能觅其主力"。

至此，红六军团"零陵折返，两入新田，三进宁远，西指湘江，东踞白果市"，围绕阳明山转了一大圈，乘虚南下西折，最终把敌人尽数甩开。"阳明山回旋作战"所走过路线的图形，竟然和"四渡赤水"极其相似，可以说，"阳明山回旋作战"是红六军团运用毛泽东军事思想以运动战方式，积极行动调动敌人，争取作战主动权的典范战例。这是极其高超的一笔，是十分漂亮一折。这一下子，把敌人全部甩在阳明山东部和北部地域，而西去的路上，显露出敌人布防的空白点，这就为接下来红六军团能够在两个小时内，全军团9000余人无一伤亡地渡过湘江，创造了充分的条件。

五、蒋家岭："铁军师"逃跑了

1934年9月1日，红六军团左、右两路分别从四眼桥、西源出发，拟从茶园、洲背两个渡口抢渡湘江上游——沱水、潇水。左路军途中击溃"铲共义勇队"的拦击，中午时分到达沱水东岸茶园渡口。茶园渡口位于沱水中段，距县城27公里多，时为沿岸东西两个乡的交通要道。东岸上一片开阔稻田，西岸是茂密的山林。河面虽然不宽，仅仅60多米，但是河床颇深，水流湍急，无法涉渡。此时，防守在这里的"铲共义勇队"早就把渡船赶走了，沿河两岸的民用船只也在保甲长们责令下，被沉入河底。

这些平时欺压百姓、耀武扬威的"铲共义勇队"，在红六军团先头部队凌厉打击下，闻风而逃。左路军抵近渡口后，困于无船无桥，而此时，敌16师在后面死死地咬住红军不放，只有迅速渡江，才能摆脱敌人追兵。我侦察员找到一位老汉，但是，常年受兵匪骚扰，老人心里十分恐惧，不回答任何提问。军团长萧克操起了湘南家乡话，亲切地告诉他，我们这支队伍是为老百姓打天下的红军，是当年大革命时期闹农会和湘南起义选举湘南工农兵苏维埃的共产党领导的工农红军。老人终于打消了顾虑，帮助红军从河里打捞起沉船，又动员旁人一起迅速找来木板和竹枝树木，很快就架好了一座三米多宽的简易浮桥，红军顺利地渡过了沱水。与此同时，右路军也从洲背渡口架浮桥渡过潇水。当晚，两路红军会合于杨柳塘。

子夜过后，雷电交加，大雨滂沱，是行军最困难的时刻，但是，为了甩掉敌15、16师的追击，军团部毅然决定，利用敌人怕苦怕累的心理，立即冒雨夜行军45公里，迅速进入广西。命令下达后，全军上下火把齐燃，迷蒙的浓雨中，一条长长的火龙，在蜿蜒崎岖的山道上飞腾，前不见首，后不见尾，气势颇为壮观。"火龙"绕过道县、寿佛圩桂军第19师主力的防守地域，经达村、高明桥，直向永安关、蒋家岭扑来。

早在红六军团准备在零陵附近抢渡湘江时，桂军就判断：红军如不能在零陵一带过江，则有可能转入广西，由上游渡过湘江。桂军十分惧怕红六军团进入广西或在广西建立根据地，因此，采取了积极配合湘军行动，借助湘军的力量把红六军团阻止于广西境外的对策。红六军团从阳明山南下到达嘉禾地区并向西疾进时，桂军连夜进行了紧急的调动：令第19师驻守兴安的第55团前往湖南道县的蒋家岭；调黄沙河的第56团前往道县；将全县的第57团派往江华；调柳州地区第24师部队北上增援。此外，还动员了桂林、平乐、柳州三区民团在湘桂边界地区加紧修筑工事，设置路障、哨卡，企图将红六军团堵在广西境外。

9月2日拂晓，先头部队红十八师五十二团到达蒋家岭，随即，中午时分，红六军团主力到达将家岭。化装成乞丐的侦察员回来汇报将家岭及守敌情况。

蒋家岭，位于都庞岭北麓，是湘、桂两省交通必经的要塞。蒋家岭地处永安关关口，西侧是永安关，北侧有两座山峰，前峰是主峰螺壳界，紧挨着的是后峰金山独岭，南面是神仙头。桂军为了堵截红六军团，特派李宗仁、白崇禧的第7军第19师及广西兴安县保安团，驻守永安关、蒋家岭。桂系第19师有"铁军师"之称，师长为周祖晃。该部敌军凭借蒋家岭山高路险、易守难攻的地形，分别在两个山峰各建筑了两座碉堡，在山腰处挖掘了战壕，这些战壕至今仍然可以见到。在山腰到山脚的重要地段埋设了竹尖桩，在螺壳界至神仙头之间筑有一道长达1000多米的荆棘篱笆，这道篱笆中间只留下一个小口子可以通行，并以机枪封锁。但是，敌人犯了一个大错误，他们认为神仙头是前哨警戒阵地，只要派保安团防御就行了，而把重兵置于主峰螺壳界凭险据守。在红六军团进入道县后，敌军在蒋家岭地域增设三道岗哨，禁止一切过往行人通过，致使侦察员无法返回，只得翻山越岭，绕道广西，才回到部队。

萧克军团长得到情报后，仔细对照地图，立即召开军事会议，部署作战行动，令红十七师五十团、红十八师五十二团迅速深入到距蒋家岭约500米处堡子岭，从正面向驻守在蒋家岭、螺壳界的敌军进攻，先切断敌两峰守军联系，然后夺占其阵地，掩护军团全体通过永安关；令红十七师四十九团从左侧向广西保安团进攻，消除前进障碍。五十二团尖刀排首先消灭了敌哨，突破敌篱笆等障碍，其余守敌纷纷向山上防线溃逃。战至下午2时，西山头、炮台山及竹仙庙以西阵地均被前卫红十八师红五十二团攻占，并继续向最后一个阵地小松山进攻。

下午4时，战斗全面打响。敌人凭借地形和装备优势在山上防御，红军进攻受阻。

萧克军团长见状，认为正面强攻，代价太大，应予立即调整。于是，召集红十八师师长龙云和几名团长研究敌情，认为敌神仙头守军是广西保安团，战斗力相对较弱，决定立即将强攻改为佯攻，牵制敌军主力。于是，萧克军团长令红四十九团加大进攻力度，猛攻神仙头。令红五十一团、红五十二团和红四十九团部分兵力一起迂回到沙田，由当地农民龙仲玖帮助带路，从陡峭的黑冲浸抄近路登上金山独岭。

当进攻金山独岭的部队接近敌军时，敌人被突如其来的打击镇住，溃不成军，纷纷逃窜，红军乘胜占领金山独岭，此地可以居高临下地对螺壳界的守敌发起攻击。此时，神仙头早已被红军占领。防守螺壳界的敌军见南北两侧阵地都丢失了，锐气耗尽。红军从正面、南侧（神仙头）、北侧（金山独岭）三个方向向守敌发起总攻。螺壳界守敌受到三面夹击，无心恋战，仓皇向灌阳方向逃走。战至傍晚，红军全部占领了螺壳界，前后激战3个小时，毙敌60多名，缴获大量枪支弹药，这个号称是"铁军师"的桂系第19师全线溃逃至永安关广西一侧。

就在蒋家岭作战激烈之际，尾追红六军团之后的第15、16两师连同道县驻军和保安团倾巢出动，也扑向蒋家岭增援桂系19师。但是，他们遭遇到守候在车田洞的后卫部队红十八师五十四团的顽强阻击。红六军团主力为了防止两线作战，腹背受敌，并没有去乘胜追击西逃的敌19师，而是坚守金山独岭和螺壳界两个制高点，掩护全军经下石塘、下柏、熊家至沙田。当晚，军团主力露宿沙田田野。军团先头部队由沙田竹王庙上山，经永安关北侧的清水关进入广西。

当紧紧尾追在红六军团之后的敌湘军第15师匆匆赶到蒋家岭时，连红军的影子也见不着了。他们看见的只有横七竖八的桂军的尸体。蒋家岭战斗结束后，敌西路军总司令何键闻报哀叹，红六军团"入湘以来，我15、16师始终尾追，时东时西时左时右的追逐数千里"，但红军"完全避实就虚，决不与我接触，如水之倾泻，遇阻即又回流，故国军迄今未能将其围歼"。

六、清水关：瑶家歌手咏唱的长征

1934年9月3日，红六军团主力部队经清水关胜利地进入广西。这里是全县（今全州）东山瑶乡。瑶家是一个擅长歌唱的民族，已经过去了80年，一首首歌颂当年红六军团巧过清水关的歌曲至今仍在瑶家老歌手口中传唱。这些歌曲生动地反映着红六军团当年长征途中的故事。

> 红军长征过东山，蒋家岭旁鏖战酣。
> 巧用暗度陈仓计，绕道飞越清水关。

这歌声表达了当年瑶族群众对红六军团智勇双全的赞誉，也表达了对红六军团行动快捷迅猛的钦佩和热爱。

就在红军到来的前一年，一场瑶家反抗反动派的起义被镇压下去了。当红军经过这里时，得知瑶家喜欢歌唱的民族风情，也用歌声来宣传党的政策和红军的宗旨。

> 扛起刀枪当红军，眼也亮来心也明；
> 穷人是我亲兄弟，富豪是我对头人。

> 反动官兵真可恶，专帮土豪搞剥削；
> 穷人受压不服气，就挨杀头砍脑壳。
> 天不平来地不平，世上富人压穷人；
> 财主老婆三五个，穷人一世打单身。
> 讲起穷人好可怜，石板压得难见天；
> 有了红军帮一把，当家做主有良田。

这支歌言简意赅，通俗易懂，瑶族群众听了以后，觉得穿透肺腑，甜尽心肝，顿时把红军看得比亲人还亲。他们不仅控诉反动派的险恶，滥杀无辜，还把敌军的分布、当地的地形地貌，清清楚楚地告诉了红军。在蒋家岭向全县灌阳方向前行约3公里，有永安关、雷口关、雄关，两边石山高耸，犹如铜墙铁壁，关口宽约10米，山上敌军征兵把守，筑有工事，架设机关枪和迫击炮。过了关口，前面是北流村，出村后两侧又是高山连绵、山势狭长的谷地，中间小路弯弯曲曲，行军十分不便。

但是，瑶族群众也告诉红军，距蒋家岭10余公里处，有东山瑶区的小布坪，那里有一座清水关。这是清代以前通往湖南要道上的重要关隘。它地处九狮岭南系山脉延展而来的将军山和穆子凸之间，两山对峙，东西横亘，呈南北走势，布亭冲峡谷最狭窄的地方是一关隘。关口只有2.5米宽，关口两边，是用青石修砌的2米高2米厚的石墙。石墙的两端一直深深地藏匿在层峦叠嶂之中，而且这里灌木丛生，藤萝翠竹覆盖。山坡上挖掘了壕沟，还可以埋伏数万甲兵，是个能够长期固守、克敌制胜的宝地。这个关口，既非省界，也非县界，纯属瑶家防禁匪盗入侵，保护瑶区平安的民间性的军事设施。此关沟壑幽深，地势险要，通过雄关的南大门，可直接挺进抵达灌阳文市重镇。由于瑶区山路崎岖，人烟稀少，敌军既未在此地布防，更未有一兵一卒把守。

红军了解这一情况后，遂做出决定，用部分兵力佯攻蒋家岭守敌，造成红军拼死抢夺永安关、雷口关，长驱直入挺进的态势。然后，用暗度陈仓之计迅速调集部队，跨越将军山，穿过穆子凸，从全州东山瑶区小布坪顺利地飞越清水关。他们避实就虚，迂回绕道进入上马山，过五陡岭，经斜水到达灌阳的五里坪，随即入桂岩，抵达军事重镇文市。

行军途中，有18位伤员在唐雉堞大爷家驻扎，在瑶胞帮助下医好了伤，并将8位牺牲的红军战士遗骸埋葬在马头坳山坡上。

红军英勇善战、飞越关山、化险为夷的英雄业绩，在东山瑶区清水关、灌阳文市一带成为老百姓心中永远铭记的故事，更有那唱不完的赞扬红军、抨击敌人的歌谣，至今还在口头高吟。其歌唱道：

天雷炸响震得宽，红军下了井冈山；
穿州过府打白匪，巧计飞越清水关。
禾穗成了背弓驼，百姓田中收糯禾；
萧克带兵田边过，又帮扛桶又帮割。
日头落岭月发光，红军驻扎不进房；
买双草鞋给铜板，买点粮食给光洋。
大刀锋利难胜镖，红军好多女英豪；
头上戴起八角帽，驳壳短枪插在腰。
天落大雨满江浑，江西红军要长征；
老蒋吓得变鬼叫，四处调兵堵红军。
豺狼出洞狗出窝，湘军粮子好凶恶；
见人抓起去挑担，见了鸡鸭他就捉。
蜇毒尾子蛇毒头，李军粮子修炮楼；
炮楼修建像过庙，装满一堆死泥鳅。

这些歌曲，至今一直在清水关瑶乡传唱。

七、全州：湘江天堑奈我何

红六军团经清水关进入广西，9月3日当晚占领广西灌阳县文村（今文市）。红六军团判断：位于蒋家岭地区的敌第19师主力部队，很可能对我尾追不舍，如不给敌以严重打击，将对以后行动不利。如果能够在文村占领有利阵地，给予追敌以有力打击，迫使敌人不敢冒进，可以争得渡过湘江的必要时间。因此，红六军团决定主力继续前进，以后卫红五十三团全部及红五十团一个营，在文村地区占领有利地形，迎击该敌。下午，桂敌第19师两个团在师长周祖晃的率领下，连同湘敌第16师一部追来，在3架飞机的支援下，连续发起数次猛烈攻击，但均被击退，伤亡惨重。扼守在蒋家岭和永安关的国民党全县灌阳防务桂军55团，在蒋家岭战斗中虽有一个营被红军重创，仍然向红军追来。红军的一个营奋勇阻击，战斗4个小时把敌军打得惨败，狼狈撤离。为防敌军再次围追，红六军团于当晚7时退出文市，进入全州的干山岭、聂家、隔壁山、古岭头、新富洞、罗板田、粑粑厂、余水田一带宿营。驻守在灌江对岸的敌军，见55团被红军打得落花流水，闻风丧胆，悄悄地撤离碉堡落荒而逃了。追敌遭此打击后，便不敢贸然行动。这就为红军之后抢渡湘江，创造了极有利的条件。

当红六军团进入广西灌阳县的文村时，湘敌刘建绪根据早已过时的情报，误认为红军还在湖南道县以西的高明桥。他判断："红军在黄沙河上流渡河之公算为多，下流为少，不出东安之白沙、大庙口趋新宁，便出梅溪口趋城步。"[①]因此，他选定黄沙河地区为预设战场，开始调动部队，企图歼灭红六军团于黄沙河地区。这个作战计划在1934年9月3日由中革军委以火急电报通报

---

① 刘建绪《冬（2日）戌（19~21时）参机电》（1934年8月）。

给了红六军团。军委在电报中明确指出："在黄沙河附近或在全县地域渡河是不利的，因敌人占优势，地形不良，且临大河"，"六军团应力求于全县、灌阳及全县、兴安间渡河前进。应在全县以南之陈家卫、石塘、咸水口、山枣司进至西延山地取得休息"。"你们再迟应于六日晨到达西延后，可停止休息，严密警戒，并继续侦察向横路岭、城步的路线"①。红六军团从军委电报和自身派出的侦察中了解到：湘敌主力正向黄沙河地区调动；桂军第19师已被红军甩在后边，又不敢贸然追击；第24师正由柳州向广西北部调动，但尚未到达；全县、兴安两城只有少数民团常备大队驻守，全县至兴安之间一百多里的湘江沿线无兵防守。这正是乘虚抢渡湘江的极好时机，遂于4日从石塘地区出发，按照军委指定路线，经麻市直达湘江江畔，在凤凰嘴之董家堰，利用一条卵石滚水坝，仅仅用了两个小时，未发一枪一弹，军团9000余人未有一人伤亡，安然渡过湘江，并径直西上，进入西延山区。刘建绪在黄沙河地区虽陈有重兵，却是鞭长莫及；桂军虽然发现了湘江防堵部署上的漏洞，紧急调动部队企图弥补，但为时已晚。敌人追又追不上，堵又堵不住，打又打不着，被红六军团牵着鼻子兜了一个大圈子，走了上千里路，一无所获，反而被搞得晕头转向，疲惫不堪。

9月7日，红六军团胜利渡过湘江后，其后卫部队红十七师红五十一团一个营，在鲁塘地区打退了刚由阳朔乘汽车连夜赶来的桂军第24师第70团的追击。就在同一天，先头部队红十八师五十二团经洛江、油榨坪进抵大埠头（今资源县）。在大埠头西10公里处石溪村，桂军派亚扶路六三七（AVRO-637）侦察机1架对红五十二团部队低空侦察轰炸。红五十二团组织火力对空射击，将其击中，敌机迫降稻田焚毁，两名飞行员逃跑被击毙。

9月8日，红六军团到达车田。这时，接到中革军委的补充训令："目前敌人企图当我军在城步地区及由城步北进时消灭我军"。"估计到上述条件，七月训令中，关于在新化、溆浦之间山地建立根据地的指示，在目前是不利

---

① 《朱德致任弼时、萧克、王震电》（1934年9月3日）。

的"。"目前六军团行动最可靠的地域，即是在城步、绥宁、武冈山地，六军团应努力在这一地区内，最少要于九月二十日前保持在这一地区内行动，力求消灭敌人一旅以下的单个部队，并发展苏维埃运动和游击运动"①。尔后，"应沿湘、黔边前进，经绥宁、通道到贵州之锦屏、天柱、玉屏、铜仁，然后转向湘西之凤凰地区"。最后"在凤凰、松桃、乾城、永绥地域建立巩固的根据地，其后方则背靠贵州，以吸引更多湘敌于湘西北方面"②。十分明显，中革军委补充训令的主要意图，是要红六军团放慢向湘西进军的速度，暂时停留在城步、绥宁、武冈山地，积极行动，打击敌人，吸引与调动大量敌人，以策应即将突围长征的中央红军的行动。

这时，湘军为了加强沿赣江及湘南地区的力量，防止中央红军向西突围，已将前敌总指挥刘建绪调回湘赣边地区，敌第15师、第16师亦相继解除追堵任务调回湘赣边地区。追堵红六军团的湘军部队，改由第19师师长兼代湖南保安司令李觉负责指挥，所辖部队包括：第19师第55旅，独立第32旅，补充纵队第1、第2、第3、第4团，晏国涛部以及湘黔边区"剿匪"军谢明强团。桂敌由第7军军长廖磊率领，除第19师外，又将第24师调来执行追堵任务。贵州省主席兼第25军军长王家烈令第25军周芳仁之第4旅向湘边之靖县、通道县推进。这样，湘、桂、黔三省敌军用于追堵红六军团的兵力约计二十四个团。该敌正分路由武冈、新宁和西延、龙胜地区向城步方向疾进，并出动飞机配合行动，企图歼灭红军于城步山区。

根据上述情况，红六军团决心迅速行动，乘敌尚未到达城步以前，抢先进入城步以西地区，跳出敌人预定的合围圈，然后寻机歼敌，求得在城步、武冈、绥宁地区暂时立足。于是，由车田出发向西疾进，11日到达城步以西的丹口地区，并继续向西北前进，准备在绥宁以南的安岳山、桐油坪、赤坡地区展开，侧击由城步向绥宁方向前进的湘军，但没有得手。14日，红六军团又准备绕至绥宁以西地域，突击由绥宁西进的湘军，但当前卫红十八师刚过绥宁县的

---

① 《中革军委关于红六军团今后的行动及任务的补充训令》1934 年 9 月 8 日。
② 同上。

小水时，湘军第55旅突由绥宁方向袭来，并占领小水、驾马一线有利阵地，将红六军团截为两段。红军不得不改变计划，以红十七师从行进间突破敌驾马阵地夺路南下，16日在通道县的菁芜州地区会合红十八师，17日乘虚袭占了通道县城（今县溪）。

敌人围歼红军于城步地区的计划再次破产。

八、清水江：民族团结的颂歌

当红六军团尚在城步地区时，敌军判断：红六军团必经黔东北上，去沿河、秀山地域与贺龙、夏曦、关向应领导的红三军会合。于是，湘、桂、黔三省军阀各派代表在贵州紧急会晤，协商"会剿"红六军团的行动。三省军阀相互矛盾各有打算：广西军阀力求把红六军团"送"得更远一点，以免威胁广西；湖南军阀则极力阻止红六军团与红三军会合，以免增加湖南的困难；贵州军阀惧怕红六军团入黔，想借湘、桂两省军队的力量阻止红六军团进入贵州或是把入境的红六军团逐出贵州；但在对付红六军团上，三省军阀是一致的。经协商，湘军派七个团，桂军派第7军两个师共四个团进入贵州，与黔军联合行动"围剿"红六军团，三省部队由桂军第7军军长廖磊统一指挥。

鉴于这种情况，红六军团如继续活动于城步、绥宁地区，将会给湘、桂、黔三省敌军以调整部署和构筑坚强防堵阵地的时间，对红军后面的行动造成极大困难。因此，经军委批准，红六军团即由通道兼程向贵州前进，1934年9月17日黄昏进到靖县的打鸟团、三里驿、哨田和新厂地区。这时，位于靖县以南中央桥地区的湘军补充第2总队何平部两个团，以为红军经长途跋涉非常疲劳，不敢应战，于18日分路向新厂扑来，企图与尾追部队配合夹击红军，并为湘、桂两军主力向清水江地区机动争取时间。

湘敌补充第2总队突出孤立，且兵力不大，红军决定抓住这个有利时机，杀一个回马枪，消灭这股敌人，争取行动自由，再向黔境转移。遂命令已出发的部队跑步返回新厂，以红十八师第五十二团首先抢占岩崖山主峰和金线吊葫芦两个制高点阻击敌人，保证主力展开。8时，敌集中力量向金线吊葫芦阵地攻击，连续三次猛攻，都被第五十二团打退。第五十二团一个连，在敌人猛烈炮火轰击和连续冲击下伤亡很大，全连只剩下指导员和七名战士，但仍然守住了阵地。10时左右忽然下起大雨，敌见从正面攻击不能成功，就利用迷蒙大雨做掩护向西迂回，企图从五十二团左侧后袭占岩崖山主峰。

这时，已经做好准备的红军主力，利用敌人脱离阵地、火力组织不严的有利时机，向迂回的敌人发起反击，红十七师沿岩崖山北麓向东出击，猛攻敌人侧翼，红十八师主力也赶到了岩崖山地区，会同第五十二团从正面居高临下突击敌人，战至黄昏，将敌全部击溃，毙伤敌400余人，俘敌200余人，缴获长短枪400余支。敌遭此歼灭性打击后仓皇逃回靖县。

9月20日，红六军团在黎平以北的谭溪地区击退黔军周芳仁部第7团的阻击，乘胜进入贵州的清水江流域，准备按照军委的电报指示，"经清江、青豁、思县到达省溪、铜仁、江口地域与红三军取得联络"。清水江流域是苗族、侗族聚居区。苗、侗两族人民长期以来遭受国民党反动政府和军队的欺压与蹂躏，民族隔阂很深，每当反动军队到来，苗、侗群众人人手执利器，成群结队地把守山寨，以防洗劫。红六军团为了取得苗、侗两族人民的支援，顺利通过少数民族聚居区，在全军团深入开展党的民族政策教育，号召全体人员对兄弟民族群众广泛进行宣传工作，严令部队严格遵守苗、侗族同胞的风俗习惯，处处维护群众利益，做到秋毫无犯，并对山寨寨主或土司头人大力进行争取工作。红军每到一地，部队大都在野外露营，不进民房；处处尊重苗、侗两族同胞的风俗习惯，不违禁忌；用了逃避在外的群众的东西，都原地留钱，并留信感谢；红军医生主动上门为群众看病，不收报酬；对生活极端困难的贫苦群众，给予慰问和救济。红军沿途张贴布告，散发传单，人人进行宣传活动，向苗、侗两族同胞说明共产党的民族政策、红军的本质和光荣使命，揭露敌军残暴罪行和反动本质。苗、侗两族同胞在红军的耐心宣传和实际行动的影响下，深深感受到红军纪律严明，待人和气，买卖公平，对群众利益秋毫无犯。红军主张民族平等，行动上切实平等待人，使深受民族压迫的苗、侗族同胞有史以来第一次享受到了平等的待遇。他们从中国共产党的民族政策中看到了希望，受到了鼓舞，进而消除了误解，红六军团取得了苗、侗两族广大群众的热烈拥护和积极支援。不少群众主动为红军带路，积极为红军传递消息，热情接待过路红军，有的甚至冒着生命危险秘密收留红军掉队人员，并帮助他们寻找部队。

9月23日红六军团进到清江县（今剑河县）南嘉堡的里格地区，准备北渡清水江时，苗、侗两族人民积极为红军指引渡口，收集船只，绑结木筏，架设浮桥。在人民群众的帮助下，全军团24日顺利渡过清水江，进到大广地区，前卫伸到八挂河。

25日，红六军团按照原定计划继续北进，但当部队进至凯寨、孟优地区时，遭到湘军独32旅及第55旅的堵击。由于敌先我到达，占据了有利地形，完成了兵力部署和火力配备，构筑了较完整的野战工事，红六军团虽连续攻击给敌以重大杀伤，但未能突破敌军阵地。这时，桂军第19师又从天柱县的盘杠方向急速增援，西面又有黔军王天锡的部队，如继续打下去，对我十分不利，且沿潕阳河一带敌已有准备，而镇远以东又不能徒涉。因此，红六军团决定退出战斗返回大广，准备改由大广西进或南渡清水江再沿江而上，相机北渡潕阳河。

傍晚，红六军团由凯寨、孟优地区出发，连夜回师。但26日晨抵达大广时，与先我到达大广的尾追之敌桂军第24师遭遇。敌军已占据有利地形，居高临下，且完成了战斗准备。红六军团经过一天的激烈战斗又在崇山峻岭中经过整夜急行军，部队疲劳饥饿，正欲翻越大广坳的坳口时，突然遭到敌人猛烈袭击，军团领导考虑到前有桂军堵击，湘军也很可能从凯寨、孟优追来，有腹背受敌的危险，当即决定迅速撤出战斗，摆脱敌人，向西转移。遂令前卫红十八师五十二团和五十四团从大广以西大山进入战斗，掩护军团主力转移。两团向敌发起猛烈进攻，战斗十分激烈。军团主力在红十八师的掩护下，安全转移。

红五十二、五十四两团完成掩护任务准备撤出战斗时，后路被敌军截断，遭敌包围。红军战士经过顽强拼杀，终于打开缺口，冲出重围。红五十四团为掩护军团主力，死死地咬住了敌人，撤出稍晚，损失较大。这次战斗红军共伤亡140—150人，红五十四团团长赵雄英勇牺牲，两名团政委负伤。

战后，红五十四团因减员较大，暂时撤销建制，分别编入红四十九、红五十一、红五十二及红五十三团。大广战斗，红六军团虽然付出了巨大的代价，但给桂军第24师以重大打击，军团主力也得以安全转移。

红六军团在大广摆脱敌人后，经高丘、良上、报京、施洞口，于30日进至黄平县的瓮谷垅。这时，湘、桂、黔三省敌军分两路追来。一路由廖磊亲自率领桂军第19师和湘军李觉部第55旅及独32旅，沿三穗通往镇远的大道平行追击；另一路由覃联芳率领桂敌第24师和湘军补充第1总队，紧随红军尾追。敌人企图以黔军王天锡率领的第1、第5、第6和特1团等四个团在施秉至黄平一线从正面堵击，以北路敌军在三穗、镇远、施秉一线由北而南压迫红军，在敌尾追部队配合下，将红六军团歼灭于镇远以南潕阳河与清水江两河之间。但是，敌人的阴谋没有得逞。

红六军团于10月1日选择战斗力薄弱的黔军为突击对象，在滥桥至东坡地段上强渡大沙河，于行进间一举突破黔军防堵阵地，并乘胜袭占旧州。红六军团在旧州不仅缴获了数万银圆的巨款和一部无线电收发报机，还收集到一张约1平方米大小的法文贵州省地图。这对从进入广西就以中学地理课本代替军用地图的红六军团来说，如获无价之宝。在军团长萧克的亲自主持下，经一名叫薄复礼的法国传教士的热情帮助，将该图全部译成中文。这张地图，在后来红六军团转战黔东和最后与红三军会师的行动中起了不小的作用。

九、甘溪：浴血奋战冲破重围

红六军团袭占旧州后，接着向乌江疾进，准备在孙家渡及其以北地区寻找有利渡场渡过乌江，彻底甩掉追堵之敌，然后再向北联络红三军。这是一条减少伤亡损失的道路。但是，中革军委不同意红六军团西渡乌江。当红六军团于1934年10月4日进到乌江江畔的猴场（今草塘）时，接到中革军委主席朱德3日来电，命令："桂敌现向南开动，红三军部队已占印江。六军团应速向江口前进，无论如何你们不得再向西移。"继而连续接到中革军委两次来电"军委绝未令你们渡乌江向西行动"，"绝对不可再向西北转移"。①显然中革军委是要求红六军团在乌江东岸坚持，更多地吸引敌人，以减轻中央红军的压力。中央的命令是红六军团行动的唯一准则，在中革军委再三催促下，红六军团放弃西渡乌江的计划，于5日由猴场掉头向东北前进，准备经石阡附近进入江口地区，再与红三军取得联络。

然而实际情况是，敌人没有任何部队向南开动，对红六军团的追堵不仅没有放弃，相反正在策划新的更大规模的围歼，敌军判断：乌江有黔军凭险扼守，红军难以西渡，必经余庆、石阡去印江与红三军会合；在西、北两面有乌江天险阻隔的条件下，只要可靠地封锁石（阡）、镇（远）大道，就很有可能在这一地区围歼红六军团。于是廖磊、李觉等敌军指挥官在镇远紧急会商，决定由黔军侯之担部五个团严密防守乌江，以入黔的湘、桂两军主力封锁石、镇大道，堵住红军去路，以桂军第24师、湘军补充第1总队及黔军四个团沿施秉、余庆一线展开，由南向北压迫红军。敌人总共动用二十个团的兵力，企图将红六军团围歼于石阡以西地区。按照这个作战计划，敌军星夜紧急调动部

①《朱德致任弼时、萧克、王震电》（1934年10月4日）。

队：湘军第55旅、独32旅及谢明强团推进到石阡及其附近地区；廖磊率第19师部署在大地方、铁厂、平贯一线；桂军第24师、湘军补充第1总队及黔军第5、第6、第13团和特1团由施秉地区推进到余庆一线展开。

三省敌军经过精心策划，张开大网等待红六军团到来。而按照中革军委来电指示行动的红六军团对敌人这个作战计划事先毫无觉察，让电报中不准确的情报，把红六军团全部送上绝境。

10月7日，红六军团按照红十七师、军团部、红十八师顺序东进，准备到石阡县的甘溪作大休息，然后利用夜晚越过石、镇大道。在红军东进的同时，桂军第19师也经石阡以南的白岩河向甘溪前进，寻找红军作战。10时，红六军团前卫部队到达甘溪，捉到敌两个侦察员，得知桂军第19师已接近甘溪。情况十分紧急，红五十一团前卫营在周球保营长指挥下，不待命令，抢先行动，将部队沿甘溪街头展开，迅速做好迎击敌人的准备。但是，负责指挥前卫行动的军团指挥员，却没有抓住战机，迅速指挥前卫部队抢占有利地形，夺取主动，以掩护军团主力展开或转移，也没有将此紧急情况向行进在本队的军团首长报告。

直到12时左右，桂军第19师已全部展开，并抢占了甘溪东北的白虎山和群宝山一线高地，居高临下向红军发起猛烈进攻，而红五十一团和红四十九团还没有得到行动命令，被迫仓促投入战斗。红五十团也从行进间展开，抢占了羊东坳及其附近高地，承担起断后的任务，他们以猛烈的火力突击敌人，积极支援红五十一团和红四十九团的战斗。在红军顽强阻击下，敌人先后两次冲击均被击退，不得不调整部署重新组织进攻，以一部从正面猛烈进攻，另一部利用河沟凹地隐蔽向甘溪西街接近，向红军翼侧发起攻击，并突入红军阵地，在青龙嘴高地展开激烈的阵地争夺。在前卫部队被敌切断的情况下，军团参谋长李达率领青龙嘴高地附近的红五十一团和红四十九团的两个团部及机枪连等400余人冲出敌人的包围，由甘溪东南的杜脑山高地向石阡以南大地方转移。防守甘溪的红五十一团和红四十九团部队，在敌人的包围和猛烈攻击下，坚守阵地浴血奋战，打退了敌人多次进攻，给主力部队机动争取了时间，但损失很大，仅红五十一团第三营（前卫营）伤亡即达200余人。

敌人在正面进攻受阻后，即以主力分两路向龙骨屯和泥东坳迂回，企图打入红军纵深，侧击红军运动中的主力纵队。但直到这时，军团领导还没有搞清前方情况，因此，迟迟不能定下决心，当发现敌人逼近主力纵队时，才仓促派出红军学校占领龙骨屯和老车土等高地抗击敌人。军团领导认为，红军从战斗发起就处于被动地位，继续打下去也无取胜把握，决定退出战斗向南转移。遂令红五十团接替红军学校，继续阻击敌人，掩护军团主力向甘溪东南的大地方转移。军团主力部队在任弼时、萧克、王震率领下，在大土村以南深山密林中披荆斩棘，开拓通路，终于摆脱当前敌人到达了大地方。在开路中，军团政治委员王震身先士卒，奋不顾身，起了重要作用。红五十团完成掩护任务后，利用夜暗撤出阵地寻找主力，但退路被敌切断，与主力失掉了联络。在茫茫山林探寻小路，此时，部队已经断粮，饥渴难耐。时任机炮连指导员的罗章在山林里找到一棵约有脸盆粗细的枣树，就和战士们用马刀将树砍倒，靠树上的枣子，支撑着前进。

红六军团由于未能击破敌人，从而陷入湘、桂、黔三省敌军约二十个团的包围之中。在红六军团的北面石阡至白沙一线，为湘军李觉的第55旅、独32旅以及湘黔边"剿匪"第1团（谢明强团）等共五个团；东面为廖磊亲自率领的第19师（两个团）把守石、镇大道；南面施秉至余庆一线为桂军第24师、湘军成铁侠第1补充纵队及王天锡率领的黔军一部（约八个团）；西面在乌江对岸为侯之担部（五个团）。军团领导考虑到，甘溪一仗部队被敌截断且损失较大，又处在敌人的包围之中，处境极为严重；为了保存有生力量，决定不与敌人进行大规模的战斗，尽量避免无益的消耗，采取灵活的游击动作，在石（阡）、镇（远）、余（庆）之间，利用崇山峻岭、森林密布便于隐蔽行动的有利条件与敌周旋，寻找敌人间隙或薄弱部分冲出包围，迅速转入黔东苏区与红三军会合。

8日，红六军团主力进至红庙，打退了桂军第19师的追击，然后向南转移，又在石、镇大道间的路腊遇敌堵击，无法穿过敌军封锁线，经激战后方摆

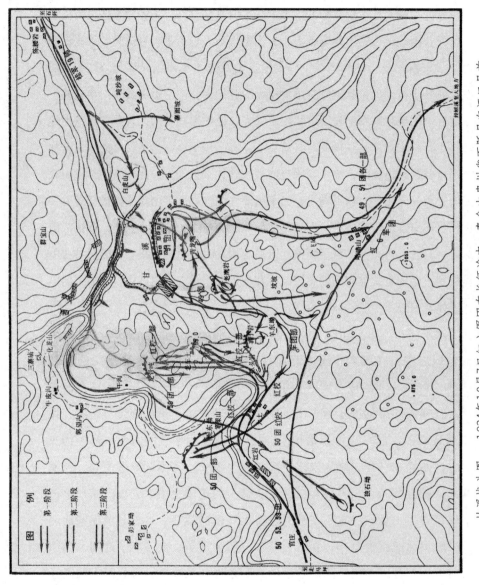

甘溪战斗图。1934年10月7日红六军团在长征途中，奉命由贵州省石阡县向江口县前进，与红三军（红二军团）会合。行至石阡县甘溪被敌军以二十四个团重包围。红六军团指战员英勇作战，突出重围，实现了红军长征途中的首次会师。

脱敌人，10日到达黑冲。为了避免遭敌袭击，遂离开道路，利用绳索，翻越了悬崖峭壁的滴水岩。11日到达紫荆关一带，发现施秉一线地区有敌重兵防守，难以向南突围，遂绕道北行，经马溪、走马坪到河闪渡，准备西渡乌江。但发现黔军万式炯团在乌江西岸防守，渡江未成，又折向东，经瓮溪司于15日到达朱家坝，准备经板桥渡过石阡河，前往印江会合红三军。

当前卫红五十二团到达板桥附近时，遭湘敌堵击。

16日，军团决定向白沙、甘溪方向转移。当进到龙塘、关口一带时，又被湘军第55旅唐伯寅团及独32旅和黔军一部堵截，经激烈战斗将敌击溃，军团主力继续向甘溪方向转移，但红十八师直属队一部及后卫红五十二团进到十二里山岭至柏杨附近时，被敌切断，与军团主力失掉联络。军团首长一面调红四十九团接应，一面派人传令红十八师师长龙云率红五十二团坚决打退敌人，尽快冲出包围，追上主力，红五十二团的战士们英勇顽强，与敌奋战几昼夜，部队被敌军切割成三截，众寡悬殊，最后弹尽粮绝，几乎全部牺牲。红五十二团团长田海清遭敌杀害，师长龙云被俘，遭军阀何键杀害。其中，百余名指战员在困牛山悬崖前进行了殊死抵抗，当他们发现从山顶压下来的敌军队伍前面，竟然是被敌人压押的贫苦群众，他们在"誓死不做俘虏，誓死不伤群众"的口号下，跃下了高达三十多米的悬崖，除了几名幸存者，几乎全部牺牲。这场恶战使红六军团损失了1600余人，指战员们的壮烈悲歌至今仍然在甘溪的困牛山回荡，震耳欲聋的炮声和噼里啪啦的枪声及阵阵喊杀声似乎仍然回响在幽深的山谷，回响在历史的深处。

红六军团在敌包围圈中艰苦转战的日子里，遇到了巨大的困难，经受了严峻的考验。这里山高路险，地瘠人稀，条件十分艰苦，加上敌人疯狂的围、追、堵、截，环境极为险恶，斗争十分残酷。红军战士往往是饿着肚子不分昼夜地行军打仗，没有鞋穿，赤着双脚在深山密林中与敌周旋，在悬崖峭壁上攀登，在林间草丛中栖身。由于体力消耗过大和极度疲劳，又得不到起码的饮食补充，再加缺医少药，不少战士身患疾病，部队减员剧增。当时中央代表任弼时身染重病，他坚决拒绝了战士们用担架抬他，手拄木棍和大家一起步行，抱病指挥全军行动。在艰难的日子里，这里的人民群众给了红军以有力的支援，即使在白色恐怖下，不少群众仍冒着生命危险为红军带路，引导红军突围，掩护红军伤员，细心为红军伤病员治伤治病，帮助掉队的红军战士寻找部队，有的甚至冒着生命危险，在敌人的屠刀下抢救红军战士脱险，充分体现了红军与人民群众的骨肉之情。

17日，红六军团由石阡以西的国荣出发，午前重抵甘溪，决心乘敌不备，利用夜暗向东冲出敌人包围。当天中午经杜脑山、卧水，黄昏前到达干河坝。这时，石、镇大道间的平贯只有谢明强团一个营，马厂坪没有敌军。红六军团抓住这个有利的时机，以警卫营抢先占领马厂坪并控制了向东去的大峡谷谷口，主力部队利用夜暗在当地老猎人的指引下，鱼贯东行，从一条没有道路的大峡谷中（当地群众称老窝沟）向东突围，穿越石、镇大道。这时，湘军第694团及谢明强团各一部先后赶来截击，在红军掩护部队坚决阻击下，激战至午夜被击退。天亮前，军团全部穿过峡谷，终于突破敌军包围。

甘溪战斗中，首先突围的红十七师四十九团和五十一团各一部，在军团参谋长李达的率领下，临时组成特务团，在大地方附近越过石、镇大道，经地印、客楼、闵孝于11日到达江口县的茶寨，又从德旺以北绕过梵净山，经过多方调查了解，终于15日在沿河县的水田坝（又称铅厂坝）与红三军会合。李达向贺龙等红三军领导人详细汇报了红六军团的情况与危险处境后，贺龙等领导对红六军团十分关切，不顾湘西敌军陈渠珍部及黔军的拦阻，于10月16日亲率红三军主力和李达所部兼程南下，迎接红六军团。

甘溪战斗后，与主力失掉联络的红五十团，由于退路被切断，无法去大地方寻找主力部队。在甘溪接受掩护任务时，军团首长曾明确交代过："如在大地方找不到主力部队，可去印江找贺龙。"于是，他们决定直奔印江。由团长郭鹏、政治委员彭栋才率领，在一个十分熟悉道路的向导引导下，凭着国民党出版的半张报纸，在平贯与河口之间乘隙通过石、镇大道，经东坪地场（今和平乡）、大坝场、德旺，于23日行至梵净山山脚的木根坡时，通过号音联络与前来接应红六军团的贺龙和李达所率部队会合。

红六军团主力越过石、镇大道后，从敌军间隙中兼程前进，经尧寨、冷家榜，于20日击退湘军第110团与黔军一部的阻击，在公鹅坳通过石（阡）、江（口）大道，继经茶寨、德旺、缠溪、慕龙，于23日到达印江木黄。24日，贺龙、关向应率红三军主力及李达部队从芙蓉坝、锅厂到达木黄，两军胜利会师。

红六军团从1934年8月7日由湘赣苏区突围西征，连续行军作战79天，跨越敌境5000多里，连续作战49次，战胜了湘、粤、桂、黔四省敌军的围、追、堵、截和自然界的无数险阻，历尽千辛万苦，付出重大代价，终于与贺龙领导的红三军会师，胜利完成中共中央、中革军委赋予的战略任务，为中央红军向湘西实施战略转移，起到了侦察、开路的先遣队的作用。红六军团西征比中央红军长征早两个月，由于红六军团及时向中央和军委报告了沿途的地形、民情、气候、物产等，为中央红军转移提供了重要情报；红六军团经过行军作战不仅锻炼了自己，而且在西进途中做了大量政治宣传，为中央红军的突围转移提供了有利的群众基础。中央红军长征中从江西到贵州突破乌江前的这一段路线，基本上是沿着红六军团踏出的路前进的。萧克将军后来回忆说："红六军团突围西征，比中央红军早两个月，为中央红军长征起到了侦察、探路的先遣队作用。"

红六军团与红三军胜利会师，结成为一支强大的战略力量，为以后发展湘鄂川黔边区的革命斗争，以及配合中央红军的长征，奠定了坚实的基础。

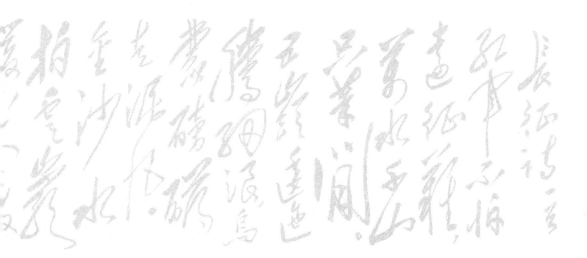

第四章

中国工农红军长征期间的
第一个会师

1934年10月24日，中国工农红军在长征期间，实现了第一个会师，即红二军团与红六军团在贵州印江木黄的会师。红二、六军团实现会师后，发起"湘西攻势"，策应中央红军长征。九天奔袭后，两军团联合作战，攻克湘西北咽喉要地永顺。此后，连战连捷，至1935年1月，开创了湘鄂川黔革命根据地。

中国工农红军在长征有过多次会师，红二、六军团的会师，是红军长征期间的第一次会师，为红军长征中其他的多次会师树立了光辉的典范。

一、木黄：来自两个战略区的红军会师了

红二、六军团是两支英雄的部队。

红军第二军团是由湘鄂西地区（含洪湖、襄枣宜、巴兴归、湘鄂边和鄂西北）的红军第四军和红军第六军于1930年7月合编而成。第四军，1928年7月成立于湘西。军长兼前委书记贺龙，党代表恽代英（未到职，后由鄂西特委书记周逸群兼）。第六军，1930年2月成立于鄂西，军长孙德清（后为邝继勋），政治委员周逸群兼，副军长段德昌。1930年7月，红军第四军和红军第六军在鄂西公安会师后，召开两军前委会议，根据中共中央指示，第四军改称第二军，第二、第六军组成工农红军第二军团，总指挥贺龙，政治委员周逸群，参谋长孙德清，政治部主任柳克明（直荀）。全军共一万余人。

1931年3月，夏曦到湘鄂西，任中共湘鄂西中央分局书记。3月21日，根据中共中央指示，红二军团在湖北长阳县枝柘坪改编为红军第三军，军长贺龙，政治委员邓中夏，参谋长汤慕禹，政治部主任柳直荀。全军共有人枪5000左右，在地方党组织配合下，建立了湘鄂西革命根据地（含洪湖革命根据地）。1932年7月，蒋介石调集10万人的军队，对洪湖革命根据地进行第四次"围剿"。10月，红三军被迫退出洪湖地区，北上大洪山，继转至湘鄂边地区。1933年12月，中央分局和前委决定创建湘鄂川黔革命根据地。1934年5月，红三军进入黔东，接着，开辟了黔东革命根据地。

红军第六军团，是湘赣和湘鄂赣两个革命根据地的红军，于1933年6月奉中革军委命令合编成的，辖第十六、十七、第十八师。其中，第十六师由湘鄂赣革命根据地的红军第十六军改编，第十七师由湘赣革命根据地的红军第八军改编，第十八师由湘鄂赣革命根据地的红军第十八军改编。改编后，第十八师奉调离开湘鄂赣苏区，南渡袁水，到湘赣革命根据地与红军第十七师会合，由第十七师师长萧克、政治委员蔡会文统一指挥两师部队。第十六师仍然留在湘鄂赣革命根据地，没有参加红六军团西征。

1934年7月，中共中央、中革军委命令：红六军团退出湘赣革命根据地，转移到湖南中部去开展游击战争，创建新的革命根据地，同时与贺龙等领导的红三军取得联系。8月7日，红六军团从湘赣革命根据地遂川县的横石出发，突围西征，拉开了红军两万五千里长征的序幕。有人曾说，红军的长征不足两万里。红六军团的长征足迹，远远超过了两万五千里，他们的进程用时两年两个月另十八天。歌曲《十送红军》中提到的"五斗江"正是红六军团西征进程中的第一个渡口。

依照中央训令，中央代表、湘赣省委书记任弼时随军行动，并与萧克、王震组成第六军团军政委员会，任弼时为军政委员会主席，萧克为军团长，王震为政治委员，李达为参谋长，张子意为政治部主任。军团率第十七、第十八师共9758人，转战79天，跨越赣、湘、黔、桂四省，行程5000多里，冲破数十倍于己的湖南、广东、广西、贵州四省国民党军队十个师、一个补充纵队又七个

红六军团参谋长、红二军团参谋长、红二方面军参谋长李达。

红六军团政治部主任、红二军团政治部主任张子意。

旅、十九个独立团和保安团，共七十七个团及许多地方反动武装的围追堵截，不完全统计经过大小战斗共47次，到达贵州东部地区。征途上，他们创造许多奇迹：仅用时两小时，无一人伤亡地渡过湘江；在作战中还击落一架敌人的飞机。但是，他们也付出了高昂的血的代价，一多半的指战员牺牲在途中。

10月24日，历尽千辛万苦的红六军团，终于与贺龙率领的红三军（后恢复二军团番号）在贵州东部印江县木黄地区胜利会师。任弼时与贺龙的手紧紧地握在一起，如果不是当事者，又有谁能体会到他们当时的激动心情呢！贺龙后来在谈及这次会师的时候，深深地沉浸在当时的情景中，他兴奋地说："二、六军团会师是团结的，六千多人，六千多个心，可是大家团结得像一个人，要怎么走就怎么走，要怎么打就怎么打。""总之，二、六军团会师团结得很好，可以说是一些会师的模范"[①]。

26日，红六军团与红三军在四川南部之酉阳县（今属重庆）南腰界召开庆

①《回忆红二方面军》，贺龙，《近代史研究》1981年第1期，第31页。

红六军团西征与红三军会师要图

（1934年8月7日—10月24日）

红六军团西征与红三军会师要图。1934年8月7日，中国工农红军第六军团奉中共中央书记处、中革军委命令踏上征途，与在湘鄂西的红三军（即红二军团）会合。此举拉开中国工农红军长征序幕。

祝大会。会师后红三军恢复红二军团番号，军团长贺龙，政治委员任弼时，副政治委员关向应，参谋长李达，政治部主任张子意。萧克、王震继续担任红六军团军团长和政治委员。此后，两支来自于黔东、湘鄂西、洪湖、湘赣、湘鄂赣不同战略区的劲旅形成了一支强大的战略突击力量，两个军团统一作战，策应中央红军长征，牵制湖南、湖北敌军主力，创建湘鄂川黔革命根据地，自己的兵力由8000余人，迅速发展到1.1万人。

红二、六军团的木黄会师，是中国工农红军在长征途中第一次会师，是第一次将两支不同战略区的红军部队会合成一支战略力量。这次会师，也是标志着中国工农红军成为一个团结战斗的整体，在长征途中诸次会师的开端。这次会师，是团结的模范，是互相帮助、互相支援的模范，也是并肩作战、歼灭敌人、形成统一的战略力量的模范。

二、南腰界：英明的战略决策

1934年10月24日，红六军团和红三军在贵州省印江县的木黄胜利会师，在军事上、政治上都具有重大意义。会师，为解决两军建设中各自存在的迫切问题，创造了必要的条件。

自1934年8月7日，红军第六军团作为长征先遣队，由任弼时、萧克、王震率领，从江西遂川突围西征，经过两个多月的艰苦奋战，于10月经湖南桂北进入贵州东部。由于遭到十倍于己的重兵围堵，甘溪一战，红六军团损失惨重，兵力从近万人减到3000人，迫切希望与红三军会合。

此时的红三军，也期望改变孤军作战的处境。但南腰界唯一的电台出了故障，与中央断了联系，红三军、红六军团都相互不了解对方情况。直到10月上旬的一天，国民党伪报纸登出一条消息："江西萧克匪部第六军团窜入黔东，企图与贺龙匪部会合。"贺龙、关向应经过反复分析，认为这条消息是可靠的，于是兵分三路主动去"碰"红六军团。1934年10月24日，贺龙、关向应在贵州印江县接到了红六军团主力部队。两天后，两军团所属各部队陆续到达南腰界，8000红军战士驻扎满了方圆20里的村寨。

贺龙、任弼时、关向应、萧克、王震对两军的团结极为重视。会师后，两军指战员欢欣鼓舞，热情相助，表现了高度的无产阶级友爱精神和党性原则。红六军团由湘赣革命根据地进到地形、民情、风俗与江西不同的湘黔边区，对与这一带人民有密切联系的红三军有着依存心情，为团结战斗奠定了良好基础。会师后，军团政治委员王震立即向贺龙详尽汇报了部队的情况，请求指示。贺龙指示红六军团当前要抓紧三件事：第一是睡好觉和吃饱饭；第二是洗澡、理发和洗衣服；第三是打草鞋。要他们好好地恢复体力，整理组织，准备继续战斗。红三军指战员也尽一切可能保障红六军团休息好，给他们筹粮、送肉、送盐；拿出自己的草鞋筋子，帮助他们打草鞋。同时，还给部队配了部分乘马，拨了一部分轻机枪。红六军团对于红三军的热情帮助和无微不至的关怀，深为感动。红三军对带来了朱、毛红军光荣传统的红六军团，思想上也有钦慕之情。在红六军团的帮助下，红三军加强了党团建设和政治工作，开始恢复了部队中党团员的党籍、团籍。但由于党团员还不到部队人数的十分之一，连队中还没有党、团支部，有的两个连队成立一个党支部。师团政委都是新提拔的，工作能力很弱。指导员缺少一大部分。政治工作系统还未建立。部队中"肃反"恐惧仍然存在。为了迅速改变这种状况，任弼时、萧克和王震从大局出发，将富有政治工作经验的红六军团政治部和红三军政治部合并为红三军政治部，并把保卫局完整地调给了红三军。同时，还选派一些干部给红三军的师、团一级政治机关，其中包括红十七师政治部副主任袁任远、红五十一团政委洗恒汉、红五十二团政委方理明、红五十三团政委廖聚群以及四个总支书记和余秋里、颜金生、金如柏等40余名下级政治工作干部。在贺龙、任弼时和关向应领导下，红三军的各级政治机关和各种政治工作制度逐步健全，并陆续启用了被错误处理撤职的干部，恢复了被错误开除出党的党员的党籍，加强了党支部的建设。

位于酉阳县东南部的南腰界，与贵州省沿河县、松桃县、印江县，重庆市秀山县接壤。这里群山清秀，清幽寂静。1934年6月4日，贺龙、关向应率领红三军进驻南腰界，开辟以南腰界为中心的苏区，在南腰界、唐家溪、大坪盖、龙池四个地方相继成立苏维埃政权。当年8月1日，南腰界区苏维埃成立大会召开，苏维埃政府就设在红三军司令部驻地。当年国民党军队在南腰界强吃强赊，调戏妇女，欺辱百姓，搞得群众人心惶惶。红军建立苏维埃政权后，组织民众与土豪、恶霸斗争，开粮仓、分田地，极大鼓舞了乡亲们的革命热情。1986年，为纪念南腰界革命圣地，缅怀革命先烈，酉阳县人民政府拨款修复了中国工农红军第三军司令部遗址和红二、六军团会师纪念亭。时任全国人大常委会副委员长，曾跟随贺老总一起创建南腰界革命根据地的廖汉生将军，为南腰界纪念馆题词写了"中国工农红军第三军司令部旧址"的馆名，萧克将军也为会师纪念亭题了字。

南腰界是重庆市唯一的革命老根据地，境内仍完好保存有数十处红军战斗遗迹、红军烈士墓。有红二、六军团会师大会会址、八一军民会址、大坝场祠堂红军政治部旧址。有红军大学、红军医院、十大政纲等56处文物景点。每逢清明，渝黔边区的乡亲和青少年学生都会自发地到司令部旧址凭吊纪念红军亲人，接受革命传统教育，默默地记读那至今笔迹清晰、苍劲有力的红军标语——"活捉冉瑞庭，替为革命而牺牲的工农群众复仇"。

1934年10月26日上午，两支红军部队在南腰界的猫洞大田举行会师大会，主席台只用了几根木头和木板临时搭建，仅用石块压在周围的田埂上，但是气氛非常热烈。在猫洞大田和后侧的小山岗上，密密麻麻坐满红军战士，歌声、口号声、欢呼声，此起彼落，响彻山间。如今走在这片田坝上，也能让人感受一种穿越时空的热血澎湃扑面而来。

在庆祝会师的大会上，任弼时宣读了党中央为两军会师发来的贺电，报告了当前的形势和部队的任务。

贺龙讲话对红六军团表示热烈欢迎，并向两军提出了加强团结的要求。

他对红六军团说："我知道你们的心情，你们到这里后，想休息一下。按说这是应该的。可是，蒋介石这个卖国贼不让我们休息，这里的根据地是新近才开辟的，不很巩固。"他说，"同志们，可靠的根据地在我们的脚板上！今天休息，明天就出发。"他勉励大家再接再厉，英勇奋斗，去开辟新的局面。关向应、萧克、王震也讲了话。他们的讲话，都要求加强两军的团结，并发出了新的战斗号召。

会师时，红三军有4400多人，红六军团有3300多人。从此，来自两个战略区的两支红军，结成了一个团结战斗的整体，形成了一支强大的战略突击力量，为完成新的更重大的政治、军事任务奠定了可靠的基础。

在红三军和红六军团黔东会师时，中央红军第五次反"围剿"已经失败。1934年10月21日，中央红军冲破敌人第一道碉堡封锁线，撤离江西苏区，开始向西实行战略转移。鉴于上述情况，任弼时和两军领导人对整个战争形势和自己的任务，以及今后的行动方针，立即进行了审慎研究，认为：刚刚退出江西根据地的中央红军，正与优势敌军作战，夺路向西转移，红三军和红六军团应积极行动，密切配合。

在会师前两天，即10月22日，中央革命军事委员会曾电令红六军团："向印（江）、松（桃）间前进，会合我十七师之一部，在该地与二军团确（取）联络，并在松桃、乾城、凤凰地域建立苏区，发展游击战争。"根据中革军委的命令和部队的现状，两军团领导人决定红二、六军团集中去军委指定的地区。25日，两军团领导给中革军委的电报中说："贵州苏区在印江、沿河间……以枫香溪、惟（谯家）铺、云（铅）厂坝为中心，南北一百里，东西六七十里，人口（不足二十）万，西靠乌江，东、南、北均系徒涉场很小的小河。粮食很缺乏。地方武装有独立师千余人，两个独立团（各约）二百余人，五游击队三百余人。数日前，黔敌三个团进至（印江苏区）中心，现未退。"……"湘西之敌：除陈渠珍师外，另有杨其昌、廖怀中、雷鸣九共计四团，保安三四团，分驻凤凰、乾城、桑植、龙山、麻阳、永顺、辰溪等县"。"以目前敌情及二、六军团力量，两个军团应集中行动。我们决定加强苏区党和武装的领导，开展游击战争，巩固发展原有苏区，主力由松桃、秀山间伸出乾（城）、松（桃）、凤（凰）地区活动，建立新的根据地"。

此后，两军团领导人曾在南腰界再次开会，进一步研究当前的情况和今后的行动方针。

贺龙说，乾城（今湖南省吉首市）、凤凰"那里是陈渠珍的老窝子，活动很困难。陈渠珍是很恶的"。他提出，去湘西北发展。

任弼时问："去，打得赢么？"

贺龙说："一个军团去，不行；两个军团一块儿去，打得赢。"

此次会议一致决定，不去乾城、凤凰地区，两个军团集中去湘西北创建根据地。

10月27日，两军团领导人联名致电朱德、周恩来，报告新的决定。电报说："1. 我二（两）军团明日（28日）向龙潭前进，到西阳、龙山、永顺、保靖、永绥间，用秀山附近民众根据地，且向凤凰、乾城发展。2. 我们不直接向乾城、凤凰，有于（下）原因：A.凤凰、乾城、松桃……（土著）武装多，且极强，经常可动员万人，系受陈渠珍节制。B.敌人一部11和27日即进到乌罗司……如向凤凰、乾城，有被敌侧击之虑。"

根据两军团集中进军湘西北的方针，经中央代表任弼时和两军团领导决定，整顿组织：红三军恢复了红二军团番号，军团长贺龙，政治委员任弼时，副政治委员关向应，参谋长李达，政治部主任张子意。原红三军的第七师改为第四师，师长卢冬生，政治委员方理明，参谋长韩克西。红四师辖：第十团、第十二团。原第九师改为第六师，师长钟炳然，政治委员袁任远，副政治委员廖汉生，参谋长周天民。红六师辖：第十六团、第十八团。红二军团共3900人。

红六军团军团长萧克，政治委员王震，参谋长谭家述，政治部主任甘泗淇。暂时编成三个团：第四十九团、第五十一团和第五十三团。红四十九团团长吴正卿，政治委员晏福生；红五十一团团长郭鹏，政治委员彭栋才；红五十三团团长张正坤，政治委员廖聚群。红六军团共3000人。

红六军团参谋长谭家述　　　　　　红六军团政治部主任甘泗淇

　　另，为加强黔东根据地领导，配合主力红军作战，成立了黔东特委，重组黔东独立师。黔东独立师，以原红六军团伤员300余人和其他地方武装编成，共计700余人，以原红六军团政治部宣传部部长段苏权任特委书记兼独立师政治委员，以原红六军团红十八师五十三团团长王光泽任独立师师长，下辖以原黔东独立团、德江独立团和川黔边独立团编成的第一、第二、第三三个团。

　　由于任弼时是中央代表、中央政治局委员、红六军团军政委员会主席，贺龙原是南昌起义的代总指挥、红二军团军团长，关向应是党中央委员，他们在党内、军内威信高。所以，这时虽然没有成立统一的指挥机关，但在实际上，以贺、任、关等为核心的集体领导已经形成了。红二、六军团从此即由贺、任、关统一领导与指挥。

　　为了迅速执行新的作战任务，红二、六军团抓紧进行了两天的休整与准备，对黔东根据地的工作做了安排。

　　黔东独立师，在黔东坚持游击战争，策应主力向湘西发展。

　　1934年10月28日，红二、六军团从南腰界出发，向湘西发动了攻势。

三、永顺：两军团融为一股战略力量

　　红二、六军团领导人关于集中两个军团向湘西北行动的意见是符合实际情况的，是对湘鄂川黔边的地理、社会情况和敌我形势进行全面深入研究之后决定的。当时，黔东苏区对于红三军的整顿和两军团会师起了重要的作用。但是，两军团集中在那里，粮食和其他物资的供给、人员补充都很困难，地理情况对于大兵团回旋作战也不理想。所以，两军团不宜继续久留。而凤凰、乾城、永绥（今湖南省花垣县）、保靖诸县，为湘西军阀陈渠珍统治的中心地区，不仅驻有重兵，而且土著武装极多，枪支不下数万，受"湘西王"国民党新编第34师师长陈渠珍节制。

　　这一地区，早在清代就实行屯防制，在凤（凰）、永（绥）、乾（城）、松（桃）、古（丈），修筑了1100多座碉堡和一道长达100多里的边墙。国民党政府又新筑了许多碉堡。同时，这里是一个多民族杂居的地区，以苗族、土家族居多。长期以来，由于反动统治阶级的挑拨离间和反动宣传，苗、汉两族间的隔阂颇深。红六军团如果单独进入这一地区，必将遇到很大困难，不能立足。两军团领导人把四周的地形、民情、经济条件及敌情统一做了研究后认为：湘西澧水上游区域，最宜建立革命根据地。永顺、桑植、龙山、大庸一带，属湘鄂川黔边界地区，经济虽然落后，但共产党的影响比较大。那里过去是贺龙领导的部队活动地区，有比较好的群众关系。贺龙熟悉这个地区的地形，而且旧属亲友较多，"威望所及，地方势力多畏服之，人民群众则衷心拥护"，有利于红军的发展。

　　湘西地区，各派势力复杂，除国民党外，还有"神兵"、土匪，他们之间矛盾很深。陈渠珍三个旅和四个保安团，约万余人，加上被川黔军阀赶出来而投靠陈渠珍的杂牌军，如杨其昌、车鸣骥、雷鸣九、廖怀中等四个旅（实际四个团）约4000人，兵力不多，战斗力也不强，有利于红军向这个地区展开战略进攻。同时，也只有向湘西进军的胜利，才能牵制、调动湘鄂两省敌人，策应中央红军转移；才有利于在运动中消灭敌人，恢复和发展革命根据地，不断发展壮大自己，打开新的局面。

因此，两军团首长决定采取西守东攻的策略，乘敌围剿部署尚未完成之机，以机动灵活的作战方法，集中兵力，统一指挥，迅速发动湘西攻势，向永顺、保靖、龙山、桑植地区突击。

但是，中革军委对于红二、六军团的现状和湘西的情况缺乏了解，并不同意红二、六军团的建议，仍然坚持红二、六军团分开行动。显然，这是脱离实际的。

1934年10月28日，红二、六军团在行军途中收到了中革军委10月26日给任弼时、萧克、王震的电报，指示："A.二、六军团合成一个单位及一起行动是绝对错误的。二、六军团应仍单独地依中央及军委指示的活动地域发展，各直受中央及军委直接指挥。B.六军团应速以军委屡次电令向规定地域行动，勿再延迟。"

红二、六军团领导人慎重考虑后，28日即由夏曦、贺龙、关向应、任弼时、萧克、王震联名复电中革军委，着重陈述两军分合的利害关系，并再次建议集中行动。电报说："1. 根据总司令部及我们所得谍报，敌5、1两支队在松桃、秀山间，34师龚仁杰旅在茶洞防。松桃之木岩河船只少，不能徒涉，且敌必有防备。 2. 六军团除五十二团外，计3300余；除留伤病员300余外，只存3000。二军团、独立师3900余，卫戌及伤病员200余，枪3700余。二军团每支枪子弹不过十发。 3. 在敌我及地方情形条件下，我们建议二、六军团暂集中行动，以便消灭一二个支队，开展新的更有利于两军团将来分开行动的局面。目前分开，敌必取各个击破之策。以一个军团力量对敌一个支队无必胜把握，集中是可打敌任何一个支队的。且两军在军事上十分迫切要求互相帮助。 4. 今天两军进至向酉阳、龙山道上马黄井才接到军委26日指令，因敌情地形关系，明日仍继进到□□东四十里之板溪洼、分水岭一带。盼电复。夏贺关任萧王一九三四年十月二十八日二十三时。"

10月30日，红二、六军团到达川东的酉阳，守城之川军旅长田冠五率部弃城逃跑，部队占领酉阳县城，这是两军团会师后，占领的第一个县城。

红二、六军团顺利地通过了酉阳。陈渠珍害怕红军返回湘西，急派龚仁杰、周燮卿和杨其昌三个旅共万余人，从永绥和保靖向北行动，企图阻止红军进入湘西。红军先经湖北省咸丰的百户司渡酉水，向湖南省龙山县招头寨前进，将敌人向北牵动。

当陈渠珍部进到招头寨南的贾家寨时，红军突然掉头东进。11月7日，红六军团先头部队红四十九团经两小时战斗，占领了湘西北咽喉要地永顺县城。

红二、六军团占领永顺后，得到了七天的休整时间。在这期间，部队加强了战斗动员，抓紧了各项战备工作，准备迎击陈渠珍部。红六军团政治委员王震给红二军团团以上干部做了关于政治工作的报告，介绍中央红军政治工作经验。张子意召开了总支书记和组织科长会议，讲了夏曦的错误。红二军团普遍进行了党员登记，建立和健全了基层党支部。

在永顺，两军团领导人召开会议，着手解决夏曦的问题。会后，萧克、任弼时、王震向中共中央书记处、中革军委做了报告。电报说："夏曦同志领导中央分局，所以离开湘鄂西苏区，是执行了退却逃跑的机会主义路线，曾使党遭到先后取消党、团，取消红军中政治组织和苏维埃及群众组织的取消主义。""肃反中，十分之九的连以上军事、政治干部当反革命拘捕了。因他的错误领导，使湘鄂西苏区受到损失。在逃出湘鄂西苏区后（当时夏曦领导部队逃出，对后方武装和地方工作毫无布置），每日忙于逃命，完全没有创造新的苏维埃根据地的决心"。"直到现在还是继续实行退却逃跑路线。……最近三军到白区配合和迎接六军团时，敌进入苏区。夏曦领导独立师脱离苏区逃命，以致这块新苏区缩小"。"分局关向应、贺龙……对夏的领导早已不满。……经过会议，始终没有承认他政治路线的错误。因此，我们认为他不能继续领导，建议中央撤销他中央分局书记及分革军委会主席。……并提议贺龙为分革军委会的主席，萧、任副之"。

中共中央书记处于11月16日复电任、萧、王、贺、夏、关，提出：

（一）依据你们的来电及我们所有的材料看来，中央认为，二军团的政治领导在离开湘鄂西后，曾有如下之主要严重错误：

（1）没有创立新的苏区根据地的坚持的决心。

（2）肃反方面的，在反革命活动面前走到了乱捉乱杀的严重状态。

（3）对于党与群众组织缺乏信心，并走到了取消党与群众组织的道路。中央指出这些严重错误，绝不抹杀二军团领导在三年来没有得到中央经常指导状况下的艰苦斗争，保存了红三军的有生力量，并在湘川黔边建立了新的游击根据地及部分的苏区。因此，在对过去的错误的斗争中，二、六军团的领导者必须在中央的路线周围团结一致，努力为创立湘川黔边新的苏区的任务而斗争。

（二）为集中与加强对于湘川黔苏区的领导，中央决定创立湘川黔边省委，以弼时为书记，贺、夏、关、萧、王等为委员……二军团长由贺龙同志任之，政委由弼时兼。六军团长、（政委）为萧、王。两军团均直受军委领导，但在两军共同行动时，则由贺、任统一指挥之。为加强现有苏区之地方武装及游击战争之领导，组织黔川湘边军区，司令员及政委由贺、任兼任。当贺、任随二军团行动时，应指定军事及政治的代理（人），以保证对于地方党、苏维埃之领导。

从1931年起，夏曦以中共湘鄂西中央分局书记的身份，来到湘鄂西革命根据地，执行王明的"左"倾错误路线，制定了一套极左方针和政策。在军队和地方实行"清党"和四次"肃反"，解散了党组织和停止党的一切活动，结果造成了只剩下他自己和贺龙、关向应、卢冬生四个党员，[①]一切党的基层组织都陷于解体的局面。因而导致红三军在敌人的第四次"围剿"中失利，被迫从洪湖突围转移，丧失了湘鄂西革命根据地。在与红六军团会师后，红二军团（红三军会师后改称）党组织恢复和健全，工作完全步入正轨。两军团着手发展

---

① 《回忆红二方面军》，贺龙，《近代史研究》，1981年第1期。

和壮大根据地各级地方党组织，掀开湘鄂川黔革命根据地党的建设历史篇章。在以后的红二、六军团与红四方面军会师中，红二、六军团任弼时、贺龙、萧克、王震与两个军团全体指战员们，坚定不移地坚持党的绝对领导，体现得更加充分。

四、龙家寨：“老百姓个个是红军”

红二、六军团进入湘西，使湘鄂统治者十分震惊。

敌第10军军长兼湖北省政府主席徐源泉急令驻湖北藕池的第34师开赴湖南津市、澧州地区，阻止红军向东发展。国民党湖南省政府主席何键也严令陈渠珍派兵“堵剿”。根据何键的指令，陈渠珍在凤凰召开“剿匪”会议，成立了“剿匪指挥部”，委派龚仁杰、周燮卿为正副指挥官，指挥龚仁杰旅、周燮卿旅、杨其昌旅和皮德沛部共十个团1万余人，分四路向永顺进攻，企图乘红二、六军团立足未稳之际消灭之。

红二、六军团如何对付当面之敌，打好进入湘西的第一仗，是能否立足湘西，进而恢复和发展湘鄂川黔革命根据地的关键。两军团领导分析了敌我情况，认为湖南何键的部队正被中央红军吸引在湘南，湖北徐源泉部大部分散在鄂西施南和洞庭湖滨的津市、澧州一带。当面敌人只有陈渠珍这一股。该敌在数量上虽然占有一定优势，但是他们内部派系复杂，指挥不够统一，有利于我们各个击破。其部队，官无规束，兵无严纪，战斗力不强，而且深为群众痛恨。这些缺陷是难以弥补的。而相反，我红二、六军团，虽然只有8000人，敌我兵力对比处于弱势。但是，我军士气高昂，都是经过了严酷战争铸冶、具有高度政治觉悟的指战员，而且，两个军团指挥统一，团结一致，力量集中。同时，红军指战员对这一带地形比较熟悉，有利于机动作战，并且可得到群众支援。因此，红二、六军团领导认为，有条件在这里消灭这股敌人，而且，也必须消灭这股敌人。只有这样，才能在湘西打开局面，站住脚跟，并乘胜发展攻势，以策应中央红军的作战。在战役战术部署上，采取"诱敌入彀、怠而歼之"[1]的方针，在运动中以伏击手段消灭该敌。于是，遂定下了歼灭陈渠珍十个团的决心。

1934年11月13日，红二、六军团接到中革军委电示："现我西方军（即中央红军）已进入宜、郴之线，湘敌全部被调来抗击我西方军，二、六军团应乘此时机，深入湖南西北去扩大行动地域。"同日，陈渠珍部逼近永顺。红二、六军团决定主动撤出永顺，向敌示弱，诱敌尾追，寻机歼灭之。出发之前，红军召集各界人士开会，说明红军准备烧毁永顺交通要道上的猛洞河木桥，并付给银圆800元，作为战后修复的资金，随后，将木桥烧毁。这一下，敌人果然上当，陈渠珍部误认为红军怯战，立即穷追不舍。

红二、六军团一面以一部兵力与敌保持接触，且战且退，不时地丢弃几支枪和一些物资，骄纵敌人；一面边走边看地形，选择有利伏击、侧击敌人的地点和时机。第一次拟在永顺城北附近设伏，但因敌军主力没有离开城市，追来的只是一部分，容易收缩固守，乃决定继续北撤。第二次准备在钓矶岩打，但因战场容量小，最多只能消灭敌军两个营，也没有急于打。后又在颗沙和塔卧等处设伏，均因地形不利于大量杀伤敌人而作罢。两军团认为，此战是会师后和进入湘西后的第一仗，又具备必胜的条件，所以，力争更多地歼灭敌人，一退再退；而此时的敌军因为连日追击均未遇到坚强的抵抗，越发骄怠，越来越麻痹，甚至于叫嚣"共军不堪一击"，"不日即可获得全胜"，一直紧跟到了永顺城北90里的龙家寨。最后，红二、六军团看中了以龙家寨为中心的十万坪谷地。此地南北长约七公里半，东西最宽处约两公里，谷底平坦，村庄较多，可容纳大量敌军。村中多是木板房子，没有坚固的建筑物，利于攻击，不利防守。谷地两侧，林木茂密，山势较缓，既便于隐蔽，又便于多路同时出击，是一个理想的伏击战场。萧克担任前线总指挥。

---

[1]《从湘赣到黔东》，《回顾长征》，萧克，解放军文艺出版社，1975年11月第一版，第60页。

龙家寨战斗经过要图

1934年11月16日

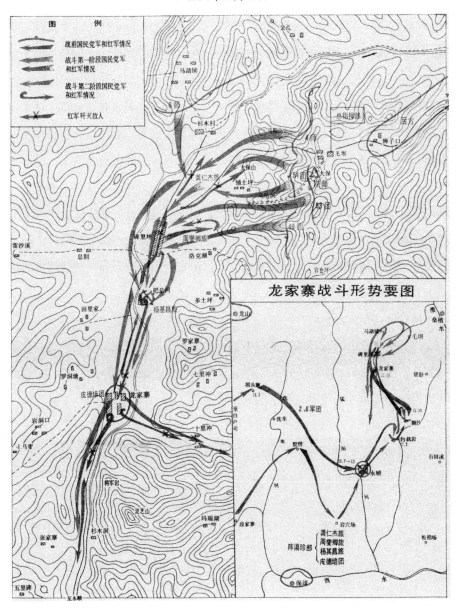

龙家寨战斗经过要图。1934年11月16日，红二、六军团会师后，即在湖南省永顺县龙家寨以诱敌深入，歼敌三个旅，俘敌2000余人，缴枪2200多支，为创建湘鄂川黔革命根据地奠定基础。

16日凌晨3时，红二、六军团伪装继续北撤，撤至十万坪谷地东北隘口时即摆开了伏击阵势。贺龙、任弼时率红二军团团部和四师部署在毛坝附近；红六师部署在杉木村后山，堵住谷口。红六军团十七师（两个团）和十八师（一个团）埋伏在毛坝以南谷地东侧的山林里。16时左右，龚仁杰、周燮卿两个旅进入伏击圈。当他们准备在碑里坪宿营时，红六军团突然从翼侧向周燮卿旅发起猛烈攻击，红二军团则从正面猛攻敌前卫龚仁杰旅。周旅和龚旅在运动中突然遭到红军猛烈冲击，兵多摆不开，枪多不能发挥火力，无法构成防御体系，红军仅用两个多小时就把这两个旅大部消灭。接着即向其余敌人追击，追了十多里后发现杨其昌旅在把总河构筑工事，企图顽抗。萧克即令红六军团五十一团团长郭鹏、红二军团十八团团长高利国，当即率部迅速展开夜战。红五十一团从正面攻击，红十八团从右侧攻击，不到两小时，即把杨旅大部消灭。红军留下一个团打扫战场，主力星夜向南继续追击。但因红六师师长钟炳然指挥追击不力，残敌逃脱。

18日，红军重占永顺。

当红军追歼逃敌时，当地群众也来积极参战。他们搬来了门板、案板、桌椅板凳，堵塞路口、街巷、桥头，阻断敌人的退路，捕捉逃跑的敌人。在龙家寨的群众中，至今还传唱着当年的一首歌谣：

> 龙家寨，十万坪，
> 老百姓个个是红军。
> 满街放的绊马绳，
> 白匪跑也跑不赢。

这一仗是一个漂亮的伏击战，歼敌两个旅大部，击溃敌一个旅又一个团，毙敌1000余人，俘敌旅参谋长以下2000余人，缴枪2200多支，轻机枪10挺和大量弹药、物资，给了陈渠珍部以歼灭性打击。之所以如此，从战略上讲，是时机抓得好，作战方向选择得好；从敌情上看，是陈渠珍部战斗力不强，打击的是薄弱之敌；从战术上说，采取了诱敌上钩的办法，红军连日撤退，示之以弱，敌则步步前进，将骄兵怠，越来越麻痹。此外，就是地形选得好，攻击时机也抓得好，敌刚进入伏击圈，立即出其不意地猛打猛冲，使敌军措手不及。两个军团第一次在一起打仗，都能自觉地服从指挥，协同一致。夜间攻击杨其昌旅，是红二军团的十八团和红六军团的五十一团联合进行的，他们在萧克的指挥下并肩攻击，都打得很好。这次战斗的胜利，极大地鼓舞了广大军民，改善了红军的装备，争取了战略展开和发动群众的时间。

这一仗，是红二军团离开湘鄂西根据地及红六军团长征以来扭转困难局面的一个转折点，是恢复和发展湘鄂川黔苏区具有决定意义的一仗。

龙家寨战斗后，红二、六军团为了执行中革军委10月26日关于去乾城、凤凰地区的指示，留下红四十九团的三个连于永顺、保靖展开游击活动，保护伤病员，钳制敌人。主力乘胜南下，准备渡过酉水，给陈渠珍部以更大的打击，争取在永绥、乾城、松桃和凤凰建立新的根据地。部队进到酉水北岸王村时，因敌人已有防备，遂放弃渡过酉水之计划，转而折向东北，于11月24日攻占了大庸县城（今张家界市市区），歼敌朱华生旅一部，接着，又占领了桑植城。

11月25日，中革军委来电指示："我西方军已过潇水，正向全州上游疾进中，你们应该利用最近几次胜利及湘西北敌情空虚，坚决深入到湖南中部及西部行动，并积极协助我西方军。首先你们应前出到湘敌交通经济命脉之沅水地域。主力应力求占领沅陵。向常德桃源方向应派出得力的游击队积极活动"。"为巩固新的苏区，留下二军团一部分及随六军团行动的党的干部来完成这一任务。二军团主力及六军团全部应集结一起，以便突击遭遇的敌正规部队"。

红二、六军团根据这个指示，由任弼时、王震、张子意带领红六军团的四十九团、五十三团和红二军团的十六团及随红六军团行动的原湘赣苏区的地方干部留在新区，恢复和建设革命根据地。贺龙、关向应、萧克带领红二军团主力和红六军团的五十一团继续发展攻势。

12月初，红二、六军团主力由大庸南下。

7日，部队进袭沅陵。红二、六军团原计划夺取这个城市，然后进入湘中，直接威胁在湘南防阻中央红军的湘军的侧背。

8日晨，两军团分三路围攻县城，守敌及沅陵县长黄锡鑫连连向何键、陈渠珍告急，说红军"凶勇攻扑、连续冲锋，炮火枪弹，如焚如雨，城内屋瓦皆飞"[1]。陈渠珍怕沅陵有失，急率部队从凤凰赶来增援、督战，并令驻古丈的顾家齐旅驰援沅陵。蒋介石也派飞机来助战。红二、六军团连续三昼夜攻城未克，敌人援兵陆续赶来，遂撤出战斗，顺江东下，进击桃源、常德。

红二、六军团后来在军事总结提纲中对沅陵之战做了进一步分析，指出："一九三四年攻下大庸后，应立即进攻慈利，直抵常（德）桃（源），然而放弃了这一有利的行动，以执行军委的指示为词（军委当时的指示是二、六军最好能占领沅陵），不分析战争的结果，去攻毫无胜利把握的沅陵〔当时已知沅陵有周矮子二团，戴季韬二团，城防是有相当的准备的，去打沅陵极少把握。然而有的同志觉得，不打下来去威逼一下也有作用，但没有想到如果在慈（利）、石（门）、常（德）、桃（源）方向求得胜利，在战略上配合中央红军在湘黔的活动，作用是要更大的〕，以致这次行动得不到丝毫结果，并且延迟了向常、桃活动的时间，致湘军将在一定的时间内，毫无顾虑地追击一方面军（湘军由湘南开始向中央区红军追击，一直追至新厂才折而北进）。"

"沅陵的行动是不对的，不久事实证明了，在我们由沅陵折回向常、桃时，浯溪河之捷，取下桃源，逼近常德，陶（广）、章（亮基）等师立即由新厂北调增援常德、桃源。"[2]

红二、六军团攻击沅陵没有得手，即迅速改变计划，决定顺沅江东下，乘虚进击常德、桃源之敌。此时，中革军委不同意红二、六军团主力东出常、桃。

12月14日，中革军委电示红二、六军团："主力仍应向沅江上游行动，以

---

① 《湘鄂川黔革命根据地史稿》，湘鄂川黔革命根据地史稿编写组，湖南人民出版社，1985年版，第39页。

② 摘自红二、六军团军事总结提纲《二、六军团黔东会师后至渡金沙江这一斗争阶段中军事上的总结提纲》。

便相当调动或钳制黔阳、芷江、洪江的敌人。如辰州附近不便渡河，可改于保靖附近南渡至泸溪、乾城、凤凰地域活动。对桃源方向只需派一支队去活动，以钳制与迷惑湘中之敌。"但是，当红二、六军团接到这个指示的时候，部队已经开始行动，只能按原计划继续东进。后来的战果表明，红二、六军团当时的判断是符合实际的，所做决策和作战行动是正确的。

五、浯溪河：湘西攻势的重拳

在红二、六军团转向常德前进的时候，国民党军独立34旅奉蒋介石的命令，由湖北黄陂乘轮船赶到常德、桃源一带布防。旅长罗启疆认为他的部队弹药充足，装备精良，极为可靠，决定以所谓"决战防御"与红军在常德外围决战。他把第701团放在桃源北面的浯溪河，把第702团放在陬市、河洑地区，让第700团驻守桃源，旅部直属部队协同当地保安团担任常德城防，企图以此来消耗和疲劳红军，保持常德和桃源两城不失，使红军不能威胁长沙。

罗启疆旅各团在部署上相距数十里，不利于及时支援。红二、六军团抓住敌人这个弱点，决定首先奔袭浯溪河，消灭第701团，然后再各个击破其他两团。

1934年12月15日，由于已经下了一天雨，夜间特别黑暗，道路泥泞难行。就在这个敌人认为"不便于军队行动"的时刻，红军以夜行百余里的速度疾进到了浯溪河附近。

16日拂晓，红军先头部队第十二团从行进间一举突入了浯溪河西山的敌人阵地。敌军很快发现，突入阵地的红军兵力不多，而且没有后续部队，当即集中兵力进行反扑，战斗非常激烈。红十二团没有立住脚，撤了下来。

国民党军留下两个连防守，团的主力离开阵地，进行反冲击，企图把后撤的红军消灭在阵地之前。在这紧急关头，红四师后续部队和红六师十八团赶了上来。红四师师长卢冬生抓住敌人脱离阵地的有利时机，首先以师警卫连、侦察队和迫击炮连占领有利地形，阻止敌军对红十二团追击，然后迅速组织红十二团和红十八团向敌冲击，打得国民党军迅即瓦解，拼命南逃。这时，由桃源赶来增援的敌第700团两个营的先头部队，刚到浯溪河南边，就被溃退下来的部队冲乱，不战自溃，他们和第701团的溃兵混在一起，狼狈向常德逃跑。红军第十七师五十一团肃清街西阵地上残存的敌军两个连后，主力猛打猛追，占领了陬市，直取河洑。河洑敌守军第702团一部和从常德来援的独立34旅教导队，向红四师发起了冲击，战斗一时呈胶着状态。入夜，红军同敌反冲击部队继续战斗，红十七师五十一团从左翼包抄，红四师和红六师十八团从正面攻击，敌军不支退入常德，红军占领了河洑。留在桃源的国民党军第700团的一个营，也从沅水南岸缩回常德。这次战斗，共歼灭国民党军一个团另两个营，击溃一个团。

17日，红军包围常德。

18日，红军第十八团、第五十一团占领桃源，并派出一个营渡河向益阳游击。

浯溪河战斗，是一个漂亮的由奔袭转为进攻的战斗。红军所以能用大致相当于敌军的兵力歼灭敌人，从敌军方面看，主要是指挥官骄傲狂妄，过高地估计自己的力量，把一个旅分散在浯溪河、桃源、河洑和常德四个点上，每点力量都不强，而且互相难以及时支援；从红军方面看，主要是高度发扬了不怕吃苦，连续作战的优良作风，从百里之外奔袭，突然猛攻敌人最突出的阵地，在突破敌前沿浯溪河阵地后，主力又迅速向纵深发展，致使敌指挥官来不及反应，一举把撤迟、增援的敌人消灭了。

常德市有近十万人，是湘西的政治、经济中心和水陆交通枢纽，地位非常重要。此时，城内国民党军只有一个保安团和独立34旅的残部，因此，对红军的胜利极为震惊。何键害怕红军攻下常德，南渡沅江，进取益阳、安化，逼近长沙，一日数电向蒋介石告急："共军围攻常德甚急，势难固守，请飞兵救援。"他还向徐源泉求援，要求"迅令在澧之部队，向临澧、鳌山夹击"；

同时，急令在湘南同中央红军作战的湘军第19师、第62师和第16师兼程北进，回援常、桃。"令陈渠珍部迅出大庸"。蒋介石也命令在江西省的第26师乘火车、汽车驰援常德。徐源泉则害怕红军向湖北发展，威胁长江交通，自行改变蒋介石命令他率部入川与中央红军作战的决定，把他的第48师、34师、58师、新3旅和暂4旅等部，摆到湘鄂边境和湘西。在中央红军进到贵州省的时候，国民党军李云杰和李韫珩两个纵队共四个师也转到了湘黔边境，防堵红二、六军团与中央红军会合。

实践证明，红二、六军团不避违背中革军委指示之嫌，乘虚进击常、桃之敌，是一项正确的、有战略意义的决策。它更及时、更有力地达到了中革军委指定的"发展湘西北苏区并配合西方军之目的"。

在红二、六军团进到常、桃地区时，中央红军已经进入贵州省东南部。

12月18日，中共中央政治局在黎平做出决定，改变了原定与红二、六军团会合，在湘西创立新的苏维埃根据地的计划，"认为新的根据地应该是川黔边区地区"。

根据这一决定，朱德在20日给贺、任、关、萧、王发出新的指示："A.因我二、六军团积极行动，何敌正调动约四个师的兵力向你们前进。但16师、62师一时尚赶不到。B.我西方军现由黔边前进，拟先消灭黔敌，钳制湘敌，然后北进配合你们行动并发展苏区。C.二、六军团目前应留在常德、桃源及其西北地域积极活动，并派出两个别动队分向益阳、辰州两方向活动，以迟滞湘军向我前进。如郭敌先经常德或桃源向我出击，则我二、六军团应消灭其单个部队。当湘敌19师主力及16、62两师已到达常德、桃源附近时，我二、六军团应重向永顺西进，以后则向黔境行动，以便钳制在芷江、铜仁之薛敌部及在印江、思南之黔军。"

根据红军总部这一指示，红二、六军团主力在常、桃地区活动了10天，广泛宣传抗日反蒋主张，没收分配土豪劣绅的财产，积极动员群众，扩大红军，吸收了数千名工农分子加入红军，并筹得大批物资、钱款。26日占领了慈利县城。

27日，朱德电示贺、任、王、萧："A.湘敌俟其16、62两师及徐源泉部到达地域之后，即实行向我进攻。B.关于二、六军团行动……军委有以下指示：（一）二、六军团不应在慈利久停，应乘敌人分进合攻之先，转向永顺行动，在慈利只应留下游击部队以吸引敌人。（二）对辰州方面仍应派出游击队以迟滞敌进，并（以）便于二、六军团主力在永顺、大庸、沅陵地域寻求翼侧机动。"遵照这一指示，红二、六军团主力于1935年1月初返回大庸、永顺地区休整，并寻求有利战机打击敌人。至此，湘西攻势胜利结束。

六、梵净山：黔东特区的浴血奋战

红二、六军团进军湘西的前夕，两军团领导认为，在红二、六军团主力离开后，黔东的党组织仍应"加强苏区党和武装的领导，开展游击战争，巩固发展原有苏区"。因此，组成了黔东特委，调红六军团宣传部部长段苏权担任特委书记；重新组建了黔东独立师，调红六军团五十三团团长王光泽担任师长，段苏权兼任政治委员。独立师由黔东独立团、德江独立团、川黔边独立团和红二、六军团留下的300多名伤病员组成，下辖第一、第二、第三共三个团，800多人，各种枪400余支。

黔东独立师成立后，立即由南腰界出发，向西南前进，吸引敌军，掩护红军主力向湘西进军。

1934年10月29日，独立师返回苏区中心时，苏区大部分地区已为黔军占领，只有黔东特区革委会副主席秦育青领导的各区、乡游击队在瓦厂坝、铅厂、白石溪、谯家铺一带坚持斗争，处境十分困难。国民党贵州省主席王家烈发现黔东独立师返回，急令正在追击红二、六军团主力的李成章、王天锡两部迅速返回黔东，与川军配合包围独立师。

11月上旬，黔、川国民党军共十个团、一个旅从四面向黔东苏区进攻。独立师和游击队同优势的敌人苦战十余天，打退了敌人的多次进攻，消灭了部分敌人，保卫了根据地的中心区域，策应了红二、六军团主力的进军。但自己也伤亡较大，而且弹药缺乏，给养困难。为了摆脱优势敌军的包围，保存有生力量，黔东特委决定，除部分兵力留在根据地钳制敌人外，独立师立即向梵净山转移，依托那里的有利地形坚持游击战争。

11月10日，黔东独立师进入梵净山张家坝至护国寺一带。

由特区革委会副主席秦育青率领的特区保卫队和特区机关人员，15日从白石溪去梵净山，途经枫香园时，遭到敌人伏击，在转向湘西寻找红军主力途中，又多次受到敌军夹击、堵截，伤亡很大。此后在四川秀山县境的百岁、坝芒一带，再次遭到敌军阻截，最后只有少数战士脱险。

黔东独立师进入梵净山后，拟以护国寺为中心开辟游击区。以第一团驻守山脚的烂泥沟，第二团驻守苏家坡，第三团驻守大园子，师部设在护国寺。

他们抓紧时间构筑简易工事，发动群众开展打土豪的斗争，想方设法收集粮食和其他物资，多次打退了敌军的进攻。11月23日，黔军李成章、柏辉章两部和印江、江口两县民团向梵净山的黔东独立师发动了进攻和"清剿"。独立师激战一天，歼敌百余人，但自己也损失严重，处于粮断弹缺和被困的境地，难以在梵净山立足，遂于11月24日晚，越过梵净山顶峰向北突围，去湘西寻找红二、六军团。25日凌晨，在梅邑遭当地民团和乡丁拦截，经过激战打退了敌人，政治委员段苏权负重伤。26日，在贵州松桃近驾又遭当地民团的夹击，牺牲战士20多人，第三团团长马吉山英勇牺牲。鉴于敌情严重，师长王光泽将负伤的政治委员安置在秀山县群众家里，然后率部复入四川秀山县境。11月28日，到达川湘交界的大板场时，再次受到民团的伏击。这时，独立师已经无力再战。为保存力量，王光泽决定部队化整为零向湖南方向突围，寻找主力。在突围中，团长宁国学牺牲，王学泽被俘，于12月21日英勇就义。最后，黔东独立师只有很少数人分散找到红二、六军团。黔东特区也只有小股游击队在坚持斗争，成为湘鄂川黔革命根据地的游击区域。

黔东独立师和游击队与超过自己数十倍的敌人战斗了一个月之久，完成了钳制敌人、掩护主力的任务。黔东苏区人民也为中国人民的解放事业进行了英勇的斗争，做出了巨大的牺牲，用自己的鲜血和生命，写下了壮丽的篇章。

在红二、六军团挺进湘西北和建立湘鄂川黔革命根据地时，湖北的红军鄂川边独立团曾积极活动与之配合。这个团是由1933年底建立的游击队发展起来的，经过一年多艰苦卓绝的游击战争，到1935年春节时，发展到400余人。2月中旬，由于川军和鄂军新3旅的"围剿"加剧，独立团决定撤往湘西。19日，从鄂川边境的李子溪出发，经利川、恩施、咸丰、宣恩到达湖南省龙山县的石牌洞，于27日在永顺县龙家寨与红二军团胜利会合。后来编为红二军团第五师十二团。

鄂川边独立团独立地坚持了一年多的游击战争。他们紧紧地依靠鄂川边土家、苗、汉族人民，打破了鄂军新3旅、保安团和川军达凤岗旅、周化成保安团等部的轮番"围剿"，平息了内部叛乱，牵制了部分鄂军，配合了红军主力作战，求得了自己的生存和发展，最终胜利地回到了红二、六军团主力的怀抱。

鄂川边独立团和鄂川边人民对湘鄂川黔革命根据地的创建做出了很大贡献。

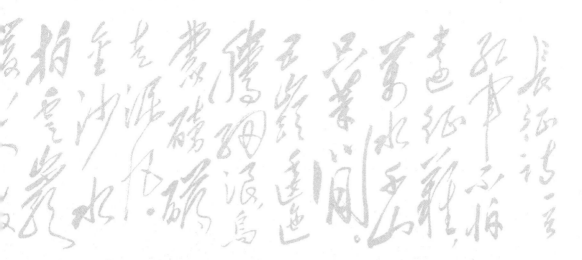

第五章

三战三捷，大炮为证

湘鄂川黔革命根据地斗争形势要图

1934年10月—1935年11月

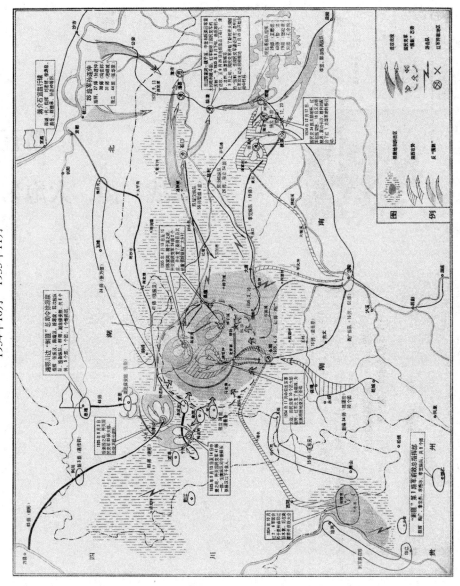

湘鄂川黔革命根据地斗争形势要图。红二、六军团长征途中建立的湘鄂川黔革命根据地及坚持斗争图。

中国共产党的领导人中，任弼时同志素来享有"骆驼"之称。读者可以想象这样一种情景：在一望无垠的亘古荒原，茫茫戈壁，黄沙万里，烈日当头，饥渴交加，只有一队骆驼驮载沉甸甸的物资，抬起高昂的头，默默地向前行，不怕疲劳，不畏艰苦，不计名利，不争功劳，征服着狂风沙暴、日晒雨淋，走啊，走啊，直到天际深处。正是由于有这样一位"骆驼"品质的中央代表，他率领的红二、六军团也成为这样一支具有骆驼品质的战略军团。

这支战略军团在"骆驼精神"的基础上，还具备足智多谋、能打胜仗的战斗作风和顾全大局、自我牺牲的高尚品德。

红二、六军团会师后，根据中央军委关于"二、六军团发展湘西北苏区，以配合西方军（中央红军）行动"的指示精神，全面开展策应中央红军长征和建立湘鄂川黔根据地的工作，迅即发动了湘西攻势。

1934年11月7日，红军占领湘西北重镇永顺县城，中旬取得十万坪（位于永顺县城北）大捷，又乘胜占领大庸、桑植两座县城。由于湘西攻势的胜利和新区工作的开展，11月26日，红二、六军团根据中央书记处电示，成立湘鄂川黔临时省委、湘鄂川黔边区军区和湘鄂川黔省革命委员会。至此，以永（顺）、大（庸）、龙（山）、桑（植）为中心的湘鄂川黔根据地正式形成。12月中旬，红军又取得浯溪河大捷，占领桃源县城，进军常德城下。

红二、六军团在开辟湘鄂川黔根据地和反"围剿"作战中，坚持最大限度地集结主力，抓住敌人的弱点，实行各个击破，消灭了敌人的有生力量，粉碎了敌人合击红军的图谋。红二、六军团以区区万余兵力，与10倍于己的敌人周旋，先后经历大小战斗30余次，并且连续取得"三战三捷"。在六个月的时间里，接连在"陈家河—桃子溪"、"忠堡"和"板栗园"，三战连捷，每次作战消灭敌人万余人，共歼敌两个整师，摧毁敌一个师部和一个旅部，俘敌中将纵队司令兼师长一名，毙敌纵队司令兼师长一名，俘敌师参谋长两名，缴枪8000余支，轻重机枪100多挺，各种火炮20多门，取得了反"围剿"斗争的胜利。能够以绝对少数的兵力，连续大规模地歼灭敌军，且歼敌数量之大，作战节奏之频繁，这在红军长征期间是唯一的。他们的作战行动，钳制各类敌军共约30万，大大减轻了中央红军"四渡赤水"、"巧渡金沙江"时的压力，有力地支持和策应了中央红军长征北上。

一、湘鄂川黔：反"围剿"斗争的基础

红二、六军团湘西攻势取得胜利之后，开辟了红军长征中第一块革命根据地——湘鄂川黔革命根据地创建与发展的历史篇章。湘鄂川黔革命根据地的存在，对中央红军的长征，特别是对红一方面军"遵义会议""四渡赤水""巧渡金沙江"等重大行动，起到了默契的战略配合作用。

我们先把时钟倒拨回去。还是在1934年12月12日湖南省通道县，那次被洋顾问李德称作是"飞行会议"上，毛泽东向中央提出"部队应该放弃原定计划，改变战略方向，立即转向西，到敌人力量薄弱的贵州去，一定不能再往北走了"。[1]这一建议得到多数同志赞成。在六天之后的中共中央政治局"黎平会议"上，周恩来、朱德、张闻天、王稼祥等多数人接受了毛泽东的正确意见，通过《中共中央政治局关于战略方针之决定》，放弃与红二、六军团会合的目标，把前进方向转向以遵义为中心的黔北地区。同时，规定部队在前出到

---

① 《生死攸关的历史转折——回忆遵义会议的前前后后》，《遵义会议文献》，伍修权，
第113页。

施秉、黄平之前，继续保持正常行军速度前进，以造成敌军的错觉，误以为中央红军还在北进或西向中徘徊，让敌人仍然认为中央红军还在坚持要去湘西，和红二、六军团会合。同时，电令在湘西的红二、六军团，要求其在常德积极行动，以调动湘敌，然后，向永顺以西移动，以钳制在洪江、黔阳、托口的薛岳部队和在印江、思南的黔军部队；电令红四方面军，要求其重新准备进攻，以便当中央红军向西北前进时，钳制四川的全部军队。

在中央红军向黔北进军的同时，红二、六军团凭着全局意识，不顾一切地在陬市、河洑一带采取了积极进攻姿态，摆出要南渡沅江，进而取益阳，夺安化，威逼长沙之势，迫使敌"追剿"军总司令何键急忙从湘黔边界抽调兵力北上增援。此举，也使湖北之敌徐源泉深忧红二、六军团向北发展，威胁长江交通，被迫改变蒋介石令其入川准备同中央红军作战行动，将其主力部署在鄂西恩施以南地区和湘西渔洋关、津市、澧州地区。中央红军转道黔北，放弃与红二、六军团会合的决定，显然没有通知蒋介石。所以，尽管湘鄂敌军如此这般的变更部署，蒋介石仍然十分害怕中央红军与红二、六军团会合，他急忙抽调了四个师的兵力，同"追剿"第1、第2兵团一道构成防御纵深，用以截断中央红军与红二、六军团会合的道路。由于红二、六军团的在"湘西攻势"和"湘鄂川黔反围剿作战"的行动，迫使追击中央红军的敌军兵力较大幅度地减少，为中央红军向黔北进军创造了有利条件。他们清楚地明了自己的任务，以吸引更多的敌军减轻中央红军的压力。天下红军是一家的意识，已经完完全全地融进他们的行动中了。毛泽东在中央红军第三次渡赤水时成为三人领导核心之后，正是充分地利用了蒋介石在中央红军战略走向无法确定的心态，成功地把蒋一会儿认为"残匪西窜是我军围剿唯一良机"，一会儿再次强调"必向东图"的错误判断，推向极致，使蒋自以为，中央红军"徘徊此地，乃系大方针未定之表现"。如果有人说，毛泽东四渡（特别是第四渡）赤水，不是神来之笔，那肯定是不正确的，其谜底正是红二、六军团在湘鄂川黔的积极作战行动，尤其是陈家河、桃子溪一战歼敌逾万的配合行动，更使得蒋介石举棋不定，犹豫不决。毛泽东准确地判明蒋介石的心态，走出如此高超的棋步。人们常说"打得赢就打，打不赢就走"是毛泽东军事思想的体现，这不假。深究其实，毛泽东军事思想的伟大更在于，打得赢，也不打，而是首先判断战略主动权的得失！这才是毛泽东军事思想的真谛。这样就有了放弃进攻鲁班场，转而三渡、四渡赤水河，再巧渡金沙江的典范战例。显然，没有红二、六军团在湘鄂川黔的策应，这场活剧是难以实现的。

然而，这也必然引起蒋介石加重对红二、六军团的压力，因而，就决定了湘鄂川黔革命根据地的反"围剿"斗争，将是异常艰巨的。

龙家寨战斗后，红军第四十九团即分散在永顺、保靖一带，发动群众，开展斗争。

1934年11月中旬，中央红军沿着当初红六军团踏出来的路线，行进在湖南嘉禾、蓝山、道县的"潇漓两水以东"准备抢渡湘江。与此同时，是月19日，红二、六军团在龙家寨建立了县临时政权——革命委员会。从此，开始了湘鄂川黔革命根据地的建设。

湘西攻势的胜利，红军占领了永顺、大庸、桑植三县和龙山、保靖、慈利县各一部分地区。这里是湖南、湖北、四川、贵州四省的边界地区，国民党的统治较弱。桑植在1928年就建立过工农兵民主政权。在共产党的领导下，曾进行过打土豪分田地的斗争，群众基础比较好。这里有崇山峻岭，便于开展游击战争。东部地区人口稠密，物产丰富，有利于红军取得物资和人员补充。在战略上，这里是进攻中央红军的国民党军的侧背，革命战争的进一步发展，可以威胁湘鄂国民党军阀统治的中心长沙和武汉，有效地策应中央红军的战略转移。基于上述情况，中央同意红二、六军团在这里创建根据地。

11月26日，中共湘鄂川黔边临时省委发出第一号《通知》："（一）根据党中央电示，在湘鄂川黔边成立新的临时省委，为这个区域党的最高领导机关。以任弼时同志为省委书记，贺龙、关向应、夏曦、王震、萧克及张子意、刘士杰（后叛变）等同志及少共省委一人为省委委员。（二）根据中央（革）军委电示，在湘鄂川黔边区成立军区，以贺龙同志为军区司令员，任弼时同志为军区政治委员。"当时红六军团司令部就是湘鄂川黔军区司令部，贺龙在前方期间，王震兼任军区代司令员。此外，还成立了湘鄂川黔边区革命委员会，贺龙任主席，夏曦、朱长清任副主席。

从此，原中共湘鄂西分局、军委分会和红六军团军政委员会都自行结束。

12月1日，湘鄂川黔革命委员会颁布《没收和分配土地条例》。7日，进击沅陵。省的领导机关先设在大庸（张家界），后于12月10日迁至永顺县塔卧。

12月16日，中共湘鄂川黔边临时省委做出了《关于创造湘鄂川黔边苏维埃新根据地任务》的决议。决议指出："今天中国苏维埃革命最有基础的地区是在江西和四川，把这两个基本区域连成整个的一片，是争取一省几省革命首先胜利不可分离的当前的战斗任务。我红二、六军团是负着完成这一历史任务最重大的责任。为着江西和四川两个基本苏区迅速地连成为一片，迅速夺取反动统治的中心城市；为着开展和掀起湘鄂川黔苏维埃革命的巨潮，使得这一地区的广大工农劳苦群众得到解放；为着我红二、六军团有着巩固的根据地，来实行他所担负的历史任务，省委决定在湘鄂川黔边区创造巩固新的根据地。"

17日，包围常德，攻占桃源。红二、六军团控制了永顺、大庸、桑植大部分和龙山、保靖、桃源、慈利、常德等县一部分并占领大庸、桑植、永顺县城，开辟了湘鄂川黔革命根据地。

这时，湘鄂两省国民党军被陆续地调到了根据地的周围，严峻的反"围剿"即将开始。省委鉴于这种情况，明确地提出：于建设根据地的同时，加紧反"围剿"的准备工作，以动员广大群众参加反"围剿"的斗争，将迅速准备粉碎敌人"围剿"的条件作为党和红军当前一切工作的中心。围绕这一中心的具体工作，主要是：建立各级临时政权，建立和发展党的组织，进行土地革命，扩大红军和组织地方武装，广泛地进行战争动员等。

但当时摆在党和红军面前的情况是：自红二军团退出湘鄂边苏区以后，原根据地的革命组织已被敌人破坏；地主武装和土匪很多，活动非常猖獗，加上国民党军"围剿"的威胁，群众顾虑很多，情绪也不稳定。而且临时省委和红军部队干部缺乏，一时满足不了形势发展的需要；红六军团连续几个月行军作战，减员很大，相当疲劳，需要休整和补充。在红二军团内部，由于夏曦的错误所造成的恶果，也需进一步清除。所有这些，再加上建设根据地的摊子刚刚铺开即面临敌人"围剿"的威胁，这就使得各项工作的开展都格外紧迫和困难。在这种情况下，中共湘鄂川黔边临时省委号召党和红军：面向群众，深入群众，解释党的政策和主张，了解群众每一细小的要求与意见，学习领导群众的艺术，领导群众进行土地革命，发扬群众的革命积极性和创造性，以最大的决心抓紧开展各项工作。

1935年1月初，红二、六军团回到大庸（今张家界市）以后，加紧了组织建设和战术技术训练。红二军团恢复和充实了军团、师两级司令部。团司令部都委任了参谋长，增配了参谋人员。通信能力也得到加强，团以上指挥机关都装备了有线电话，师单独行动时也可携带无线电台。司号员过去是使用国民党军队的号谱，这时一律改用自己新编的号谱。同时，还加强了地面侦察和对敌军无线电电信的破译力量。在军事训练方面，抓紧了部队的战术、技术演练。印发了红六军团带来的由刘伯承等同志翻译的苏联《红军步兵战斗条令》及其他军事材料，编写和印发了《湘军的战术及其对策》，翻印了部分湘鄂川黔边的地图，组织指挥人员学习使用地图。在这些活动中，军团参谋长李达起了重要作用，他既组织领导，又当教员讲课，言传身教，堪称师表。另外，又从红六军团抽调了一些干部到红二军团任师、团领导和营、连长，并在全军上下加紧了扩红和筹粮工作。

1月4日，中共湘鄂川黔边临时省委发出了关于地方战争动员的指示。1月6日，召开活动分子会议，具体地布置了战争动员工作。任弼时在会上做了报告，说明了当时战争的形势和粉碎敌人"围剿"的迫切性，以及取得胜利的条件，提出了争取反"围剿"的胜利是当前一切工作的中心的口号，要求动员、组织和武装广大工农群众，发挥群众的积极性，在群众中造成一个一切为着战争胜利的热潮；加强对地方武装和游击队的领导，广泛开展游击战争；消灭根据地内的地主武装和土匪，镇压反革命活动，巩固后方。这次会议，推动了根据地的各项建设及反"围剿"斗争准备工作的进一步深入。

为了筹集粮食和财物，党、政府和红军采取了许多措施，如在根据地内向商人征收累进税，向地主罚款，向富农捐款等。同时，省、县、区各级政权也都建立了粮食委员会、粮食保管委员会以及财政机关，统一各地财政，实行预算制度，开展了反贪污浪费的斗争。

二、大庸：反"围剿"斗争的决策

1935年2月初，国民党军对湘鄂川黔革命根据地的"围剿"开始了。

蒋介石的战略意图是：为了确实保障其追击中央红军的主力部队的侧后安全，阻止红二、六军团与中央红军会合，抓住红二、六军团还没有巩固的根据地的弱点，以强大力量在较短时间内将其消灭于湘鄂西部边境地区。

国民党军的"围剿"，在军事上采取了分进合击、严密防堵、攻堵结合的手段。在政治上，一方面对人民群众进行反革命的欺骗宣传；另一方面，收买、接济和利用土匪、地主武装，在红军根据地内部进行破坏活动。在经济上，则实行封锁政策，企图断绝红军与外界的贸易关系，严禁药材、食盐、布匹和粮食等物资输入红军根据地。

湘、鄂国民党军根据他们在1935年1月23日达成的作战协定，将进攻部队编组成六个纵队：陈耀汉纵队（第58师、暂编第4旅）由新安、石门向桑植进攻；郭汝栋纵队（第26师、独立第34旅）由慈利沿澧水北岸向大庸进攻；李觉纵队（第19师和四个保安团）由龙潭河沿澧水南岸向大庸进攻。这三个纵队是主要进攻部队。南面的陶广纵队（第16师、第62师、新编第34师），以第62师主力经过军大坪、四都坪进攻大庸；第16师的三个团和新编第34师一部进攻永顺。徐源泉纵队（第48师、新编第3旅）和张振汉纵队（第41师、独立第38旅）由来凤、龙山地区向塔卧推进。

国民党军合击的第一步目标是大庸。大庸，现名张家界，是古庸国所在地。大庸，位于湖南省西北部，澧水中上游，地处武陵山脉腹地，湘、鄂、渝、黔四省交界地带，现在的张家界市，辖两个市辖区（永定区、武陵源区）、两个县（慈利县、桑植县）。这里是湘鄂西、湘鄂川黔革命根据地的发源地和中心区域。

国民党军打算首先把主力迅速推进到江垭、溪口、断架山、四都坪、大坝、茨岩塘这个环形线上，建立堡垒，完成封锁线，然后逐步压缩包围，寻求红军主力作战。在防堵方面：湘军以陶广纵队的一部及几个保安团把守沅江沿岸及沅陵，防红军南下湘中；鄂军以第34师分布在渔洋关、五里坪、鹤峰、太平镇之线，封锁通向长江的各主要道路；在西南，将李云杰、李韫珩两个纵队和第92师、新编第8师共六个师兵力放在铜仁、秀山、酉阳地区和乌江沿岸，防堵红二、六军团向西与中央红军会合。国民党军用来直接进攻和封锁红二、六军团的兵力，共有正规军十一个师又四个旅，约11万人。此外，还有一个保安旅又四个保安团和每个纵队配有的两队作战飞机。

此时，红二军团已发展到六个团约6500人，红六军团已发展到五个团约5200人，两个军团共约11700人。此外，新组织的地方武装有3000余人，军区机关、学校、医院和兵工厂共约1150人。

双方主力部队的兵力相比，国民党军占有10倍的优势，且地主武装和土匪很多。而且，根据地各项建设工作刚刚展开，基础尚不巩固。所以，整个形势是很严重的。但也存在一些有利于红军而不利于国民党军的条件。在国民党军方面，他们内部有矛盾，指挥不统一，何键蓄意消灭陈渠珍的势力，兼并湘西。而陈渠珍则极力拥兵自保，害怕自身再受损失，对与红军作战态度消极。何键和徐源泉之间，也是钩心斗角，各图保全私人势力，争相向蒋介石要求"主剿"红二、六军团的职权，并争夺对郭汝栋第26师和罗启疆独立34旅的指挥权。国民党军这种明争暗斗，势必影响他们的统一指挥和作战计划的实施，造成许多可为红军利用的间隙和机会。此外，湖南国民党军，大部分经过追击中央红军的长途行军作战，士气低落；湖北国民党军不善于山地作战，客观环境也给他们带来很大困难。在红军方面，中央红军在贵州和四川广大地区积极活动，吸引了蒋介石的主要兵力。在一段相当长的时间里，国民党军不可能把

湘鄂川黔苏区红军反"围剿"作战经过要图。红二、六军团长征途中进行的湘鄂川黔反"围剿"作战，先后取得"陈家河—桃子溪"、"板栗园"、"忠堡"的"三战三捷"和随后进行的连克四城战斗。

新的部队增调到"围剿"红二、六军团这方面来。红二、六军团本身比会师时有了很大发展，兵员增加了，装备也有所改善，部队政治思想工作大大加强，两军团之间和部队中官兵之间的团结更加牢固，斗志也很旺盛。此外，从领导方面看，两军团已建立了以贺龙、任弼时、关向应为核心的领导，指挥更统一了，行动也更一致了。这都是红军能够战胜敌人的有利条件。

红二、六军团回到大庸后，曾专门讨论了反"围剿"的作战方针问题。贺龙认为：主力"伸出去打比在里头打好"[1]，可以先到"张家湾、丫子口、黄石。能打就打，不能打，过石门、澧水也可以。我们像一只拳头伸出去，可以威胁常德、桃源，他们的部队一定要往回调。我们在这期间，打上一两个好仗，就可以粉碎敌人'围剿'"[2]。然而，贺龙"伸出去"的主张没有得到通过，最后仍决定在根据地里头打，并制定了反"围剿"的具体方针：

第一，利用广阔游击区域，最大限度地集结主力，依据决战防御战略战术原则，抓住敌人的弱点，在敌分进移动当中，选择有利时机，进行坚决的突击，以达到各个击破，消灭敌人一部或大部有生力量，破坏其合击计划，一直到完全冲破敌人的"围剿"。

第二，以主力部队之一小部配合新创立的地方部队（独立团营、游击队），肃清新区内部的一切地主武装，掩护地方党及政府深入发动群众，开展阶级斗争，分配土地，并在敌人翼侧活动，迷惑敌人，分散敌人，以配合主力进行决战。

第三，争取在胜利中来保卫新区的巩固发展，但不是去死守一个城市或地区而限制主力行动，消耗自己有生力量。在不利条件下，采取主动地退却，避免战斗，移动主力寻找新的机动。

"这一策略方针的目的是在于钳制和吸引住周围大量敌人，使其不能抽调去进攻正在艰苦奋斗中的（向）四川转移的中央野战军，同时依靠中央野战军和四方面军胜利的配合，以及白区群众斗争的配合，争取在有利的革命形势发

---

[1] 《贺龙元帅谈红二方面军情况记录》1961 年 6 月 5 日。

[2] 同上。

展的基础上，来击破敌人对我们的'围剿'。"①

根据这个方针，贺龙、任弼时、萧克、王震于1935年1月11日致电朱德，报告了战役部署并请示了可能转移的地区。主要内容是："我们认为要在击溃敌两路和消灭敌主力六团至八团有生力量条件下，才能击破敌人现有力量之围困。利用现在广阔新区寻求在运动中突击封锁，应首先侧击由沅陵前进之湘敌主力陶（广）、章（亮基）部队，求得迅速转移地区，各个击破敌人之目的。现集中二、六军团主力于大（庸）、永（顺）之间待机。以五十二团位置溪口向慈利游击，钳制李部，以四十九团在龙（山）、永（顺）、保（靖）地区钳制陈渠珍及龙山之敌，以十六团一营位置桑植。""我们若能在永（顺）、大（庸）、沅（陵）地区迅速顺利地击灭敌人陶（广）、章（亮基）部队，则转移地区，争取侧击西进（之）敌是最有利的局势。否则，大（庸）、桑（植）、永（顺）城市均有被敌占领可能，我主力将被迫转移至永（顺）、桑（植）、龙（山）较小地区进行战斗。二、六军团后方广大地域以龙（山）、来（凤）、酉（阳）、秀（山）为适当。但敌追剿第一路李、王两师将进驻于酉、秀封锁线，为割裂二、六军团与野战军联络，将来封锁线有延伸至彭水或龙、来之可能。其次是龙（山）、来（凤）、恩（施）、宣（恩）地区，唯靠近长江。究在何地区为适宜，请决定电示"②。

这时，中共中央已在贵州遵义举行了政治局扩大会议。在这次会议上，确立了以毛泽东为代表的新中央委员会，结束了"左"倾冒险主义在党中央的统治。

2月11日，以毛泽东为代表的中央和军委在得知湘鄂敌人的联合作战计划后，致电红二、六军团，做了非常重要的指示：

---

① 《冲破敌人"围剿"的经验教训与粉碎敌人新的大举"围剿"的报告纲要——任弼时政委在二、六军团党的积极分子会议上的报告》1935年9月29日。

② 《二、六军团关于反对敌人"围剿"的作战部署向朱德同志的请示电报》1935年1月11日。

（甲）关于目前湘鄂的敌人向你们进行的"围剿"，是用了何键的全部兵力及徐源泉、郭汝栋等部。情形是很严重的。但在你们正确与灵活的领导下，是能够打破的。目前，南京政府的统治正进一步崩溃，全国革命斗争是增长不是低落。一些苏区及红军虽然遭到暂时的部分的损失，但主力红军存在，游击战争是发展着，四方面军正在向川敌进攻，我野战军正在云贵川广大地区活动与你们相呼应。新的胜利正摆在你们与全国红军面前。

（乙）你们应利用湘鄂敌人指挥上的不统一，与何键部队的疲惫，于敌人离开堡垒前进时，集结红军主力，选择敌人弱点，不失时机在运动战中各个击破之。总的方针是决战防御，而不是单纯防御，是运动战而不是阵地战。辅助的力量是游击队与群众武装的活动。对敌人需要采取疲惫、迷惑、引诱、欺骗等方法，造成有利于作战的条件。

（丙）当目前敌人尚未疾进时，你们可以向陈渠珍进攻，但须集结五至六个团行，对陈部作战亦不可轻敌。

（丁）你们主要活动地区，是湘西及鄂西，次是川黔一带。当必要时主力红军可以突破敌人的围攻线，向川黔广大地区活动，甚至渡过乌江。但须在斗争确实不利时，方才采取此种步骤。

（戊）为建立军事上的集体领导，应组织革命军事委员会的分会，以贺、任、关、夏、萧、王为委员，贺为主席。讨论战略战术的问题及红军行动方针。

上述指示，从根本上改变了"左"倾的战略战术原则，不仅明确提出了红二、六军团反对敌人"围剿"的基本原则，并且给予了红二、六军团在执行这一原则时，可以按照实际情况灵活处置的主动权。同时，还正式确定了红二军团和红六军团军事上统一的集体领导机构。

2月初到3月中旬，国民党军队按照筑堡推进的政策行动，非常谨慎、缓慢。2月8日，东面郭汝栋纵队的一个旅进到慈利之溪口东南地区，对大庸造成威胁；南面陶广纵队在军大坪、王村地区原地未动。因此，红军临时改变原来的部署，将集结在永顺、大庸和四都坪之间的主力调到东面，在溪口方向迎击郭汝栋纵队。溪口战斗是反"围剿"的第一次重要战斗，对粉碎敌人"围剿"有重要意义。但这次战斗因为部队仍然存在消极防御的思想，发现敌人就匆忙正面迎堵，战斗准备不够充分，部队组织不够严密，执行遏阻任务的部队未能按照预定时间占领有利地形，担任突击任务的部队兵力也不够集中，结果战斗没有打好，第十八团政治委员熊仲卿牺牲。此后，红二、六军团即返回大庸、永顺之间准备打击陶广纵队。但这时陶广把主要注意力放在了削弱、排挤陈渠珍势力方面，并未向红军发动攻势。而红二、六军团却一直盯住这股敌人，以四个团兵力在军大坪以北地区与陶广纵队第62师对峙，进行持久防御。直到3月13日，陶广纵队第16师一部和两个保安团由王村渡白河（酉水）北犯时，这四个团才转到西南方向与北犯之敌作战。14日，红军首先在高梁坪击溃两个保安团，接着又给赶来增援的湘军第16师两个团以重创，歼灭其中一部。这次战斗，虽然取得一些胜利，但因敌人主力尚未深入即从正面迎击，同样没有达到歼灭敌人之目的。

这时，从正面进攻的郭汝栋纵队和李觉纵队，趁红二、六军团主力远在王村附近的机会，向大庸县城疾进。红军为迟滞郭汝栋纵队的行动，派红四师十一团和大庸独立团与该敌保持接触，予以阻挠，后于大庸附近之子午台战斗后，放弃了大庸城。这次战斗中，郭汝栋纵队的一个排哗变，向红军投降。红军放弃大庸后，李觉纵队五个团继续西犯，企图与军大坪、王村北犯的陶广纵队夹击红军于石堤溪地区，然后再会同陈渠珍新编第34师进攻永顺。郭汝栋纵队也从大庸西进，企图从温塘和仙街铺渡过澧水，进袭中共湘鄂川黔边临时省委所在地——塔卧。此时由三官市向西进犯的陈耀汉纵队，正兵分两路，迅速向桑植推进。新由湖北襄阳调到来凤、龙山地区的张振汉纵队，已进到了茨岩塘，准备向龙家寨、塔卧前进。国民党军的战役企图是，首先将红军压缩到永顺、桑植和龙山之间的狭小地区，然后集中主力决战。

三、陈家河：扭转战局的"第一捷"

1935年4月9日，敌16师占领永顺县城。12日湘鄂川黔省领导机关退出塔卧龙家寨，向北转移至龙山兴龙街。敌人当日占领塔卧。由于敌人的围攻，根据地越来越小，我军必须突破敌人的包围圈，转移外线作战，选择有利时机集中优势兵力，打击敌人最薄弱一环，以便粉碎敌人的"围剿"。按敌人当时的兵力部署，东南面的陶广、李觉两纵队是敌人的主力，而且东南面地势较平坦，靠近敌人的中心地区常德、桃源不利于我军活动。西北面是张振汉、陈耀汉两纵队，他们是从北方调来的，对我根据地地形不熟且不善于山区作战。所以我军决定向桑植西北面突围；以求在运动中寻找战机消灭敌人。这时，驻桑植县之敌58师师长陈耀汉派出172旅，抢先占领了陈家河，企图阻止我军北进。红二、六军团当即决定先消灭陈家河之敌打开一个缺口。

陈家河镇位于桑植县西北部，东邻凉水口镇，西连岩屋口乡、上河溪乡和永顺万民岗乡，南邻两河口乡，历史上著名的"陈家河战役"发生在境内的陈家河、蔡家坪、茅塔一带，"陈家河大捷陵园"目前保存良好。

4月12日，红军离开塔卧，拟经万民岗、陈家河、仓官峪，从香溪（秭归东南）北渡长江，到湖北西部的南漳、兴山和远安地区创造新的根据地。敌纵队司令兼58师师长陈耀汉急令其第172旅由桑植出发，沿澧水西进，并限于12日进抵两河口、陈家河地区；第174旅开往陈家河转向万民岗地区；陈耀汉则亲率师直属队到周家峪，居中策应，企图与西面的张振汉纵队打通联系，截击向北机动的红军。12日下午，红二、六军团先头部队第四师第十团与陈家河之敌接触，消灭了敌军一个警戒分队，俘敌数名，并迅速抢占了蒋家垭北侧的田家坡高地。

陈家河是个小盆地中的小集镇，位于桑植县城西30余公里，在澧水东岸，

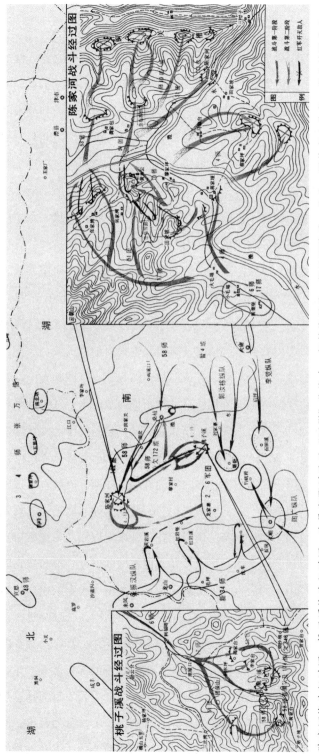

陈家河战斗经过图；桃子溪战斗经过图。这是湘鄂川黔反“围剿”作战中，扭转战局的一场重要战斗。从此，形势完全改变，意义特别重大。与桃子溪战斗并称“陈家河—桃子溪战役”，是中国人民解放军军史上以少胜多的典范战例。

151

周围高山环绕，有小径通往仓关峪，是红军向北转移的必经之路。红二、六军团从俘虏口中了解到敌人的具体部署。得知敌只有一旅，刚到不久，工事还没有完全做好，并且分散配置在陈家河、铜关槽、庙凸、张家湾和澧水南岸的蔡家坪等高地。第58师的其他部队还远在桑植。桑植到陈家河之间只有一条悬绕山腰、下临深谷的乱石小径，敌人增援和撤退都很困难。陈家河这个旅突出孤立，而且战斗部署分散。同时，由于他们以往多在北方平原地区活动，也不善于在山岳地区作战。而红军方面十一个团都集中在一起，力量大大超过敌人，并且控制了田家坡高地，利于展开兵力和火力；特别是广大指战员有打一个大胜仗，争取反攻胜利，以保卫艰苦缔造的革命根据地的强烈愿望，斗志非常高涨。因此，军委分会主席贺龙抓住这个有利战机，明确提出："我们要走，也要打这一仗再走。"贺龙根据侦察员的报告，军委分会针对敌172旅孤军深入，立足未稳，兵力配置分散等情况，决定集中兵力加以围歼。深夜，红二、六军团领导下达命令，兵分三路，完成对敌军的包围。红四师为中路，巩固大茅塔、田家坡、蒋家垭等地的阵地，准备从正面向敌突击；红十七师和红十八师为左路。迅速向剖腹溪、白泥垭、阳雀岩运动，然后红十七师转向大小狮子凸之敌，准备歼击张家湾、庙凸的敌军；红十八师进至仓关峪，再转向董家坡，准备突袭铜关槽一线的敌军；红六师为右路，插向天府岭，打援阻溃。敌旅长李延龄发现被包围后，急向陈耀汉报告，要求迅速派队增援。贺龙、任弼时、关向应、萧克、王震等均亲临前沿指挥，并确定以庙凸为突破口。

13日凌晨，红二、六军团在田家坡及其西北地区展开，准备攻击陈家河西面的庙凸和陈家湾山上的敌人，使敌陈家河、铜关槽大山上的主要阵地暴露出来，然后再各个歼灭铜关槽和蔡家坪、澧水两岸的敌人。13日8时，正当红军准备发起攻击的时候，部署在庙凸山上的国民党军约一个营，沿着山脊向红五十一团阵地发起了进攻，企图先声夺人，破坏红军的部署。

当敌人冲到红五十一团预备队第三营阵地前时，营长罗章抓住这个有利的机会，将攻击的敌人放到了手榴弹有效杀伤距离内，突然猛烈开火，破坏了敌人的进攻。敌人受到突如其来的沉重打击，纷纷向后溃逃。三营的指战员脸上洋溢着胜利的喜悦，此时，正是中午时分，炊事员已经把香喷喷的大米饭送上了阵地。此时，从军团部前出到红五十一团指挥部红六军团政治委员王震，立即叫来了罗章营长。他指着对面的山头——庙凸说，"罗营长，你能不能把对面那个山头拿下来？" "行！"罗营长毫不犹豫地回答。只见他袖子一卷，把头上帽子往腰间一别，对全营说："同志们，我们把对面山头拿下来，再饱饱地吃这顿饭。"说着，高喊一声，"三营的勇士们，跟着我冲啊！"随即下达命令："司号员，冲锋号！"只见他把枪一举，第一个向庙凸发起冲击。敌人被红军勇猛的身姿和嘹亮的冲锋号声震慑，一片混乱，纷纷回窜。而我们的红军指战员却一鼓作气攻占了庙凸、张家湾和吴家湾三个山头。

从庙凸溃逃的敌人，没命地逃往陈家河镇——他们的旅部。红五十一团第三营在罗章营长的带领下，全营越战越勇，一路猛打，从河边开阔地这个最危险的地段，猛打猛冲，一股风一样地直插敌人心脏——陈家河镇。陈家河镇上的敌人怎么也没有想到今天遇到的对手是这样的勇猛，慌乱不堪，设在陈家河镇上的敌第172旅旅部被冲上来的罗营长他们捣毁了。仓皇逃出旅部的敌旅长李延龄在澧水河边被击毙，敌人的指挥系统全部瘫痪，澧水两岸敌人的联系被割裂开来，失去指挥控制的172旅，完全处于混乱状态。从这些阵地向陈家河逃窜的敌人，也被红军从两翼伸出的部队全部消灭在山下的河谷里。战斗中，红六军团政委王震在率部冲锋时负伤。

与此同时，红二军团主力徒涉澧水，向蔡家坪和玛瑙台的敌人进攻。红六军团十八师主力和红四师一部向铜关槽敌人主要阵地突击，战斗到下午2时，全部消灭了澧水南岸蔡家坪和玛瑙台的敌人。扼守铜关槽大山的国民党军400余人，利用山势高峻、地形复杂的有利条件顽强抵抗，战斗非常激烈，红军一直奋战到黄昏，完全歼灭了国民党军第172旅。

四、桃子溪：雨夜穷追不舍得胜利

在陈家河战斗刚刚打响的时候，陈耀汉即亲自率领第58师直属部队及第174旅（欠348团）由桑植增援陈家河。当进到两河口时发现第172旅已被歼灭，迅即掉头南逃，企图向塔卧的郭汝栋纵队靠拢。

1935年4月15日下午4时，萧克率领红六军团行进至离桃子溪还有5公里路时，发现河里水浑，判定一定有部队通过，于是令部队加速向桃子溪前进。路上听老乡讲，桃子溪刚才到了国民党军队，后面还在继续来。萧克立即决定投入战斗。红六军团在离桃子溪4公里的岔路上把三个团展开，把敌人打了个措手不及。敌人慌忙撤退，红军继续攻击，战斗到晚上八九点钟胜利结束，陈耀汉的师部、一个旅（欠348团）和山炮营全部被消灭。

红二、六军团以前没有缴获过山炮，这次一下缴获了两门（其中一门现存军事博物馆展览），大家非常高兴。这门山炮原称为"七生五过山炮"，1927年由国民党的上海兵工厂制造，口径为75毫米，全重386公斤，炮弹发射初速为280米/秒（榴弹），出厂编号为587号。这门炮原来是国民党军队炮兵营的主力装备之一。1935年4月，红二、六军团转战在湘鄂川黔边境，于湖南陈家河、桃子溪战斗中，从国民党军第58师炮兵手中缴获了它。从此，这门炮就遇到了自己的"好主人"，发挥了巨大的作用。红军炮兵营曾用它参加多次战斗，消灭了大量敌军。它也是红军经过艰苦卓绝斗争、最终取得胜利的见证。

正因为有着这样光荣的历史，所以在1959年军事博物馆筹建时，贺龙元帅点名将这门山炮陈列进军事博物馆的展厅之中，以向后人展示当年这门山炮的风采和红军的英勇顽强。

至此，国民党军第58师除348团得以幸免外，其余全部被歼。红军乘胜收复了桑植县城和永顺、大庸县的部分地区。敌各路"围剿"军见第58师覆灭，纷纷后退和收缩。张振汉纵队由茨岩塘逃回龙山，再往来凤；暂4旅向郭汝栋纵队靠拢，集中固守塔卧；湘军主力则分别集中于大庸、永顺、王村和沅陵等地。敌人开始由进攻转入防御，由主动转入被动。湘鄂川黔边省委和军委分会根据形势的变化，放弃了北渡长江的计划，决定在原地区坚持斗争，发展已经胜利开始了的反攻行动。这时，红二、六军团在战略上由被动转为主动。

红二、六军团在被迫放弃塔卧后，为什么能够很快就取得陈家河—桃子溪战斗胜利呢？萧克指出："这次战斗能取得胜利，是敢于丢掉包袱，转到敌人侧翼，运动战中歼灭敌人，就打好了。""这次战斗的经验：抓住了运动中的分散的敌人；敌人没有同我们作战的经验；敌人有些轻视我们，认为我们退出塔卧是失败了，所以放大胆猛追。敌人的指导思想是错误的，敌人主动向我进攻，两个团相距五六里，不好配合。我们抓住有利机会，打运动战。"红二、六军团认真地总结了反"围剿"的经验教训，从而更好地领会了遵义会议精神，从陈家河—桃子溪战役起，转变了单纯防御的战略思想，形成了新的作战方针。

4月下旬，军委分会"利用掌握战争主动权的优势地位，采取了坚决反攻敌人的策略方针。在这一方针下，决定以主力远出（到）东面敌人的侧后方——伸出到江垭、慈利之线，调动敌人离开基本苏区，并求得在敌人远距离运动中，抓住敌人之过失，给以新的胜利的打击"。计划在红军到津、澧地区后，主力即隐蔽集结于石门南乡，寻机消灭沿澧水回援的湘军，同时，在澧水以北广大地区积极发动群众、筹粮、扩大红军，开辟东部新区。

4月底，红军主力进占江垭，伸出到慈利城北，造成夺取慈利、石门，进攻津市、澧县，以及北渡长江的态势，使东南方面的湘鄂军队后方交通完全处在红军的威胁之下。湘军害怕红军东取津市、澧州，切断它的后方补给通道，主力被置于无用武之地；鄂军则害怕红军乘虚渡江进入湖北腹地，损害其自身利益。因此，湘鄂敌军都力图自保，各行其是。湘军第19师及第16师慌忙向慈利、潭口地区撤退，以防止红军东取津、澧和南攻常、桃。湖北徐源泉则命令张振汉纵队和第48师于5月初退守长阳、渔洋关、五峰、鹤峰之线，防堵红军北渡长江。在塔卧地区的郭汝栋纵队，见湘鄂军队纷纷退守，也不敢停留，连忙跟在湘军后面向东撤退。这时在红军根据地内，只有湘军第62师和新34师各一部，以及新由西阳调来的第15师一个旅和一些地方保安团队。

5月6日，湘鄂川黔省委、省军区、省革委会迁龙山县茨岩塘。9日至10日在任弼时主持下，省委召开扩大会议。会议内容，一是在党政军全体官兵中贯彻落实遵义会议精神；二是制定红军休整、扩红、建立地方党政群组织的政策和方针；三是在中央"积极防御、决战胜利，且在原地区争取胜利"的指示下，制定了三条战略方针："一，暂时不渡长江，仍在原地区争取胜利，省委立足茨岩塘；二，湘敌较强，取守势，鄂敌较弱，取攻势；三，出其不意，积极向鄂敌进攻，在反'围剿'中掌握主动权。"

关于红二、六军团进一步行动问题，军委分会认为，当面的敌第16师和第19师部队集中，行动谨慎，不易下手。同时，考虑到继续东出，易被敌人切断归路和丢掉桑植，于是5月上旬就返回了永顺、桑植、龙山地区，计划寻机消灭根据地内部的敌人，并力争将敌第16师和19师再次向西调动，在石堤溪、大庸之间于运动中消灭。

随着红军主力西返，刚走不远的鄂军返回了原来的阵地，郭汝栋纵队也放慢了东退的速度，敌第19师和第16师回到大庸后就停止不动了，所以，红军原定在石堤溪、大庸之间打击敌人的计划没有实现，袭击塔卧也没有得手，只在永顺、塔卧之间的茶陵坡歼灭了湘军第62师解运粮食弹药的一个营。显然，如果红二、六军团东出更远些，到达津市、澧州地区，或晚一些西返，湘、鄂军队就有可能后撤得远些，郭汝栋纵队也将退出苏区。

军委分会鉴于红军主力西返未能造成有利于全局发展的形势，对主要作战方向做了重新考虑。

原来为了有力地配合中央红军的行动，红二、六军团自1934年11月进入湘西后，一直是遵循着对湖南敌人采取攻势，对湖北敌人采取守势的方针。在这个方针指导下，红军曾经取得了许多胜利。而现在，中央红军已经在5月8日渡过了金沙江，当面之敌湘军比较集中，战斗力较强；鄂军则分散薄弱，战斗力较差，陈家河、桃子溪战役证明比较好打；同时，湘、鄂军队在态势上也为红军分割，指挥不够统一，有可为红军利用的矛盾。因此，军委分会决定改变主要作战方向，实行对湖北敌军采取攻势，对湖南敌军采取守势的方针。

湘鄂川黔反"围剿"首战告捷，极大地鼓舞了湘鄂川黔根据地人民群众支援红军、踊跃参加红军的热情。一些新的部队组建起来。

其中有：

1. 龙山独立团，于1935年3月红六军团四十九团组建，团长高利国，政委张金山，特派员孟亮。

2. 龙永独立团，于1935年4月上旬由红六军团组建，团长兼政委罗章，参谋长吴昆。

3. 湘鄂川黔独立团，于1935年4月中旬由红二、六军团组建，团长刘汉卿、谢国友（继任）。

4. 招头寨独立团，1935年4月下旬由红六军团十七师四十九团在招头寨组建，团长谢国友，政委朱辉照，特派员荣泽东。

5. 龙桑独立团，于1935年5月初由红二军团将龙山游击大队与桑植独立团合并组建，团长李文清，政委刘士荣（一说邝伏兆），参谋长王尚荣。

6. 龙山独立营，于1935年5月中旬由红岩溪、茅坪、茨岩塘等区游击大队合并组建，营长兼政委谢曙光。

5月下旬，红二、六军团主力进逼龙山、来凤，以诱使鄂军第41师出战。然而，湖北军队自从第58师被红军歼灭后，就将其主力分别缩守在施南、宣恩、黔江、咸丰几个城市和来凤、李家河地区，加强堡垒工事，极少主动出击，不利于红军集中作战，大量歼灭敌人的有生力量。在这种情况下，红军灵活地采用了外线作战的手段，诱使敌人离开堡垒，与之进行运动战。

五、忠堡：围点打援奏"大捷"

红二、六军团转入外线作战，即是对敌军主动发起进攻。对于数量远远超过自己的敌人，除去勇猛顽强这一基本要求外，还需要高度智慧和指挥艺术，以及部队的团结协同。

1935年6月9日夜间，红军突然以一部分兵力在鄂军战役纵深内包围了宣恩县城，强攻可以俯瞰全城的南山铜鼓堡，同时另以一部兵力切断了宣恩、恩施间的大道，佯攻城北的重要外围据点椒园，消灭守军一个营，主力则隐蔽集结在城南20里处，准备打击可能由来凤、李家河地区前来增援的敌军。

驻守宣恩城的敌军，只有第48师的一个团和一个保安团。徐源泉在恩施得知红军攻占铜鼓堡以后，害怕宣恩失守，恩施难保，长江交通遭受威胁，急忙命令纵队司令兼第41师师长张振汉带领李家河、来凤地区的守军主力驰援宣恩。

6月12日，即围城第三天，张振汉以第48师的144旅（三个团）、保安第5团和新3旅的一个团为右支队，由李家河经冉大河、三叶台西进；以第41师的123旅为中间支队，由李家河经关口、老岔口、韭菜园西进；以第41师直属队和第121旅为左支队，由来凤经甘家沟、三堡岭西进，向忠堡方向行动。

张振汉非常谨慎，他认为红军主力远在宣恩附近，距忠堡百里以上，而他的部队到忠堡只有四五十里，红军即使和他们同时行动，也要到黄昏才能赶到忠堡附近。为防止红军袭击，他命令其三个支队，必须在16时前赶到忠堡集中，并在黄昏前做好工事，完成防御准备，6月13日一起北进。同时，为了预防万一，他又命令他的部队，如果在途中和红军遭遇，即就地停止前进，由行军队形变成战斗队形，面向北方组成三道阵地的纵深防御。他的司令部之所以跟随左支队前进，目的就是为了防备这一着的。

然而，张振汉没有料到，红军在他们出发的前夜，就查明了张振汉给徐源泉的报告，知道了这个增援计划。贺龙、任弼时根据敌情和道路距离，立即决定留下一个团继续积极佯攻宣恩城，监视和迷惑敌人，红二、六军团主力在11日前半夜秘密出动，分两路急驰忠堡。为争取适时赶到忠堡以东截击敌人，红二军团参谋长李达在行军途中分别给各师下达了任务，命令先头红四师务必及时赶到韭菜园西面，截击敌人右支队。

11日15时，红四师经过65公里的急行军，赶到了忠堡东北黄牛棚附近。这时，张振汉的右支队主力已经进入忠堡。中间支队已进到韭菜园西侧，左支队先头部队也通过老鸦关，距离忠堡都只有几里路。红四师为了不让敌人完全进入忠堡或靠拢起来，主动向敌行军纵队发起攻击，消灭敌右支队后卫一部，并且在忠堡东面四里的构皮岭击溃了敌左支队的先头部队，将其大部压迫在构皮岭的山坳里。接着，即以一部分兵力占领了忠堡与构皮岭之间的高升塘的有利阵地，抓紧构筑工事，阻止忠堡敌人回援。接着，红军第六师很快赶了上来，迅速从第四师左翼投入战斗，向构皮岭之敌人侧后迂回，攻占了老鸦关东侧的高地，切断了敌左、中两支队的联系及左支队向来凤的退路。

鉴于敌人兵力较强，红军是处在敌人中间分割包围的复杂情况，贺龙、任弼时决定先集中兵力遏止敌人右、中两支队的增援并完成对敌左支队的包围，然后再相机调集力量歼灭被围的敌人。当天夜里，贺龙一方面命令红四、六两师加强阵地，坚决阻止敌人突围和增援，另一方面调十七师参加战斗。红十七师五十一团及时占领了忠堡北山，严密监视忠堡敌人的行动并向咸丰方向警戒。

13日天明时，第四十九团从忠堡和构皮岭之间向南穿插，攻占了构皮岭南山，并和红四、六两师取得了火力联系，完全包围了构皮岭地区的敌人。

这时，国民党军已经开始了解围行动。忠堡的国民党军集中兵力向红军第五十一团的阵地攻击，企图攻占忠堡北山，威胁红军第四师的侧背，掩护构皮岭的敌人突围。韭菜园地区的第123旅，也向红军第六师老鸦关阵地猛烈攻击，企图恢复与师部的联系。东、西两处国民党军多次攻击都被红军打退，伤亡很大。忠堡的国民党军在几次攻击失利后停了下来。韭菜园地区的第123旅为免遭被歼的厄运，也在天黑前跑回了李家河。至此，红军就基本解除了敌人增援的顾虑，为集中兵力彻底围歼敌第41师直属部队和第121旅创造了条件。入夜后，红军连续作战，不断地袭扰被围敌军，以疲惫消耗敌人。

1935年6月14日，红二、六军团以一部分兵力佯攻湖北咸丰县，打响了著名的"忠堡战斗"胜利的枪声。14日晨，红军集中了红十团、红十六团、红四十九团、红五十一团和红十八团一营共四个团又一个营的兵力，对敌围歼。

4月间红军在陈家河战斗缴获的陈耀汉纵队的两门山炮派上了用场，萧克军团长指挥炮兵轰击敌师指挥所，此时敌指挥部里一片混乱。

在山炮和迫击炮火力支援下，从四面同时向构皮岭的敌人进行向心突击。敌军由张振汉亲自督战，2000多人密集在一个不大的山坳里，利用巨石、田埂、房屋和工事拼命顽抗，争夺非常激烈。

战斗从清晨一直持续到15时，被围的敌人全部被消灭，击毙了敌师参谋长，活捉了敌纵队司令张振汉，俘敌2000余人。

经过两昼夜的奋战，红军共歼灭敌人一个旅、一个师部和一个特务营，并给了其他六个团的敌人以沉重的打击。这次战斗胜利的主要原因是：在作战指导上，敢于大胆地突入敌人的战役纵深围城打援，迫使敌人离开堡垒阵地，与红军打运动战。在战术动作上，侦察周密，运动迅速，坚持了分割包围、各个击破的原则；正确地划分了作战阶段，灵活而适时地变换主要作战方向和使用主力。特别是广大红军指战员疾行65公里，连续艰苦奋战两个昼夜，始终保持着昂扬的斗志，这种无比英勇顽强的战斗精神，是取得胜利的最基本的原因。

为纪念"忠堡大捷"，在过去战场遗址建起了"忠堡大捷纪念碑"。

六、板栗园：敌人的信心彻底崩溃了

忠堡大捷后，红二、六军团又开始了龙山围困战。

围困龙山的依据是："第一，敌人在半个月至二十天内增援部队没有到达的可能。（鄂敌在忠堡惨败后，一时不能增援；湘敌因粮食困难，亦不易远道进援。）第二，守城部队（一团白军及一个保安团，只一千四五百人）及城内居民共约万人，没有存粮（居民靠逢场买米），至多只够维持十天到半月的供养。第三，守城部队炸弹极少，工事不甚坚固，在地形上我们容易接近城垣地带，可以施行坑道破城。第四，龙山城攻下后，来凤孤立，可能逼退驻守来凤之敌。我们若能取得龙山和来凤（两城只距15里），在地理及其他条件上最适宜做我们基本根据地地区。"①

围城战斗，从1935年6月22日开始，持续了35天。在这期间，省委根据根据地已经向北推移的情况，重新调整了行政区划，将红军所控制的桑植、慈利各一部地区合并，以空壳树为中心成立了慈桑县；在新占领的地区，以茨岩塘为中心成立了龙山县，以沙道沟为中心成立了宣恩县，并在该地区初步发动了群众，吸收了一批新战士，休息整顿了部队。

在作战方面，红军起初曾用坑道作业配合袭城行动，但没有成功，以后即着重进行了打援战斗。7月3日，红六军团在永顺洗车线上之小井击败增援龙山之陶广纵队一部。战斗中，军团政治部宣传部长李朴阵亡。7月10日，红二军团在来凤、龙山间的象鼻岭击退增援的鄂军独立第38旅。7月15日，红六军团在咸丰、来凤线上的胡家沟，打击了增援龙山的黄新纵队（五个团），红军第十八师参谋长马赤、第十七师四十九团政治委员段培钦阵亡。这三次打援，或阻止了敌人前进，或仅给敌人以杀伤，都没有达到歼灭敌人有生力量之目的。最后对龙山城又进行了一次袭击，也没有成功。故后，任弼时政委在总结时说："经过三十天围困，城内居民饿死的日多，敌守兵已把菜叶、草根食尽。但最后我们未能困开龙山城而撤退，原因和教训是什么？第一，是敌飞机最后能每日供运少数粮食，将毙之敌得以苟延。我们对这一点事前没有能估计到，而对空射击技术又太差，未能阻止敌机降低到三百米以内的投掷粮食的动作。第二，我们坑道作业技术太差。我们挖掘的地道已经超过了城角还不知道，被

---

① 《湘鄂川黔革命根据地历史文献汇集》（1934—1936），湖南省湖北省四川省贵州省档案馆1984年版，第340页。

敌人从城内掘毁。第三，我们未能及时利用最好时机袭城（有一晚通夜大雨，城墙周围敌之照明灯均熄灭）。最后袭城时，我们动作与技术上差。第四，在困城时，对城内守兵及居民的宣传号召，未能达到发动白军士兵及居民暴动哗变的要求。"

贺龙后来指出："围龙山，主要是想消灭陶广、陈渠珍的。那仗未打好，围城也未围好。……原来围城、打援、休整，后来改为围城、休整、打援，是被动的，分散了。"

由于几次打援都没有大量歼灭敌人，致使敌来凤守军得到了加强，陶广纵队又集中十个团继续增援龙山。这时夺取龙山、来凤的可能性已经不存在，红军遂于7月27日主动撤围。在围困龙山战役中，红军第六师参谋长向国登阵亡，红四十九团政委段培钦、参谋长马赤牺牲，红五十一团团长周仁杰负伤。

撤围的第二天，红军连夜南下，打击增援龙山的陶广纵队。

次日9时，红十七师和红四、六师在招头寨以北地区与陶广纵队遭遇。激战一天，阻止了敌人的前进，但部队伤亡较大，红十七师师长苏杰、五十团政治委员方振声、五十一团团长黄林阵亡。

在红二、六军团围困龙山时，蒋介石为了加强对红军的"围剿"，决定将从江西调到利川的第85师拨归徐源泉指挥，并另从江西湖口调第26路军的一个师接替第34师的防务，让鄂军集中作战；同时，命令湘、鄂军队从南北两个方向夹击红军。

这时，徐源泉的兵力虽然得到了加强，但因他的部队屡遭红军打击，已经丧失了进攻的勇气，他所关心的只是如何将部队推进到湖北边界，防止红军再入鄂西。因此，他于7月30日和8月1日先后命令驻太平镇的第34师两个团和驻高罗的第48师一个旅推进到沙道沟地区，驻小关的第85师开到李家河。另外，命令驻高罗的暂4旅以一部兵力占领水田坝，驻来凤的第123旅占领李家河，以掩护其第85、第34师和第48师的开进。

红二、六军团在徐源泉发出开进命令的当天，就明悉了他调整部署的计划。军委分会在分析了这个计划后，认为：敌第85师新到鄂西，对当地各方面的情况都不熟悉。这里的运动道路小而崎岖，大部分处于深狭的谷底，两侧则是高山密林，侦察搜索和展开都很困难。同时，他们从纵深向前运动，戒备可能比较疏忽。鄂西其他敌军都分守在几个县城和较大的集镇上，点与点之间空隙很大，这很有利于红军的进出。因此，军委分会决定：集中主力，再一次进入鄂西敌人的战役纵深，利用第85师的弱点，以伏击或截击手段将其歼灭于运动之中。

红二、六军团的行动是分两个步骤进行的。

第一步是麻痹敌人和破坏敌人整个开进部署。

8月2日，鄂军由太平镇、高罗和小关等地开始行动。同一天，红军由龙山之兴隆街突然向北进到沙道沟附近。红军这一行动，造成了徐源泉的错觉。他认为红军企图打击由太平镇和高罗向沙道沟前进的第34师或第48师的142旅，便立即命令这两路部队停止行动，严加戒备。第85师认为红军是向北行动，并且沙道沟距离他们的运动道路也较远，所以，仍然按照原计划行动，于当天下午进到了宣恩以南的上洞坪。来凤的第123旅也占领了李家河。这样，红军就取得了进入鄂军战役纵深和前出到第85师侧翼的有利条件。

第二步是歼灭国民党军第85师。

8月3日晨，第85师贸然继续前进。这时，红二、六军团主力突然改变行动方向，从高罗和李家河之间揳入敌人纵深，沿山间捷径向西南疾进。11时，红二军团赶到了第85师必经的板栗园东侧的利夫田谷地。这个谷地处在板栗园与李家河之间，长约十五里，宽不足一里，北侧山上森林茂密，利于隐蔽，南侧山上岩石裸露，陡峭难攀。红军因取得了先机之利，即以红四师和红六师成一个梯队埋伏于谷地北侧之安家坡山上，待机歼敌。

这时，敌第85师（欠一个团）刚进到利夫田西北七八里路的板栗园。由于红军行动迅速，隐蔽良好，该师完全没有觉察到红军的伏兵。他们在板栗园见到赶集的人很多，并接到从李家河返回的侦察分队报告："李家河街上很安静，李家河的友军住在碉堡里。由板栗园到李家河，沿途有钓鱼的、打柴和种地的老百姓。"敌师长谢彬据此判断："地方很平静，红军距离尚远，前面又有友军占领坚固阵地掩护，现在第一要着，就是尽快地赶到目的地。"遂继续按第510团、特务营、师司令部和第505团的行进次序，沿谷地道路向李家河前进。

12时左右，国民党军第85师完全进入了红军的伏击圈。红四师首先向敌开火，将敌前卫第510团紧紧地压制在谷底，接着发起多路突击，一举将第510团的大部歼灭于三灵沟、潭家岩地区。这时，敌第85师特务营和第505团两个营见状匆忙展开，企图抢占红军伏击阵地西面的莫家坡大山，以稳住阵脚。贺龙当即命令红六师迅速抢占莫家坡制高点，歼灭向上攀登的敌人。红军第六师先敌占领了山头，并沿山脊配置了兵力和火力。当敌人进到距离山顶三四十米处，红军突然开火，猛冲下去，一举将敌人三个营全部消灭。这时，红军后续部队第十七师也赶了上来，从第四师左翼投入了战斗，和红二军团一起攻击退守谷地南山的敌军。战斗到23时，红军夺取了巴里核山，歼敌第505团一个营，击毙了敌师长谢彬。是役，全歼国民党军第85师师部、两个团和一个特务营，俘虏千余人，缴获长短枪980余支，迫击炮6门，弹药600多箱，银圆6万多块。战斗中，红二军团四师十二团参谋长周竟成阵亡。

这次战斗，是一个在敌军战役纵深内以伏击手段速战速决歼灭敌人的范例。胜利的主要原因是坚决执行了中革军委新的作战方针，掌握敌情准确及时，战场选择比较适当，抓住了敌人的弱点，相对集中了红军的兵力，并且在作战手段上，机动灵活，声东击西，造成了敌人的错觉。自5月中旬军委分会决定对湘军取守势，对鄂军取攻势的方针，到板栗园战斗胜利结束，前后仅两个多月，红二、六军团先后歼灭国民党军第41、第85两师的主力，取得了军事上的重大胜利。实践证明，军委分会的决定是很及时、很正确的。

板栗园战斗后，红二、六军团返回了根据地。8月8日，又在芭蕉坨一举击溃了陶广纵队的十个团。

此次，红军连续作战的胜利，不仅使湘、鄂敌军丧失了进攻的信心和勇气，并且迫使蒋介石放弃了利用湘、鄂军队"围剿"红二、六军团的计划。在第85师被歼之后，蒋介石即命令湘、鄂军队转入防御。至此，湘鄂川黔根据地军民胜利地粉碎了国民党军的这次"围剿"。

1935年8月，在湘、鄂军队全面转入防御的同时，蒋介石用以对红二、六军团和湘鄂川黔根据地实行新"围剿"的军队陆续向湘西、鄂西地区调集。

红二、六军团虽然取得了反"围剿"的重大胜利，但根据地并没有完全恢复。新创建的根据地和边缘地区，还有许多反动的游杂武装在活动。在龙山、桑植之间新开辟的地区，人口稀少，物产贫乏，群众工作也不够深入。

红军在补给上遇到了很大困难，部队急需的粮食、兵员和冬装都无法在现地区得到解决。同时，以现有的地区，对付国民党军更大规模的"围剿"，回旋余地较小。这些情况，迫切要求红军迅速行动，积极地去创造打破敌人新的"围剿"的有利条件。

军委分会在研究如何解决这个问题的时候认为，红二、六军团应该抓住敌人原来的"围剿"已被粉碎，新的"围剿"尚未到来的有利时机，由反攻转入进攻，集中主力到敌人后方去，以发展反"围剿"的胜利，并为反对新的"围剿"创造条件。具体到哪个方向去，早在围困龙山城时省委和军委分会就讨论过，认为：北有长江天堑，鄂军封锁了各条主要通道；南有沅江、澧水，湘军主力集中在那里；西面敌军虽然薄弱，但那里是大山区，人口稀少，贫穷落后，物资缺乏，不利于红军大部队活动；东面敌人远后方虽然有洞庭湖和长江险阻，但那里是湘、鄂军队接合部，石门、津市、澧州地区敌军兵力空虚，而且人口稠密，十分富庶，对红军作战行动、物资补给和扩充兵员都比较有利。据此，省委和军委分会决定，除红十八师留在苏区外，红二、六军团主力立即东出，乘胜向敌人兵力薄弱的津市、澧州地区突击。根据这个决定，东进津市、澧州、临澧、石门地区。红二、六军团领导机关分为前后两摊，前面一摊领导打仗，由贺龙、任弼时、关向应、王震负责；后面一摊领导苏区地方工作和军区后方工作，由萧克和省委副书记张子意负责。主要是加强根据地的党、政、军建设，进一步巩固和发展苏区。萧克分管军事并兼任红军学校第4分校校长。

经过计划、准备，红二、六军团主力在贺、任、关、王率领下，于8月20

日向敌人发起攻击，开始了东出战役行动。从8月20日至27日，先后占领了石门、澧州、津市和临澧等城市，消灭了部分国民党守军，控制了津市、澧州广大地区，直接威胁到常德及长江沿岸部分县、市，迫使国民党军把新"围剿"战役展开地域从江垭附近向东收缩了100余公里。

8月底和9月上旬，红二、六军团派出得力的工作团和工作队，分头在到达地区发动群众，进行反封建斗争，没收和分配土豪劣绅的财产和粮食，积极宣传抗日反蒋的主张，扩大红军和赶制冬装。仅半月时间就扩大新战士3000多名，基本备齐了全军的被服，筹集了一些药品和其他物资，以及14万多块银圆，并在苏区东部开辟了广大的游击区。

在这期间，红二军团第四师根据国民党第26路军正向这一地区开进的情况，曾以第十一团防守津市，并掩护红二军团政治部主任甘泗淇率领的工作团筹粮筹款、扩大红军，师部率第十团和第十二团向湖北省公安县方向发展。当部队进至清水塘时，与国民党第26路军一部遭遇，经激烈战斗，打垮了敌军的进攻，遏止了其继续前进的企图，为红二、六军团主力继续在津市、澧州地区开展地方工作争取了时间。这次战斗中，红四师代政治委员廖汉生负伤。

红二、六军团东出津市、澧州，攻击敌人后方，是一次正确的战役行动。这一行动不仅使红二、六军团的人力、物力和财力得到了很大补充，为反对敌人新的"围剿"取得了广阔的回旋余地，争取到了较充裕的准备时间，同时也为苏区进行建党、建军、建政和农村各项群众工作，打击根据地内部的反动武装提供了可靠的保证。这期间，根据地的地方武装、党政工作有了很大发展，清剿当地土匪取得很大成绩，红军的干部训练也得到了进一步加强，仅经过红军学校第4分校培训的老战士、班长和团以上干部就有830多名。所有这些，都为反抗敌人新的"围剿"创造了有利条件。

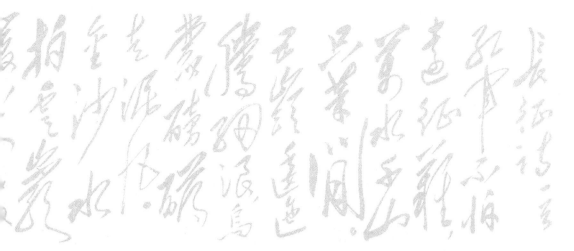

第六章

你们在哪儿？
把我们都弄糊涂了

1935年11月，红二、六军团在胜利地完成配合中央红军长征任务后，开始了以红二、六军团组成一个战略力量整体的长征。这是红六军团于1934年8月7日自井冈山下出发的西征的延续，并且在1936年7月以后，两军团和红三十二军组成为红二方面军的长征。

作为红二、六军团共同长征的征程，大体经历了两个阶段：一是1935年11月至1936年3月从湖南桑植到贵州盘县，本阶段是以争取在湘黔滇创建新的根据地、继续坚持和发展江南革命斗争为目的的战略转移；二是1936年3月至同年10月从盘县到甘肃的将台堡，本阶段是奉命渡江，北上抗日，先后与红四方面军在四川甘孜会师，并与中央红军会师陕北，为开创中国革命的新局面而斗争。

1934年10月24日，红三军与红六军团在黔东根据地胜利会师（会师后，红三军恢复红二军团番号）。从此，这两部分红军在贺龙、任弼时、关向应和萧克、王震等同志的统一领导指挥下，结成了一个团结战斗的整体。10月28日，两军团由黔东向湘西进发，歼灭了湘西军阀陈渠珍部的主力，恢复与发展了湘鄂川黔革命根据地。接着又于12月中旬，向常德、桃源展开攻势，钳制与吸引了敌人十几个师的兵力，有力地策应了中央红军的长征。

遵义会议后，红二、六军团在以毛泽东为代表的中共中央和中共中央革命军事委员会的战略战术思想指导下，经过英勇斗争、三战三捷，连续歼敌三万余人，粉碎了敌军的"围剿"，消灭了敌人大量有生力量，并发展壮大了自己。

1935年11月，敌军对湘鄂川黔根据地开始了新的更大规模的"围剿"。为了保存有生力量，争取在运动中寻机歼敌和创建新的根据地，红二、六军团决定主力实行战略转移。

红二、六军团主力撤离湘鄂川黔革命根据地后，即转战于湖南、贵州、云南广大地区，坚持长江以南的革命斗争。1936年3月底，到达贵州、云南边境的南北盘江之间地区时，奉中国工农红军总司令部命令，北渡金沙江与红四方面军会合。7月，与红四方面军会师于甘孜，会师后，根据中革军委命令，红二、六军团和红三十二军正式组成中国工农红军第二方面军。

在甘孜，红二方面军对张国焘的反党分裂阴谋活动进行了坚决斗争，维护了党和红军的团结。之后，红二方面军即与红四方面军共同北上，并在中革军委的统一指挥下，进行了甘南战役。1936年10月，红二方面军到达甘肃会宁东北的将台堡同红一方面军会师，胜利地完成了伟大的长征。

西安事变后，红二方面军坚决贯彻执行中共中央关于抗日民族统一战线的策略路线，在中共中央、中革军委的直接领导下，积极地进行了抗日战争的准备。

一、石门：第二次"突围"的重大战略决策探求

红二、六军团即将共同走上长征征程时，红一、红四方面军都在紧张的行军和频繁的战斗中。

红二、六军团凭借自己的艰苦卓绝奋斗吸引大量敌人，强有力地配合了中央红军长征，在取得湘鄂川黔反"围剿"作战胜利之际，红四方面军为配合中央红军长征，也胜利地进行了歼敌一个多团的广（元）昭（化）战役、歼敌四个团的陕南战役和歼灭十二个团万余敌人的嘉陵江战役，中央红军因此取得巧渡金沙江、强渡大渡河、飞夺泸定桥、翻越夹金山的胜利。

1935年6月12日至18日，实现了红一、四方面军的胜利会师。

在红一、四方面军已经转移到四川的西北地区之后，红二、六军团和湘鄂川黔革命根据地的胜利发展就成了长江以南——中国南部苏维埃运动最重要的柱石。从地理位置看，由于它处于长江中游，北临武汉，南接长沙，对红一、四方面军的配合作用和对蒋介石反动统治的威胁都很大。因此，蒋介石决心在"追剿"中央红军的同时，调集大批军队，组织新的"围剿"，企图打击、消灭红二、六军团和湘鄂川黔革命根据地。

蒋介石认为前次"围剿"失败，主要原因是只使用了湘、鄂两省的地方军，而且指挥不够统一。因此，这次"围剿"军的组成则以曾和中央红军多次作战的中央军嫡系、半嫡系军队为主。

从1935年9月开始，蒋介石一方面以原有湘、鄂两省参加"围剿"的兵力，共约八十六个团，巩固和增强对湘鄂川黔苏区的封锁线；另一方面由鄂、赣增调孙连仲纵队三个师及一个独立旅、樊嵩甫纵队四个师，共约四十二个团，到五峰、澧州、石门、慈利之线准备进击。敌军方面，参加"围剿"的有共约一百三十个团，外加上其他地方部队。同时，还调汤恩伯纵队两个师（十三个团）到长沙、岳阳防守，调第102师、第103师配置在利川、宜昌作预备队。为协调"围剿"的部署，在湖北宜昌设立了行营，由陈诚代蒋介石统一指挥。

此外，在经济上，对湘鄂川黔革命根据地实行了更加严密的封锁，以造成红二、六军团补给上的更大困难。

敌人的计划是：以原来的"围剿"军在以大庸、永顺、龙山、来凤、鹤峰、走马坪为前沿的袋形阵地上筑碉固守，从湘鄂川黔革命根据地的南、西、北三面实行防堵，限制红军机动；以新调来的孙连仲纵队和樊嵩甫纵队为进攻部队，从津市、澧州及其以北地区由东向西推进。妄图将红二、六军团逐步压缩、聚歼于龙山、永顺和桑植之间。

9月初，中共湘鄂川黔边省委和军委分会对反"围剿"的作战方针进行了研究，分析了当时各方面的条件。认为面临的敌情是空前严重的，同时也认为："日本正在企图（占领）华北，白区反帝斗争高涨，宁粤冲突呈现紧张"①；"一、四方面军已在川西北会合，并开始突破敌之封锁，进入成都、雅安附近活动"②；红二、六军团已有很大发展，并积累了粉碎敌人"围剿"的经验，增强了粉碎"围剿"的信心；东征的胜利，开辟了新游击区，筹集了资财，发动了群众，壮大了自己，整训了部队，这都为粉碎敌人新的"围剿"做了较为充分的准备。一致确认，反"围剿"的困难虽然增多了，但是，在原有苏区还是具备粉碎敌人"围剿"的条件的。当时，拟定的作战方针是："在一、四方面军东进川陕地区配合下，依据原有苏区及东部游击区，抓住有利时机击破东面疾进之敌，破坏其向西逼退我军包围于龙山、桑植、永顺狭小地区之计划，再寻求机动，在运动中击灭其他方向之敌。"③

在敌军新的大规模"围剿"即将开始的时候，红二、六军团为了争取主动，9月上旬，自动撤离津市、澧州，集结在石门西北的维新、仙阳、大兴、磨岗隘一带，寻机破敌。

但是，敌军新的"围剿"战略有了很大改变，他们不再是长驱直入，疾进猛追，而是逐段筑堡，交替前进，采取持久战略和堡垒主义。自红二、六军团撤离津市、澧州地区之后，敌军一直是日进三五里，边筑堡、边推进，企图逐步紧缩对红二、六军团的包围，最后再寻找有利时机，与其主力决战，以达到彻底消灭之目的。

贺龙、任弼时、萧克、王震等认为，敌情空前严重，决定将红二、六军团主力撤离津（市）、澧（县）。兵分两路向石门西北集结。一路经临澧新安、石门县城、瓜子峪、皂市、十里长滩、袁公渡到渡水、磨岗隘、南岳驻扎。一路取道澧县王家厂、和尚洞，经石门河口、三圣、杜家岗到维新驻扎。红二军团军团部驻渡水崇阳盛芳木家，所属第四师驻磨岗隘大福桥；第六师驻渡水坪。第十六师驻维新、磨岗隘一带，第十七师驻磨岗隘。湘鄂川黔独立团驻袁公渡。

红二、六军团在石门集结达70余天，集结期间，蒋介石对湘鄂川黔根据地

① 任弼时《红二、六军团从湘鄂川黔边到康东北长征经过报告大纲》。
② ③ 同上。

发起新的更大规模的"围剿"。

10月8日，蒋介石颁发《委员长宜昌行辕指挥序列表》，共动用正规军二十二个师又五个旅，一百三十个团，20余万人，加上地方保安团，总共约30万之众，将其分成"进剿军"和"堵剿军"。其具体部署是：以孙连仲的第26路军和樊嵩甫纵队，由临澧新安经石门皂市向磨岗隘逐个筑堡前进；以王懋功第28师依恃碉堡驻守慈利，同时以一部分兵力固守湖北走马坪、五峰、渔洋关和石门子良坪一线碉堡；何键所部以三个师固守龙山、洗车、保靖、永顺、大庸、石门之间的碉堡；徐源泉所部三个师又四个独立旅，固守湖北走马坪、鹤峰、沙道沟、东风和湖南龙山的碉堡；慈利、石门间由何键加派保安队防守。此外，宜昌行辕直接指挥的部队还有万耀煌、郝梦龄、郭思演、刘振华所指挥的部队和其他部队，共十二个师又三个旅。所有这些部队都先后参加了对红二、六军团的围追堵截。

这期间，红二、六军团为了消灭敌人的有生力量，曾在苏区东部的白沙渡、分水岭地区寻找战机，但未能如愿。相反，敌军对红二、六军团的堡垒封锁却越来越紧，红军能够活动的地域在一天天缩小，情势日益危急。而这时，红二、六军团与中共中央、中央革命军事委员会的电报通信早在七八月间即已中断，根本无法取得中共中央和中革军委的指示，处在一个要根据实际情况独立进行决策的紧要关头。就在这个时候，9月29日，红二军团电台突然收到中革军委电台的联络信号。

当时，任弼时及其他领导人非常高兴也非常警惕，当即用密码致电周恩来："你们现在何处？久失联络，请来电对此间省委委员姓名说明，以证明我们的关系。"

第二天，却收到朱德（中央革命军事委员会主席、红军总司令）、张国焘（红军总政委）共同签署之回电，电称："二十九日来电收到，你们省委弼时同志书记，贺龙、夏曦、关向应、萧克、王震等委员。一、四方面军六月在懋功会合行动，中央任国焘为总政委，……我们今后应互相密切联络。"

1935年七八月间，红一、四方面军在川西懋功会师以后，中央曾对电台的配备进行了调整。原负责中革军委与红二、六军团联络的电台调整到红军总部，后来被张国焘所掌握，因此，中革军委与红二、六军团联络的电台以及所用密码也被张国焘控制。

9月30日，以朱德、张国焘共同签署的回电虽讲"一、四方面军六月在懋功会合行动"，实际上，此时张国焘已经指挥红四方面军南下，中共中央已经率领红一、三军团北上。

当时，红二、六军团领导人对张国焘分裂党、分裂红军的错误和电台调整的情况完全不了解，对原中革军委电台实际已为张国焘所控制也一无所知，红二、六军团满怀喜悦地以为与中革军委的电报联络已经恢复。

10月上旬，中共湘鄂川黔边省委和军委分会，对红二、六军团的行动问题进行了反复讨论，并致电朱德、张国焘说明：因红一、四方面军未有东出计划和湘鄂川黔苏区东部地形不利，以及其他主观方面的原因，在当前敌情继续活动在不宽广地区来打破敌人新"围剿"是困难的；建议主力转移到黔东石阡、镇远、黄平地区活动，在广大无堡垒地带和敌人进行运动战，积极创造条件，转入反攻，争取在那里创建新的根据地。

10月9日，任、贺、关又打电报给朱德、张国焘，特要求将电报转给中央，电中再次询问："一、四方面军将在何处建立根据地及发展方向，盼告；你们行动方针望速以电复。"张国焘对党中央的方向却未作告知。

任弼时此时收到中共上海中央局给中共中央的来信和潘汉年给洛甫的信，从信中了解到有关各地红军活动的情况，他觉得这些消息对中央非常重要。14日，任弼时立即将这两封信让张国焘转给中央，却被张国焘截留。

10月15日，朱德、张国焘复电，对红二、六军团的行动指示："在狭小地区内固守为失策，决战防御亦不可轻于尝试。远征减员必大，可否在敌包围线外原有苏区附近，诱敌出堡垒，以进攻路线集中兵力各个击破之。"显然，这不是一个符合当时情况的指示。

接着，10月19日又指示："取守势最失策，远征损失大，可否在赤区外围和附近地区诱敌，各个击破之。"此电还说明两电是一些建议，如何行动为宜，由红二、六军团按实际情况决定。

接到朱德、张国焘的上述指示后，红二、六军团于10月17日和10月23日，先后两次在湖南省石门县的渡水坪和热水溪召开军委分会会议，进一步对行动方针进行了讨论，但未能做出最后决定。

这时，红二、六军团的行动有三个方案可供选择：一是突围后转移到石（阡）、镇（远）、黄（平）地区；二是突围后在现在苏区附近活动；三是继续在现有狭小地区内防守。

根据这一意见，以任弼时、贺龙为首的湘鄂川黔省委和军委分会结合当时的形势和客观实际，对红二、六军团的战略方针进行了反复研究，认为当前敌人是红军的二十倍之多，且不断逼近，根据地日益缩小，红军原有活动地区，东西约三百里，南北百余里，地方工作基础薄弱，粮食缺少，地形上不利于大兵团进行战斗，红军若不突破围攻远击，在强大敌军面前转来转去，势必日益削弱，甚至遭受失败。情况十分危急。

任弼时、贺龙等遵照中央军委2月11日关于"当必要时，红军可以突破敌人的围攻线，向川黔广大地区活动，甚至渡过乌江，但须在斗争确定不利时，方才采取此种步骤"的指示，果断决定实行战略转移，放弃现有苏区，突破敌人围攻线，转向湘黔边，争取在黔东创建新的根据地。

根据这一决定，红二、六军团结集在石门县的各路红军从1935年10月底开始向西移动，11月初到达桑植。

二、刘家坪：又是一次成功的调虎离山

1935年10月下旬，红二、六军团从磨岗隘陆续回到桑植中心地区。

11月4日，在桑植县刘家坪召开了中共湘鄂川黔边省委和军委分会联席会议。这是一次历史性的会议，它的最大功绩是，根据实际情况，正确地决定了

战略转移的方针，完成了从战略防御向战略转移的转变。

这次会议，认真分析了当时的敌我形势，认为：敌人从9月开始组织的第三次"围剿"，规模比前两次更大，兵力由第二次"围剿"的八十多个团增加到了一百三十多个团，并且已经筑起了对苏区四周的封锁线；湘鄂川黔根据地虽然经过一年的建设，但地主武装和土匪还没有完全消灭，群众也未得到充分发动，后方还不够巩固；苏区面积不大，且东有洞庭，北有长江，南有沅江、澧水，西面是大山区，不利于大兵团机动；由于经济落后加之敌军在军事"围剿"的同时实行了更为严密的经济封锁，兵员、物资，特别是粮食的补充和供应极为困难；红四方面军已经退到西康和四川边界，红一方面军也已渡江北上，红二、六军团在湘鄂川黔苏区已陷于比较孤立的地位。

会议认为，在上述情况下，继续坚持在根据地内进行反"围剿"斗争，确有被敌人消灭的危险。

而突围之后若不远去，敌人进入根据地，依托现有之碉堡阵地对我军作战，我军虽可能取得一些战术上的胜利，但难以取得战役上的胜利，这样也就不可能创建新的根据地和恢复原来的根据地；若长期没有根据地做依靠，在绝对优势的敌人面前转来转去，势必日益困难，力量被削弱，甚至可能招致最终失败。

根据上述分析和遵义会议决议关于"在内线作战取得决定性的胜利已经极少可能以致最后完全没有可能时……应毫不迟疑地转变我们的战略方针，实行战略上的退却，以保持我们的主力红军的有生力量，在广大无堡垒地区，寻求有利时机，转入反攻，粉碎'围剿'，创造新苏区，以保卫老苏区"的精神，会议决定，坚决突围远征至湘黔边，争取在贵州的石阡、镇远、黄平地区创建新的根据地。

刘家坪会议后，红二、六军团即根据会议决定，部署转移行动。为了加强主力部队，新组建了红五师、红十六师两个师部又五个团：即红五师的十二团（由鄂川边独立团编成）、十五团（由龙桑独立团和龙山独立团合编成），红十六师的四十六团、四十七团（由红十八师的五十二团、五十四团改编）、四十八团（由龙永独立团和永顺独立团合编）。

其基本编成是：红军第二、六军团总指挥部，贺龙任总指挥，任弼时任政委，吴德峰任政治保卫局局长，关向应任副政委。

红军第二军团辖第四师、第五师、第六师：贺龙兼任军团长，任弼时兼任政委，关向应兼任副政委，李达任参谋长，甘泗淇任政治部主任。

红四师辖第十团、第十一团、第十二团：卢冬生任师长，冼恒汉任政委，杨秀山任副政委，金承忠任参谋长，肖令彬任政治部主任。第十团，刘开绪任团长、朱绍田任政委；第十一团，覃耀楚任团长，黄文榜任政委；第十二团，钟子廷任团长，朱辉照任政委，黄新廷任参谋长。

红五师（1935年11月组建）辖第十三团、第十五团：贺炳炎任师长，谭友林任政委，高利国任参谋长，肖新春任政治部主任，曹昆隆任后勤部长，董家龙任卫生部长。第十三团，刘汉卿任团长，陈世才任政委；第十五团，李文清任团长，陈文彪任政委。

红六师辖第十六团、第十七团、第十八团：郭鹏任师长，廖汉生任政委，常德善任参谋长，刘型任政治部主任，夏耀堂任后勤部长。第十六团，肖启荣任团长，汤成功任政委；第十七团，范春生任团长，廖海光任政委；第十八团贺斌忠任团长，余秋里任政委，常海柏任参谋长。

红军第六军团，辖第十六师、第十七师、第十八师：萧克任军团长，王震任政委，吴德峰兼任政治保卫局局长，谭家述任参谋长，夏曦任政治部主任，张子意任副主任，李朴任宣传部长，刘光明任副部长，喻杰、张启龙任后勤部长，易清元任政委，戴正华、顾正钧任卫生部长，欧兴、罗章任政委。

红十六师（1935年11月由十八师五十二、五十四团和鄂川边独立团组建）辖第四十六团、第四十七团、第四十八团：周仁杰（周球保）任师长，晏福生任政委，刘子奇、杨昊任参谋长，李铨任政治部主任。第四十六团，张辉任团长，胡荣任政委，戴桂秋任参谋长；第四十七团，覃国瀚任团长，刘礼年任政委，朱世伯任参谋长；第四十八团，黄珠仔任团长，罗章任政委，吴坤任参谋长。

红十七师辖第四十九团、第五十团、第五十一团：吴正卿任师长，汤祥丰任政委，刘转连任参谋长，罗志敏兼任政治部主任。第四十九团，王烈任团长，刘坚定、王赤军任政委，欧阳家祥任参谋长；第五十团，邓瑞金任团长，唐希尧任政委，刘忠任参谋长；第五十一团，贺庆积任团长，王赤军任政委，李科任参谋长。

红十八师辖第五十二团、第五十三团：张振坤任师长兼政委，刘风任参谋长，李信任政治部主任，罗振坤任后勤部长。第五十二团，樊孝竹任团长，方汉英任政委，邓止戈任参谋长；第五十三团，樊孝竹任团长，余立金任政委，苏鳌任参谋长。

军团辖教导团，陈外欧任团长，李信兼任政委。

同时，还由机关裁减部分人员补充了主力部队。上述部队均随主力行动。留下红十八师（辖五十三团和新组建的五十二团）在龙山、桑植、永顺地区进行游击战争，负责掩护主力部队的转移行动及地方组织的秘密工作；如斗争条件确实不利或红二、六军团主力继续西进，则可向黔东转移，与主力会合。当时估计，在红军突围后，敌重新部署追堵，红军有短时间间隙可利用，决定逐步向湘黔边转移（不直接走到），尽量避免部队减员。拟先进至湘中沅、资两水地区，进行补充、筹款、扩大抗日反蒋宣传，发动群众斗争。当敌尾追部队接近时，争取在广大堡垒稀少地区集中力量击敌于运动中。先打击尾追之蒋系主力樊嵩甫纵队，尽可能避免进入桂粤边境。

根据上述部署，11月上中旬，红二、六军团所属部队集中在桑植地区，进行战略转移前的各种准备。首先从党内到党外，从上到下进行广泛的政治动员，说明当前形势，提出以运动战打破敌人"围剿"的战斗任务；并进行革命战争特点的教育，坚定部队的胜利信心和决心，为实施广泛机动做政治上、思想上的准备。其次，对部队中的老弱妇女儿童、重伤员、重病员以及医院、兵工厂等不便于长途行军的人员和单位都做了妥善安置；吸取中央红军及红二、六军团以往长途远征的经验教训，坚决精简了行装，每人只带三天口粮、两三双草鞋。

11月19日，贺龙代表军委分会下达突围命令。当晚，红二、六军团即告别湘鄂川黔根据地，从刘家坪等地出发，开始战略转移。

为了迅速突破敌人的澧水和沅江防线，红军日夜兼程疾进。20日夜，先头部队红十七师四十九团到达大庸和溪口之间澧水北岸的张家湾，第四十九团团长王烈亲率一营，乘着木排、竹筏，奋勇抢渡，经过激烈战斗，占领了对岸敌人的工事，控制了渡口，搭起了浮桥。后续部队有的通过浮桥，多数从张家湾上下游不远处找到的徒涉点，强渡了澧水，从而，突破了敌人的第一道封锁线。在战斗中，团长王烈、湘鄂川黔少共省委书记周玉珠不幸牺牲。

强渡澧水之后，红二军团四师和红六军团侦察队及红十六师即兵分两路向沅江进发。两支部队不顾疲劳，兼程前进，连续行军150余里，于21日晚分别抢占了沅江北岸的洞庭溪和大宴溪，迅速消灭了渡口两岸的敌人，控制了沅江江面。随后，红六军团侦察队和红十六师又俘虏了乘三条船到大宴溪布防的敌军一个营，共300余人。至此，红军胜利地突破了敌人的第二道封锁线。

红二、六军团渡过沅江以后，立即按预定计划展开。23日至28日，红二军团四师占领了辰溪，五师占领了浦市，六师占领了溆浦。红六军团东渡资水，红十六、红十七师分别占领了新化、兰田（今涟源）和锡矿山(今冷水江市)，军团部进入了新化城内。这样，红二、六军团控制了湖南中西部广大地区。

红二、六军团占领这些地区后，高举"抗日救国"的旗帜，广泛进行了抗日救国宣传，并积极组织各种抗日团体，开展统一战线工作。早在8月间，中共湘鄂川黔边省委和军委分会，就接到了中央关于统一战线和抗日救国的指示。

8月26日，贺龙、任弼时、萧克、关向应、王震、张子意曾共同署名发表了《中华苏维埃共和国中央革命军事委员会湘鄂川黔分会为号召全国民众保卫中国反对日本帝国主义侵略打倒卖国罪魁蒋介石的宣言》，号召一切反日反蒋的民众、团体、军队联合起来，组成统一的革命战线。

宣言的发表，是中共湘鄂川黔边省委和军委分会策略路线转变的一个重要标志。它指明红军的任务是：作为中坚力量去组织和团结千千万万民众和一切可能的革命友军，向着日本帝国主义及其走狗与卖国贼这个最中心的斗争目标进军。

由于中国共产党的抗日救国、统一战线等主张深得人心，红二、六军团进到湖南中西部地区后，动员群众的工作很快便产生了效果。红六军团政治部主任夏曦，直接主持统一战线工作。他在新化，不仅注意工农的工作，而且，在学生和知识分子、妇女中的工作，都很有成效。他还起草了一个抗日反蒋的六言韵文布告，用红六军团政治部名义发出。

布告中说："我们工农红军，志在救国救民，实行抗日反蒋，消灭卖国巨憝……大家起来救国，胜利终归我们。"在当时，广大人民群众对国民党的反动统治极为不满，对日本帝国主义的侵略行为有着极大的义愤，一经红军宣传和发动，许多学生和青年，踊跃地参加了各种救亡活动和抗日团体。在此期间，共建立了38支"抗日游击队"，有队员1700多人；还建立了"抗日大同盟"、"抗日义勇军"等组织。有着革命传统的锡矿山工人组织了一支名为"抗日救国先遣队"的武装，其中许多人后来组成"无产阶级工人团"，参加了红军。同时，红二、六军团部队也得到发展，红六军团在新化一带扩大了1000多人；红二军团在辰溪、溆浦扩大了2000多人。红二、六军团每到一地，都抓紧时间发动贫苦农民，搜捕土豪劣绅，没收和分配地主的谷子和财物。群众看到土豪劣绅受到了应有的惩办，又分到了粮食财物，都非常高兴，革命精神随之奋发起来，很快形成了一股投奔红军闹革命的热潮，纷纷参加红军。

两个军团在城市中严格执行了"没收官僚资本，保护民族工商业"的政策。他们初到时，因为群众对共产党的政策不了解，市面上的商业活动停顿了；后来经过红军宣传，又看见红军只没收"盐运局"的财产，对一般私营企业一个也没有动，商人纷纷开市，照常营业。

在筹款和收集物资方面也取得了很好的成绩，共筹得数万银圆。红二军团还在辰溪截获了敌人的运输船只，仅布料就缴获了两万多匹。

红二、六军团长驱直入湖南中西部，宣告了敌军企图聚歼红军于龙山、永顺、桑植之间的计划彻底破产。在这种情况下，蒋介石迅速改变了战略部署，很快组成了对红二、六军团的"追剿"军，以何键为"追剿"军总司令。"追剿"部署是：以樊嵩甫纵队四个师和李觉纵队三个师为"追剿"主力，樊嵩甫部经慈利渡沅江向新化、溆浦追击，李觉部由沅陵、泸溪向辰溪、溆浦追击，以陶广纵队三个师和郭汝栋纵队八个团进至沅江西岸，为堵截部队，以汤恩伯纵队两个师（十个团）防守长沙，并做预备兵力。在湘鄂川黔根据地，留下孙连仲和徐源泉的部队对付红十八师和防止红二、六军团主力返回。

11月30日，敌军李觉纵队的第16、19、63师先头部队，从西北方向赶到了浦市、辰溪附近。此时，这三个师突出、分散，有利于红军攻击。但是，由于红军指挥机构"对敌估计上的错误，认为敌不能迅速追进，未估计到敌新'围剿'部署已成，兵力集结易于转为'追剿'部署"①，因此，红二、六军团进到湖南中西部后，主力散布过宽，一时收拢不及，错失了这个消灭敌人的有利机会。及至部队收拢时，樊嵩甫纵队四个师也从柳林汉和桃源过了沅江，分两路向溆浦、新化间前进。12月6日，红二、六军团主力四师、六师和十七师转到湘军侧后，准备在湖南坡、大水田地区侧击樊嵩甫纵队的右翼，不意该敌已先一天通过，进到了马辔市、东坪一带。

而李觉纵队却利用红二、六军团主力向东北伸出的机会，乘虚袭击溆浦。这时，溆浦城内驻有红二、六军团后方机关，情况危急，王震当即率领红十六师驰援，指挥部队抗击李觉纵队，相持一夜，于7日撤出战斗。

至此，敌军主要"追剿"部队七个师都已经接近了红二、六军团。在西面陶广纵队三个师和郭汝栋纵队八个团正沿沅江向南伸展，东面汤恩伯纵队两个师也正由岳阳、长沙向宝庆疾进，企图通过正面追击和两翼迂回的部署将红二、六军团限制和消灭在沅江和资水之间。

面对这种情况，红二、六军团遂按预定计划向石阡、镇远、黄平地区转移。依据朱德、张国焘关于首先向东南，再求西进之电报指示，为了尽量调动

---

① 任弼时《红二、六军团从湘鄂川黔边到康东北长征经过报告大纲》。

和疲惫敌人，使敌主力远离红二、六军团预定到达的地区，转移行动采取了声东击西的手段。

12月11日，两军团由溆浦潭家湾、底庄、桥江等地出发，兵分两路，连续9天向东南疾进，造成东渡资水的形势，把追击的国民党军全部吸引了过去。21日，红二、六军团进到湘南之高沙市、洞口地区，桂军也开始北调，这时红二、六军团遂转向西进。22日，在瓦屋塘攻击陶广纵队的第62师，想从这里打开西进的道路。但因敌军已做好防守准备，没有成功，部队伤亡300多人，红五师师长贺炳炎右臂负重伤（后截肢）。于是，红军改道南取武阳，绕过陶广纵队，经遂宁、洪江间的竹舟渡过巫水，转向北进。时值严冬大雪，地处高山峻岭，部队忍受着寒冷和饥饿，沿着山里的崎岖小径兼程疾进，在江西街和托口再次抢渡沅江。

1936年1月1日，红二、六军团进到芷江以西的冷水铺地区，把追击和迂回的敌人全部甩到了后面。

红二、六军团再一次使用了灵活机动的战役战术，始终保持作战主动权，把敌人调开，自己却欲西向南，中途急转，使敌人始终处于思路混乱，被动挨打的状态。这与红六军团的"阳明山回旋战"、毛泽东的"四渡赤水"的妙着，如出一辙。

三、便水：迎回独立奋战的红十八师

便水位于芷江上坪、新店坪乡与晃县（今新晃侗族自治县）交界处。1936年元月，红二、六军团长征时为打击尾追的敌军，曾在这里组织了一次大的战斗，史称"便水战役"。

1936年1月1日，红二、六军团在驻地过了新年，总结了突围一个多月来的工作。红二、六军团在芷江以西的冷水铺地区召开了全军政治工作干部会议，初步检查了远征中的政治工作，进行了新的一年的战斗动员，提出在湘黔边创造新革命根据地的任务。

1月2日、3日，红军击溃和消灭了几股土匪武装，相继进驻晃县龙溪口、波洲一带，并开展打土豪、斗劣绅、除恶霸、开仓济贫和宣传党的方针政策等一系列革命活动。

2日，红六军团红军击溃和消灭了几股土匪武装，进至湖南省芷江县土桥乡冷水铺、新店坪便水一线。3日，军团部及直属队、红十七师到达晃县波洲，红十六师到达晃县。

红二、六军团根据在湘黔边争取建立新的根据地的总任务，决心于1月3、4两日，以一部分兵力西取晃县和玉屏，作为临时后方，并以少数部队向北活动迷惑敌人，主力则集中在晃县、龙溪地区伺机反击尾追之敌。

1月4日，贺龙、任弼时、萧克、王震、关向应等红二、六军团领导在晃县龙溪口召开会议，在对敌我力量和兵力分布等情况进行深入研究分析后，决定抓住章亮基师孤军深入的有利时机，利用晃县、芷江交界处的有利地形，组织便水战斗，出其不意地包围消灭敌第16师，为在湘黔边创建新的根据地争取有利局面。

1月5日上午，红六军团第十六师、第十七师在波洲桥头进行了简单的战前动员后，立即顺大路急速返回晃县、芷江交界处，在门楼坳、蜈蚣坳、对伙铺一带的高山密林中成U字形悄悄隐蔽下来；而红二军团第四师、第六师则急速从龙溪口、垅塘坪、兴隆坳等地出发，经晃县大湾罗、木铎溪、中段、贵州横坡入芷江的仲黄坪，傍晚时分到达洞溪，拟切断便水渡口，使敌增援部队不能过河，形成瓮中捉鳖、关门打狗之势，吃掉敌第16师。这样，红军布下口袋阵，只等敌军章亮基部钻进来。此时，樊嵩甫纵队的先头部队才过榆树湾，而郭汝栋纵队主力尚远在麻阳附近，距离红二、六军团都在4天路程之外。尾追红二、六军团较紧的只有李觉纵队和陶广纵队，其中，以章亮基之第16师最为积极，正从芷江向晃县前进。

同日，蒋介石令汤恩伯纵队在黔阳（今怀化市）金屋塘停止前进待命，李觉纵队由芷江向便水、晃县开进。4日，李觉派保安第12团一个营首先渡过沅水，占领新店坪、便水地区，担任警戒，架设浮桥，以保障主力渡河。5日6时半，李觉纵队第16师从岩田铺、裴家店地区沿芷晃公路西进，拟经便水、波州向晃县追击，第19师和第63师（各欠一个旅）同时由竹坪铺、芷江地区出发，在第16师后跟进，相距约一天路程。

红二、六军团察觉到李觉纵队动向后，决定抓住机会，集中主力，在运动中歼灭敌先头部队。红二、六军团计划将敌第19、第63两师隔绝在沅水以东，集中兵力打击渡过河来的第16师。

5日8时，红二、六军团从龙溪口、晃县地区出发，返回芷江便水。14时半，红六军团在上坪、对河铺之间与已超过新店坪的敌第16师先头一个旅遭遇，战斗十分激烈。16时，红二军团赶到，红四师向敌先头旅右翼实施突击，红六师按原计划向便水敌渡河点迂回。这时，敌第16师另一个旅也渡过沅水，进到了新店坪地区。红六师进到新店坪西北地区就为敌人所阻。

战至6日3时，战斗仍然进展得很慢，而敌军第19师和第63师却相继增援上来。激战进行了一整夜，敌人凭着武器优势，疯狂抵抗红军的进攻。红军不怕大雪路滑，在指挥员的带领下，组成大刀队、敢死队，冒着枪林弹雨，组织了一次又一次的冲锋，夺下了不少山头。但敌军在云寨坡、撑架坡的重机枪阵地，久攻不下，对红军构成了极大威胁。为了占领云寨坡阵地，6日凌晨，红军挑选了十多名战士，腰挎手榴弹，手持大刀，从山后的干溪沟里，利用树枝枯草掩护，慢慢往上爬，爬到山顶时用手榴弹偷袭了这个阵地，夺了机枪。与此同时，勇猛的大刀队杀出一条血路，冲上了撑架坡，砍得敌人血肉横飞。红四十八团政委罗章接替受伤的团长黄珠仔继续指挥作战，敌93团大部被歼。敌人增援上来的5挺机枪来不及放下肩，就被红军战士缴获。敌第16师第93、第96团的一些重要阵地也相继被红军夺取。早饭后，红十六师、红十七师在牛屎垅、良田湾、大坡界、杨泉坳、撑架坡、哨棚坡、云寨坡一带发起强攻，敌人丢下成百具尸体溃退。

6日下午，红六军团第五十一团，从左翼云山界高地冲下，一举击溃敌李觉第19师一部，并乘胜追击，像一把尖刀拦腰插入敌阵之中，抄袭敌人主阵地的后侧新店坪、便水一带，切断上坪、新店坪之敌的联络，使敌陷入包围之中，此时，红十六师、红十七师又从正面发动强大攻势。红四师、红六师从右翼夹攻，夺取了敌人在磴坡的机枪阵地，吃掉了敌第19师一部，很快打乱了敌人的阵脚。敌纵队司令李觉慌忙调动第19师一个团来堵击红五十一团的进攻。战斗打得异常激烈。红六军团第十七师的红五十一团从敌人左翼突入了敌人纵深。处于敌右翼的红十六师曾全力以赴，给予策应，打得非常英勇，正当准备全歼该团时，敌96团赶来增援，红四十八团政委罗章左胸心脏附近受贯穿伤，但他仍不下火线，直到新任团长到达。红五十一团接连占领几个山头，将敌赶回原阵地，双方呈现对峙状态。但是，红二、六军团因为没有后续力量及时地巩固与扩大胜利，结果在敌人援兵的猛烈反击下，被迫退回原地。这次战斗打成了消耗战，敌我双方伤亡都在千人以上。红四师参谋长金承忠，红十一团团长覃耀楚牺牲。

在敌强我弱的形势下，继续战斗对红军不利，于是，红军只好在1月6日黄昏以后相继撤出战斗，向西北方向转移。便水战斗，红二、六军团虽然未能大量消灭敌人有生力量，但也狠狠地教训了敌李觉部一下，使其不敢再紧追红军。

1月7日，红军乘敌军因章亮基部受到沉重打击，不敢贸然前进的机会，从容向黔东进军。

便水战斗没有打好，原因是多方面的，最主要的是战斗计划不周，没有估计到敌人正面三个师来得这样快，也没有预料到陶广纵队会向龙溪口方向迂回，原想只打敌一个师，结果发展成为打敌人三个师。再就是两个军团动作不够协调，进入战斗和撤出战斗都缺少配合。此外，在整个部署上，对侧翼保障没有充分给予重视，也给战斗带来了不利影响。便水战斗后，陶广纵队又从托口向红二、六军团背后的晃县发动进攻，情势极为不利。在此情况下，红二、六军团即继续向西北转移，途中在田心坪歼灭黔军一个营，击破了敌人的阻截。

1月9日和12日，红二、六军团先后占领了江口、石阡，胜利地完成了进抵石阡地区的战略突围任务。

在此之前，留在根据地执行掩护任务的红十八师，在主力突围的前夜即向西南方向行动，以自我牺牲吸引了湖南敌军。主力转移时，他们又调头北上，威逼龙山、来凤，牵制湖北敌军。

1935年11月21日，被敌十多个团围于龙山之岩塘地区的红十八师指战员经过浴血奋战，终于在25日杀出重围。此后，28日，他们在桑植的苦竹坪、鹿耳口地区，又遭孙连仲第26路军六个多旅围攻，奋战两昼夜，终于突出包围圈。

12月2日，转移至湖南省龙山县招头寨，又与敌鏖战十多个小时，于3日脱离战斗。在转战中，师参谋长刘风、红五十二团团长樊孝竹先后牺牲。此时，红十八师只剩下了一千二三百人，处境十分艰难，师领导根据军委分会的指示精神，决定放弃坚持根据地斗争的计划，向湘黔边转移。为便于战斗，将第五十二团和省委警卫连合并为一个营，撤销了第五十二团的番号，经过湖北省西南部和四川省东部，转移到了原来的黔东根据地。

此后，在南腰界休息一天，又继续前进，连续走了25天，战胜了敌人的多次堵截，终于在1936年1月9日赶到江口，归还了红六军团建制。

在这期间，有一次红二军团电台和红军总部通报时，突然有一个不知呼号、不知所属的电台插进来呼叫，经互相询问，才知道是军委三局局长王净亲自上机呼叫红二、六军团。通报情况后，他随即发来一份明码电报，大意是：弼兄，我们已到陕西保安，密码"豪"（"豪"是周恩来的化名）留在老四处……电报说明党中央已到陕北，而原与红二、六军团联络用的"豪"字密码本留在了红四方面军。虽然红二、六军团得到通报，但是，因为中央红军没有与红二、六军团联系的专用密码本，所以，红二、六军团与中共中央仍不能直接联络。

红二、六军团只能按照原定计划，向石阡、镇远、黄平地区转移，目的在于争取在这里创建新的根据地，以继续发展革命形势。但是，由于便水之战打成了消耗战，部队伤亡较大，没有能够创造出有利的局面；樊嵩甫纵队、郭汝栋纵队、陶广纵队、郝梦龄纵队以及广西军阀部队共十五个师的兵力，都围拢上来，红军处于不利地位；以石阡、江口为中心的地区居民稀少，经济落后，粮食十分困难，不利于大部队久留；从地形看，这里山河纵横、机动不便，也不适于进行运动战。此时，朱德、张国焘也来电指示："在未给敌严重打击时，不宜久停一处……应离敌军较远活动，但勿入大荒野地带，敌兵力虽多，亦能进退自如，主动在我……"，"乌江上游障碍太多，下游障碍较少，黔南、黔北均少大山大河障碍，给养亦不困难……同意西打驻黔蒋军，但须取进攻姿态……"

1936年1月19日，军委分会据此于石阡召开会议，检讨了突围以来的战斗行动，分析了当面的形势，决定放弃在石、镇、黄建立新苏区的计划，目标改为继续西进，争取在贵州西部创立根据地。

从石阡到黔西，最主要的问题是能不能顺利地渡过乌江。为了顺利地抢渡乌江天险，红二、六军团利用敌人调整部署的机会，在石阡、江口地区休整了7天，进行政治动员，并扩大了800多名新战士；同时，还召开了党的积极分子大会，任弼时传达了不久前才收到的由朱德、张国焘转来的1935年12月27日中央政治局致二、六军团电《中央关于目前政治形势与党的任务的决议》的内容摘要。这些活动对于统一全体指战员的思想，胜利抢渡乌江、进军黔西起了很大作用。

抢渡乌江之前，朱德、张国焘电示："应以佯攻贵阳姿势，速转黔大毕地区，群众、地形均可作暂（时）根据地。"为迷惑敌人，红二、六军团于1936年1月21日，在龙溪附近突破敌人第22师封锁线后，立即向南挺进，连克瓮安、平越，并在马场坪击退了敌第99师的截击，西取洗马河和龙里，先锋直逼贵阳。这时，敌军主力大部在红二、六军团东面和北面，贵阳及其东南地区兵力比较薄弱。所以，当红二、六军团逼近贵阳时，敌军第99师和第22师急忙向贵阳收缩，加强防守。这样一来，敌军在贵阳以西的乌江防备相对减弱，给红二、六军团西渡乌江造成了可乘之机。但是，与此同时，遵义方面的敌军约三个师兵力，却开始了行动，企图南渡乌江进行截击。

红二、六军团为了把这部分敌人滞留在乌江北岸，突然来了个大转弯，从北面绕过贵阳，向西北疾进，奔袭扎佐、修文，在扎佐全歼敌一个保安团，造成了经息烽北渡乌江的态势。此时，敌军由于害怕红二、六军团走中央红军的老路，渡江北取遵义，连忙在乌江北岸加紧布防，并命令在四川南部的第33师和第66师向遵义集中。

在此情况下，红二、六军团就解除了右翼的顾虑，遂再改变方向，星夜向西秘密疾进，直取贵阳以西的乌江渡口鸭池河。

四、鸭池河：侦察兵建奇功，红军巧渡河

鸭池河是黔西北数县通往贵阳的主要渡口。

1936年2月1日，红二、六军团抓住敌人向贵阳收缩、贵阳以西乌江防务空虚的有利时机，以红六师为先导，迅速奔袭镇西卫，抢占鸭池河渡口。同时，从各师抽调120多名侦察员，组成较强的侦察队担任先锋，连夜疾进，于2月2日凌晨到达茶店，歼灭了小股守敌。这里距鸭池河渡口仅十多里，侦察队得手后即迅速向鸭池河老街渡口奔去。

红二、六军团自长征以来，一路突破敌人重重包围，这时来到贵州腹地，夺取了公路干线上的息烽、修文等县城。愚蠢的敌人估计我军还会步中央红军的后尘，北渡乌江，占领遵义。因而将贵阳、黔西等地十五个师的部队倾巢而出，集结于乌江、遵义一带，企图配合从湖南尾追我军的敌人，前后夹击，企图全歼红军于乌江两岸。

敌人的阴谋哪能逃过红军的眼睛，红二、六军团总指挥部判明情况后，立即命令先头部队——红二军团四师北渡一个团，虚晃一枪，在敌人庆幸我军中计的时候，红军主力突然挥戈南下，佯攻贵阳空城，把敌人吸引过来，并乘机西渡鸭池河，向黔西、毕节挺进。

红二、六军团总指挥部侦察队长王绍南，率领侦察队走了40公里路，傍晚

刚休息下来。总指挥部参谋处就命令战士们马上再急行军60公里，在天亮以前赶到鸭池河渡口，控制渡船。据悉，鸭池河渡口两岸都有敌人把守，但兵力只有一个营。敌人的重兵已集中在遵义、贵阳一线，这对于战士们抢占这个渡口是极其有利的。接到命令后，战士们围着王绍南队长说："队长，再走一百里二百里没意见，只要求吃顿饭。"王队长摇摇头，抱歉地说："不行呀，等你吃饱饭再走，恐怕明天连鸭池河的水也喝不上了！"结果，这120人的便衣侦察队，连饭也没捞着吃，就立刻出发了。也真不巧，就在这个时候，天又哗哗地下起雨来，山路泥泞不堪。大家一步一滑，跌跌爬爬，行军的速度非常迟缓，战士们一面不住口地骂天，一面还说着俏皮话："今天是饿肚子、走黑路、踩泥巴，三喜临门。"王队长一边走一边想：像这样下去，这一夜莫说120里，就是一半路也走不完呀。于是，他急忙赶到前面尖刀组，找到胡克忠参谋，说："胡矮子，这样不行呀，宁可多走些路，把队伍领上公路吧！"胡参谋点点头，一转身，精干的身影便消失在黑暗里。胡克忠是红六师的侦察参谋，平时虽然很少说话，但打起仗来却有着一身胆量和一肚子的计谋。侦察兵们又走了30多里的泥泞路，就上了平坦、坚实的公路。这一下，他们顿时就像添了翅膀一样，只听到"嚓嚓嚓"的脚步声，谁也不讲一句话，专心一意地赶路。天亮以前，侦察兵们赶到了离鸭池河五里地的一个小村子，被惊醒的一些老乡，听说战士是红军，就纷纷地围了上来，从他们的倾诉中侦察兵们了解了不少情况。离河岸不远，有一个敌人的前哨阵地，连哨兵的位置也摸清楚了。胡参谋果断地说："绕过去来不及了，我带尖兵组去骗一骗他！"说着，他挑选了一个贵州籍战士，走到队伍最前面，王队长带一个班随后跟进，以便相互呼应；其余的人走在后面。

四更多天，雨也停了，凄厉的山风阵阵袭来。此时，正值五九寒冬，战士们只穿着一身夹衣，刚才跑路的时候，还不觉得冷，一经停下，湿衣服往身上一贴，风吹来就像刀割一样，战士们不禁打起哆嗦来。这时候，只听到对面一个人喝道："什么人？口令！""是区公所送信来的。"侦察队那个贵州籍战士回答他，王队长暗下命令，部队做好战斗准备。敌哨兵听到答话，让我们先过去一个人。黑暗中，隐约看见胡参谋敏捷地几步就跨到敌人哨兵面前，猛然抽出手枪，对住他的胸口低声喝道："不准喊，喊就打死你！"侦察员们趁机迅速冲了上去，王队长悄悄问这个当了俘虏的哨兵："放哨的有几个？"

"我……就是……我一个。"

"连部在哪里？"

"就在前面祠堂里。"王队长一挥枪，命令他："带路，喊就打死你！"

那个俘虏猛缩一下头，腿直打哆嗦，连说："是……是……是。"

到了祠堂前，王绍南队长让一些战士在外面把守，其余的人一起冲了进去。几十只手电筒对着睡在房子里的敌人晃来晃去，眼快的同志，已经把靠在墙边的枪支收了起来。那些睡得迷迷糊糊的敌兵，有的还说着梦话。睡在一旁床铺上的敌连长，跳起来喝道："他妈的，半夜三更吵得老子睡不成觉！有任务，天亮再说！"

胡克忠参谋笑道："任务紧迫，等不得天亮了。"一噘嘴，叫一个战士把他捆了起来。到这时候，那个连长还没弄清楚是怎么回事，一个劲地责问捆他的战士："你们是什么人？你们是什么人？"

"老子是红军！"

战士这一喊，倒像一声惊雷，把他们震醒了，八十多个敌人同时举起手来。红军侦察兵们把缴获的枪统统卸下枪栓，叫俘虏们背着枪，跟我们一起走。大家都加快了脚步，旋风似的向鸭池河边赶去。

鸭池河浊流滚滚，有一百多米宽。对岸排列着好几十只船，河边有一间小屋，据俘虏讲，那间小屋里有敌人看船的一个班。不远的山头上住着敌人的营部和两个连，居高临下，控制着渡口。红军侦察兵们把火力布置好，就叫俘虏向对岸喊话。那俘虏拉开嗓子喊道："喂，过来一条船，张处长叫我送紧急情报来了！"喊了一阵，只见一条小船很快从对岸划了过来，船靠了岸。

突然，跑出一个人来大喊："红军来了！红军来了！"从河边的小房子里一下子冲出来十几个人，连衣服也没穿好，就慌忙往山上跑去。这时，山上的敌人也开火了。红军侦察兵的机枪一面向山上射击，一面向对岸的船工喊话：

"老乡们，快把船撑过来，红军发给工钱！"撑船的老乡见河边的敌人已经跑了，而山上敌人的火力又受到压制，便陆续把船撑了过来。不一会儿，红二、六军团的主力也赶到了，机枪、小炮朝对岸山上一阵猛打，掩护侦察队和一个营渡过河去。这时守河的敌人早已撒腿逃跑了。待红六师赶到时，渡口共有大小船只十只，大船一次可载一百多人，小船一次可渡二十多人。午后，红五师及大部队也陆续赶到渡口。仅靠4只木船摆渡，部队难以及时过河，于是部队领导当机立断，就地取材在渡口下游水势稍缓的羊子岩脚滩口架设浮桥以保证部队安全过河。

2月2日夜，红军在船工和当地群众的帮助下，利用从伪区长家缴来的备用电话线、木料及向群众借的门板等将浮桥架成。随后，红六师、五师、四师、二军团直属机关、十七师、六军团直属机关、十六师、十八师共18000余人，历时3天依次通过浮桥到达北岸。

红军过河后，对借门板、木料给部队搭浮桥的老百姓进行了赔偿和感谢。当红军大部队渡过河后，跟踪追来的敌人也赶到了，红军借助北岸山上的有利地形，用火力掩护最后两个团全部胜利地渡过了乌江。随后，便将浮桥炸毁，封锁河面，将敌人甩在鸭池河南岸。

至傍晚，敌军第23师和99师的大股敌军才赶到了岸边，只好眼巴巴地站在对岸鸣枪"欢送"红军了。而这时，红军已经占领了黔西。

五、将军山："黔西"新家的建立

过了鸭池河，红军连续占领了黔西、大定（今大方县）、毕节等地，部队在这一带建立了中华苏维埃川滇黔革命委员会，并得到一次很好的休整和补充。

红二、六军团顺利渡过鸭池河进入黔西县境后，国民党黔西县长林雁峰和前任县长谭重光纠集反动势力妄图负隅顽抗。林雁峰拟请国民党25军第2混成旅旅长宋醒（宋马刀）部担任城防。宋醒是个非常有正义感的军人，深知红军此行是北上抗日，英勇善战和锐不可当，就以林给赏银粮饷太少为由，带队逃离。因此，作为黔西北东大门重镇的黔西城防守十分薄弱，仅有百余名保安队以及增援的一个连把守。林雁峰一面强迫群众在城墙及四周城门巡逻，加派兵丁，对出入者严加盘问，对红军进行大肆诬蔑诽谤，妄图负隅顽抗；一面带着家小及30多名兵丁连夜出逃。城内邮电局长、区长、保长和官僚、资本家、地主、商号老板及负责城防的保安队和吴忠信刚到黔西的一个连的官兵，目睹县长首先逃跑，也如惊弓之鸟，逃之夭夭。

1936年2月3日凌晨，先遣队来到黔西城外，向城内鸣枪进行火力侦察，城内确无反应。拂晓，红六师各部顺利进占黔西城。

红二、六军团进占黔西后，5日，总指挥部在驻地川祖庙召开紧急会议，即黔西会议。黔西会议是继石阡会议之后，红二、六军团召开的一次重要会议，再一次讨论了石阡会议做出的决定，强调在黔大毕开辟新的根据地的重要性，并进一步分析了面临的形势——日本帝国主义侵略中国的步伐加快，蒋介石政府妥协退让，叫嚣"攘外必先安内"，加紧反共反人民和镇压抗日运动；红二、六军团为挽救中国之危亡，与蒋介石反动集团进行不断的浴血奋战，辗转数千里进入川滇黔边区，担负着反蒋抗日的神圣责任。会议一致认为，必须坚决贯彻执行军委指示，成立以黔大毕为中心的川滇黔边区临时革命政府——中华苏维埃人民共和国川滇黔省革命委员会和中国共产党川滇黔省委员会，以领导根据地建设和各项工作的开展。

黔西会议还根据蒋介石再次坐镇贵阳，部署对红二、六军团进行围剿，而川军、滇军各自为政，远离红军行动。第99师、第23师被红二、六军团甩在鸭池河南岸，唯有蒋介石嫡系万耀煌、郝梦龄两个纵队三个师十四个团由遵义逼近，占黔西县打鼓新场（今金沙）后，抢占了军事要地三重堰、渭河一带，逼近黔西县城等情况，决定兵分三路，实行战略展开，以红四师、红六师、红十七师三个主力师集中对付东北方向进逼之万、郝两纵队；贺龙率红四师、红六师行动，萧克率红十七师行动；以红十八师担任钳制任务，红十八师五十三团驻守滥泥沟，守卫鸭池河一线；红十八师师部及红四师一个营担任黔西县城城防；以红五师西进大定，红十六师西进毕节；红六军团军团部随红五师、红十六师活动。部队广泛发动群众，开展建政、扩红，建立革命武装，打富济民，统一战线等一系列建立根据地的工作。

根据黔西会议决议，2月6日，红二、六军团进军大定（今大方县），国民党大定县长马仁生率保警队弃城逃跑，红军顺利进占大定。曾受地下党影响的进步人士彭新民在红军到来之前，组织顾炳清、王南轩、喻金廷等人动员群众迎接红军入城。他们找来曾幼斋、毛士英等知识分子，书写"欢迎红军入城"、"红军是干人的队伍"、"大定民众拥护红军"等标语，制成100多面三角小旗，组织群众100多人到大定南门城外迎接红军。7日，军团领导任弼时等相继到达大定县城。

8日，中华苏维埃人民共和国川滇黔省革命委员会成立大会在大定城内孔庙召开，1000多群众参加会议，贺龙任革命委员会主席，陈希云任代主席，朱长清任副主席。在群众大会上，还成立了"大定拥红委员会"和"大定抗日救国委员会"，选举了彭新民任"拥红委员会"主任，顾炳清、喻金廷、贺德冒（贺云）等为委员。

2月9日，在毕节地下党的策动下，地下党掌握的地方武装席大明，假装接受"招安"防堵红军，实则控制了毕节县城至头步桥一带的有利地形，暗中派人与红军接洽，假装接上火线，败退而撤，另一支进步武装周质夫部也积极配合地下党接应红军入城，毕节督察专员莫雄也"弃城而逃"，红军顺利进占毕节城。

12日，成立了"大定抗日救国团"，由叶刚任团长。

2月17日，中华苏维埃人民共和国川滇黔省革命委员会迁往毕节。

红二、六军团占领毕节后，根据毕节地下党活动频繁、群众基础好的条件，很快建立了毕节县苏维埃革命委员会，委员会下设宣传处、供给处和妇女委员会等机构。军团领导与地下党负责人商议，在百花山召开群众大会，选举挑水夫朱绍清任毕节县苏维埃革命委员会主席。

为了加强对地方工作的领导，红二、六军团成立了中共毕节临时区委（一说中心县委），由六军团群工部长李国斌任书记，毕节地下党员杨杰参加区委工作。临时区委设政治部、组织部、宣传部；由六军团政治部选派一批党员充实各部。

在川滇黔省革命委员会领导下，黔西北大多数区、乡、村都建立了革命政权。据不完全统计，川滇黔省革命委员会在黔西北建立了滥泥沟、瓢儿井、响水、海子街、鸭池、朱昌、何官屯、长春堡等八个区级苏维埃临时政权；共建立了黔西的城西、城北、沙窝，大定的城东、城南、对江，毕节的鸭池、梨树坪，赫章的江南等95个乡村级苏维埃政权。

川滇黔省革命委员会成立后，组织人员石印《中华苏维埃人民共和国川滇黔省革命委员会布告（第四号）》到县区乡张贴，庄严宣告"中华苏维埃川滇黔省革命委员会是抗日政府的中坚支柱，是川滇黔边区广大民众的临时革命政府"，阐明了红二、六军团来到黔大毕的宗旨："我红二、六军团为挽救中国之危亡，数年来与蒋介石进行不断地流血的艰辛的战争，此次转战数千里进入川滇黔边，担负着扩大抗日反蒋的民族革命战争的光荣的神圣的责任，在川滇黔边创造抗日反蒋的苏维埃区域与扩大抗日的红军，联合一切反日反卖国贼的势力共同挽救中华民族之危机"，建立抗日民族统一战线，建立各级革命政权，"创造抗日的苏维埃区域，使之成为抗日反蒋的强固的根据地……"，"武装民众进行抗日战争"，"解除民众痛苦，取消一切苛捐杂税……"

毕节县苏维埃革命委员会成立后，配合红军政治部及武工队，组织毕节草原艺术研究社社员、进步师生、爱国志士等深入城镇、乡村宣传共产党、红军的主张，组织并印发了《为抗日讨蒋告工农民众爱国战士书》等文告、传单，组织妇女为红军赶制军服，护理伤病员等。

临时区委还与毕节地下党密切联系，互相配合，组织四个工作组分赴农村和城镇开展群众工作。红二、六军团经过大定八堡六寨时，六军团政委王震派遣政治部巡视团主任谢友才（谢中光）率红军武工队深入到八堡六寨苗族聚居点开展工作。2月15日，谢友才和八堡六寨的苗族同胞李正芳、李德洪、李义

红六军团军政委王震在贵州毕节与苗族群众合影

舍、李义猫、李义竹、王义佳、马义梭、马义早、马小郎等来到毕节，王震在
百花山福音堂接见他们并与他们促膝谈心。王震对苗家"柴火当棉袄，蕨根为
粮草，松胶当灯照，赤脚当鞋跑"的苦难日子深表同情，他用通俗易懂的语言
向苗胞们讲解，红军是为普天下受苦受难的老百姓谋幸福、求解放的队伍。苗
族有土司，汉族有地主，虽然民族不同，但天下的受苦人是一家人，地主、土
司老爷是我们共同的敌人。号召全体干人团结起来，在共产党的领导下，齐心
协力去斗争，只有推翻了骑在干人头上的国民党反动派和地主、土司老爷们，
干人才能过上好日子……王震还与苗胞代表合影留念。

　　黔大毕革命根据地的开辟，使红二、六军团赢得了时间，得以休养生息，
补充给养，壮大了力量。扩红工作取得显著成绩，采取多种方式，吸收了5000
多名优秀儿女参加红军。在扩红工作中，黔西北儿女表现出极大的革命热情，

出现了不少激动人心的场面。父送子、妻送夫、夫妻、父子、兄弟争当红军的动人场面并不鲜见。黔西沙窝游击队员先幺妹与丈夫王占荣双双参加红军，游击队员张银喜的父亲送子到部队；大定打鸡阆的胡油匠，将自己成年的四个儿子一起送到了部队；新开贫农张海清，带着其子一起参加红军；毕节何官屯游击队的钟克昌、钟克顺等叔侄三人争当红军。

红二、六军团进占黔西北，创建革命根据地，使蒋介石慌了手脚。他不容这块重地被红军占领，于是，把在四川与红四方面军作战的万耀煌纵队调到贵州，并于1936年1月28日亲往贵阳坐镇指挥。万耀煌、樊嵩甫、郝梦龄、李觉、郭汝栋五个纵队八十一个团直奔黔大毕地区，对黔西北根据地进行疯狂"围剿"。

2月中旬，蒋介石坐镇贵阳调集万耀煌、郝梦龄、郭汝栋、樊嵩甫、李觉五个纵队进犯黔大毕根据地。

17日，万耀煌部进占黔西后又占领大定，向毕节进犯。是日，萧克率领红十七师迅速从打鼓新场（金沙）撤离到大定六龙场。

19日，按指挥部指示，红六军团军团长萧克率领红十七师从六龙场向将军山进发，与先期到达将军山的红十八师五十三团会合，展开一系列艰苦卓绝的反"围剿"斗争。

将军山位于大定县城西北，距县城十多里，数十个巍峨的山峰由南向北，排列成一道天然屏障。主峰将军山位于群峰中部，海拔1900米，清毕公路沿将军山麓蜿蜒而上，是大定通往毕节的一道天然门户。将军山下的七家田，是一片开阔而低凹的丘陵地，四周群山环抱，森林密布，是打伏击的好地方。

19日上午，红十七师与红十八师五十三团会合后，敌"尖兵营"500多人向将军山开来。敌"尖兵营"是万耀煌从纵队13师各团抽调的"尖兵"组成的，从遵义向黔、大、毕进犯时，"尖兵营"一直跑在前面。营长伍琼琦带领该部从大定大摇大摆地向将军山开来。

军团长萧克、红十七师师长刘转连见状，迅速部署兵力，控制有利地形。

10时许，敌"尖兵营"进到将军山脚谢家寨休息。萧克当机立断命令红四十九团迅速迂回到敌人西侧，红五十一团切断敌后路，红五十团从正面迎敌。红军首先开火，敌人受到意外打击，惊慌失措，企图抢占谢家寨后面的高地杨梅坡。

埋伏在杨梅坡上的红五十一团，在团长贺庆积的指挥下，机枪、步枪一起向敌人开火，敌人留下一具具尸体，狼狈败退。稍后，敌人企图抢占另一高地松林坡，但红五十一团居高临下，以密集的炮火将敌人压住，且迅速控制了松林坡。红军从杨梅坡和松林坡同时向敌人发起冲锋，敌人招架不住，往雷打坡撤退，并拼死占领了雷打坡高地。

此时埋伏于将军山一带高地的红四十九团在红十七师师长刘转连的亲自指挥下，从雷打坡后侧一拥而上，向敌阵地发起猛攻，敌人又丢下几十具尸体，被压到山脚下，雷打坡高地被红四十九团夺回。

接着，埋伏在小营坡、周家坡的红军一齐杀出，挡住了敌人的退路，敌军被包围在雷打坡脚的麻窝里，成了瓮中之鳖，被红军痛击，又死伤多人，少校营长伍琼琦开枪自杀，副营长王福、政训员蔡国璋被擒。

此次战斗历时一个半小时，歼灭敌号称"声威显赫、连克数城"的"尖兵营"七个连，俘敌300余名，缴获步枪300余支，机枪9挺。

此次遭遇战后，萧克亲率十七师、十八师继续在将军山一带布防，在将军山东麓的张家坡、茶花林坡、兰花坡、海子坝、垭口等处构筑工事，阻击敌人。敌"尖兵营"被歼灭后，万耀煌纵队余部龟缩大定城，不敢再贸然向毕节进犯。直到25日，郝梦龄纵队进占锅厂，威胁将军山阵地之北侧，万耀煌也调动大定城内主力，向红军将军山阵地发起进攻。红军在萧克的指挥下，红十七师师长刘转连率领部队打退了敌人一次次进攻，阻止了敌军向毕节逼近。

26日，万耀煌纵队又向将军山阵地发起进攻，红军按计划完成阻击任务，迅速撤离将军山阵地，向毕节撤退，退到响水河两岸后，在以堵垭口一带构筑工事。下午，敌军向响水河靠近，妄图把红军围歼在以堵田坝。红军发现敌人的行动后，萧克命令红五十团迅速转移到古打，抢在敌人前面占领青杠坡、谢家坟等有利地形，另一部分红军沿公路撤到高家垭口、傅家坡。此时，万耀煌纵队也抢占了古打寨子背后的营盘坡，响水之敌乘红军撤出以堵垭口之机，从正面攻来，经过两个多小时的激战，红军将敌阻滞于响水河东岸。红军据守到天黑，完成掩护任务后，迅速撤离。当晚，红十七师、红十八师全部转移到毕节梨树坪。

在红六军团激战将军山的同时，红二军团直属队和红六师进到了鸡公山，红四师到了沙树坪。20日，红军估计黔西甘荫堂之敌第99师可能增援大定万耀煌部，即设伏于羊场、乌溪西，争取歼灭援敌之一路。后因敌原地未动，故当晚撤回六龙场。23日，红军判断樊嵩甫纵队本日可到瓢儿井，决定以红二军团出瓢儿井以东迎击。26日，敌已先到瓢儿井，红军即改变原定部署，转赴打鸡阆、坝子寨一带等待机会，到了毕节城。

将军山战役，从2月19日七家田遭遇"尖兵营"开始，红军与敌展开了大小十余次战斗，历时8天，沉重地打击了敌人，这是红二、六军团反"围剿"斗争中一次出色的战役，为阻止敌之急追、保卫毕节、从容转移赢得了时间。

为弘扬红军英勇作战、不怕牺牲、坚定信念、百折不挠、艰苦奋斗的革命精神，教育和鼓励人民牢记历史，继承红军光荣传统，为家乡建设艰苦奋斗，多创佳绩，1985年，在红军长征胜利50周年前夕，大方（原大定）县人民政府在将军山战役主阵地将军山修建了"将军山之役"纪念碑，成为缅怀先烈，教育后人的爱国主义教育基地。

六、乌蒙山：妙招频出的回旋战

乌蒙山回旋战，是中国工农红军在长征途中的著名战役，是长征途中红二、六军团在云贵高原乌蒙山区与国民党军队进行的一场著名运动战，是中国战争史上灵活用兵、巧妙突围的著名战役。红军在乌蒙山同敌人进行千余里迂回，成功保存了有生力量，摆脱了强敌围攻，书写了红军长征史上精彩一笔。

乌蒙山位于川滇黔边境，气候恶劣，条件艰苦。1936年2月下旬，为粉碎敌人在毕节地区歼灭红军的阴谋，面对敌军十余个师的尾追与侧击，红军二、六军团深入乌蒙山区。

1936年2月，红二、六军团在黔西北创建革命根据地，成立了中华苏维埃人民共和国川滇黔省革命委员会，开展了一系列建设根据地的革命活动。此时，万耀煌、樊嵩甫、郝梦龄、李觉、郭汝栋五个纵队八十一个团直赴黔大毕地区，对黔西北革命根据地进行疯狂"围剿"。红二军团（总指挥贺龙、政委关向应）、红六军团（总指挥萧克、政委王震）鉴于继续在贵州省黔西、大定、毕节活动不利的情况，决定首先转移到黔南的安顺地区创建苏区。2月27日，红二、六军团退出毕节，西进乌蒙山区。

莽莽乌蒙，乃贵州高原之"屋脊"，地域广袤，是滇东北走廊的交通要道，历来是兵家必争之地。对于红军的到来，川滇黔三省军阀之间各有各的打算。云南省主席龙云害怕红军进入云南，又怕蒋介石再用"假途灭虢"的故技，使自己落得黔军王家烈的下场，所以他把孙渡纵队全部放在威宁、昭通一线堵防，企图与追击红军的蒋军形成夹击之势，逼使红军北走四川。四川军阀亦害怕红军渡过金沙江与四方面军会合，杨森和李家钰等部数十个团赶到沿江地域防堵。万耀煌、樊嵩甫、郝梦龄三个纵队因有蒋介石的督战，沿毕威大道及两侧平行向威宁方向进逼，李觉纵队沿织金，郭汝栋纵队从大定向水城、威宁截击；顾祝同则想利用川军、滇军的防堵之势，以重兵从东西两侧压逼，企图把红军消灭在金沙江以东的川滇黔边境。

3月2日，红军二、六军团总指挥部在赫章的野马川召开会议。会议在野马川中街大地主刘义苍家二楼进行，参加会议的有红二、六军团首长贺龙、任弼时、关向应、萧克、王震等人，会议认真分析了敌我双方的力量、兵力部署、乌蒙山区的气候、群众思想基础等情况，研究了乌蒙山回旋战的具体措施，拟定以赫章为中心，在威宁、赫章、镇雄、彝良、昭通一带与敌周旋，选择有利战机和地点歼灭敌人，向滇东转移。鉴于红六军团政治部主任夏曦已于2月29日在毕节杨家湾与赫章江南屯交界的七星关牺牲，会议决定任命张子意为红六军团政治部主任，袁任远为政治部副主任。

根据野马川会议的决定，3月3日至4日，红二、六军团全部到达妈姑和水塘地区集结，红军小部分从临近妈姑的板底分三路包抄伪区长、土霸文正朝的老巢——结里新房子，伺机试探驻防威宁的孙渡纵队的动向。5日，进入结里的红军又返回妈姑，随主力部队向可乐方向前进。6日，红二军团分两路向毛栗寨、色甫至以则河以北的云南寸田坝行进，红六军团到达可乐。7日，红二军团在寸田坝休息，红六军团经倮依、以则河、板底至云南奎香。敌樊嵩甫纵队紧追不舍，红二、六军团遂将主力从奎香、寸田坝调回到法冲、以则河一带伏击樊嵩甫纵队第28师，史称"以则河战斗"。

按照部署，红二军团四师和红六军团十六、十七两个师担负伏击樊嵩甫部第28师的主要任务，红六军团五师到以则河东北地区游击，钳制国民党第28师东侧之第79师。8日清晨，红军各部队进入指定伏击位置，国民党第28师由可乐沿红六军团行进路线分两路向奎香、寸田坝追击，先头部队一个步兵连出倮依，沿以则河谷向法冲搜索前进，一个骑兵连从以则河右侧出毛栗寨经苗营、垭口向法冲侦察前进。8时许，敌骑兵连进入红四师伏击圈，樊纵两个步兵连进到以则河村与红十七师伏兵相遇，战斗打响。红十六师、红十七师伏击部队一起向敌先头部队开火，红四师听见以则河战斗打响，立即从毛辣子山、法卡坡冲下峡谷，与敌骑兵连展开战斗，将骑兵连一半击毙，一半活捉。红六军团跟进部队，一部分由等磨梁子，沿以则河两岸山脊，经铜厂沟迅速占领飞来石北端高地，阻敌增援。红四师在吃掉骑兵连后，以一部经颜家塘，向苗营、垭口前进，从左侧配合追歼逃敌。樊嵩甫得知其第28师在以则河遭红军伏击，便令第79师派一个旅由东北方向策应第28师。红六军团正面进攻的部队从者环山打上苗营梁子，紧追樊纵第28师步兵连，敌第79师与第28师步兵连会合后，便在苗营、垭口构筑工事阻击红军，红四师由左侧攻击苗营、垭口，红六军团一部乘势两面夹击敌军，歼敌30余名，抢占了苗营、垭口，敌28师步兵连残部逃向赵家梁子与增援部队会合，对红军实施阻击。双方形成对峙，数小时后，红军分三路向赵家梁子进攻，红四师从左右两路包抄，一部从蒋家河坝正面

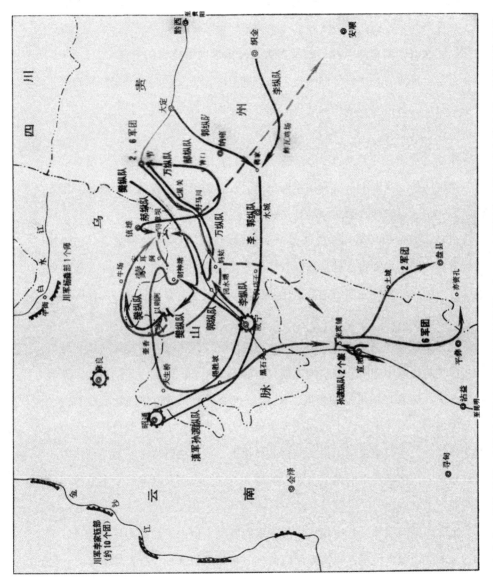

乌蒙山回旋战要图。1936年2月27日至3月28日期间，红二、六军团在黔滇两省乌蒙山区，辗转千数百里调动敌军，连战连捷，摆脱敌军一百二十个团的重兵围堵，胜利地完成了回旋作战任务。

强攻。经过激烈争夺，红军攻占赵家梁子，毙敌30余名，残敌向法拉窝方向溃逃。以则河战斗中，红军打死打伤敌军近百名，俘敌200余名，缴获长短枪100余支。

红军在以则河首战告捷后，从奎香、寸田坝向镇雄方向转移。9日下午，蒋介石电令孙渡"悉率所部向彝良奎香方向寻匪截击"，叫嚣要把红军聚歼于金沙江右岸。云南龙云向杨森建议，留盐津一面，以免"再折黔北"，防红军东进。

然而，完全出乎敌人预料，红军于10日进入更加艰苦而又较为安全的赫章、镇雄边境。当红军行进到镇雄西南时，郝梦龄纵队已先进入镇雄，万耀煌纵队第99师、第47师、第54师均到达镇雄。

11日，万耀煌部第13师先头部队到达桃园，红军从抓获的敌逃兵口中得知，万耀煌亲率13师将从赫章途经哲庄坝开赴镇雄。军团指挥部决定，派红四师、红五师、红六师先期到达三锅庄、哲庄坝、黄家营盘、吊动坡、桃园大垭口一带伏击敌人。

12日，万耀煌亲率第13师耀武扬威地进入红军伏击圈，红军在桃园大垭口和哲庄坝将敌从中截断分割包围，使其首尾不能相顾。经过一天的激战，歼敌1000多人，缴获轻重机枪30余挺，长短枪500余支，领队万耀煌化装成马夫在混乱中逃命。战斗中，红十八团政委余秋里为掩护团长成钧左臂负伤，因当时医疗条件差，伤口感染，不得不实行截肢手术，成为独臂将军。哲庄坝伏击战是红军乌蒙山回旋战中的第二次较大的战斗，它为红军胜利冲出十多万敌军包围圈奠定了基础。

虽然以则河战斗、哲庄坝伏击战都取得胜利，但由于敌我力量悬殊，红军仍然未能突出敌人包围，只得返回以萨沟一带，伺机突围。

14日，红二、六军团进到赫章以北的财神塘地区，国民党军以五个纵队又来围攻。红二、六军团在乌蒙山中辗转回旋，转了差不多一个月。敌人的包围圈越来越紧，可以回旋的地区越来越小。红二、六军团陷入了离开湘鄂川黔根据地以来最艰险的境地。在四面受威胁的紧急关头，红二、六军团总指挥贺龙召开军委分会会议研究部队行动。他说："我们的情况不妙，敌人一百多个团的情况更不妙。他们从湖南、湖北、四川让我们拖起跑，比我们更受罪。敌人各个纵队只受顾祝同指挥，行动不大一致。包围圈虽然缩小，漏洞还是有的。再有，敌人对我们永远估计不足。这一个月转来转去，敌人会以为我们垮得差不多了，也增加他们的骄气。现在是时候了，我认为应该以迅雷不及掩耳的速度隐蔽地从敌人的接合部钻出去，兼程进入云南，捅捅龙云这个马蜂窝。"大家赞成贺龙的主张。贺龙召集两个军团各师和部分团的干部，下达了秘密突围的命令。要求部队行动一定要十分隐蔽，不准点火，不准喧叫，马蹄裹布，不准发出声音；凌晨从敌夹缝中通过，即使被小股敌人发现也不准打枪，不准捡歼灭小股敌人的便宜，要极迅速地摆脱敌人。根据贺龙的命令，红二、六军团果断地选择从国民党郭汝栋、樊嵩甫两个纵队之间突围出来，第三次进入奎香地区，接着急速掉头南下。红军灵活机动，巧妙穿插，在方圆百里的地带与敌周旋，到3月15日，基本上摆脱了大批敌军的包围。

乌蒙山区山高林密，坡陡谷深，荆棘遍地，交通不便，人烟稀少，虽然便于隐蔽，但也给红军的跋涉转移增添了许多艰辛，且部队给养非常困难。红军经常在断水缺粮中行军作战，加之气候恶劣，天寒地冻，不便快速前进。为摆脱险境，跳出敌人的围追堵截，16日，红二军团由可乐、葛布起程，四师经开夏涉辅处过河到兴隆厂、天生桥，六师进到辅处河两岸向得胜坡方向疾进，红六军团由平地营、安乐溪出发，再经以则河，第三次进入奎香。

3月18日，红二军团直属队由得胜坡经白沙、高峰、叫口子、马脖子进入黑石头的河坝宿营，红四师进入居乐，红五师进入哈喇河，红六师进入黑石头东部。红六军团由奎香进入洛泽河两岸，经龙街进入四方井、初都岩一带宿营。

此时，参加堵截红军的国民党军队主力已被调到镇雄、毕节一带，南面成为敌人的防守之薄弱环节。机不可失，时不再来，红二、六军团抓住这一有利时机，利用镇雄一带山大林密、地形复杂的特点，穿插于敌阵之间，时而与敌隔山平行前进，时而与敌隔岭相对而过，并尽量避免与敌接触，迅速脱离敌人包围圈。3月19日，红军到达威宁的黑石头，离镇雄已达250多里之遥，敌犹自判断红军"若不经威（宁）昭（通）间窜入牛栏江，即窜昭通无疑"。

19日，红二军团分别经冲子河、蜜蜂、二田坝、戛利进入麻乍。20日，经老鸦营过马摆河进入云南宣威的得宜、新乐、倘塘。

红六军团分别由驻地经赊基姑、仙马、高桥、新田、番聋、炉堆子进入得胜坡、野鸡河一带。20日进入岔河、贝古、韭菜冲，21日进入倘塘。

3月22日，红二、六军团进抵滇东宣威东北的来宾铺、徐屯一带。贺龙、任弼时、关向应、萧克、王震考虑，按原计划去安顺地区已无可能，遂决定在滇黔边之南北盘江地区建立新的革命根据地。当晚，他们得知宣威只有滇军刘正富部一个旅守城。为了给创建根据地打开局面，并取得人员和物资的必要补充，决定以红六军团为主，红二军团配合攻占宣威城。当即命令红五师到陡山坡阻击郭汝栋纵队，红六师到石丫口集结待机。夜间，敌派搜索分队到来宾铺地区活动，红六军团警戒部队迅速投入战斗，将其击溃。

23日拂晓，刘正富旅出城，占领了虎头山阵地，并以此为依托向来宾铺推进，首先与红六军团直属部队接触。战斗打响后，红四师、红十六师、红十七师也都参加了战斗。红十六师一部曾突入刘正富的旅指挥所，后因孙渡纵队的鲁道源、龚顺壁两旅增援上来，红军多次攻击，未能奏效，遂于当晚撤出战斗。这次战斗毙敌400余人，刘正富旅受重创。红军伤亡亦重，共牺牲300余人。红十一团政治委员黄文榜、红十二团团长钟子廷、红五十团政治委员段兴寿、红十六师组织科长唐辉、红十七师组织科长罗辉英勇献身。来宾铺战斗后，红二、六军团继续向南转移，两军团分别于28日、29日进占黔西南盘县、亦资孔地区。

红二、六军团经过在乌蒙山的来回回旋，打乱了蒋介石的部署，把围追堵截的几支敌军拖得疲惫不堪，甩在镇雄、毕节一带，成功跳出了包围圈。

至此，红二、六军团在乌蒙山辗转近一个月，完成了回旋作战任务。红二、六军团巧妙地摆脱敌人的围追堵截，渡过了非常险恶的时期，打破了国民党军重兵围歼的计划。然后，他们直趋滇东，胜利渡过金沙江，踏上继续北上抗日的征程。

此战，是中国战争史上灵活用兵、巧妙突围的著名战役，是红二、六军团在贺龙的指挥下，在云贵高原上人烟稀少，气候恶劣，山高谷深，缺粮缺水，瘴疫很多的乌蒙山地区进行的，而且又处在多路敌军不停顿地围追堵截之下，使红军经受了极端严峻的考验，也写下了贺龙军事生涯中的神来之笔，与萧克指挥的红六军团阳明山回旋战、毛泽东指挥的四渡赤水之战无论在战略意图和战役指挥上，都有异曲同工之处。

中央红军和二、六军团北上后，留在川滇黔边区的红军川滇黔边区游击纵队、贵州抗日救国军第一、三支队、贵州游击支队等，在极其艰苦的条件下，依靠党的领导，发动群众，开展游击战争，与数倍、数十倍于己的敌军周旋，在川滇黔边区穿插迂回，坚持斗争。

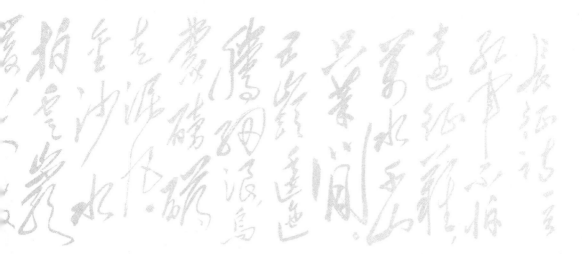

第七章

千里回旋夺金沙

红二、六军团的乌蒙山千里回旋战，抢渡金沙江，横扫湘、黔、滇，取得了长征途中具有决定意义的胜利。

1936年11月，当全部红军都胜利地完成了举世闻名的长征后，毛泽东在陕西保安曾赞扬红二、六军团在乌蒙山千里回旋战中，顾全大局、机智灵活、英勇善战、顽强不屈的革命精神时，说："二、六军团在乌蒙山打转转，不要说敌人，连我们也被你们转昏了头，硬是转出来了嘛！出贵州，过乌江，我们付出了大代价，二、六军团讨了巧，就没有吃亏。你们一万人，走过来还是一万人，没有蚀本，是个了不起的奇迹，是一个大经验，要总结，要大家学。"

一、盘县：为什么要放弃根据地？

"盘县会议"是红二、六军团长征途中一次最重要的战略转折性会议，其历史意义极其重大。1984年1月16日，萧克在云南丽江谈红二、六军团长征时，首先着重谈到"盘县会议"："长征途中我们开过几次会议，盘县会议是带转折性的一次重要会议。"1987年4月30日，红六军团老红军、著名作家陈靖重走长征路途经盘县时撰文："长征，这部极为错综复杂的伟大历史……，至今还有不少是鲜为人知，或不被人注意的。最后一批长征红军的'盘县会议'就是一例。有人把'盘县会议'叫作决定去留的转折点，但它不是一般概念下的那种转折，而是面对'两个正确'而牺牲一个的抉择。尽管当前情况有利于红军建立川黔滇根据地，坚持江南斗争，但为了整体与全局的战略要求，决定放弃川黔滇根据地。""盘县会议的抉择，对二、四方面军的会师，以及随后而至的三大主力红军会师西北，结为一体，对迎接抗日民族统一战线高潮的到来，对实现第二次国共合作，都有着不可忽略的促进意义。"

"盘县会议"会址"九间楼"被列为贵州省、六盘水市文物保护单位和爱国主义教育基地，萧克亲自题写了"红军二、六军团盘县会议会址"匾额。

1936年2月前后，中国工农红军二、六军团在地广人稀的乌蒙山区开展了近三个月的千里回旋战。

红二、六军团还具有相当于桑植出发时的实力，并且在运动战中得到了锻炼和提高，进入滇黔边境后物质生活也得到了改善，士气旺盛。此外，牛栏江以东，南北盘江之间广大地区，位置偏僻，交通不便，反动统治比较薄弱，地形和政治经济条件，也利于红二、六军团活动。军委分会根据上述分析认为，有在盘县以南兴义一带建立根据地的可能；同时，还考虑即使此着不成，也可利用全国正在兴起的抗日救亡高潮和正在发展的蒋介石与两广军阀之间的矛盾，挥师向东，与敌周旋，求得存在和发展。这样，在江南保存一支红军主力，无疑将对以后全国革命局势的发展产生深刻影响。

然而，几天前的3月23日，朱德、张国焘曾给贺龙、任弼时、关向应发来电报。报文中指出：

一、我们自动放弃天芦，已进占道孚、炉霍，即取甘孜、瞻化、雅江，现懋功、丹巴、崇化、绥靖仍在我手。

二、一、三军（团）、二十五军近过黄河，在汾水黄河间活动，二十六军仍在陕北苏区。

三、刘湘、邓锡侯、刘文辉部在天芦、灌县、威茂一带防我反攻，孙震（前田部、田颂尧部）进绵阳、平武、松潘，李家钰约九（个）团在会理、西昌一带及金沙江沿岸阻隔你我会合要道，薛岳周（浑元）吴（奇伟）部十八（个）团驻雅安州泸定，李韫珩六个团驻康定，有开三团守雅安说。

四、因你们善用机动战，已将你处敌军陷入严困状态中。李觉部早图调回湖南，已伤亡过半。万（万耀煌）师受打击清整。裴郝（郝梦龄）师均叫苦。樊（嵩甫）纵队亦疲劳，似滇军肯积极，敌大部似落在你们五六天后，如趁此时过金沙江尚有可能。李家钰九个团分散甚宽，战斗力亦不强。

五、我们建议在你们渡江技术有把握条件下及旧历三月水涨前，设法渡过金沙江。

（1）在蒙昭一带渡河，该处渡船多，但须先抢到手。经会理、盐源到雅江与我们会合，大举北进。

（2）第二渡河区在皎平渡、鲁车渡渡河亦可，但船少。

（3）源（元）谋龙街亦可渡。

（4）如上述三处不能渡河时直经禄劝、武定、元谋，进姚安、大姚、盐丰一带设法渡河，到华平（坪）、永北（胜）一带更为稳妥。

（5）若西上即到邓川、鹤庆、丽江，过维西、中甸、阿子经德荣、定乡，可到巴安与我们会合。

六、此道即暑天亦应多备冬衣。

七、过金沙江后即休息整理缓进。

八、如果你们决定后我们即布置接应你们。

九、如果你军并不十分疲劳，有把握进行运动战时，则在滇黔边行动亦好。

因为这份电报对红二、六军团是北渡金沙江与红四方面军会合还是仍留在滇黔川边活动没有肯定的意见；又因此事关系到红二、六军团今后的战略行动和中国革命的大局，需要慎重对待，所以，贺龙、任弼时、关向应没有匆忙作复。为了弄清朱德、张国焘来电的意图，曾反复进行讨论研究，并致电朱德、张国焘进行磋商。

红二、六军团在行军途中接到红军总司令朱德与总政委张国焘的联名电示，要求红二、六军团设法渡过金沙江，北上到西康甘孜地区与红四方面军会合，然后挥师北上。当时，"围剿"红二、六军团的敌人主力部队早已在乌蒙山区被拖得疲惫不堪，形势对红二、六军团极为有利，在南北盘江之间建立根据地极有可能。上级的命令与红二、六军团所处的有利态势，发生了直接的冲突。这使得两军团首长十分为难。

1936年3月27日，由军团长贺龙、政委任弼时、副政委关向应率领红二军团一部从宣威县的包家村转战到盘县的土城狗场。

3月28日，红二军团四师从宣威县田坝的腊家冲进入盘县，下午一时，红四师先头部队兵分三路：一部从老麻洞、云盘山；一路从黑土坡走西门书院山下；一路从四里牌、云南街到钟鼓楼向盘县县城进攻。国民党龙海云、邓云阶及其子邓帜炎残兵在碉堡里见红军势大，放了几枪，仓皇往沙沟方向逃窜。红军攻克县城后，立即砸开监狱，放出牢里全部"人犯"，每人还发给三元钱做回家路费。当晚，红二军团军团部和直属队、红四师进驻盘县城，红六师进驻盘县县城北里吴官屯，红五师到毛寨、鸡场河一线布防。

29日，红六军团在军团长萧克、政委王震、政治部主任张子意率领下摆脱滇军孙渡纵队追截后，从云南宣威阴角沟出发，经平彝后所，过云贵交界的胜境关进入盘县亦资孔，与先期占领盘县的红二军团遥相呼应。

红二、六军团占领盘县后，总指挥部设在城关镇的九间楼。"九间楼"又名"九天楼"，系国民革命军第25军第5师师长黄道彬于1928年所建的营房。此楼木构硬山顶，穿斗式梁架，初建时为三层，后因倾斜欲倒而降低一层，为一楼一底两层，上下各九间，建筑面积817.6平方米。

占领盘县后，红二、六军团广泛开展宣传共产党政策和政治主张的活动。其中，他们编演活报剧，进行"抗日挽救民族危亡"、"抗日必先倒蒋"和"参加红军"的演说；组织"抗日救国义勇军"和"抗日大同盟"；打开监狱释放无辜群众；在县城、亦资孔、平关等地召开施贫大会，打土豪分浮财，处决了作恶多端的区长、乡长、保长；在城关及土城、亦资、火铺东哨等地扩充红军700余人，壮大了红军的队伍；在醒目处书写了"打倒贪官污吏，铲除土豪劣绅"、"抗日必先反蒋"、"准许商人做买卖"、"公买公卖"、"不拉夫、不派马"、"苏维埃万岁"等大幅革命标语。

此时，所有的追敌已被红军长期的运动战拖得疲惫不堪，士气低落，减员严重，而红二、六军团仍然兵员充足，加上在盘县扩大红军，700余人加入红军队伍，部队现在士气旺盛，而且南北盘江之间广大地区的地形和政治、经济条件非常有利于红军行动，创立南北盘江革命根据地，条件非常成熟；在长江以南有这样一支红军主力，在战略上与长江以北的红一、四方面军遥相呼应，对全国革命形势的发展将会产生巨大的影响，建立新的根据地条件相当成熟。这也是红二、六军团在长征中第三次建立根据地的战略意图。据此，红二、六军团已经派出一支小分队向兴义、兴仁方向活动。贺龙、萧克等军团领导正在筹划下一步行动计划，却连续接到红军总部以朱德总司令和张国焘总政委发来的电令，要求红二、六军团北上，到西康与红四方面军会师。

为慎重起见，红二、六军团电报请示红军总部："红军根据下列条件，拟在滇黔边活动，并创立根据地。（1）北盘江以西、南盘江以北、牛栏江以东乃一广大地区，群众、地形、粮食条件均有利红军活动；（2）反动统治力量薄弱，距离反动统治中心较远，交通不便，增敌进攻困难；（3）周围敌兵减少等……是红军远征过程中最有利环境。""在目前敌我力量下，于滇黔川广大地区内求得运动战中战胜敌人创立根据地的可能，我们认为还是有的。""最近国际国内事变新发展情况，我们不甚明了，及在整个战略上红军是否应即北进，及一、四方面军将来大举北进后，红军在长江南岸活动是否孤立和困难，均难明确估计。因此，红军究应以此时北进与主力会合抑或应留在滇黔川边活动之问题，请军委决定，并望在一、二天内电告。"

3月30日，红二、六军团收到红军总部总司令朱德、总政委张国焘的联名电示："（1）依据国际国内情况，民族革命高潮在生长，苏维埃运动有些发展，但不可过分估计。蒋敌虽削弱，亦不能计算他在何时崩溃；（2）最好你军在第三渡河点或最后处北进，与我们会合一同北进，亦可先以到达滇西为目的，我们应尽力策应；（3）在困难条件下可在滇黔川广大地区活动，但须准备较长期的运动战；（4）应如何请按实况决定，不可受拘束。"

红二、六军团在频繁的转移和作战中，曾一度与中央失去电讯联系，此时根本不了解张国焘与党中央闹分裂的野心，也不知道朱德总司令要求红二、六军团北上，以增强与张国焘斗争的实力，更不知道张国焘企图拉拢红二、六军团以对抗中央的阴谋。这时，贺龙、任弼时、关向应、萧克、王震才弄清，朱德、张国焘"复电虽未肯定决定，但其意是以北渡为妥，故最后决定北渡金沙江与主力会合"①。

当天，红二、六军团立即在盘县县城武营头"九间楼"召开会议。出席会议的有军委分会成员、军团负责人贺龙、任弼时、关向应、萧克、王震、张子意、李达等。盘县会议的决定，有着举足轻重的地位。

红二、六军团领导人清醒地知道，是北渡金沙江与红四方面军会合，还是留在长江以南坚持斗争，事关今后的战略行动与中国革命大局。会议及时传达了红军总部的电示和《中央关于目前形势和策略路线决议大纲》，会上分析了全国形势，着重讨论了红军总部指示北上精神。会议认为当时全国的革命大势已转到北方，特别是日本帝国主义进一步发动侵华战争以后，北上抗日已成为红军的主要任务。尽管当时的情况有利于红二、六军团在南北盘江地区建立根据地，但为了全局战略要求，决定最后放弃在长江南岸建立根据地的战略意图，立即执行红军总部的指示，渡过金沙江，同红四方面军会合，共同北上抗日。军委分会经过慎重研究，最后决定渡江北上，并争取经普渡河在元谋渡江，沿华坪、永北北进。当时还做了一个预案：万一过不了金沙江，就向澜沧江方向进行游击活动。后来的实践证明，红二、六军团渡江北上，符合当时党和红军提出的战略方针，适应了全国正在蓬勃兴起的抗日救亡运动的新形势。

盘县会议决定渡江北上，红二、六军团进行了政治动员和物资组织准备等

---

① 任弼时《红二、六军团从湘鄂川黔边到康东北长征经过报告大纲》。

工作，向全体干部战士传达了红军总部的指示以及《中央关于目前形势和策略路线决议大纲》精神。

"盘县会议"是红二、六军团长征途中一次重要的战略转折性会议。在敌人强大，党内斗争复杂，与中央联系困难，需要独立决策的紧要关头，红二、六军团审时度势，做出渡江北上的战略决策，是十分难得的。后来的实践证明，红二、六军团渡江北上的政治军事做法，符合当时党和红军提出的战略方针，不仅从根本上摆脱了在长江南岸孤军苦战的困境，更重要的是顺应了抗日救国的民族革命斗争新形势，对维护党和红军的团结，壮大红军队伍，实现革命大势奠基大西北，为开拓抗日新局面，促进国共第二次合作，做出了重大的贡献，在中国革命史上写下了光辉的一页。

1961年，贺龙回忆这段历史时说："为什么过金沙江？第一个电报有争论，叫我们准备生姜、辣子、衣服等，我们不同意。第二个电报指出了五个渡口。第三个电报命令渡江。这是有命令才走的。一部分同志不愿过，理由只有一个，革命，南边也要放一个。你讲二、六军团（在金沙江以南）能否有发展？利用军阀矛盾，利用广大区域，四川、湖南、湖北、贵州都可以去嘛。湘江、沅江都挡不住我们。……最后一个命令才过江的。"①

萧克回忆这段历史时也说："这时我们对一、四方面军会合时张国焘闹分裂反中央的情况，一点也不知道。当时我们还想在滇黔边站住脚，虽然查明来包围这地区的敌人比进攻黔西、大定、毕节地区少了，但也还在五十个团以上，时间久了敌情也可以变化，是否能站得住，是个未知数。总司令部要我们北上抗日，我们从当时整个国内形势看，认为北上抗日是大势所趋，经军委分会的考虑，决定执行总司令部的指示，与四方面军会师，北上抗日。"②

"盘县会议"的重要军事决定，促成了红二、六军团迅速转移，挥师北上。1936年3月31日，红二军团直属和四师在盘县县城整顿参加红军的700余名盘县热血青年(老红军张其生即是其中一位)，六师在盘关、五师在鸡场坪、关

---

① 1961年6月5日《贺龙元帅谈红二方面军情况记录》。
② 《红二、六军团会师前后》，萧克，《近代史研究》，1980年第1期。

口警戒；红六军团则转移到亦资孔以南的分水岭、乐民一带宿营。

4月1日，红二军团撤离盘县县城，向西北方向推进，红六军团从乐民向西推进，经水洞坪进入云南富源县境内。4月2日，红二军团离开盘县，进入富源县境内，直指金沙江，以大无畏的革命精神和豪迈的英雄气概，奔赴陕北，加入抗日民族大义的行列。

萧克同志曾说："红二、六军团退出苏区之前没有想到要过长江，更没想到长征到陕北。"从这个意义上说，红二、六军团从湖南桑植到贵州盘县，只是争取建立根据地的战术行动，而盘县会议决定北上会师才是长征战略转移的开始。"会合起来一起北上，全国革命大势转到西北，这是'盘县会议'最重要的决定"，"是带关键性的决策"。

1984年，时任全国政协副主席、军事学院院长的萧克重返当年长征故地，在云南丽江谈红二、六军团长征时，首先谈到"盘县会议"。他说："长征途中我们开过几次会，盘县会议是带转折性的一次重要会议。"红六军团老红军、著名作家陈靖写下了"盘县会议怀全盘，促得三军会师成"的诗句盛赞"盘县会议"的历史功绩。

1992年2月，贵州省人民政府将"九间楼"批准公布为省级文物保护单位。1997年12月，"九间楼"被贵州省委、省人民政府确立为爱国主义教育基地。

二、金沙江：这一次是抢渡

从1936年4月1日起，红军二、六军团开始了以抢渡金沙江为目标的战略转移。

为了迷惑敌人，把敌人在滇黔边上的两个纵队东调，使敌人认为红军有东渡盘江之势，红二军团遂派一部东进，佯装红军要去渡盘江而不是西进入滇。

在平彝附近的滇军三个旅正准备向东进逼，可未料到红军会突然掉头西进，猝不及防，加之我两军团一北一南，绕过滇军防线，所以红军再度入滇，未遇多大阻力，即突破滇军三个旅的平彝防线。红军从平彝、胜境关南北两侧，巧妙地通过滇军防地，4月2日从富源出发，贺龙率二军团为右翼，萧克率六军团为左翼，兵分两路向滇中开进。龙云得知贺龙率领的二军团于当日抵平彝北的迤后所，萧克率领的红六军团于前一日晚到羊场营（即营上），便发电报给顾祝同说，共军又图西窜，现在情形，封江之策似已不适用，最好江防部队仍须过江尾追，以茅口河驻兵先行尤为捷便。同时派飞机进行侦察、轰炸、扫射，以迟滞红军行动，红军夜晚行军，白天休息。

红军突然进入滇中，龙云大为震惊，并判断红二、六军团要走中央红军的老路过金沙江，于是一面向蒋介石求援，一面组织部队追赶剿。3日，红二、六军团入滇后迅速进至沾益、曲靖地区，使得龙云有些坐卧不安，发电报给蒋介石，埋怨追军"又复落后"。同时致电顾祝同，要顾祝同各纵队入境追剿。原来除滇军各旅尾红两军团追击外，其他各纵队离红军都有一段距离，郭汝栋纵队3日由土城上、下码之线向马场、暗地、石关一带推进，意在防红军向西北行进，并与孙渡纵队联络向西南夹击，是日进到喏嘎、板壁坡之线；李觉纵队3日由郎岱、茅口向盘县开进；樊嵩甫纵队由水城杨梅树之线待命向威宁前进；郝梦龄纵队3日向鸡场河、侯昌河前进；万耀煌部仍集结在清镇；敌第93师之甘团3日午进占盘县。红二、六军团矛头指向滇中，滇中空虚，云南省府3日召开第460次会议，决定立即成立两个补充大队，每队定兵额1000名，兵源调直属区第二期退役常备队兵及第五区第一期退役常备队兵，限7日内到昆明集结；云南省府即日分别令知各县，赶速加紧城防，整顿团队，配合军方堵截红二、六军团。

蒋介石认为，红二、六军团入滇，其目的在西昌、会理，否则图在滇、康边境与朱、徐红四方面军会合。

5日，蒋介石一方面令顾祝同督令李觉、樊嵩甫、郭汝栋三个纵队分路紧急跟踪追赶剿，另一方面任命龙云为"讨逆军第二路总指挥"，统一指挥入滇的中央军和滇军。于是顾祝同5日以蒋介石的名义令郭汝栋纵队由暗地、马场一带经永安辅尾红军追击，樊嵩甫纵队经威宁向宣威疾进，孙渡纵队由马龙经板桥向易隆并列推进，令贵阳蒋介石的航空第5队1分队派三架飞机飞昆明归龙云指挥，同日飞机由贵阳飞抵昆明。5日，龙云为阻红二、六军团沿红一方面军路线前进，派第九旅旅长张冲率临时抽调的昆明城防部队近卫第1团、第2团和工兵大队1营组成的暂编第9旅到普渡河西岸截堵，张冲率部于当日晚9时许从昆明城出发，向普渡河铁索桥开进，该敌经大小普基，宿营桃园（现属五华区）。

4月6日，红二军团六师主力从沾益的土城出发，红十八团从寻甸的高田出发，西经七星桥，奔袭寻甸县城。红二军团当日从沾益的羊街、红四师从马龙磨石箐、红五师从寻甸的石甲小街出发，也经七星桥到达寻甸县城及其附近。据前一晚探报，滇敌孙渡纵队似有一个旅到王家庄，本日将到寻甸城，红二军团为了打击该敌，派一部到水平子附近设伏，后因情报不确未能打上。同时派红四师为前卫，连夜兼程前往普渡河，夺取铁索桥渡口。该师于当日下午即从寻甸地域出发，经羊街、鲁土，向乐朗前进。

当日，红六军团在羊街、余家屯休整，派小股部队进入嵩明县境，监视嵩明城内敌人的动向。同一天，敌军到普渡河截堵的张冲部经散旦进到款庄的白衣村（现属富民县）宿营。

4月7日，红二、六军团左、右翼会集寻甸县柯渡、可郎一带，准备西渡普渡河，沿中央红军路线渡金沙江北上。夺取普渡河渡口的红四师当日经磨腮、栗子树，进到乐朗；红二军团和六师当日从寻甸地域出发，经大碑当，折向西南，沿可郎河西进，到达柯渡坝子，在此宿营；红五师经麦冲、甸尾、横河亦抵柯渡宿营。红六军团从羊街、余家屯和梁王山出发，经磨盘寺、三家村，走到红二军团主力所经的路线，到磨腮、可郎宿营。当日，从昆明巫家坝飞来的敌机跟踪轮番轰炸，在麦冲坝、磨腮小石洞等地投弹数十枚，有数十名红军战士遇难。此时，连夜兼程赶向普渡河西岸设防的滇军第9旅，同红军赛进。

7日凌晨2时，敌旅长张冲令工兵大队陶营和近卫第2团第3营迅速前去抢占禄劝铁索桥渡口，破坏铁索桥，张冲率主力跟进。

晨7时，张冲率部赶到普渡河与木板河间的乐在，因昆明城空虚，张冲怕红军从可郎、柯渡突然南下攻袭昆明，为回救昆明及时，决定不再率部继续北进，只派两个营星夜赶往普渡河下游铁索桥布防，并在乐在就地安营扎寨，指挥部设在乐在村内的杨松萱家，将近卫第1、2两团部署在老干山和玉膀山高地上监视警戒。7日，前去禄劝境抢占普渡河铁索桥的工兵大队陶营、近卫3营，翻过象鼻岭，沿河右岸疾进，8时赶到铁索桥渡口，敌人担心在东岸设防难以挡住红军的攻势，便将铁索桥上的木板全部拆除，用大铁锁将进入西桥头堡的大门锁死，桥头两侧布上层层铁丝网，然后以一部驻守西桥头，大部驻扎鹦鹉山上。守敌在鹦鹉山上临时赶修了野战工事，火力交叉，梯次配备，控制渡口和对岸的大坪山、上下大山，等待红军到来。

7日，顾祝同乘飞机由贵阳飞抵昆明。因红军未直逼昆明，龙云认为红军意在西渡普渡河，遂不顾昆明城防，令已进到嵩明、杨林地区的滇军几个旅，其第7旅尾我二、六军团跟踪追击，第1、第2、第5三个旅从红军左侧平行超越追击，一齐赶往普渡河截堵。旅长刘正富率第1旅速度最快，由嵩明县白邑村以西急行军，经款庄，7日傍晚即赶乐在南的东村、水利地区，并连夜与张冲取得联系。旅长刘正富想继宣威战后，再建"功勋"，表示接受张冲的指挥，催张冲进兵到红二、六军团前进的路上，切断红军去铁索桥渡口的道路，占据木板河峡谷两岸地区的险要地形，重创红军于普渡河东岸地区；两人经过一番推让、讨价还价，张冲答应出头统一指挥。张冲、刘正富因得知红军尚未通过木板河地区，于是商定，令近卫第1团（团长卢浚泉，卢汉之叔父）到老干山东侧大、小木板布防，刘正富的第1旅由左面到大石桥布防。此时安恩浦的第2旅正沿第1旅的行进路线向款庄赶进，孙渡率鲁道源的第5旅随2旅跟进。

从敌人普渡河防线的兵力部署看，防线布置尚未就绪，南重北轻，南段木板河地域已经集结两个旅，加上将赶到的两个旅，共四个旅阻击红军左翼的红六军团。因此，红六军团西进面临的形势是十分严峻的。敌人普渡河防线的北段禄劝铁索桥渡口只有一个工兵营和一个步兵营，防守薄弱，乐在、铁索桥两点相距不到百里，张冲、刘正富二旅长到乐在为什么不再北进，张冲又为什么只派一两个营到铁索桥布防，而且只破坏铁索桥？难道毁了桥就能阻红军大军西渡普渡河吗？判断其意，一是兼顾省城城防，主力跑远了，万一红军急转南下攻城，恐回不及；二是不让红军西进滇西，"糜烂地方"，加上滇西辽阔，山河纵横，又西临缅甸，一旦红军据之立足建立根据地，将是龙云他们的心头之患；三是网开一面，把防线北端大门半开半掩着，驱红二、六军团由元谋、禄劝北渡金沙江入川，把矛盾交给蒋介石，交给川军。在蒋介石与地方军阀间控制与反控制矛盾日益深重的情况下，地方军阀龙云和他的将领们为了自身的利益，是早有此意的，但绝不是同情革命，同情红军，心甘情愿放红军一条生路！

红四师7日进到乐朗后，为了迅速夺占普渡河铁索桥，在这里并未停留多少时间，而是连夜布置抢夺渡口的战斗。因为两军团都要从这里突击过去，能不能夺下渡口，控制铁索桥，关乎两军团能不能按军委指示的第三渡点顺利渡江的重大问题，关系两个军团的存亡。

红二、六军团西渡普渡河的总计划是：二军团先头部队四师夺取铁索桥并渡过普渡河后，六军团继四师渡河，二军团余部在柯渡地域原地待命候进。红四师抢夺渡口的行进序列为：第十二团为前卫，第十团为本队，第十一团和师警卫营等单位为后卫；前卫第十二团在团长黄新廷率领下，连夜向普渡河铁索桥赶进，师本队和后卫跟进。

普渡河铁索桥，位于禄劝县东南角，长约三四十米，宽约三米，桥的两边都是高山，桥东是玉膀山，桥西是鹦鹉山，上下数十里，铁索桥就架在两山峡谷之间的普渡河上，此处河宽虽然只有二三十米，但水流湍急，河中乱石错杂，涉渡困难，是禄劝县连接寻甸县交界地区东村乡（现属富民县）的重要通道，红二、六军团预定从这里通过。

本来红二、六军团进入云南的目的，是为了渡金沙江北上抗日，这点龙云心里是明白的。早在2月，红二、六军团在黔西、大定、毕节建立各族各阶层爱国人士参加的抗日民族统一战线的时候，就请西南社会爱国知名人士、前清秀才、辛亥革命的老人、曾任过国民革命贵州军政府总理的周素园先生（红二、六军团在毕节时，周先生与红军积极合作，出任抗日救国军司令员，并随红军长征）以旧交写信给龙云、孙渡和鲁道源，希望他们和红军一致行动抗日。

周素园先生"拿护国首义的光荣传统来鼓励他，争取他们同情抗日，和红军一致行动"。龙云不但不听，反而"把原信摄影下来，呈报蒋介石下通缉令。并张贴布告，表示他对蒋介石的忠诚"。①

之后，红二、六军团在向宣威的转移途中，萧克、王震、张子意三人又联名写信给孙渡，说明红军是抗日反蒋的，希望滇军不要和红军打仗，建议双方建立抗日停战协定，还告诉他们，红军是不好打的，退一步讲，打得两败俱伤，蒋介石借追红军之机，把大批中央嫡系部队开进云南来，将来云南还是你们的吗？并以"假道灭虢，史有明鉴"的历史故事打动他们，孙渡收到这封信后，又转给了龙云。同时，红二、六军团经沾益至马龙后，并没有沿黔滇大道指向昆明，而是进抵昆明东北的寻甸。龙云看到红二、六军团是沿1935年中央红军所走的路线，要经禄劝县境内的普渡河铁索桥到金沙江边，自认为前有普渡河险境和堵兵，后有强兵追击；又错误地估计了虎头山战斗，认为红军伤亡严重，"战斗力削减了三分之一"；因而置红军的忠告而不顾，把红军经普渡河铁索桥的行动，当作围歼红军的"天赐良机"，于是他一面急忙把在一平浪任盐运使的张冲调回，率其在昆明的直属部队4000余人，连夜赶往普渡河铁索桥一线布防堵截；一面急派督训处长卢汉和副官长陈盛恩赶到杨林镇，向孙渡纵队旅长以上军官面授机宜，要孙渡纵队加快追击速度，配合张冲率领的直属部队，东西夹击红军于普渡河的险峻峡谷地带。

4月7日午夜后，红二军团四师前卫十二团疾进到铁索桥东岸，8日晨6时下到桥边，见铁索桥已被敌人占领，西岸已设防，又由于桥的位置低

---

① 周素园《自传》，贵州党史资料通讯，1986年第1期。

险，决定不强攻铁索桥，而是从下游约一华里处的小河塘渡口，乘黎明前的晨雾泅渡。随后师部率本队和后卫赶到，立即做出抢渡普渡河的部署：十一团和警卫营留东岸，占领上下大山制高点，严密监视鹦鹉山守敌，一旦敌人发现红军已来到，即佯作夺取铁索桥姿态，掩护十二团和十团在下游泅渡；十团随十二团过河。

前卫十二团跑步到小河塘渡口，立即乘清晨浓雾进行泅渡，突击排到达对岸后，迅速抢占渡口两侧制高点，掩护后续部队过河。十二团在河面上拉了几根大绳子，后续部队攀绳涉水，既快又安全，到太阳刚从东边升起的时候，十二团已安全渡过普渡河，并顺着一条由西向东注入普渡河的溪流两岸迅速向者广前进，准备迂回包抄鹦鹉山的敌人。接着十团尾随十二团从小河塘渡河，红十团刚渡过一半人，这时峡谷的云雾散去，即被鹦鹉山的敌人发现，霎时，敌人的轻重机枪一齐射向小河塘方向，企图阻止红军继续过河。这时，隐蔽在桥东岸的部队，以猛烈的炮火向对岸敌人还击，佯作强攻铁索桥态势，以掩护师主力在下游渡河。布防鹦鹉山顶的敌人避开红军桥东岸的火力，以一部迅速向北移动，经白马山北侧，抢中了赤朗箐（石坝箐）附近高地，阻止红军继续西进。敌人居高临下，一面用火力封锁小河塘，阻止红军继续渡河，一面企图将已过河的部队赶回东岸。红十二团识破敌人的企图，在地形极为不利的情况下，一面迅速组织部队奋力抢占尖山同腰制高点，压制鹦鹉山敌人的火力，巩固小河塘渡口，一面组织已进到赤朗箐的部队向敌人发起攻击。由于敌人占据有利地形，红军虽然将敌人打垮，但付出的伤亡较大，随后敌人又几次向红军控制的高地进攻，但均被红军击退。

下午1点，红十团全部渡到西岸，这时已过河的红十团、红十二团在桥东部队的密切配合下，以一部牵制敌人，一部向敌后侧迅速迂回，准备把敌人从鹦鹉山赶下河谷围歼。这时敌人进退两难，顾了前顾不了后，既要防桥东红军过河，又要防红十团、红十二团的进攻，已陷入被动挨打局面。

下午3点，敌人的退路完全被截断，陷入包围之中。正当红军要将敌人赶下河谷围歼之际，红四师突然接到军团部停止渡河的命令。

为什么二军团命令四师停止渡河呢？因为发现滇军重兵集结于木板河西的款庄、乐在、水利、西村一带，截断了红六军团前去随红四师渡普渡河的道路，并在老干山脚小松园的天生桥发生了激烈的战斗。

木板河是普渡河上游地区的一条支流，它绕老干山东侧向北流，在小河口地区注入普渡河，其自老干山南端起，上游叫马过河，呈东西流向。老干山矗立于款庄河与马过河之间，形似一只翻停的"大木船"，海拔2067米，东西面山坡陡、林密，南起于沈家村后山，北延伸至小松园村后，全长9公里多，因长年无水，故称老干山。老干山脚上游的马过河呈东西向流来，经徐谷地村再由南向北流经小松园与西面的款庄河交汇。红军与滇军的战斗就在木板河的小木板至北面天生桥段的两岸进行。小木板的东岸500米是大木板，大木板地势险要，是扼守从乐朗到铁索桥第一道险要去处，其东面是努乃山、三家村、五定庄，北面是大尖峰山海拔高达2003米，木板河到小木板处向西北流，其东为大尖峰山，西为老干山北端，两山之间形成很深的木板河峡谷，峡谷长约两公里，出峡谷处便是小松园。小松园位于老干山北端山脚，紧靠木板河的西岸，它东南面是老干山北端的大平地，东面为大木板村后的大尖峰山，东北面为大石桥村后的大黑山，西北面为玉膀山。滇军的指挥部所在地乐在在它的西南面，距离约两三里，因小松园地处峡谷，四周山势险要，所以是滇军张冲、刘正富两个旅准备重点设防的地带。

8日清晨，红六军团主力从可郎地域出发，前卫红十七师从乐朗出发，准备继红二军团四师渡过普渡河，不料红十七师经稗子田、五定庄、三家村，10时许下到大木板即与前来这一带布防的滇军近卫第1团遭遇，木板河遭遇战即打响。原来前一晚滇军张冲、刘正富两旅长虽然做出堵截红军的计划，但部队并未连夜展开，他们判断红军不可能那么快就会赶到这里，所以布防的命令虽然下达，可行动却比较迟缓。

8日上午，敌人近卫第1团奉命到大木板一带设防，绕过老干山北麓，经小松园南侧，再沿老干山东侧、木板河西岸逆流而上，没想到刚进到大木板河东的大木板谷地，还未来得及展开便与红十七师前卫遭遇。敌军与红军打响后，其在乐在的指挥部即令刘正富旅，左出占领玉膀山、大石桥后山及老干山北端的大平地，既支援其近卫第1团作战，又做纵深配备，严密封锁红军经小松园到铁索桥的道路。红军与敌不期而遇，红十七师三个团不顾夜行军的疲劳，迅速投入战斗，师长刘转连当机立断，命令红五十团涉水过木板河，抢占老干山制高点，用火力压制乐在村一带的敌人，敌人向老干山靠拢；红五十一团迅速占领大木板村后大黑山，迂回占领石桥坡，牵制玉膀山一线的敌人；红四十九团在小松园东侧继续与敌人激战，争取夺占大石桥，控制通向普渡河的隘口。敌人近卫1团在我军正面攻击部队猛烈的攻击下，沿木板河西岸退却，沿途散窜到老干山北端的山上。这时，木板河东岸的部队，以最大的火力攻击西岸老干山上的敌人，掩护沿西岸河谷攻击的部队向敌人冲击。战斗打响时，敌人刘正富旅的第2团、第3补充大队主力及广富、个旧两个独立营从乐在南的东西村出发，正向大石桥、老干山、玉膀山地域赶进。刘正富到后遂急以一部占玉膀山，一部上老干山，一部前出企图占领大石桥坡。红六军团向大石桥迂回的部队很顺利地攻占了大石桥坡，迫使来这里的敌人退守玉膀山。但由于老干山的敌人有近卫1团和刘正富旅的主力，红军向老干山攻击的部队曾一度受挫，后来红军调整部署，在大尖峰山、大石桥坡红军火力掩护下，经三四次反复冲杀，才沿两道山箐攻上了老干山山脊，接着红军居高临下往北打，又迅速夺占了老干山最北端的大平地，才把滇军赶下山去。

红军夺占了老干山，滇军的指挥部所在地乐在便暴露在红军的机枪射程之内，对敌人威胁极大，这时张冲傻了眼，急令近卫第2团（缺一个营）牢牢控制玉膀山，牵制大石桥，小松园低谷开阔地带，同时将近卫1团交给刘正富指挥，由刘正富率第1旅之第2团、近卫第1团及广富独立营、个旧独立营等部，占领小松园，然后向东进攻大石桥，向南进攻老干山北端的大平地；张冲率领留在乐在的部队，越过东村河，从西侧助攻。刘正富以他的第2团和广富独立营为第一梯队，先占领小松园，然后在左侧玉膀山近卫2团的火力支援和第二梯队的掩护下，向老干山和大石桥坡节节仰攻。激战了半个小时，敌人一次又一次的进攻都被红军击溃，丢下一具具尸体败退，敌人进攻意图未能得逞。

接着红军组织反冲击，红军勇士个个英勇顽强，蜂拥冲下山，势不可挡，一部迅速冲到断沟附近，意欲夺取敌人的机枪，战斗十分惨烈。由于敌人火力很猛，加之这时龙云派来的飞机已从昆明飞往老干山、大黑山及小松园两侧的红军阵地，进行轮番轰炸、扫射，整个阵地硝烟弥漫，致使冲下山的红军部队未能大量消灭敌人，扩大战果，最后只得退到山脚，据山抗击敌人的反扑。

红十七师与滇军两个旅激战近四个小时，至午时，滇军纵队司令孙渡率纵队部赶到了乐在村，孙渡随即令张冲、刘正富两旅继续从北侧和西侧向红军阵地发起进攻，又令安恩浦旅长率第2旅从老干山南端的马街款庄地域绕老干山东南山脚，经沈家村、多宜甲，向大木板迂回抄击。同时得知铁索桥处也发生战斗，那里兵力薄弱，遂令近卫第2团的另两个营强行军赶去普渡河边的鹦鹉山增援。安恩浦令第3团为前卫，经徐谷地，沿马过河两岸疾速向大木板推进，企图将红六军团拦腰截断。敌人兵力不断增加，南面的安恩浦旅又从右侧加入战斗，滇军鲁道源的第5旅也随时可能投入战斗。此时，鉴于前面阻敌的情况，红十七师领导一面命令红四十九团暂停过款庄河、大石桥，一面向军团报告，请示停止向普渡河铁索桥前进，建议向后面的汉排山转移。

两军团首长根据面临的敌情判断，认为滇军在普渡河的防线已很巩固，再执行到元谋渡江的计划，红二军团后卫和六军团主力有可能被滇军安恩浦旅、鲁道源旅截在普渡河东岸，全军陷入滇军数旅分割包围之中，于是军团领导同意红十七师向汉排山转移的意见。同时为了防止被敌人分割包围，果断决定收拢渡到西岸的部队，并命令红四师停止渡河，撤出战斗，不由原路返回，而从铁索桥下游头哨向东北方向撤退，经二哨到三哨后折向东南由茨沟直达柯渡；命令红十七师撤出老干山战斗，从大木板、大石桥和老干山北端向东北面撤退，经大小黑山、小仓浪、戈卓龙到达柯渡。

4月8日，红二、六军团强渡普渡河受挫，从元谋渡金沙江北上的计划已无法实现。第二天，红六军团在柯渡镇与红二军团会合，贺龙在当晚的会议上说："龙云把老本都掏出来押在普渡河上，昆明唱起空城计，我们又不是司马懿，没那么胆小，我们就打昆明，龙云准会吓得魂灵出窍，调兵去保昆明。然后，我们一掉头，甩掉敌人，到石鼓、丽江过金沙江。"

决心下定，4月10日拂晓，红二、六军团突然掉头南下，巧妙地穿过滇军的结合部，当天上午就出现在昆明附近的阿子营、羊街、鼠街一带。11日，红六军团第18团占领距昆明20公里的富民县城，全歼敌守城官兵。红军的出其不意，震惊了国民党云南当局，当天，昆明全城戒严，龙云一面下令军官学校的学员前来守城，一面命令滇军主力火速返回昆明救援。当滇军星夜赶回昆明，普渡河防守空虚时，红军突然兵锋一转，渡过普渡河直奔滇西而去，把国民党滇军甩在了身后。

接下来，红军日夜兼程横扫滇西十县。

红二军团四师和红六军团十七师都没从原路返回，而是往东北方向撤退，目的是将已集结在普渡河南段地域的滇军四个旅往东北面新鸡街方向调动，待普渡河上游防守空虚之际乘机向南迁回，突进到富民县赤就地带渡过螳螂川，然后再西进，伺机从邓川、鹤庆、丽江一带过金沙江。

红四师接到停止渡河的命令，立即通知已涉渡到西岸的红十团、十二团停止进攻，撤出战斗。根据命令，在渡口边的部队陆续撤到东岸，但进入纵深十多里的部队，一时难以撤回，因急速撤退会导致敌人的追击，甚至有可能在半道上遭到阻击。为了减少伤亡，红军进入纵深的部队随即占领白马山和敌人对峙，然后伺机撤回东岸。抢渡到普渡河西岸纵深的红四师十团、十二团，接到重返河东岸的命令后，指战员积极想办法、出主意，怎样才能安全撤出。因这几日连续行军作战，部队已有十五六个小时没有喝水、吃饭、休息，为了能顺利撤回东岸，两个团除了用一部分兵力迷惑骚扰敌人外，另抽一部分人到附近村子里进行宣传，发动群众，烧水做饭，大部分人在山上就地休息，等到天黑后再撤过河。在当地群众的帮助下，两团人的饭菜很快做好，送到山上，同时还向当地群众买了很多竹子，每班发一根，各班将竹子破开编成灯笼，里面放了洋蜡点着，挂在白马山的松树枝上，布好疑阵迷惑敌人；各班还捡了一堆柴火，里边放些子弹，准备撤退时点着火用于骚扰敌人。

红十团、十二团在白马山警戒休整的这几个小时内，红军东岸的部队居然将守桥头的滇军给瓦解了。晚上8时许，整个白马山上，灯火齐明，枪声大作，在东岸牵制敌人的红四师警卫营和炮兵也同时向鹦鹉山守敌射击，策应红十团和红十二团顺利重返河东，把鹦鹉山上的敌人吓得心惊肉跳，以为红军又要对他们发起攻击，便仓皇向普渡河上游撤退。这时张冲派到铁索桥增防的敌军近卫第2团团长率领的两个营从巴德方向赶来，把自己的一个营及工兵营当成红军打起来，自己人打自己人，一直闹了个通宵。红十团和十二团趁敌人慌乱之际，在向导的带领下，迅速下山，向东插到铁索桥西桥头，从桥上返回东岸，与师部和十一团会合后，沿军团指示的路线，向东北经二哨、三哨、白勒到茨沟，然后到新鸡街，再折向柯渡尾主力西进。

红四师在普渡河铁索桥的战斗，虽然歼灭了一部分敌人，但却付出了较大的代价，共牺牲干部战士79人，其中师政治部主任肖令彬在铁索桥下被敌人的冷枪击中，光荣牺牲；师参谋处张主任在头哨下面一块叫"张嘴石"的大石头后面，用望远镜观察部队撤退的情形时，被西岸敌人的冷枪打中牺牲，他牺牲后战士们用绸子裹好他的遗体，在头哨找了一口棺材，埋在头哨后边的山上；在战斗中牺牲的同志还有红十团二营五连的指导员。

在老干山北端小松园的十七师接到撤出战斗命令，即命令正向老干山增援的四十九团停止前进，并令在汉排山制高点的部队与在老干山的五十团共同加大火力掩护冲过石桥的五十一团撤退到汉排山，然后掩护老干山的五十团撤出战斗，在交替掩护下，老干山上的红十七师五十团经小松园村撤到小木板涉水到大木板，直插三家村；大石桥坡上的部队经大峰山北侧撤退。当红军各团都已撤到汉排山时，从款庄马街赶来增援的部队与龟缩在响石一带的滇军向汉排山仰攻追击，这时从昆明派来的敌机先是1架，后来是6架，围绕老干山、汉排山盘旋、侦察、投弹、扫射，已撤上山的红军利用深山密林和有利地形做掩护，边打边撤退。由于红军部队撤得快，除殿后的部队略有伤亡外，其余大部队都安全转移。

向汉排山尾追的滇军恰恰碰上自己飞机投下的炸弹，成遍成堆地被炸死、炸伤在石桥坡上。

这时，红军部队趁敌人一片混乱之际，两路合为一路，随军团本队转进。在大黑山一带掩护军团主力转移的部队，快到黄昏时才撤出阻击阵地，急尾随主力向新鸡街、胡家村一带转移。

老干山小松园战斗，在红六军团、红十七师的正确指挥下，全体指战员英勇奋战，以不怕牺牲的革命精神，以压倒一切敌人的英雄气概，给敌军沉重的打击，歼敌200余人，击毙敌营长1人、连长2人、排长3人，缴获一批武器弹药和军需品，粉碎了敌人企图将红二、六军团消灭于普渡河以东、功山以南的战略图谋。

红军在与敌人战斗的同时，还在附近村里进行了宣传，在老干山、汉排山下的大木板、小木板、小松园村子里，房屋墙上留下了不少红军写的标语：

　　打倒蒋介石！

　　打土豪分田地！

　　红军北上抗战打日本！

在大木板村子里，还有一条红军当年留下的标语，标语从右到左写着："苏维埃与红军是抗日救国的先锋队！"

战斗中，许多穷苦的农民在枪林弹雨中，冒着生命危险，给老干山上的红军送水送饭，红军撤走后，贫苦农民收埋了红军烈士的遗体。群众高李氏、鄢杰等人，还悄悄收留了一些来不及撤走的红军伤员，在他们的照料、医护下，治好了伤，有的又重踏征程，去追赶红军部队。

4月9日，红二、六军团拥挤在南北长不到50公里，东西宽不足10公里的新鸡街、柯渡、可郎这一带。龙云见到这种形势，认为是天赐建立"殊勋"良机，企图消灭红军于普渡河以东、功山以南、羊街以西狭窄地区。于是命令他的四个旅由普渡河西岸和沿岸地区尾红六军团和二军团四师向东反方向追击；令第7旅从羊街以西觅我后队行进方向追击；并催令进到沾益、曲靖地区的郭汝栋纵队经寻甸，向羊街方向猛进合击；令李觉、樊嵩甫纵队由平彝、宣威分别进到滇黔公路上，尾郭汝栋纵队跟追。龙云再次调集部队围剿红军，形势十分严峻。

为保证两军团安全转移，红二军团部决定由红六师沿日前来路顺可郎河谷返回几十公里到六甲阻击敌人，大部队向南疾进，直逼昆明。

六甲阻击战从上午9点一直打到当日夜幕降临，红六师激战终日，在红五师的支持下胜利完成了阻击任务，重创滇军，打死打伤敌人近千，红军也付出了伤亡200多人的代价，军团长贺龙对全体官兵说："这一战，你们打得勇敢，打得实在，打出了我们红军的英雄气概！"作战双方是红六师与孙渡直属部队第7旅（滇军精锐），红军凭借有利地形打击敌人，滇军占着武器精良、弹药充足竭力冲杀，战斗异常激烈。中午，军团派红五师增援，红五师从左翼迂回，夹击滇军，孙渡顾着前顾不着后，有一个团几乎被全歼。六甲战斗揍痛了滇军，吓得滇军此后不敢对红军穷追，红军顺利西进。

红二、六军团计划到军委指定的第三渡河点元谋过江不能实现后，只好西进滇西，至祥云、盐丰后急转向西北渡江，这是军委指示的第五个渡河点，万一渡江不成，就只能留滇西创建游击根据地。为了实现从滇西北渡江的计划，眼前的任务，首先必须摆脱当面围追堵截的滇军。

4月10日凌晨，红二、六军团在贺龙、任弼时等同志的指挥下，出其不意，攻其不备，以大胆而迅速的行动，突然向南，穿过敌人东西两部接合部之间的空隙，疾行80余里，于当日下午进抵昆明以北的阿子营、羊街和鼠街一带地区，造成进攻昆明、威胁龙云要害之势。

红军这一大胆的行动，完全出乎龙云、顾祝同的意料之外。此时，他们仍然把注意力放在普渡河铁索桥方向，在那里集中了十个团以上的兵力。与此同时，他们还做出红军突不破铁索桥的阻拦后，可能从下游的团街过普渡河的判断。

10日凌晨4时，红二、六军团向南疾进的时候，孙渡还向龙云发出了"明晨仍须向当前之匪搜剿"的电报，以致红军接近昆明和富民，在散旦俘虏了滇军野战医院院长黎元寿以后，龙云还派飞机到六甲上空轰炸扫射；而遭红六师沉重打击的滇军第7旅则仍畏集在七甲地区徘徊观望，不敢轻易移动。

为了给龙云造成更大的威胁，红军还派出小部队到距昆明城30里的厂口、沙郎附近运动。当日下午8时许，红军小部队向昆明方向发射了一枚信号弹，灰白色的烟云呈椭圆形，由小及大，在城市上空停留了许久，昆明全城震动。

伪《云南日报》为此发出号外，惊呼"10日下午8时，天空发现灰白色的环形火光，非天文现象，确系红军所放讯号"。

坐镇昆明的龙云慌了手脚，急令普渡河部队回防，但远水解不了近渴，又赶紧命令城防司令高荫槐宣布全城戒严，封闭城门。由于直属部队都已调往普渡河，空城无兵，急得龙云忙把第13军官学校的学生调来守城，这些没有战斗经验的学生官，一上城就惊慌失措，草木皆兵，在城西北守城的学生官，把在莲花池附近蚕豆田里劳动的农民，当作是红军来攻城的部队，竟然把一个无辜的农民开枪打死。

红军向昆明虚晃一枪后，趁龙云收缩部队、加强昆明防务之际，绕过昆明，摆脱敌人尾追，利用沿途敌军空虚，兵分两路当夜即向西北进军，进入富民。

4月10日晚上9时，六军团便乘夜暗从嵩明县的羊街向普渡河上游螳螂川渡口疾进，进入富民县散旦乡的翟家村，经瓦厂、散旦街、十里坡，到平地向赤就行进。

4月11日清晨，红六军团从永富抢渡螳螂江过烦河，然后集结于赤就大村地域休息一天，以阻击可能沿普渡河而来的追敌，掩护二军团右侧翼开进。红六军团在进军赤就途中，抓获抢劫卫生队的三个匪首，处决于赤就并贴出杀匪布告。

12日拂晓，红六军团离开赤就向罗茨进发，经七桌、火里村、者北街、大小罗兔村、桃树凹村从大风丫口进入罗茨县的乌朵朵，当晚在罗茨县城周围宿营。

10日早晨，红二军团从阿子营、三家村地域继续向昆明方向挺进，佯攻昆明。行至昆明正北方向的西山区大弯、双桥、老花铺，突然转向西挺进，后队变前队，殿后的六师十八团成为前锋，军团总参谋长李达随十八团行动，路上李达交代任务：六甲战斗打得很艰苦，部队十分疲劳，部队的任务是休息，你们的任务是监视富民县城。

11日凌晨，前卫六师第十八团直逼富民县城，然后第一营从肖家营与东邑村之间渡过螳螂江，占领西庄、瓦窑、五家营监视城内敌人，二、三营迅速占领了富民县城南门外的菜街、前街、后街及附近村庄，把富民县城铁桶般地包围起来，任务是监视富民县城。全军团除后卫部队红四师十二团外全部涉过螳螂江，到北邑村、上文明、廖家营、黄家营一带宿营，任务是休息，城内没有正规军，对红军构不成威胁，上级并未下达攻城任务。

红二军团总部设在离县城西北一公里外的北邑村，村口的雕楼是岗哨，贺龙、任弼时曾上雕楼瞭望富民县城及周围情况。富民县早期党员李坤元指示县接收站的杨茂昌有意识地将县上仅有的一台接收机，留在办公桌上，让红军带走使用，以表富民人民对红军的一份心意。

国民党富民县长郝煊强令调集200余人壮丁、民团，配合县常务中队参加守城。

4月10日，全部守城人员陆续到齐。下午，县城四个城门紧紧关闭，禁止出入，郝煊自封城防司令长官，集中守城民团、壮丁训话。宣称"我们富民县城，城墙高，结实坚固，四周有护城河，城门一关，又有大家把守，谅他'共匪'有翅膀也难飞进城来。大家不要怕，守好城，只要不放'共匪'进城，到时给大家重赏"。

整个富民守城人员中只有几十条枪，有80多人的常备中队，加上新抓来的壮丁、民团共计二三百人，这就是郝县长的守城队伍，壮丁和民团中有年过50

岁的，有的是大烟鬼，有的是常年不务正业的懒汉游民，乌合之众，还有的是顶门户抓来的十五六岁的娃娃。这些人持的武器有火药枪、长矛、大刀及棍棒。南城楼离大桥不到百米，郝县长把常备中队部署在南城楼上，防止红军过桥进城。

11日，夜幕降临，城内百姓关门闭户，不时传来民团巡逻的脚步声和更夫隐隐约约的喊声："司令官命令，好好守着城，'老共'爬城墙用长矛戳，用稀饭浇。"南城楼上的常备中队时不时放几枪冷枪为壮丁和民团壮胆。

12日凌晨，红十八团一营一连原本没有攻城任务，曾连长前来请战，主动要求进攻富民县城，立即得到团长成钧批准。在连长曾尔初的带领下，他们从五家营出发，带着已扎好的梯子直奔西门城楼。红军战士从城门下向城楼猛抛手榴弹，守城民团原准备用熬制滚烫的稀饭浇灌攻城红军，谁知枪一响，手榴弹一炸，守城民团四处逃窜，枪声、手榴弹声响成一片，子弹划破了沉寂的夜空。不到半个小时，红军趁着夜色把云梯直搭西城门，红军战士个个似猛虎，登梯跃入城楼。守城团丁见红军登梯上城楼，弃械逃窜，红军在后面紧紧追赶，边追边喊："缴枪不杀！"与此同时，北门城楼也被红军攻破。一连攻下西门直扑县常备中队守卫的南城门，南城门是县城的重点防区，由常备队赵队长带兵防守，城楼上架着一挺轻机枪，守卫南门的常备队在城楼死守，机枪响个不停，严密地控制永定大桥，但红军里外夹击南城门，在红军猛烈攻击下南城门被攻破，红军砸开城门，大队人马潮水般地从南门拥进城内直扑县衙门，占领了县衙门，砸开牢门，放出被关押的无辜民众。

红军攻城时，在北门替父亲守城的回族壮丁赛有为，听到枪声，拎起梭镖就往回跑，到了家门口，急叫："哒、哒（哒，回族对父亲的称呼），开门！"红军听到他的喊声以为他在喊"打、打"，追上去就打了他一枪，打在他的大腿上，后来红军明白了他说"哒、哒"的原意，给了他家一些银币作为补偿，表示歉意。

红军进城后，纪律严明，秋毫无犯，以实际行动教育群众，宣传红军北上抗日救国的革命道理。开始，城里的群众不敢开门，关门闭户，躲在屋里偷看，红军也没有进老百姓的家，更没有抢老百姓的东西，而是挨家挨户地喊："老乡，开门，点起灯来，有火柴、盐巴拿出来卖，红军买卖公平，开门啦，老乡！"后街一位卖草鞋的老奶奶第一个打开了门，她的草鞋很快就卖完了。于是，家家户户把灯点起，顿时通街灯火明亮起来。城里的老百姓看到，红军脚穿草鞋，身穿灰布衣和黑布衣，头戴八角帽，看见老百姓，说话很客气，并且亲亲热热地打招呼，老百姓渐渐走出家门，打开店铺，做起生意来。后街一傅姓人家的杂货店，是当时最大的商店，主人不在，红军便帮他家打开铺子，代他家卖货，收入的钱放得好好的。红军购买了火柴、盐巴、食糖等日用品，一律照价付钱。

威风一时的县长郝煊，知道自己在人民头上作威作福、作恶多端的事做得太多，人民饶不了他，便换了衣服躲到外面去了。红军攻进城后，在劳苦大众的帮助下，红军战士在一居民家活捉了县长郝煊。据时任红十八团政委杨秀山回忆，该县长顽固不化，一问三不知，在审讯中，杨秀山政委问他："昆明有多少部队？"他说："不知道。"问他："昆明什么时候派部队到富民来增援你们，他们对你还有什么交代？"他仍是说："不知道。"再问："你说不说，不说就枪毙你！"郝煊仍然很顽固地说："你就是枪毙了我，我也不知道。"杨秀山便从警卫员手里接过驳壳枪朝他的腿上打了一枪，由于流血过多，当场就死于卖鸡巷口。抓获恶霸地主张洪猷，在出富民县境的途中，被处决在北邑村后的山上。在红军攻城的时候，县衙大小官吏躲的躲藏的藏。县常备中队长逃窜到朋友家，狼狈不堪地装成月子婆娘，睡在内房床上，放下蚊帐，床下摆双小脚花鞋，蒙混逃脱。

红军走后，富民民间留下一首民谣："月亮出来亮堂堂，红军进城不打枪，郝县长杀在卖鸡巷，赵中队长吓得装婆娘。"

4月12日，红二军团从富民坝子地域西进，经核桃箐进入禄丰县属响地，再经九岳坪、稗子田至猫街地域宿营。至此，长征红军全部离开富民县境。

1936年4月11日，红二、六军团从富民向滇西疾进。大军所至，势如风卷残云，冲破重重敌障，沉重打击了国民党反动统治，占领了诸多县城。

4月13日至25日，英勇的红二、六军团一往无前，挥师西进，挺进滇西，闯关夺城，一路披靡。左路红二军团沿滇西大道，连克楚雄、镇南、祥云、宾川、鹤庆等县城。右路红六军团连克牟定、姚安、盐兴等县城。

此时，蒋介石还错误地认为红军一定会从丽江与永胜交会的梓里桥过金沙江。于是派飞机一直在宾川、永胜、鹤庆、丽江交界的金沙江两岸侦察轰炸。蒋介石和龙云还亲自于24日乘飞机到金沙江峡谷上空督视，并给孙渡投下亲笔信，给孙渡打气。甚至在25日飞机发现红军主力已全部进抵丽江时，蒋仍断定红军是要从丽江的梓里铁索桥过江。当时急令永胜地方当局将桥板迅速拆除移至东岸。当天敌机两度飞临勒马桥、玉龙关（关坡）、东元桥、箐门口、山神庙、对脑壳、梓里桥上空侦察轰炸。

4月23日，红二、六军团于鹤庆地区集结，决定兵分两路，总指挥贺龙、政委任弼时率领二军团为右路，从鹤庆经过原丽江县城取道石鼓；副总指挥萧克、政委王震率领红六军团，从鹤庆取捷径经丽江九河，直达石鼓。

24日，右路军前锋红四师经辛屯、七河、金山，进入丽江。25日，红二军团主力，从鹤、丽交界之新哨村浩浩荡荡向北进发，途经丽江七河至玉龙关，一队人过漾西沿蛇山直走玉龙锁脉；另一队人从西关到漾西林光村背后沿小路经五台直达丽江县城。红二、六军团长征过丽江，先后经过永胜片角，古城区的七河、金山、大研古城，玉龙县黄山、拉市、太安、九河、龙蟠、石鼓、金庄、巨甸等乡镇，行程达320余里。

红二军团抵达丽江，国民党县长王凤瑞弃城而逃，各族百姓欢天喜地远到城南10里的"接官亭"迎接红军进城。贺龙进城后立即叫来红十二团团长黄新廷说："石鼓镇是金沙江上游最重要的渡口，你速带人马至石鼓抢占渡口。"黄新廷随后率军直奔石鼓镇。

石鼓镇位于玉龙雪山西麓，距丽江35公里，是滇西通往康藏的门户。3天前，红军要来石鼓过江的消息就在当地传开，敌江防总指挥藏民土官汪家鼎慑于红军声威，早已跑过江躲藏起来。黄新廷看罢地形，找来数位船工了解情况，船工们说：红军到来之前，当地官员把船凿沉于江底，对岸有船都藏在沟汉里，有团丁日夜看守；黄新廷又问水势和渡口情况，得知渡口一带水势平缓，会耍水的踩水就能过去。从石鼓往西6里有木瓜寨渡口，再往上有木取独、格子、茨可、木司机、巨甸等渡口。

正说着，贺龙带人也来到石鼓镇。他听完黄新廷的汇报说："组织突击队泅水过去夺船，先把十二团运过去，向西抢占各渡口。"黄新廷马上在洪湖籍战士中挑选出300名水性好的战士，组成突击队，连夜冒雨泅水过江夺船，抢占渡口。

4月26日，萧克率红六军团从鹤庆，经太安、九河，取道白汉场逆江而上也到达石鼓镇。他们与红十二团隔江齐头疾进将石鼓镇上下百余里渡口全部控制在手。

全军在石鼓会合后，分石鼓木瓜寨、木取独、红岩、格子及巨甸余化达等几个渡口分别抢渡。

当前卫红四师到达石鼓时，当地政府的官员已逃避，刚修筑起来的5座碉堡空无一卒，沿江船只被勒令隐藏，仅有海洛塘的一只小船来不及转移。红四师先遣队靠这一叶小舟，立即勘察和选择渡江点起渡。

当天下午，前卫红四师就用在海洛塘得到的这只船就地渡过红十二团的前锋部队，占领滩头阵地，部署警戒，控制对岸码头，以保证后续部队顺利渡江。但因海洛塘江面较宽，对面又有一片开阔沙滩，不利于隐蔽，因此，将这只小船逆流向上游拉到木瓜寨并将这里作为渡口继续抢渡。

这样，红军在从石鼓至巨甸长达125里的江岸上，在当地民众的积极支援下，共得到了7只船和28名船工，为抢渡金沙江提供了物质基础和技术保障。

从石鼓至巨甸的金沙江两岸，为连绵不断的云岭山脉和横断山区，敌方除取道石鼓口子外，别无他路。沿江而上，有石门关、红石岩天险紧锁大江，敌人又来不及在此关隘布防，恰好成为红军阻敌的有利地形。即使追敌占领石鼓，红军也可沿江节节抗击，上游仍可安全渡江。

当蒋介石发现红军要在丽江石鼓抢渡金沙江时，才如梦惊醒，派飞机到石鼓沿江狂轰滥炸，以图迟滞红军的渡江行动。同时急令地面部队加紧追击。孙渡奉命率四个旅尾随红军向丽江追击。原来向鹤庆围截红军的刘正富旅，奉命从邓川掉头向北往石鼓追击。李觉纵队奉命沿滇西大道向大理、邓川疾进。强敌压境，时间紧迫，能否在追敌靠拢前抢渡金沙江，关系到红军的存亡。

抢渡金沙江天险，是红二、六军团战略转移中最关键的一环。总指挥部高瞻远瞩，全神贯注在神速抢渡的基点上，周密部署渡江行动。

红二、六军团全军统一在总指挥部的号令下，从25日下午开始，相继渡江。至26日红四师全师渡完，沿江北上，进抵吾竹地区。27日凌晨，贺龙总指挥、任弼时政委率二军团部直属队，在格子、茨可渡江。红五师、红六师继红四师和军团部之后，分别在木瓜寨、木取独、格子、茨可渡江。萧克军团长、王震政委率六军团部，28日傍晚，担负维西方向警戒任务的红四十七团张铚秀营，最后在巨甸余化达安全渡江，进抵格罗湾宿营。至此，红二、六军团抢渡金沙江宣告胜利。

红二、六军团整个抢渡金沙江的过程，自4月25日下午从海洛塘渡江开始，迄于28日傍晚余化达渡江结束为止。历时四天三夜，连续紧张而有序的抢渡，仅用7条木船，几十条木筏，28名船工，就把1.8万人马，神速地从江西送到江东，将追敌远远甩在后头。

第二天，当滇军刘正富旅风尘仆仆地追到金沙江边时，红军早已安然远去，只留下江边石头上红军书写的标语："来时接到宣威城，走时送到石鼓镇，费心，费心，请回，请回！"

朱德、张国焘得知红二、六军团顺利渡过金沙江，取得了战略转移中具有决定意义的胜利后发来贺电："金沙既渡，会合有期，捷报传来，全军欢跃。谨向横扫湘、滇、黔万里转战的我红二、六军团致以热烈的祝贺和革命的敬礼！"

红六军团军团长萧克真不愧是一位儒将，率领部队渡过金沙江后，站在北岸，即兴赋诗七律一首，《北渡金沙江》：

盘江三月熣烽扬，铁马西驰调敌忙。

炮火横飞普渡水，红旗直指金沙江。

后闻鼙鼓诚为虑，前得轻舟喜欲狂。

遥望玉龙舒鳞甲，会师康藏北飞缰。

　　至此，蒋介石对红二、六军团动用了40万兵力，沿途堵截围追，在滇黔境内历时五个月，既堵不住，又追不及，最后损兵折将，而以红军胜利进入川康而告终。红二、六军团赢得了长征战略转移中的主动地位，实现了进入康川的战略计划。

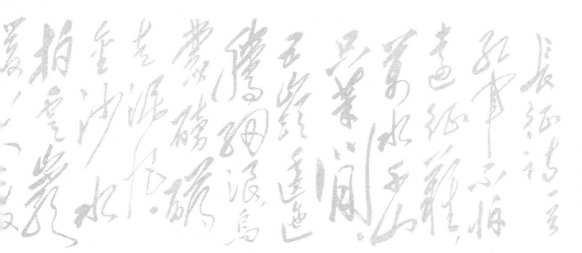

第八章

雪山上的佳话
与荒原草地的脸庞

在所有的红军队伍中，红二、六军团长征中翻越的雪山是最高的，翻越雪山的数量也是最多的。和其他红军队伍相比，他们走过的草地是最漫长的，环境是最恶劣的，缺粮情况也是最严重的。

然而，他们所展示出来的红军征服一切困难的形象是最饱满的：那种顾全大局的赤诚是最坚决的，那种貌视一切困难的意志是最坚强的，那种团结互助的情谊是最真挚的。

一、中甸：征服更高更多的雪山

红二、红六军团渡过金沙江后，便沿着金沙江东岸往北走，至格罗湾开始翻越玉龙雪山。

红二、六军团渡江后，蒋介石气急败坏地乘飞机至金沙江边的宾川、鹤庆、丽江一带巡视，立即决定追歼红二、六军团于金沙江、大渡河之间，令驻雅江之李韫珩部向康南推进，南北夹攻，截断红二、六军团与红四方面军的联系。

为策应红二、六军团渡江，红三十二军（原中央红军第九军团，红一方面军与红四方面军会师后改编为第三十二军）由道孚南下，击溃敌两个团后进占雅江，阻止了李韫珩部南进。此时，追击红二、六军团的国民党军已经疲惫不堪，无法克服藏区物质条件和高原气候、地形方面的困难，滇军、湘军为保存实力也不愿入康远追，所以都相继停了下来，改为防堵红二、六军团南返。孙渡纵队防守金沙江南岸；郭汝栋纵队防守华坪、永北；樊嵩甫纵队防守盐源、盐边；川军李家钰部防守西昌、会理；原驻川西的蒋系薛岳部防守大渡河之线，对红二、六军团与四方面军采取封锁态势。

至此，敌人南北夹击红二、六军团的计划彻底破产。

而红二、六军团却要翻越雪山与红四方面军会合。

自1936年4月25日开始，红二、六军团从石鼓至巨甸地段陆续渡过了金沙江，进入中甸地区，两军团分别抵达格罗湾和吾竹地区进行休整。在休整中，普遍向部队介绍了藏族地区的情况，进行了党的民族政策和宗教政策的教育，要求部队严格执行各项政策规定，用实际行动体现中国工农红军为人民谋利益的宗旨，以取得藏族人民的同情和支持，保证顺利通过藏民区，早日与红四方面军会合，共同北上抗日。同时，要求部队为翻越雪山做好思想上和物资上的准备。

玉龙雪山是横断山中段的一个支脉，海拔5596米，山上空气稀薄，积雪终年不化，并且山高谷深，素有"关山险阻，羊肠百转"之说。红军到滇西北的中甸地区，必须翻越这座雪山，别无他路可走。

中甸地区，位于滇西北，属康藏高原。这里人烟稀少，贫穷落后，当时还是封建农奴制社会。居民主要是藏族，一般都信奉喇嘛教。红军进入康藏高原后，虽然前无强敌堵截，后无重兵追击，但由于自然环境、社会制度、民族信仰、语言文字、生活习惯等不同，再加上与蒋介石和地方军阀相勾结的土司、领主武装的阻拦，翻越雪山、通过藏民地区，便成为一场特殊的战斗。

29日清晨，红二军团前卫第四师，以第十二团为先头部队，开始向哈巴雪山进军。哈巴雪山，海拔5300多米，山势陡峭险峻，终年积雪，从金沙江峡谷到雪山顶峰，俨然几层天地，从下到上，气候有春夏秋冬四季感觉。这是在全体红军的长征途中所征服的海拔最高的一座雪山，它比夹金山高出1000多米。上山山路达50余公里，下山长达20余公里，是名副其实的"长征之巅"。而且，红二、六军团是在4月底、5月初翻越雪山，相比其他红军部队在6月中旬翻越雪山，山上要寒冷得多，可想而知，环境更为恶劣，困难更为严重。

红四师从格罗湾开始登山，中途曾遇小股藏族反动武装袭击，第十二团政治委员朱辉照在战斗中负伤。击退反动武装后，部队又继续前进，经过十几个小时的攀登才翻越了雪山，于30日到达了中甸县城。随后，红二军团直属队和五师、六师，红六军团十六师、十七师、十八师也分别于5月1日、3日先后翻越了哈巴雪山，分别到达中甸县城及其附近地域，以及距中甸县城50里的南坝一带。

当时情景，我们可以从一位亲身经历了这次长征的红二、六军团老战士的回忆中体验出来，这是陕西省宝鸡军分区原顾问谭绍松的回忆记录：

红六师供给部通信班共有8名同志，最小的才14岁，最大的也只不过18岁。谭绍松等战士们虽然年纪小，但是志气大，在动员会上大家一致表示：雪山再高也没有我们的志气高，草地再大也没有我们的决心大！

要出发了，夏绍堂部长特地来到通信班检查着装。战士们列队受检时，个个头戴八角帽，身穿灰军装，打着整齐的裹腿，脚穿一双草鞋，精神抖擞。部长从排头检查到排尾，对每个人从头打量到脚，还特地摸了摸干粮袋装没装满，一再指示行军途中要爱惜每一粒粮食。他检查完之后，站在队列前下达了"报数"的口令，全班从班长开始报"1"，到副班长报完"8"。

夏部长很满意，提高嗓门问："全班八个阶级兄弟，一起爬过大雪山，有没有信心啊？"

全班异口同声答道："有！"

"好，那就跟我走！"夏部长把手用力一挥，走在全班的排头。全班向右转，成一路行军纵队跟着他向大雪山进发了。

玉龙山下，系亚热带气候，荆棘丛生。由于太阳很难照射到被绿色植物覆盖的土地，所以，长年的落叶、朽木发出阵阵霉腐的气息。部队进入这天然屏障，既隐蔽，又安全。但是，山越爬越高，路越走越窄，云越走越低。大家从云雾之下，爬到云雾之中，再走到云海之上，真有仙女升天的感觉。望下去，滚滚云海把蜿蜒的队伍切成几段。望上去，茫茫雪原，云岭主峰直插青天。

夏部长指着大雪山说："同志们，困难的时候快到了，让我们用革命精神征服它！"

大家也齐声高呼："用革命精神征服大雪山！"

话音一落，大家紧了紧腰间的小包袱，擦了擦脸上的汗水，一个紧跟一个朝雪线以上爬去。没有上山前，放眼眺望玉龙山，白雪皑皑的主峰坐落在绿油油的群山之中，怪美的。

然而，当勇士们爬上雪山的时候，料想不到的困难出现了：严寒、雪崩、大风、缺氧等，一起袭来。红军勇士们只穿着草鞋踏着冰冷的终年积雪行军，常常是一脚踩下去，浅的没及脚背，深的没及大腿。冰雪灌进裤腿后，立即被体温融化成雪水顺腿流下又冻成冰凌，将腿、脚磨得鲜血直流。凛冽的寒风，将棉衣一吹就透，大家只得把破绒毯拿出来裹在身上，然而还是边爬边发抖。

经过大风口时，先头部队就有连人带装备被刮下雪坡的，结果连人都没寻见。战士们有几次不是被大风刮倒，就是失足被埋在雪地里。每当这时，夏部长总是把战士一个一个地拉起来，鼓励战士们："只能攀登，不能停留；只能向前，不能回头！"

越往上爬，空气越稀薄。由于氧气不够用，我们每个人的呼吸越来越困难，心都快跳出来了，胸口像压了一块大石头，闷得脸发肿、头发涨、眼冒金花，每爬一步都要付出很大代价。就在这时，不幸的事情发生了：战友高义林在前面走着走着，忽然倒在雪地里。我赶紧上去喊他："小高，你怎么啦？"

夏部长和全班同志都围了上来，只见他两眼发怔，脸色发青，无力地躺在那里。大家把他扶起来，急忙给他喂水，他不喝。给他喂炒面，他不吃。摸摸他的脉搏，微弱得几乎要停止了。但他用尽全身力气，对大家说："夏部长，袁班长，小谭，小刘，我不行了，你们走吧！"

此时，夏部长和我们拼命地呼唤着小高的名字，全班抱成一团大哭起来。

一会儿，谭绍松忽然想起了什么，立即擦干眼泪，问夏部长："我们还有什么办法救小高吗？"

战士们期待着夏部长会给我们一个好的回答。

夏部长端详着小高，又摸摸他那停止呼吸的胸口，然后摇摇头，告诉我们："不行了！"

这时，班长袁开怀着对阶级兄弟的深厚感情建议："夏部长，同志们，我们把小高抬下山去吧！"

夏部长想了想，又摇摇头对大家说："抬不下去了，就地安葬吧！"

听到就地安葬这句话，大家更加泣不成声。一个好好的战友，几分钟前还和全班战友并肩爬山，立志北上抗日，几分钟后却离开了大家，谁舍得把他一人留在大雪山啊？但是，只凭全班的力量战胜恶劣环境，把小高的遗体抬下去，又谈何容易啊！于是，大家怀着沉痛的心情，选了一条较好的绒毯，将小高的遗体包好，朝着正北的方向，用洁白的雪掩埋好。然后，大家肃立在小高的墓前，脱掉军帽，深深三鞠躬，仿佛都在说："小高，我们北上了，你跟着我们走吧！"

大家擦干了眼泪，掩埋好同伴的遗体，又踏上前进的征途。在这漫漫的长征路上，又有五位战友先后不幸长眠在大雪山上。

红二、六军团长征途中翻越玉龙雪山时，红六军团十六师师长周仁杰的旧伤复发，左臂肿得像碗口一般粗，疼痛难忍。经军团卫生部部长戴正华检查，伤口红肿是过去负伤时被打碎的骨头渣子作怪，在高山寒冷、气温反差大的环境下发炎化脓。由于当时药品奇缺，左臂可能保不住，否则将危及生命。周仁杰一听就急了，作为红六军团十六师师长，只有一只胳膊怎么带兵打仗？他坚决不同意截肢。左说右说，戴正华决定亲自为周师长做引流清创手术。在没有麻药可用的情况下，戴部长一刀下去抽出来，脓血从刀口处冲出来老高，溅得在一旁扶着周师长的刘金龙医生满身都是。此时，周师长转过头去，咬紧牙关，只听到一阵刀子、镊子等金属碰撞的声音，伤口钻心般地疼痛，汗珠混着脓血哗哗地流下来，当年关云长刮骨疗毒的场景也不过如此。

手术清除了伤口里的脓血，碎骨头渣也被一一夹出来了，由于戴部长高超的医术和精心治疗，周师长的左臂居然奇迹般地保住了。他当时冒着失去生命的巨大风险拒绝截肢，把带兵打仗看得比生命还要重要。红军指战员正是凭着这样一种执着，征服了各种各样的困难。

红二军团的先头部队100余人因冻、病牺牲在雪山上。

在中甸，全军及时总结了第一次翻越雪山的经验，因为后面还将有二十几座雪山，等着红二、六军团的勇士们去征服。

有记录说，中甸属康藏高原，中甸县（今迪庆藏族自治州香格里拉县）境内平均海拔在3000米以上，有不少终年积雪的雪山，红二、六军团在云南境内共翻越了哈巴雪山、翁上甲子小雪山、翁水咱浪大雪山三座雪山。

红二、六军团在中甸休整后，于5月5日分为两路先后北上。红二军团由左路向尼西方向进入四川得荣，在云南境内没有再翻越雪山。红六军团由右路向格咱方向进入四川乡城，途中翻越了两座雪山。从中甸出发前，贺龙、任弼时一再叮嘱，要认真总结翻越哈巴雪山的经验教训，上雪山之前须带足饮水、干粮、辣椒、生姜等，准备好足够的衣物、裹好脚，减少非战斗减员。

5月10日，由于准备较充分，红六军团先头部队顺利翻过翁上甲子小雪山，到翁上上、中、下各村寨宿营。11日，红六军团主力部队也越过翁上甲子小雪山。

5月12日拂晓，六军团前卫部队翻越第三座雪山翁水咱浪大雪山。当天大雪纷飞，尽管已有经验并做了充分准备，还是有一些红军战士牺牲在雪山上。红军指战员以刚强的意志经受了饥饿和严寒，于下午抵达乡城县拉吾村宿营。

5月13日，红六军团主力部队也翻越了翁水咱浪大雪山。

红二军团先后翻越了藏巴拉雪山、沙佐拉雪山、多涅拉雪山；红六军团先后翻越大雪山、齐格雪山、容甲雪山、卡瓦洛日雪山。接连翻越了如此众多的雪山，在云贵高原的"长征之巅"，英雄的红二、六军团挑战了人类高原生存的极限，创造了中国工农红军长征史上的之最。

红二、六军团的长征路，其中从滇西北金沙江至川西甘孜行程1890公里，除哈巴雪山外，还翻越了藏巴拉雪山、沙佐拉雪山、多涅拉雪山、翁上甲子小雪山、翁水咱浪大雪山、齐格雪山、容甲雪山、卡瓦洛日雪山等八座雪山。

在迪庆烈士陵园，现安葬着长征时牺牲在这里的红军将士，其中有红二军团第四师参谋长高利国（1936年4月27日在战斗中牺牲）、第五师参谋长汤福林（1936年5月7日在战斗中牺牲）等。另外，还有多座不知姓名的烈士墓。

二、香格里拉：民族团结的赞歌

香格里拉的旧称是中甸县，东与四川省稻城、木里二县接壤；南、西、北与云南省丽江县、维西县、德钦县相隔金沙江。旧日的中甸县城是一座只有几百户人家的荒僻山城。

红二、六军团到达中甸后，总指挥部就设在中心镇（独克宗）公堂，这里也被称为藏经楼。在正殿侧面的一座房子里设立了中华苏维埃人民共和国中央军事委员会湘鄂川黔分会——中甸城军分会。红二、六军团在这里休整了19天。

城外有一座喇嘛寺，是中甸最大的一座寺院，名为归化寺，僧侣很多。寺的原名叫松赞林寺，清朝时改为"归化寺"，意为要归顺朝廷、教化番邦。这是云南最大的一座喇嘛寺，也是中甸的统治中心，寺内设有武装，与土司头人联合控制着当地的政治、经济和文化。寺内有八大"康参"，其上有八大老僧组成的"老庄会议"，成为寺庙最高统治机构，老僧之上有活佛，是寺庙最高统治者。

当红军到来时，受到国民党欺骗宣传的藏族群众大都躲进了山林。归化寺的最高统领松本活佛令僧众紧闭寺门，防范红军。为顺利通过藏区，贺龙、任弼时、关向应等要求红二、六军团切实执行党的民族政策和宗教政策，尊重藏族人民的生活习惯和宗教信仰，保护寺院，严守纪律，筹措物资一律实行现金交易，公平买卖。在这里，红二、六军团召开了团以上干部会议，任弼时报告了全国的政治形势，关向应总结了部队自刘家坪出发到中甸这一阶段的工作。为了公开申明红军的正确主张，红二、六军团还以贺龙主席名义颁发了《中华苏维埃人民共和国中央革命军事委员会湘鄂川黔滇康分会布告》，全文如下：

> 本军以扶助番民，解除番民的痛苦，兴番灭蒋，为番民谋利之目的，将取道稻城、理化进康川，军行所至，纪律严明，秋毫无犯，幸望沿途番民群众及喇嘛僧侣，其安居乐业，勿得惊慌逃散，尤望各尽其力，与本军代买粮草，本军当一律以现金按价照付，决不强制，如有不依军令或故意障碍大军进行者，本军亦当从严法办，切切此布。
>
> 公历 1936 年 5 月
>
> 主席　贺龙

布告说明了红军目的，阐述了红军的性质和纪律，申明了红军的政治主张。

红军还十分注意做统一战线工作，争取藏族中上层人物的同情与支持。归化寺院内负责保管青稞和跳神用衣的喇嘛夏拿古瓦，看到红军的行动不像国民党说的那样，便自愿要求当代表与红军谈判。

1936年5月1日，夏拿古瓦等主动到红军驻地会见贺龙。为表示对红军的尊重，他们向贺龙敬献了哈达。贺龙热情接待了夏拿古瓦及其他代表，从交谈中，贺龙得知寺院对红军尚存有疑虑，当即向代表做了明确的解释和答复，宣传了党的民族和宗教政策，并请夏拿古瓦带回了以他个人名义致八大老僧的信件。信的内容是：（一）贵代表前来，不胜欣幸。（二）红军允许人民宗教信仰自由，因此，对贵喇嘛寺所有僧侣生命财产绝不侵犯，并负责保护。（三）你们须即回寺，照安生业，并要求所有民众，一概回家，切不要轻听谣言，自造恐慌。（四）本军粮秣，请帮助操办，决照价付金。（五）请即派代表前来接洽。

与此同时，红军发出了"严禁入寺庙"的告示，通令全军指战员不准进入寺庙。为保证寺内安全，红军还派出卫兵到寺院大门站岗。红军正确的政策，严明的纪律，对待藏民的热情、真诚，及时消除了归化寺大小僧人的疑虑，他们都愿意为红军通过藏区尽力。

5月2日，贺龙等一行40余人应邀进入归化寺做客，受到全寺僧众的热烈欢迎，掌教八大老僧及30余名喇嘛迎接贺龙一行进入大寺"直仓"（佛厅）。归化寺还破例为贺龙一行举行了"跳神"仪式（一种宗教仪式，每年冬月举行，以庆祝丰收，祈祷吉祥如意）。在"跳神"仪式上，贺龙将写有"兴盛番族"四个大字的锦幛赠送给归化寺，祝愿藏族人民繁荣昌盛。这四个大字充分体现了党的民族政策和宗教政策，深得藏族各界人士的赞同。八大老僧当即表示拥护红军，愿为红军效力。5月3日、4日，归化寺及喇嘛、商人、富户打开仓库，出售给红军三万余斤青稞和大量的盐巴、红糖。两天中，红军共筹集粮食约十万斤。夏拿古瓦等人更是为红军日夜奔忙，做了许多工作。红军在进行物资准备的同时，积极进行了政治思想工作，为通过藏区、进军甘孜与红四方面军会合做好思想准备。红二军团和红六军团十六师举行了连以上干部参加的活动分子会议，明确提出红军当前的任务，是要在极其困难的条件下过雪山、草地北上，与红一、四方面军会合，创建西北根据地。同时指出了红二、六军团党团员目前的任务和党的少数民族政策等重大问题。红六军团政治部召开了军团直属队和红十七师的政治干部会议，王震报告了目前形势和任务，张子意讲了关于民族政策的问题。

中甸休整，为红二、六军团继续进行艰苦的长征做了一定的思想和物资准备，但筹集到的粮食、衣服、救急药品、火镰等物资仍很不足，因此，部队只好提早行动。

三、稻城：晨风中的哈达

　　1936年5月5日，红二、六军团分为两个纵队由中甸出发。红二军团为左纵队，经得荣、巴塘（巴安）、白玉至甘孜；红六军团为右纵队，经乡城（定乡）、稻城、理塘（理化）、新龙（瞻化）向甘孜前进。

　　四川省稻城县的古名"稻坝"。藏语意为山谷沟口开阔地。1939年西康省成立，改名为"稻城"县，县名沿用至今。稻城县位于四川省南部，青藏高原东南缘，东南与凉山州木里县接壤，西界乡城县与云南省中甸县毗邻，北连理塘县。稻城、乡城和得荣是"大香格里拉"的中心组成部分，这片土地集中了奇特的自然和人文景观。它的美是有内涵的，需要我们用心去感受。同时，它的美是脆弱的，需要我们用心去保护。稻城亚丁风景区位于稻城县正东南方向，距县城106公里，全称为念青贡嘎日松贡布（亚丁自然保护区）。

　　红二军团在去甘孜的路上，翻越了三座大雪山，红六军团在瓮水、那坡也翻越了两座大雪山、三座小雪山。为保障部队胜利地通过雪山地区，红二、六军团根据翻越哈巴雪山的经验，在艰苦的行军中进行了深入的思想动员和细致的组织工作。如通过雪山前派人深入居民访问，取得通过雪山的知识；认真分析了每个同志的身体情况，发动党团员和体力强壮的同志帮助体弱有病的同志；强调各级干部亲自做好收容工作；运用一切牲口驮运伤病员；教育部队严守雪山行军纪律等。虽然经过种种努力，但因高山缺氧，饥寒交迫，仍然有许多干部、战士倒在了雪山上。

　　红二、六军团在北上的艰苦行军中，为争取藏民支援，沿途张贴布告，说明取道川康北上抗日的目的，并请藏民吃饭，开茶话会，宣传党的抗日救国主张；严格遵守三大纪律八项注意，凡取用藏民的粮食，均按价留下银圆和信件；严禁骡马闯踏青苗，切实保护群众利益。

时任红六军团十八师五十三团供给主任杨宗胜后来记录了部队当时的情景：

先头部队到达四川西边的稻城时，已是下午5点左右了。湛蓝湛蓝的天空浮动着大块大块的白色云朵，在夕阳的辉映下呈现出淡淡的粉红色。团供给主任杨宗胜顾不上别的事，准备带人去筹粮。自打部队进入这满目荒凉、人烟稀少的藏族地区，常常是吃了上顿没下顿，粮食成了大问题。他看天色还没黑下来，就带着通司（翻译人员）和几名战士朝一座小楼走去。他估计这小楼一定是当地土司的。上级要求，为了尊重藏民的风俗习惯，凡要办什么事都要通过土司。

门半开着，杨宗胜他们还没走近，就听"哐"的一声，门被关上了。大家你看我，我看你，心里凉了半截。杨宗胜想，看来今天搞到粮食的希望是不大了。

既然来了，就得试试。通司上去叩门，好半天才从楼上走出一个衣着华丽的妇女来，她穿着一领颜色鲜艳的紫缎长袍，系着绿绸腰带，那袍边、袖口，都压镶着两寸多宽的滚龙锦边。这女人正是土司的老婆。

通司向她喊道："藏民耶莫耶莫(好)！"

那女人听后勉强笑了笑说："汉民耶莫，藏民西拉西拉(不好)！"就这么说着，那女人始终没有开门。

这时，天渐渐地黑了下来，大部队陆续赶到了。杨宗胜向团政委罗章汇报了刚才的情况。罗政委说："藏民对我们还不了解，难免这样，部队先露营吧！""粮食怎么办呢？"杨主任为难地问。罗政委若有所思地说："粮食很重要，但党的政策更重要。他们不同意，任何东西也不要强买。"

说到这儿，罗章转过身去，看着空旷的原野说："咱们红军是第一次到藏区，要坚定地执行好党的民族政策，用实际行动扩大红军的影响，播下革命的种子。"

晚上, 因为没有找到粮食, 指战员们只好找些干牛粪烧点开水, 喝完后就纷纷倒下睡觉了。杨宗胜主任躺在地上, 两眼望着夜空想着心事: 自己是供给主任, 却找不到粮食, 让团首长和指战员们挨饿, 真窝囊……

旷野起风了, 凉飕飕的夜风冻得杨主任浑身直起鸡皮疙瘩, 衣服也被露水打湿了。他不想再睡, 爬了起来, 下意识地朝那座小楼看了看, 见楼上还亮着灯, 楼里传来一个男人断断续续的低声念经声。窗前站立着一个黑影, 看轮廓是个女的。杨宗胜心里挺纳闷, 这么晚了, 他们还不睡, 难道是对我们不放心?

好容易熬到天明, 正准备出发时, 接到上级的命令: 原地休息两天后再走。杨主任想: 在这儿要待两天, 怎么也不能再让大家挨饿受冻呀! 他想再去叩门, 碰碰运气。

这时, 通司兴冲冲地跑过来对杨宗胜主任说: "土司和他老婆说了, 要迎接我们进去。"

杨宗胜真有点不敢相信自己的耳朵, 他兴奋地说道: "好, 我这就去报告罗政委。"

他三步并作两步来到罗章政委面前, 将情况汇报了。罗政委一听很高兴, 说: "走, 咱们一块儿去。"

来到土司家门前, 还没叩门, 土司已把门打开。他对罗章伸出大拇指, 感叹地连说了几个 "耶莫", 然后请他们上了小楼。楼上房间不大, 两旁是雕龙刻凤的屏风, 做工很精细; 中间垂着红绸幔帐, 里面是佛堂。看起来主人挺讲究。

进屋后, 土司请罗章坐下。罗章按照藏族的习惯, 盘坐在蒲团上, 然后说道: "感谢土司请我们进来, 我们红军纪律严明, 秋毫无犯, 保护宗教信仰自由。这次路过此地北上抗日, 还请你们给予帮助。"

土司说: "我已经看到了, 贵军宁可露营, 也不打扰百姓, 很令人敬佩。我欢迎你们进部落里来。本来我与大家商议了请你们进来的四项条件, 看来也不必说了。"

罗章一听，笑着说："还是说说吧，我们也想听听。"

土司笑了笑，说："这四项条件是：马不踏青稞，人不进经堂，走时要清扫，借物要奉还。现在看来，我们的担心没有必要，惭愧，惭愧！"

这时，女主人捧着糌粑、酥油进来，客气地请罗章和杨宗胜吃。

罗章看着这些美食，想到战士们还空着肚子，真是咽不下去，又一想，按照藏民的习惯，给东西不吃是失礼的，就犹豫起来。土司看了很纳闷，便带着神秘的表情说："你们都是神兵。"罗章听了不禁一愣，忙问："此话从何说起？"

土司说："从昨晚就没有看到你们做饭，现在还不想吃东西，不是神仙吗？"

罗章政委和杨宗胜主任一听都忍不住笑了起来，罗章政委说："我们都是肉体凡胎，哪能不吃饭呢？哪能不饿呢？我们现在是没有粮食了。"

土司听完，伸出大拇指说："耶莫，这样和士兵同甘共苦的'大各旦'(官)实在少见，粮食问题我给你们想办法。"

说完，他回过头和女主人嘀咕几句，女主人答应着出去了。

罗章接着向土司介绍了红军长征以来的情况。土司听到红军爬过了险恶的雪山，很是佩服。正说着，忽听到外面传来吆喝牲口的声音。土司站起来朝窗外望了望，说："咱们下去吧，粮食驮来了。"

杨宗胜高高兴兴地将粮食收下，由于银圆用完了，经请示罗章政委，就送给土司一些枪支和电筒等日用品。土司见到这些东西很中意，特别是从来没有见到过的手电筒，更是高兴地摆弄着，爱不释手。

这时，罗章牵着自己的马，走到土司跟前说："感谢土司对红军的帮助，这匹马送给你。"

说着，把缰绳递到土司的手里。土司看着这匹大黑马，浑身上下没有一根杂毛，黑得跟炭一样，拍着马背连说："好马！好马！"他拿着缰绳想了半天，又递给罗章说："'大各旦'军务繁忙，需要征骑，我不敢收这厚礼。"

罗章再三劝土司将马收下，土司坚决不肯，最后只好作罢。出了小楼，土司送出很远，一再道歉说："以前不了解大军，想到昨天的事，很是惭愧，以后红军再到，一定率领居民欢迎。"

有了粮食，指战员们不用再挨饿了，大家都非常感谢土司的帮助。在稻城休息的两天里，红军指战员积极为藏民挑水、打扫卫生，一时间小小的稻城充满了欢歌笑语。

两天后的早晨，部队出发了。土司和藏族同胞很早就站在村头，他们端着糌粑、酥油，热情地欢送红军。土司十分庄重地向罗章献上了哈达，罗章双手接过哈达。洁白的哈达在晨风中飘动着，犹如美丽的云朵。

由于红军正确执行了党的民族政策，严守纪律，秋毫无犯，深得藏民的拥护，许多藏民向红军献哈达，送糌粑、酥油、牛羊，出售粮食，自动给部队带路，并用牦牛驮送红军掉队人员。

但是，由于国民党反动派对红军的反动宣传和少数藏族上层反动分子对红军的仇视，红军在通过藏区时，也遇到反动藏骑的袭扰。红二军团，5月7日在桥头、6月2日在仁波寺、4日在巴塘以南的金沙江边，曾数次与藏族反动骑兵接触。在桥头战斗中，红四师参谋长汤福林、第十二团参谋长高利国阵亡。

5月13日，六军团进入乡城境内；20日离开乡城，前往稻城，在乡城停留八天，人员得到了很好的休整，给养得到了补充。红军离开前夕，军团长萧克、政委王震、政治部主任张子意亲自到寺院，将一面写有"扶助番民，独立解放"的团花锦匾送给桑披寺的堪布，以表达红军对他们的感激之情。锦匾上题款："给定乡喇嘛寺院番民"，落款"中国工农红军第六军团军团长萧克、政治委员王震、政治部主任张子意"。同时，随赠一块100克重银锭。这幅锦匾一直由桑披寺喇嘛珍藏着，新中国成立后，献给了人民政府，现在珍藏在县"红军纪念馆"中。

贺龙、任弼时、萧克、王震率领的红二、六军团进入藏族地区后，高举民族平等、民族团结的旗帜，一路上宣传"兴盛番族"、"扶助番民，独立解放"，深受藏族僧俗群众的欢迎和拥护。

红六军团离开乡城，来到稻城和理塘（当时叫理化）县。理塘是牧区，牛羊和马匹很多。这之前，红四方面军已经做了大量的宣传组织工作，又派部队接应，红六军团到理塘后，受到当地僧俗群众的欢迎，并支援了大量青稞和牛羊肉，以及一部分牦牛和骡马。

理塘的曲科寺，是康南最大的一座寺院，与康巴的甘孜寺、大金寺齐名，他们有雄厚的财力，将库存的大批青稞、酥油、牛羊肉、茶叶、布匹和氆氇送给红军。萧克、王震、张子意亲自到曲科寺，向理塘寺第四世香根活佛和僧众表示感谢，并赠送了几支步枪，留作纪念。

红六军团老战士、红军著名作家、新中国成立后曾任华北特种兵部队政治部主任、南京军区炮兵政委的苗族将军陈靖，根据红二、六军团长征和过藏区的故事，创作了长篇小说《红军不怕远征难》《金沙江畔》。

陈靖将军，13岁在家乡贵州省瓮安参加红六军团，经历了长征，以著名的电影《金沙江畔》名世，后来写过《贺龙传》等作品。到他年逾古稀之时，又花了3年时间，进行了"重走长征路"的壮举，震惊全国，从而又写了《诗言史》《重走长征路书简集》《重走长征路集叶》《寻根溯源录》等著作。

小说《金沙江畔》出版后，深受读者喜爱，分别于1959年、1961年改编为同名评剧、越剧和沪剧，在北京、上海、杭州等地演出，受到观众热烈赞扬。1963年，陈靖和电影工作者一道将这部小说改编为同名故事片剧本，由上海电影制片厂摄制完成，1964年上映，观众交口称赞，取得轰动效果。这一时期，还出版了连环画册《金沙江畔》，深受少年儿童喜爱。

四、甘孜："红军是一家人"

翻越雪山之后，红六军团于1936年5月30日离开稻城，6月3日，在理化以南的甲洼与远道前来迎接的红三十二军胜利会师。

为了迎接红二、六军团的到来，红四方面军总部曾专门对部队进行了动员和布置，要求各部队大力开展迎接红二、六军团的组织准备工作。红四方面军总指挥徐向前在动员会上说："红军是一家人，我们和中央红军与二方面军的关系，好比老四与老大、老二之间的兄弟关系。上次我们和老大的关系没有搞好，要接受教训。'兄弟阋于墙，外御其侮'。吵架归吵架，团结归团结，不能分家。现在老二就要上来，再搞不好关系，是说不过去的。每个部队都有自己的长处、短处，方针是互相学习，取长补短，加强团结，一致对敌。"会后，各部队广泛地进行了迎接会师的政治动员和各项准备工作，热烈展开了赶制慰问品的活动，如捻毛线，织毛衣、毛裤，缝制皮衣等。在地方群众中，也普遍地进行了欢迎红二、六军团的宣传教育。

1936年1月，朱德、张国焘率领红四方面军离开天全、芦山、宝兴地区，经懋功、丹巴，3月到达道孚、炉霍，准备在这一带暂行休整。这时，贺龙、萧克率领的红二、六军团渡金沙江北上的消息传来，鼓舞了红四方面军广大指战员。朱德和指战员们积极做迎接兄弟部队到来的准备工作。为此，红军大学学员孔庆德特写诗记述此事：

> 道孚温暖漾春风，齐打毛衣迎贺龙。
>
> 朱德带头搓毛线，学员围坐喜融融。
>
> 朱毛不可分开干，北上才能大道通。
>
> 草地三过云雾散，艳阳高照战旗红。

四川省道孚、炉霍，地处康北高原，这里气候寒冷，地瘠民贫。而从南方来的红二、六军团指战员缺少御寒的衣物，因此，朱德带领红四方面军指战员从物资上做支援红二、六军团的准备。在道孚一带，红军向当地居民购买羊毛、羊皮、牛皮等物，制作御寒衣物。朱德积极组织指战员搓毛线，织毛衣、毛裤，打毛背心、毛手套、毛袜子，缝制皮衣、皮背心等，大家的热情十分高涨。

尤其身为红军总司令的朱德，和红军战士一样，亲自动手搓毛线，和红军大学学员围坐在一起，边搓毛线边聊天，战士们感到其乐融融，如沐春风。当有些战士较快地搓完毛线织完毛衣、毛袜时，朱德还选出织得好的毛衣、毛袜向大家介绍、推荐，希望大家像他们一样，织得又快又好。这充分表现出他和红四方面军指战员对迎接红二、六军团指战员的一片热情和真诚。

红二、六军团为了迎接与红四方面军的会师，也对部队进行了团结友爱、遵守纪律的教育，要求会师后主动搞好团结，不利于红军团结的话不说，不利于红军团结的事不做，大力宣传中央的路线方针，宣传中央红军在陕甘的胜利，宣传三大主力红军西北会师的美好前途，并号召指战员努力向英雄的红四方面军学习，从而为两军会师做好了思想准备。

6月7日，红六军团到达理化，在理化以南之甲洼与总司令部派来迎接的红三十二军会合。该军由军长罗炳辉、政委李干辉率领，总政和红四方面军政治部还派刘型同志和文工团来迎接。

萧克军团长后来回忆说，"我和军团政委王震、政治部主任张子意等一起同何长工、罗炳辉、刘型等同志见了面。他们原来都是中央苏区的，有的还一起打过仗。老战友见面，话题很多，他们说得最多的是中央红军五次反'围剿'和长征初期遭受严重损失的情况，大家心情沉重。从井冈山斗争到转战赣南、闽西，一、二、三、四次反'围剿'，经过了多少艰难苦战，才开创出中央苏区的大好局面，现在不但根据地丢了，中央红军也只剩下万把人。大家对造成损失的领导者有怨愤情绪。我联想到在湘赣苏区时，十七师奉命北上，苦战数月，结果劳而无功；第五次反'围剿'，那些领导者要我们以堡垒对堡垒，同敌人拼消耗，结果把湘赣苏区拼完了，我们不得不做战略转移；六军团西征，又指示我们'搬家'；沿途我们不断向中央报告多带行李辎重的不利及损失情况，但中央红军出来，'搬家'更为厉害，损失也更大。大家都认为博古、李德等太主观，对革命不负责任。在闲谈中，他们又说起中央红军北上没有告诉总司令、总政委就走了等情况。还说到张国焘另立中央，但不久前又自己撤销的情况。我对这些问题过去没有听说过，没有插话。"

休整几天后，13日继续北进，17日进至新龙，受到了红四方面军第四军的列队欢迎，并开了联欢大会。22日，部队到达甘孜的蒲玉隆，在那里又受到了红军总司令部首长和红四方面军总指挥部领导同志的迎接。萧克回忆说："几天后，在蒲玉隆见到了许多年未见的朱德总司令，我们谈起了中央红军在遵义会议前后的情况，谈到中央撤换'左'倾错误领导人博古、李德，确立毛泽东同志在党和军队的实际领导地位的事情，都很高兴，对张国焘另立中央的事感到愤慨。朱总司令还说，张国焘搞分裂，另立中央，是大错误，这个人有野心，但是，今后还要对他注意争取、团结，促使他一起北上抗日。""我们虽然同四方面军初次见面，但亲如兄弟，一种阶级的情感，体现在双方容颜举止和交往之中。四方面军总指挥徐向前虽去了前方，但对两军的团结仍非常关心。""四方面军的同志很能体会徐帅的指示，当我们到达蒲玉隆那天，后面有近百人掉队，四方面军立即派马数十匹接他们回来。还给我们大部分同志打了毛背心，从理化和瞻化、甘孜送牛羊给我们。"

6月30日，红六军团移驻甘海子。

红二军团于6月初经巴塘北进，19日进至白玉县城，30日到达甘孜附近的绒坝岔，与红三十军胜利会师。

7月1日，红二、六军团齐集甘孜。中共中央、红一方面军及陕甘宁边区各机关单位联衔致电朱德、张国焘、任弼时、贺龙、萧克、徐向前、陈昌浩并二、四方面军全体指战员，表示以无限的热忱庆祝二、四方面军的胜利会合，欢迎二、四方面军继续英勇进军"北出陕甘与一方面军配合以至会合，在中国

中共中央领导人关于热烈欢迎红二、四方面军北上会合致朱德、张国焘、任弼时电

(1936 年 8 月 3 日)

朱、张、任同志：

(甲)接八月一号电，为之欣慰。团结一致，牺牲一切，实现西北抗日新局面的伟大任务，我们的心和你们的心是完全一致的。

(乙)我们已将你们的来电通知全苏区红军，并号召他们以热烈的同志精神，准备一切条件欢迎你们，达到三个方面军的大会合。

(丙)军事情况，由此间军委随时电告你们。

(丁)国际来电除前次一电已照转外，尚未继接对二、四方面军单独指示的电报，以后接到当照转你们。昨日来电我们已原文转告国际。

英、洛、恩、泽、博

八月三日

1936年8月3日，中共中央领导人关于热烈欢迎红二、四方面军北上会合电。

红二四方面军会师后，中共中央领导人致电，热烈欢迎红二、四方面军会合北上。

会师后，红二方面军领导人要求部队"凡四方面军来的干部，只准讲团结"，"不利于团结的事不说，不做"。红二方面军领导同志还主动找红四方面军的负责人谈话，了解情况，沟通思想。红四方面军的干部战士在会师前就为红二方面军准备了毛衣、毛袜等御寒物品，并协助红二方面军筹集粮食、牛羊等。两个方面军的干部战士关系十分融洽。

红二、六军团的到来，使红四方面军深受鼓舞。红军的力量强大了，无论对于对付反动军队围追堵截，还是克服恶劣自然环境的困难，都信心倍增。但是，领导层里却有不同想法。张国焘想把红二、六军团拉到他那边去，壮大自己的力量。先是红六军团到理塘时，接着在甘孜会师时，他派人去散布反对中央的言论，散发宣传张国焘、诋毁中央的小册子，并对王震进行拉拢。王震当即拒绝，明确表示：他只执行中央指示，拥护毛泽东代表的党中央；下令将张国焘的小册子烧掉。红二军团到达甘孜的当晚，张国焘与任弼时等见面谈话时，就提出要调换红二、六军团领导人；还打算召开党的会议，利用组织手段，迫使红二、六军团领导支持他的主张，但均遭到抵制。任弼时说："报告由哪个来做？有了争论，结论怎么做？如果两军尖锐对立怎么办？我不负责任。"

这样，两军干部联席会议没有开成。

甘孜会师期间，朱德、刘伯承等同任弼时、贺龙、关向应等彻夜长谈，将红一方面军与红四方面军会师的情况，从两河口会议开始的分歧，以及张国焘在卓木碉会议另立"中央"等种种活动，做了详细介绍。朱德说："张国焘目前同意取消他的'中央'是迫不得已的，还是反对毛泽东他们的。但红四方面军广大指战员是拥护中央、赞同北上的，追随他的是极个别人。我们要做团结工作，包括张国焘在内。要想办法带着他们去会合中央。"还说："同张国焘既要坚持原则，敢于斗争；还要讲究策略方法，顾全大局，不能冒火，操之过急。"他建议，北上时部队分开行动，防止被张国焘控制；并要贺龙找张国焘给予支援。

任弼时、贺龙、关向应等坚决地站在朱德、刘伯承等一边。针对张国焘的分裂活动，任弼时指示红二军团政治部："红四方面军来的人只准讲团结，不准进行反中央的宣传。"他找红四方面军领导交谈，敦促消除隔阂，促进团结。他还营救了被张国焘当作"改组派"关押的廖承志等人，使他们获得自由。

为了同党中央直接联系，任弼时找张国焘要来电报密码本，向中央报告了红二、六军团继续长征以来的大体情况：历时七个多月，行军1万多里，大小战斗10多次，伤亡约5300人；出发时1.7万人，到甘孜会合时1.45万人。贺龙嘱咐各部："要与红四方面军友好相处，多讲人家的优点，缺点让人家自己讲。"

贺龙与张国焘打过交道，对张有所了解，已防备他变脸色下毒手。开庆祝大会时，贺龙坐在张国焘身旁，张刚要起身讲话，贺龙半开玩笑半认真地悄悄地对张说："国焘啊，只讲团结，莫讲分裂。不然，小心挨黑枪啊！"张国焘心虚了，在大会上没敢讲不利团结的话。后来，贺龙说："其实，我哪里会打他的黑枪，是他自己心里有鬼嘛！"

1936年7月5日，中革军委颁布了关于组织红二方面军及干部任职的命令。命令说："决以二军、六军、三十二军组织二方面军，并任命贺龙为总指挥兼二军军长，任弼时为政治委员兼二军政治委员，萧克为副总指挥，关向应为副政治委员，陈伯钧为六军军长，王震为政治委员。"其中，二军即红二军团、六军即红六军团。

第二军下辖：第四师，师长卢冬生，政治委员冼恒汉；第六师，师长贺炳炎，政治委员廖汉生。

第六军下辖：第十六师，师长张辉，政治委员晏福生；第十七师，师长贺庆积，政治委员汤祥丰；第十八师，师长张正坤，政治委员余立金；模范师，师长刘转连，政治委员彭栋才。

第三十二军，军长罗炳辉，政治委员袁任远，政治部主任李干辉。第三十二军下辖：第九十四师，师长肖新槐，政治委员幸世修；第九十六师，师长王尚荣，政治委员谭友林。

在红军第一、第二、第四方面军三大主力的长征中，有一支部队先后参加

红二方面军部分师以上干部合影。前排左起：甘泗淇、贺炳炎、关向应、王震、李井泉、朱瑞、贺龙；后排左起：张子意、刘亚球、廖汉生、朱明、陈伯钧、卢冬生。

红二方面军部分师以上干部合影

红二方面军部分团以上干部合影。前排左起：陈文彬、李建良、罗志敏、刘道生、陈文标、颜金生、李贞；二排左起：朱瑞、卢冬生、王震、甘泗淇、贺炳炎、陈伯钧、贺龙、任弼时、左权；站立者左起：陈希云、王定一、朱绍田、张子意、刘少文、黄新廷、成钧、周士弟、警卫员、廖汉生、关向应、李家宾、谷志标、朱明、王绍南、戴文彬、鲁志诚、李井泉、"黑子"。

红二方面军部分团以上领导干部合影

第一、第二和第四方面军的行动，这也是唯一参加过红军三大主力长征行动的部队。这支部队就是红三十二军。这支部队是原红一方面军的第九军团，军团长罗炳辉，四渡赤水河后，蔡树藩调军委纵队，何长工接任军团政治委员；参谋长郭天民、政治部主任黄火青、中央代表王首道、供给部部长赵镕、政治保卫局局长周兴、地方工作部部长〔前任部长王有发3月4日调出任中国工农红军遵（义）湄（潭）绥（阳）游击队政委〕朱明、卫生部长吴清培。

1935年7月18日，根据中共中央芦花政治局常委会议决定，红九军团改编为第三十二军，罗炳辉任军长，何长工任政治委员，郭天民任参谋长，黄火青任政治部主任。当时，红三十二军下辖两个团，共1000余人。

8月4日至6日，中共中央政治局沙窝扩大会议决定恢复红一方面军番号，第三十二军隶属红四方面军。现在由红四方面军转隶到红二方面军。

红三十二军能够编入红二方面军，应归功于红二方面军的总指挥贺龙。对此，朱德曾评价道："贺老总对付张国焘很有办法，不争不吵，向他要人要枪要子弹，硬是要过一个军（即红三十二军），尽管人数不多。"编入红二方面军后，红三十二军的军长仍为罗炳辉，原政治委员李干辉调任政治部主任，政治委员一职由袁任远接替，仍辖第九十四、第九十六师。

红二方面军与红四方面军甘孜会师后，任弼时在朱德的建议下，跟随红军总部行动。他以中央政治局委员和红二方面军政治委员的双重身份，亲自去做张国焘、陈昌浩、徐向前、傅钟、李卓然等人的工作。同时，与红四方面军其他领导干部广泛进行交谈，了解思想情况，努力增强团结。他还向中共中央建议，在红一、二、四方面军靠拢时，召开一次中央会议，交流思想，统一认识，加强党在策略路线基础上的团结一致。他的建议得到了中共中央和红四方面军领导的一致赞同。任弼时的上述行动，给人们留下了难以忘怀的印象。后来徐向前在回忆这一情况时说："任弼时同志高度评价两军会合后的团结气氛，积极地为促进党和红军的团结而努力"，"实事求是，珍重团结之情，溢于言表"。

红二、六军团与红四方面军的甘孜会师，具有重大的历史意义。红二、六军团的到来，增强了反对张国焘错误路线的力量，对维护全党全军的团结，实现红军三大主力会师，开创中国革命的新局面起了重要的作用。在红二方面军指战员的推动和红四方面军指战员的要求下，张国焘被迫同意两军共同北上。

五、阿坝：更加漫长的草地行军

和其他红军部队相比，红二方面军在草地的行程是最漫长的，时间也是最漫长的。红一方面军走了一周，而红二方面军走了几乎两个月的时间，而且，这里是草地行军中最荒芜的地带。

红二、四方面军会师后，根据红军总部电令，红二、四方面军均以松潘、包座为目标，分左、中、右三个纵队北上。右纵队由红五军及红三十一军九十一师其两个团组成，由董振堂、黄超指挥，从绥靖、丹巴出发，向包座进发；中纵队以红四方面军总指挥部、红九军、红三十一军九十三师、红四军十二师、独立师、红军大学、总供给部、卫生部组成，由徐向前率领，从炉霍出发，向包座进发；左纵队由红三十师、骑兵师、总部五局、红四军十师和十一师、省委党校及红二方面军（含红三十二军）组成，由朱德、张国焘、任弼时指挥，从甘孜出发，向巴西、班佑进发。红二方面军作为二、四方面军的后卫部队和收容队，筹粮难度大得多，部队缺粮的情况更为严重。甘孜与阿坝接壤，这次北上，首先要经过茫茫草地。对于过草地，红四方面军是第三次。有前两次经验，指战员们做了充分的物资准备。红二方面军是第一次，有红四方面军帮助，在心理和物资方面的准备都还充分。但进入草地后，严寒和饥饿仍是两大威胁。

甘孜北上，经过的最艰苦地段是人迹罕至的大草原。举目望去，荒野一片，不见村庄，不见人烟，仿佛到了另一个世界。部队终日行进于荒凉的原野，有时还蹒跚于深草泥坑。这里，地处高原，空气稀薄，天气多变，忽而晴空万里，忽而阴云密布，忽而大雨淋淋，忽而风雪交加，部队每前进一步都要克服很大的困难。当时，最大的问题是粮食奇缺，尽一切可能寻找可以食用的东西，力争不因饥饿致死，是面临的最严重的斗争。部队从甘孜出发时，虽经多方努力，做了大量工作，但只筹集到七八天的粮食。原计划10天后即可到达阿坝，由于沿途得不到粮食补充，条件十分恶劣，干部、战士体力异常虚弱，走了20多天才到达目的地。开始，每人每天尚能分到三两青稞粉子，后来，连这一点最低的需要也很难保证了，只得以野菜、牛羊皮和牛羊骨来充饥，有的把草鞋上的牛皮筋烤焦或煮熟吃了。最困难时，甚至连野菜、牛羊皮也无从取得，致使不少干部、战士口含着野草献出了宝贵的生命。为了维持部队的生存，尽力减少减员，领导明确提出了"粮食就是生命，粮食就是政治"的口号，动员全体同志严格地节约粮食，互相调剂，彼此帮助，优先照顾伤病人员。红二方面军的口号是：走出草地，就是胜利！

红六军团经过海拔4000米以上被称为"旱草地"的高山草甸。从甘海子出发至全部到达阿坝，全是草地行军，历时18天。这是红六军团长征途中最艰难困苦的时刻。部队从甘海子出发前做了广泛深入的政治动员和思想工作。行军中各级干部关心战士，以身作则，吃苦耐劳。各党支部每晚开会、汇报，分配党团员扶助伤病员。中途休息和到宿营地后，各师均派出得力干部带上所有马匹接应落伍人员。但因高原缺氧，天天露营，气候多变，大风、大雨、大雪、冰雹不断袭击，寒冷异常，更困难的是没有粮食，模范师绝粮12天，其余部队绝粮8天，全以野菜、草根、牛羊皮充饥，全军指战员忍受着人类难以承受的艰难困苦，许多同志口里含着野草长眠在征途上。[1]

红六军团从甘孜到阿坝，经过18天的长途跋涉，往复涉渡了6条大河流（达曲、泥曲、色曲、杜柯、玛柯、克柯），在海拔4000米以上的高原行军百余公里，翻越了海拔4000米以上的山峰7座，行程约500公里。克服了难以想象的困难，以牺牲近300人的巨大的代价，终于到达了阿坝。也有一说法，陈伯

---

[1]《中国工农红军第六军团战史》，新疆军区党史资料征集办公室编，新疆人民出版社，1994年12月第1版。

钩致贺龙电报中称六军团牺牲750人。王恩茂在《在雪山草地的艰难日子里》一文中提到红六军团"……从甘孜到阿坝这一路，饿死、冰（冻）死、病死的就有750多人，从阿坝到包座，饿死、冻死、病死的人就更多"[①]。

红二方面军不仅要和饥饿、疾病、劳累、风雪、冰冻做斗争，同时还在不断地同拿枪的敌人斗争着。萧克回忆说，"人们通常的印象，以为草地行军，没有敌情顾虑了，其实不然。同反动骑兵做斗争，也不是小问题。四方面军有经验，组织了骑兵师，各军、师也有小的骑兵部队。但我们初到甘孜，对此是没有认识的。有一天到总司令部开会，总部的领导人向我们指出这个问题的严重性，并指定刘伯承教我们打骑兵的战术。伯承同志来二方面军，向干部讲述了打骑兵及草地行军的注意事项，这是我第一次直接听他传授丰富的军事知识和作战经验，直到现在仍有深刻印象。由于有对抗骑兵的精神准备和战术教育，后来几次遭到骑兵袭扰时，虽然不能消灭他们，但也没有吃亏。"

阿坝县位于四川西北部。1954年1月，西南行政委员会批准设县，1956年3月正式完成建县。阿坝是"阿娃"的汉译，"阿娃"是"阿里娃"的简称。古时阿里一带迁移到该地的居民，自称"阿里娃"。建县前，阿坝分上、中、下阿坝。上阿坝位于现各莫乡包括甲尔多乡、四洼乡、德格乡、安斗乡、求吉玛乡，中阿坝位于现阿坝镇（即县城区）包括哇尔玛乡、麦昆乡、龙藏乡、河支乡，下阿坝位于现安羌乡包括洛尔达乡、茸安乡。阿坝平坝纵横50里，阿曲河由西往东流，两岸都是成片的青稞地。红六军团全军在中、下阿坝筹粮、休整以及总结行军经验和教训，为北上过松潘草地做准备工作。

红六军团军团长陈伯钧、政治部主任张子意在他们的日记中都记载着这样的文字。红六军团在绒玉（农业区）没有筹集到粮食，只能沿玛柯河而上到牧业区，即现在的江日堂乡、班玛县府驻赛来堂镇、多贡麻乡和久治县的白玉乡一带设法筹集牛羊和粮食。由于当时这些地区没有设乡村建制，都是人烟稀少的荒原，加之先头部队已经将驻地附近的粮食收购一空，除了十八师"获牛近

---

① 《红六军团征战记》（下），《红六军团征战记》编辑组编，解放军出版社，1994年
6月第1版，第457页。

百头，粮千斤"外，其他部队"筹粮均无多大结果"。所以，模范师、十七师
担任的"特殊任务"的实质，就是深入到阿什姜贾贡寺西北方向百里之外的白
玉寺一带筹集粮食，只有较远的寺庙和部落才有筹集到粮食的可能，以解缺粮
的困境。两天以后，模范师、十七师担任的筹粮任务还是无果而返。

两个师为筹集粮食在班玛地区多待了两天，并且消耗了一部分宝贵的粮
食，让本已经捉襟见肘的粮食，更加匮乏。以致在最后几天两个师因无一粒粮
食，被饿困在半路上，差一点到不了阿坝。

《张子意日记》记载："七月二十日 雨 本军过两山，到达离阿坝
一百二十里地露营。我十七师及模范师袭牛场无结果，亦由哑公寺（即阿什姜
贾贡寺）出发跟进。（九十里）"《陈伯钧日记》记载："王震同志于午后派
骑兵排送信给我们，言模范师、十七师饿困，要我立即派人送牛去接济。"这
都说明了两个师当时的状况。

断粮以野菜充饥，仍然充满危险，可以食用的野菜，与误食后会夺取生命
的毒草往往很难区分。陈云开将军的回忆录中，记载了红军战士为了战友的安
全，争着以身试毒的生动故事。过川西北草地时，陈云开在红六军团保卫局执
行科工作，当时断了粮，只好吃野菜，但不知道哪些野菜有毒。科里的7名同
志都抢着先试野菜，科长说，我是科长，应该由我先尝野菜。万一我不行了，
科里工作由陈云开同志负责。陈云开抢过野菜说，同志们，我今年才二十挂
零，身体好，抵抗力强，毒性不大的野菜在我身上只能产生较低的反应。陈云
开一连尝了六种野菜，当尝第七种野菜时，中毒当场昏迷，被抢救才脱险。

长征过草地时在红原若尔盖一带（日干乔草原湿地），原来准备的粮食已
经吃尽了，整个收容队没有一粒粮食。行军路边和宿营地附近的野菜早就被前
面的部队挖光了，要想挖到野菜需要走好几里远。每天掉队、减员的人相当
多，有的担架员实在抬不动时就坐在草地上休息一会儿，这一坐就站不起来
了，永远地留在草地上。据史料记载，约有一万多名红军将士长眠于草地（主
要分布于若尔盖县的镰刀坝、包座牧场、班佑草地及红原县的色既坝、龙日坝
一带），红军走进草地几乎濒临绝境。红军长征在四川滞留的时间最长、经历

的地区最广阔、面临的环境最艰险、进行的斗争最卓绝、付出的牺牲也最大，所有这一切，都在世称"松潘草地"的若尔盖境内得以集中体现。

1936年7月下旬，北上红军三个纵队经过艰苦行军，已经先后离开西康境域，逐渐聚集于川西北与甘南结合部地带。

7月23日和26日，部队先后到达阿坝，在这里全军上下一齐动员，积极筹措粮食，但因居民稀少，粮食有限，所得无几，远远不能满足部队需要，无奈，只得忍着饥饿，继续前进。7月30日，红六军团作为红二方面军的前卫由下阿坝（安羌）出发，过水草地，向包座前进，踏入更为艰苦的北上抗日征途。

红二、四方面军顶烈日、抗饥饿、战疲劳，终于走过草地，到达包座地区。一望无际的沼泽湿地，千里没有人烟。在长征途中，红二、四方面军遇到常人难以想象的困难。有关资料统计，红二方面军因饥饿、寒冷、疾病而倒在了这片凶险的草地上，牺牲了1000余人。

困难之一：沼泽地特别难行。过草地最危险的是被野草覆盖、深不可测的泥潭，人陷进去就会窒息而死，很难摆脱困境。一旦有人陷进泥潭，其他同志都没法救助，只有眼睁睁地看着他慢慢沉入烂泥之中。大家小心谨慎，互相照应，踩着前面的脚印走。草地上过河是很危险的，部队虽然有牛皮船，但只能解决一部分人过河，其他人就三五成群、手挽着手蹚水过河。

困难之二：天气的变化无常。农历六月，白天太阳出来热死人，夜晚冻死人，有时下大雨，有时降冰雹。天上虽然没有敌人飞机轰炸，地上也没有敌人围追堵截，但恶劣的天气却是红军指战员最大的敌人。过草地时，背了五根用来搭帐篷的竹竿，雨布帐篷由牲口驮着走。晚上睡觉搭帐篷，地面铺油布，上面铺草。有的同志没有帐篷，就身上裹个破毯子席地而睡。遇到大雨冰雹，就两人背靠背在伞下躲避。那时，一把能够遮风挡雨的伞就是个宝。

困难之三：饥饿的难以忍耐。过草地之前，很多红军指战员不愿吃青稞酥油面，过草地时想吃又没有了。如果遇到死骡子、死马，都是喜出望外的大事。那时候，连乌鸦都飞来与人争食，毫不畏惧。在饥饿难耐时，野菜、草根、皮带等能吃都吃过了，有的连被雨水从粪便中冲刷出来没有消化的青稞粒都捡起来吃了。一天宿营，红五十团陈文彬政委的通讯员把背上的几斤炒面放在地上去打水，回来发现炒面不见了。在这种异常艰苦饥饿的条件下，炒面的丢失绝对危及生存。但红军战士们没有感到生气，大家都很困难，一把炒面可以救活一条生命；自己饿死了，其他同志的生命就保住了。陈文彬政委没有批评通讯员，和他一起挨饿，吃了几天的野菜。同志们知道后，每人挤出一点干粮救济他们，最后硬撑着走出了草地。红军队伍里的官兵都一样，都是自己管自己，没有吃的照样挨饿，连朱德总司令都自己挖野菜吃。任弼时和警卫员李少清一块没有吃完的皮带，至今还保存在北京军事博物馆中。

在过草地的那些日日夜夜里，可以说，每个红军指战员，每时每刻都处在维持生命、争取生存的斗争之中。所以，当走出草地，看到了村落，看到了群众，看到了田野，看到了牛羊，每个干部、战士都有一种压抑不住的发自肺腑的喜悦心情，仿佛从死亡的世界又重新回到了人间。

在草地中连续走了20多天，终于发现前面有房子。大家相互转告，兴奋极了。这里的多数藏民，受国民党和上层反动分子蛊惑已外出躲避。部队在这个村寨短暂休整，找牛场、割麦子，筹集粮食。为了部队的生存，只能采取唯一的方法，就是到地里收割已经成熟或快要成熟的青稞。战士们先收割土司的，再收割藏民的。不管是奴隶主的还是奴隶的，战士们都是出钱买。有些不知道是谁家的，大家就把所收的数量和原因写在木牌上插在地里，等藏民回来后拿着木牌向红军领钱。这就是部队当时采取的非常措施：留条（牌）借粮。采取这种方式筹集的粮食，大家一边吃一边觉得心里难过。毛泽东曾对斯诺说："这是红军唯一的外债。"新中国成立后，毛泽东一直还牵挂此事，指示川西和西康地区政府向藏民做了补偿。

经过两个月的艰苦奋斗，坚强的红二方面军硬是凭着革命必胜的信念和高度的乐观主义精神，克服各种困难，终于在1936年9月1日走出了广袤荒芜的水草地狱，到达岷县的哈达铺。

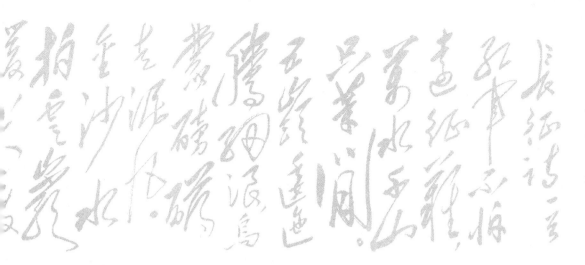

第九章

扩红扩红，
越来越壮大的队伍

从出发长征到胜利结束，红一、二、四方面军三支队伍中，红二方面军的兵员保有比例最高。

这是一支长征途中不断壮大的队伍。在红二、六军团长征队伍里，不仅有出身工人农民的英勇红军指战员，还有三位特殊人物。

一个是骑着淡红色大骡子的张振汉，长征前是刚被俘虏的国民党中将纵队司令；另一个是年已57岁身穿老秀才式长衫，曾是清朝贡生并担任过辛亥革命后大汉贵州军政府行政总理的周素园；还有一位也是骑着骡子的，这是一位碧眼高鼻梁的外国人，英国教会派到中国的传教士鲁道夫·阿尔弗雷德·勃沙特，中文名为薄复礼。他们三人在长征中经历的艰苦，与过去的优裕生活简直天壤之别，但他们却和红二、六军团一道艰苦卓绝地行军万里。其中，前两位一直跟随红军指战员们到达了陕北。

从跟随红二、六军团长征起，他们三人就成为共产党人的朋友，这份革命情谊保持了一生。

一、锡矿山："无产阶级工人团"的诞生

这是一群什么样的人，他们能够以如此顽强的意志，征服着常人无法承受的艰难；他们能够以如此勇敢的精神，和数倍以至十余倍、数十倍的敌军拼

搏；他们能够以如此坚定的步伐，走过两万七千里的万水千山；他们能够以如此宽阔的胸襟，默契地和友邻部队攥成一个击败一切敌人的铁拳。

时任红六军团十六师四十八团团长的罗章将军，在《"无产阶级工人团"的建立》一文中，记述了当年红军在长征途中扩红的场景，把红军凭借入伍人员高度的政治觉悟扩大自己队伍的故事展现在我们面前。

他告诉我们一个答案："'红军是人民的子弟兵，来自人民，服务于人民。'这就是红军为什么能成长壮大的重要原因。"[1]

这是红军在长征途中，诸多扩红故事里的一个，它向人们告知了红军不断扩大的秘密。红军并非某些人说的那样，靠什么物质利益刺激人们参军，而是依靠阶段觉悟，依靠民族解放的信念，鼓励人们去同反动统治者做殊死的抗争。

我们红六军团从1934年8月7日到10月24日，在这短短近三个月的西征中，每天跋山涉水，几乎身不解衣，马不离鞍，时刻同敌人战斗，大小仗达数十次之多，部队伤亡很大。加上一路上留下来组织地方党和游击队的部队以及不能行动的伤员，部队更大大减员了。

这一时期，不管是行军打仗还是短期休整，都要扩大红军。扩军已经成为经常的工作了。从连到师都成立了扩兵组织：连、营叫扩红组，团、师叫扩红队。担任扩红工作的，都是临时从部队抽出来的能做宣传工作的年轻人，行军时，他们走在队伍最前头，宿营时，他们召开群众大会，遇人便讲，逢人便说，宣传红军政策："红军是穷人的队伍，要打倒土豪劣绅，打倒军阀，分田地……人人有工做，人人有衣穿，人人有饭吃，人人有书读……红军是官兵平等……"

经这一宣传，群众越来越多，这时再讲："谁愿意当红军可以报名。"然后，再了解家庭成分，比如：家种多少地，几口人，雇长工不？遇到成分不好的，不合条件的，就劝说他好好劳动。若是在城里，对群众的宣传内容，就要

---

① 《"无产阶级工人团"的建立》，《星火燎原（未刊稿）第四集》，罗章，解放军出版社，2007年8月第一版，第190页。

变一变，首先讲资本家和商人怎样剥削工人和店员，对愿意参加红军的店员，比要求乡村的农民更严格。问他们，会买卖不？能吃苦不？

扩来的红军战士，连、营都不许留，要交团扩红队统一分配，或者编成新的连、营、团单位。到贵州松桃同二军团会合时，原六个团已减员近半。可是在湘鄂川黔近一年的时间，我们六军团又扩大了两倍多——成立了六个新团，并建立了十六、十七、十八三个师的指挥机关。

1935年11月间，我们进入湖南省的新化、兰田后，先头部队把锡矿山的一个保安团打跑了。我十六师师部，率领四十七团、四十八团，开进了锡矿山。听说红军进城了，大街小巷都挤满了人，欢迎红军。

这时，我们的扩红队又活跃起来了，他们各占一块地方，放上一张桌子，插上一杆红旗，再用几张白纸写上"红军报名处"几个大字，扩红队的同志，便拉开嗓门宣传红军政策，当场就有很多人报名参加了红军。

为什么街上有这样多的工人？他们为什么不做工？后来一打听才知道，原来这里的地下党发动群众，罢工一天，欢迎红军，帮助红军筹粮筹款。锡矿山是有革命传统的，还在大革命以前，这里就有工会和工人纠察队。大革命失败后，工会、工人纠察队被解散，党组织也遭到破坏。但共产党人是杀不绝的，党组织在矿山存在着，秘密地领导工人同矿主斗争，打死矿警、要求改善伙食的罢工和其他政治性的斗争从未间断过。当地下党派人同我们接头时，我们十六师抽出一批党员干部，留在矿山加强了地下党的组织。后来听说，从红军走后，直到1949年新中国成立时，锡矿山的党组织一直存在着，不断地发动工人同矿主斗争。真是"工人见红军，亲如一家人"。红军在这里刚住上两天，许多工人就和红军交上了朋友，讲述他们的痛苦生活……

锡矿山分南北两矿，在第一次世界大战期间，工人最多达六七万人。两个矿主设了看井队镇压工人，还雇用湖南军阀李觉一个营的部队，在矿周围设防，看守工人。

锡矿山出产的锑，虽是全国知名、世界第一，但工人创造的财富，却入了矿主的腰包。南矿主一天就有万元收入，而工人却过着牛马不如的生活，每天只拿三四毛钱，再去掉苛捐杂税，也就寥寥无几了；借钱也要找矿主，借白洋，白洋跌价要还铜板，借铜板，铜板跌价要还白洋。弄得工人衣食无着；加上当时又是手工开采，用镐头挖矿石，用脊背背矿石，晚上下工时，手流血，脊背磨掉了皮，上了年纪的工人都变成了驼背；矿井里没有通风设备，常有人昏倒在井底，有病也不许离矿，要坚持十二小时以上的工作。死在井底下的人不计其数，死者得不到厂方安葬，要自家收尸。矿里有百分之八十的工人得了职业病——硅肺病，这种病的死亡率是百分之七八十，矿上流行这样一首怨歌："有女不嫁石匠郎（指矿山工人），嫁出老婆做道场（丈夫已死，请道士诵经）。"

红军到了锡矿山，拨开云雾见晴天。锡矿山沸腾起来了！工人活跃起来了，两个矿主吓跑了，只留下些狗腿子和工头看矿。

有天晚上，我们正在师部开会，会议简单地读了备战情况后，就讨论起扩红的问题。大家认为：工人的积极性不能挫伤。但要尽量说服一部分人留在矿上，团结广大工人同矿主进行斗争，接着各团又报告了扩红的人数，一算，自愿报名的工人已有一千多。这时，师部参谋走进会场说："矿主派代表来谈判，说要钱可以，不要把工人带走，还说，今晚，请我们到矿上吃饭。"

师政委晏福生同志对大家笑了笑说："怎样？同志们！这些喝工人血的家伙来行贿了。"我们政委早在大革命时，就在安源煤矿做工，对资本家这一套把戏知道得一清二楚，他接着说："不要理他们，让他们滚蛋。"参谋扭身走出，把矿主派来的代表轰走了。

我们刚散会，矿主又派人送来四桌酒席。这下大家可怔住了：吃不吃呢？还是我们师政委有经验，他说："收下，不吃白不吃，先开开胃口，吃完了照样扩红，要钱。"住在师部附近的部队，和各团来开会的干部，把四桌酒席一扫而光，最后对矿主的代表说："回去告诉矿主，钱还是要，兵还是扩。"那几个派来的代表灰溜溜地夹着尾巴走了。

最后三天的时间，自动报名参加红军的工人已经有2000多，经我们耐心说服，回去了几百人，最后还剩下1800多人。

要成立"无产阶级工人团"这消息一传开，师部各团部都忙起来了，赶做1800多套灰军衣，抽马匹、枪支弹药，配备各级指挥员，在工人中选班排长，大街小巷，穿梭一般的人流，个个欢天喜地，虽是11月的冷天，却忙得满头是汗。

记得成立"无产阶级工人团"那天，异常热闹，在一个广场上，到处飘着红旗，到处锣鼓喧天。看热闹的群众，送行的工人家属和工人代表，人山人海。

一支无产阶级的新军诞生了。师政委晏福生同志还在会上讲了话："同志们：无产阶级工人团成立了。工人是最受压迫的，你们过去过着低下的牛马生活，身前身后是石头，头上脚下是石头，在不见天日的井底劳作……红军就是为穷苦大众的翻身解放而战斗的。"这时台下高呼起口号："打倒帝国主义，打倒军阀，打倒封建买办头子……"千万人振臂高呼，有的群众也眼含着泪举起胳膊。

这支工人阶级的队伍，在万众欢呼声中，踏上长征的道路。[①]

红军指战员政治坚定、不怕牺牲、勇敢顽强，首先源于高度的阶级觉悟。哪里有穷人，哪里就有红军需要的兵源。红军历来注重宣传工作，在扩红时更是极其讲究靠宣传动员提升民众的革命觉悟，甚至做到了无微不至。

红二方面军副总指挥萧克在总结红二、六军团长征的经验时说，"走了不少路，打了不少仗，队伍却没有减少。为什么呢？就是一路宣传抗日救国和红军纪律，做群众工作，打土豪、分财物，得到广大群众拥护。敌人报刊说我们到处流窜、裹挟流亡。前一句（'到处流窜'）从表面现象看，似乎像那样子，但他们根本不懂得我们是有政治目的的，我们是采取灵活的运动战、游击战的军队。后一句话（'裹挟流亡'）更荒谬了。我们为工农和中华民族利益而英勇奋斗，人民自觉的参军，既不用裹，更不用胁。"[②]

这应当是最精辟、最具权威的回答了。

---

① 《"无产阶级工人团"的建立》，《星火燎原（未刊稿）第四集》，罗章，解放军出版社，2007年8月第一版，第190-193页。

② 《红二、六军团会师前后》，萧克，《近代史研究》1980年第1期。

二、晏福生：政委参加了自己的"追悼会"

"红二方面军打得苦啊！从西南打到西北，都是穷地方。生活环境差，武器装备差，医疗条件差，只能靠血肉之躯与敌拼搏啊！"曾任红六军团敢死队排长的颜文斌将军，对前来采访的人员这样说过。

长征中，红二方面军能够接连打大仗、打恶仗、打胜仗、打漂亮仗，正是因为有这样一批靠自己血肉身躯和敌人拼搏的指战员，支撑着这支英雄的战略军团。

晏福生（1904—1984），湖南省醴陵县人。1923年参加安源路矿工人俱乐部。曾任安源煤矿工人纠察队队长。1926年加入中国共产党。1928年参加醴陵暴动，同年参加中国工农红军，先后任醴陵赤卫团排长，湘东南独立师第三团副官，红八军第二十二师四十九团特派员、团政治委员，红六军团第十八师政治委员，第十六师政治委员。参加了长征，但是，他在长征中却有不同寻常的经历，那就是他曾两次因"光荣牺牲"被悼念。其中一次，他还参加了自己的"追悼会"。

1935年1月，蒋介石纠集十一个师约10万兵力，分六路对湘鄂川黔根据地进行"围剿"。2月，中共中央和中革军委及时向红二、六军团发出反"围剿"作战的指示："应利用湘鄂敌人指挥上的不统一与何键部队的疲惫，于敌人离开碉堡前进时，集中红军主力，选择敌人弱点，不失时机地在运动中各个击破之。"

4月，时任红六军团十七师四十九团政治委员的晏福生指挥四十九团参加了陈家寨战斗。正当晏福生指挥二营冲进寨头时，发现一股敌人突破红军阵地往西逃窜。他来不及调动部队，带着警卫员尾追而去。战斗结束后，部队撤出阵地进行总结，发现政委和他的警卫员都不见了。派人多方寻找未果，指战员们都以为政委牺牲了。四十九团吴正卿在会上提议："为晏福生政委默哀三分钟。"就在全团指战员万分悲痛之时，晏福生和他的警卫员扛着缴获的长枪、短枪，押着几个俘虏步入了会场。听说大家已为他"默哀"了三分钟，晏福生风趣地说："敌人还没有消灭，革命还没有成功，阎王爷还不忍心收咱们呢！"在场同志破涕为笑了。

第二次，晏福生被追悼是他担任了师政治委员之后，军团政治委员王震宣布的。

1936年7月5日，红二、六军团组成红二方面军，与红四方面军共同北上。为了尽快实现三支主力红军会师，中革军委决定在甘肃的静宁、会宁地区组织一次会战，主要打击蒋介石的嫡系胡宗南部。

红二方面军坚决拥护并执行中革军委的战役计划，当即决定红六军团从甘南的成县、两当、康县地区挺进陕西宝鸡地区，牵制胡宗南部西进，策应红一、四方面军作战。但是，由于张国焘的分裂活动，整个战役计划没有得到贯彻执行，结果不但没有消灭胡宗南部，反而使胡宗南部乘机由西安进至清水、秦安、庄浪地区，同毛炳文部靠拢了。川军孙震部也由武都进至康县一带，企图同胡宗南部、毛炳文部夹击红二方面军。红二方面军陷于腹背受敌的危险境地。为了尽快摆脱这一困境，红二方面军经请示中革军委同意，计划经天水、甘谷与武山之间北渡渭河，向通渭地区前进，迅速会合红一、四方面军，协同作战。

10月4日，红二方面军分左、右两路纵队向北转移。红六军团为右路纵队，晏福生同新任师长张辉，率红十六师为前卫，从两当县出发，向西北方向拓展，边打边开辟军团的前进通道。

5日夜，红十六师进至娘娘坝，获悉镇内守敌不多，晏福生、张辉各自带兵一部突入镇内杀敌。正准备组织清点战利品，困守在河对岸碉堡里的国民党军突然居高临下向娘娘坝街心射击，张辉师长不幸中弹牺牲。经过激战，红十六师最终全歼了娘娘坝守敌。

10月7日，晏福生率部继续北进，在罗家堡与从盐关镇出来堵截红军的国民党军主力部队碰了个面对面。敌我双方各自抢占有利地形，展开了一场激战。红十六师连续打退了国民党军的多次冲击。

但是，由于胡宗南调集的堵截大军越聚越多，怎么也脱离不开战场转移，使整个红六军团陷入了危机。就在这千钧一发之际，晏福生命令部队退出山头阵地，决心从山下的斜坡处杀开一条血路，掩护军团主力转移。

红十六师刚撤至斜坡，国民党军一窝蜂似的扑了上来。晏福生在阵前指挥部队向敌人冲杀。激战中，师参谋长杨旯、师政治部主任刘礼年相继负伤，师部的四个指挥员，只剩下他一人了。晏福生命令三营猛烈攻击敌人队伍密集的右翼，迷惑吸引敌人，其他部队趁机从左翼突袭，杀出一条血路。

此时，军团模范师的一个连也抢占了红十六师阵地侧后的一个山头阵地担任警戒，军团直属机关和后勤部门的同志迅速冲出了封锁线，军团主力部队也迅速转移。

正当晏福生指挥红十六师撤出战斗时，国民党军的飞机飞抵红军阵地狂轰滥炸。一颗炸弹在晏福生附近炸开，他躲闪不及，右臂被弹片炸伤，鲜血直涌。晏福生用左手从贴身口袋里掏出密电码本交给警卫员，并挣脱搀扶他的警卫战士，纵身跳下身旁的陡坡。敌人蜂拥而至，战士们只得撤离。

红六军团主力通过十六师杀出的血路脱离危险后，军团政委王震接到"晏福生负伤下落不明"的报告后，立即对模范师师长刘转连说："十六师损失很大，晏福生负了重伤还没出来，生死不明，你赶紧派部队去找一找。""好，我亲自去。"刘转连随即率两个营返回罗家堡战场。

国民党军当时还没有完全撤退，刘转连率部边打边找，寻遍了阵地，仍然没有发现晏福生，只好返回向军团首长汇报。军团长陈伯钧在当天的日记中写道："十六师政委晏福生同志阵亡。"军团政治部主任张子意也在日记中写道："我部晏福生同志牺牲。"

在红二、六军团胜利渡过渭水，到达目的地总结战斗经验时，王震在排以上干部大会上沉痛地提议："请大家起立，向晏福生同志默哀三分钟。"

可是，被两次"致默哀三分钟"的晏福生没有死。他跳下陡坡后，被酸枣树、粗篱草七阻八拦，竟是轻轻地滚落在一个土窑洞边，他便顺势滚进了土窑洞。因流血过多，他晕倒了，一直昏睡到第二天清晨。后来，当地一对父子把晏福生救回了家，又是喂米汤，又是喂山药蛋，总算把他救了过来。

10月8日，换上了便装的晏福生赶到刘家坝时，红六军团已到了横门镇；次日他找到横门镇，军团又开到了达门镇……一直追到通渭，还是没有追上部队。晏福生架着残臂，体力日渐不支。伤口生了蛆，奇痒难忍，他用木棍一条条掏出来，继续赶路。当他坚持走到大水头地区时，终于晕倒在路旁。当地的农民兄弟把他救回家，问明情况后，找来一块门板，将他抬到驻扎在水暖堡地区的红四方面军第三十一军的一个师部。

这个师的师长不认识晏福生，但知道晏福生已经牺牲了。面对这个伤残疲惫的陌生人，他警惕地问："你说你是红二方面军十六师政委，你们方面军的副总指挥是谁？""萧克。""你认识萧克吗？""认识。""他认识你吗？""认识。""那就好，二、四方面军会合后，他调到我们三十一军当军长了。"

晏福生喜出望外："请你们马上给萧军长发电，就说晏福生还活着，请他派人来接。"萧克接到电报，又惊又喜，遂派徐继海把晏福生接到军部。两人见面，百感交集。萧克扶着晏福生一直未得到治疗的伤臂，要医生赶快诊治。经医生检查，认定必须截肢。萧克立即将晏福生转送红四方面军卫生部所在地山丹县，请以"一刀准"而闻名的卫生部部长苏井观为其手术。从此，晏福生成了独臂将军。

据不完全统计，开国将领中断臂独腿者有14人，其中出自红二方面军有9人。上将贺炳炎，也是其中的一位。

1935年12月22日，在湖南省绥宁县，红二军团五师师长贺炳炎和政委谭友林，奉命率部在瓦屋塘阻击敌陶广纵队第62师。本来，红五师并不是后卫，但是，面对突然从侧翼杀来的敌军，他们主动向贺龙总指挥请缨。这样，为全军阻击敌人的重担就落在他们的肩上。时间紧迫，两位师首长边跑边动员、布置任务。当红军刚刚占领阻击阵地，敌人就在大炮和轻重机枪的掩护下，一批接一批地冲杀过来，妄图突破我军的防线，战斗进行得异常激烈。

红五师贺炳炎师长和谭友林政委，站在阵地前沿指挥战斗。突然，敌人一颗飞来的子弹击中了贺炳炎师长的右臂。当战士们把师长抬下阵地的时候，大家不禁都惊呆了，虽然伤口经过简单包扎，可是，右臂仍然血流如注，白花花的断骨都已经暴露在破碎的军装之外了。

红二军团卫生部长贺彪闻讯后，火速赶来，当他为贺炳炎做了紧急检查后，看到这样严重的伤情，也感到非常棘手，认为，必须立即截肢，否则就会有生命危险。

当时，年方22岁的贺炳炎师长，血性方刚，作战勇敢，但脾气倔强，他心里想，没有右臂怎么打枪，怎么参加战斗。情急中，他大声吼道："谁锯老子的胳膊，我就毙了他。"贺彪部长和在场的其他同志，不知所措。

红二方面军总指挥贺龙，听说自己的爱将身负重伤，也急忙赶到前沿阵地。他问明了情况，觉得非常心痛。心里也很着急，便向这位他看着成长起来的年轻师长大声喝道："贺伢子！都当师长了还不听话。叫你锯就锯！"

说着，又转身问贺彪，手术要多长时间，贺彪回答："大约两三个小时。"

贺老总便立即下达命令，部队再顶三个小时。

不巧的是，部队在突围时，卫生部的手术器械已经先行运走了。在这种环境和条件下做截肢手术，谈何容易，贺部长只好在最近的村子边上的一户农民家里，临时搭置了一个手术台。卫生部又从农民家里找来一把木工锯，代替手术锯，用老乡家做饭的大锅烧了一锅开水消毒，手术就这样开始了。

不远处，就是双方激烈交火的阵地，枪炮的呼啸声震耳欲聋，还不时有敌人的炮弹在周围爆炸。手术没有麻药，贺炳炎怕伤害大脑，坚决不肯服用吗啡止痛。他口含一条毛巾，豆大的汗珠从脸上不断地流下，"手术室"里的人都屏住了呼吸，贺炳炎硬是咬着牙，坚决不吭一声。一个小时、两个小时过去了，还不到三个小时，贺彪部长就熟练地为贺炳炎做完了截肢手术。

贺龙总指挥急切地守候在外边，一直等到手术完成。虽然那时已是12月的寒冬，但等到手术完成的时候，在场的每一个人，浑身都被汗水湿透了。

贺炳炎能攻善守，被贺老总戏称为"瓶塞"，不管战场的战况是否紧急，只要把贺炳炎这个"瓶塞"塞上，就准保没有问题。后来，贺炳炎就是拖着负伤的断臂，走完了长征。过草地时，他把自己的马让给病伤的战士骑，独臂师长为战士牵马的故事更是广为流传。在后来的抗日战争中雁门关伏击战时，贺炳炎就是用仅存的左手，挥舞着刀枪，与日本侵略者进行殊死的搏斗，为祖国和人民立下了不朽的功勋。

这就是红二、六军团队伍中的指挥员，他们身先士卒，成为指战员中的表率。在这样的指挥员的带领下，英雄的红二方面军，有什么样的困难能够使他们屈服，有什么样的危险能够使他们退缩，又有什么样的敌人不被他们消灭！

三、张振汉：红军长征队伍中的国军中将

1986年10月24日，《人民政协报》发表了采访萧克将军的文章《统一战线在长征中的巨大作用》，文中记述了萧克将军的回忆："1935年6月在湘鄂西一次战斗中，我们俘虏了国民党部队一个名叫张振汉的纵队司令兼师长，按过去左倾路线那一套，早就把他枪毙了。但是，我们没有这样做，贺龙、任弼时、关向应和我亲自接见他，向他解释党的抗日民族统一战线政策，启发他的觉悟。一个月后，打破了'围剿'，我兼任红军学校校长，请他担任了红军学校高级班的战术教员。11月，红二、六军团开始长征，张振汉随红六军团行动，在我党抗日民族统一战线政策的感召下，思想发生了很大变化，同我们一直走到陕甘宁大会师！"

1893年，张振汉出生在当时属山东省的徐州市的贫苦农村，早年进北洋军阀办的陆军学校，后升入保定军校炮兵科第三期，接受了较严格的军事战术教育和训练。

原国民政府中将，纵队司令兼第48师师长张振汉，于1935年6月12日在红二、六军团"忠堡大捷"中被红军俘获。他表示愿为红军服务，受到红军宽待，被任命为红军学校高级班战术教员，随红二方面军长征到延安。后，中共中央送他返回湖南长沙。

北伐战争爆发后，他参加北伐军。1928年，任国民革命军第48师第142旅第283团团长。其后，1930年任旅长，1931年任第41师师长，授中将军衔。

1935年初，蒋介石苦于"追剿"中央红军屡屡失败，又怕活动在湘鄂西的红二、六军团西进贵州同中央红军会合，紧急调集六路纵队11万人，妄图"围剿"湘鄂川黔根据地的红二、六军团。张振汉时任第41师师长兼第1纵队司令，指挥国民党军队同红军展开了激烈的战斗。

1935年6月，萧克将军指挥的红六军团包围了宣恩县城，武汉行辕电示张振汉率部从驻地来凤北上驰援。这一密电被红六军团截获破译，随即果断决定红六军团的主力和红二军团急行军数十公里赶赴忠堡，以小部佯攻宣恩，以主力隐蔽设伏打援。

6月12日，第41师以两个旅作为先头，经忠堡向宣恩进发。张振汉率师部和一个直属旅，即少将衔黄伯韬任旅长的第123旅，随后跟进。次日晨，国民党先头部队进入红军的伏击圈，红军突然开火，将敌行军纵队分割成几段，各个击破、予以全歼。张振汉率师部一到忠堡，四周山上都已被红军占领，师部被压缩在构皮岭的山凹中。占据有利地形的红军发起炮击，第41师师部电台失去联系，参谋长中弹身亡，后随的黄伯韬见势不妙率残部仓皇逃逸，张振汉被红军俘虏。

在忠堡战斗中，敌人被红军包围后，经上级批准，红军电台向敌电台进行了一次成功的争取工作。当时，红六军团电台把张振汉的电台呼叫出来(他的呼号是"SA"，早在侦察中搞清)，向他发了一份明码电报(敌台在收报前不知这里是红军的电台)，大意是：你们已被红军包围，很快就要被消灭，希望你们把电台保护好，交给红军，可受到优待。如你们不这样做，后果自负。战斗结束后，红二、六军团缴获敌人两部电台，不仅机器完好，零件一样不缺，连电台的技术人员(包括队长在内)也一个不少。经说服开导，这批无线电通信技术人员都参加了红军。除赖渊同志在长征途中遭敌机空袭牺牲外，其他多数同志成了我军的通信工作骨干。

两天之内，红军歼灭了国民党第41师4000余人，创造了忠堡大捷，至今在忠堡还耸立着纪念此次大捷的丰碑。

张振汉是炮兵出身，受过军校教育，除了指挥本师兵力，还管辖新3旅、湖北保安师等。张振汉在"进剿"前，扬言"要亲手抓住贺龙"。

他当了俘虏后，被送到红二、六军团指挥部，贺龙亲自给他端了一杯开水，笑问道："张师长，是你抓我，还是我抓你？"

这时张振汉想起了同样是国民党中将师长，同样是"围剿"红军的敌纵队司令张辉瓒。当年，在从长沙出发去"围剿"中央红军时，两位张将军还见过面。后来，一个中将，张辉瓒被红军俘获后处死了。现在，另一个中将，张振汉被红军俘虏了。张振汉自认是必死无疑了。

张振汉万万没有想到，此次任弼时、贺龙、萧克率部俘虏了自己后，决定采取优待政策，争取他为红军服务。红军不但没有杀他，还对他进行了耐心的教育，并请他到红军随营学校当教员。

更让张振汉万万没有想到的是，在他给红军指战员讲课时，萧克、王震等红军高级将领也会到课堂听讲。有人不服地说："打败仗的人怎么教打胜仗的？"萧克却批评道："军事技术没有阶级性，一般战术原则，如行军、组织战斗、协同作战以及利用地形地物等都是军事科学，不管红军白军都要用。"

红军过草地时，看护张振汉的战士宁可自己挨饿，也要把得来不易的一点干粮或野菜省给张振汉吃。过去养尊处优的国民党中将，经过在红军队伍中的生活锻炼，也能忍受艰苦了。至此，张振汉真正认识到国共两党军队的根本区别。

他在震惊中惶惑了！他为红军的政策所感动，他为自己的过去而惭愧，他更为红军对他的信任而感到欣幸和鼓舞。他把自己的军事知识和作战经验全部奉献出来，成为当时红军学校中公认的水平最高的教员之一。

红军在长征途中那样艰苦的条件下，给了他很好的照顾。红军给他以军团级干部的待遇，给他配了骡子作为坐骑，给他配了专门的勤务人员照料他的生活。贺老总、任弼时同志、萧克将军把他当作朋友一起谈古论今。张振汉对他的儿子说过，在长征中偶尔有了条件，萧克将军还亲自做(米)粉蒸肉请张振汉吃。张振汉庆幸自己在长征中结识了这样一批红军领导人，并从他们的身上看到了正义的光芒和民族的希望。

在过玉龙雪山时，坐骑失蹄把他摔到了深深积雪的山凹之中身负重伤，红军指战员冒着生命危险，手牵着手地接成人链，把他从绝境中拉了上来，把他这个曾经同红军兵戎相见、血肉相拼的国民党将官从死亡中救起。红军以其精神之光和生命之躯把张振汉彻底地从反动的营垒挽救到革命的队伍中来。

跟随红军长征，张振汉是从失望惶恐，经历了极其尖锐的斗争，而逐渐地汇入革命的洪流之中的。

1935年11月，面对国民党军队的大规模进犯，为了保存实力，红二、六军团决定突围长征。长征开始前，军团首长找张振汉询问国民党北方兵力部署的情况，他就其所知提供了有关情报。红军指挥部经过缜密的分析研究，参考了张振汉提供的情况，做出了南下湘中、突破沅（江）澧（水）防线的战略决策。

1936年春夏之交，红二、六军团长征到达金沙江畔。奔腾咆哮的江水挡住了红军的去路，船只早被国民党军队收缴一空，寻思渡江之策的贺龙派人找到张振汉，问他有何良策。张振汉环视了周边的生态环境，建议砍竹子扎成竹排，放排渡江。此建议得到贺老总的赞同，即命一部官兵砍竹扎筏，另一部官兵继续到上下游寻找船只。

有关传记中还记述到这样一件事：红军进发到龙山县城，与敌军展开激战，长攻不下。敌人在隘口处设有两座碉堡，枪眼里射出猛烈的机枪火舌，封锁着红军突击部队前进的道路，不断有冲锋的红军战士牺牲倒下。这时，从敌人手中缴获的迫击炮只有两发可用的炮弹了。贺老总把炮兵出身的张振汉找来，问他能不能用这两发炮弹把那两座碉堡解决掉。张振汉立即目测指量，调好炮位角度，说："好了，发炮吧！"红军战士引发，两声巨响，两个敌碉堡应声炸飞，枪声也戛然而止。

1936年10月，红军三大主力胜利会师，张振汉作为唯一一位跟随红军走完长征的国民党中将，来到了延安，受到毛泽东和周恩来的接见。

随红军到达延安后，张振汉继续受到党和红军的关怀照顾。毛泽东主席接见了他，周恩来副主席亲切关怀他的生活，还说要争取把他的母亲接过去。张振汉同吴德峰、伍修权、王维舟、李六如等一大批共产党的领导人结成了朋友。同时，他继续为红军的军事教育做工作。当时大家都是供给制，张振汉仍然能够得到特殊照顾，每个月还有光洋(银圆)可拿。

1937年，蒋介石受迫于共产党人和全国民众的抗日救国压力，接受了国共合作一致抗日的条件。毛泽东主席在枣林接见张振汉，劝他回蒋管区继续做抗日民族统一战线的工作。经过反复思考，他接受了中国共产党的安排，带着周恩来亲自安排的"安家费"，途经西安返回汉口，开始了他人生中的又一段里程。

1949年3月，张振汉加入国民党革命委员会，从事湖南和平解放工作，参加湖南起义。8月，在长沙迎接湖南解放。

新中国成立后，张振汉担任过长沙市人民政府委员、副市长，湖南省政协常委、民革中央团结委员、全国政协委员。

萧克将军亲口对张振汉的儿子说过："你的父亲的世界观的改造是在长征的血与火的斗争中完成的。"我们的红军就是这样在长征途中，通过自己为中华民族解放的牺牲，把曾经的敌军将领，转变为朋友和为中国人民解放做贡献的人。

四、薄复礼：跟随红军长征的传教士

一位西方传教士与萧克将军领导的先遣长征的红六军团不期而遇。此后，他跟这支队伍一起长征了十八个月又十二天。

鲁道夫·阿尔弗雷德·勃沙特，1897年生于瑞士，后随父母移居英国。在他10岁那年，一位英国传教士从中国返回曼彻斯特，向大家介绍了中国的基本情况。勃沙特听了之后，开始向往中国。为了适应到中国传教的需要，勃沙特接受了各种训练，包括学习中文、了解中国的社会情况等。他还受中国传统文化的影响，给自己取了一个中文名字"薄复礼"，以示信奉克己复礼。1922年，受教会派遣，勃沙特前往中国，在贵州境内镇远、黄平、遵义一带传教。

勃沙特，开始是被红军当作"西方间谍"扣留并押上长征路的外国传教士。1936年年底，他所著的自传体回忆录《神灵之手》在伦敦出版，比埃德加·斯诺的《西行漫记》早了整整一年。勃沙特因而成为西方"介绍长征第一人"。

1934年10月初，时任贵州镇远教堂牧师的勃沙特与妻子露茜在安顺参加完祈祷后返回镇远。在经过城外一个小山坡时，正好与从江西西征入黔的红六军团相遇，在无意之中闯进了中国工农红军长征的行列。那时，贵州的大多数教会都支持反动政府和土豪劣绅，以宗教迷信欺骗麻痹教友，进行反动宣传，指责红军是"洪水猛兽"、"土匪流寇"。红军每到一处，教会都号召教友"坚壁清野"，与反动政府一起撤退，与红军为敌。因此，红军抓到教会骨干成员，都要甄别审讯，没问题的当场释放，有问题的都以帝国主义间谍罪处以徒刑和罚款。

刚开始被红军看管起来的外国人总共有7人，即薄复礼夫妇、海曼夫妇及其两个孩子（大的3岁、小的8个月），另外一个是新西兰籍英国基督教中华内地会思南教区传教士埃米·布劳斯小姐。红军占领旧州的当晚，就分别对5名外国成年男女进行了审讯。军团领导和保卫局研究后，首先释放了4名挑夫，将女仆和厨师暂且留了下来，以便照顾几名外国人的生活。出于人道考虑，对5名外国成年男女也加以区别对待，其中的两名已婚妇女和两个小孩当即予以释放。

红军对勃沙特夫妇在中国的活动抱有怀疑的态度，但即便如此，还是对他们礼遇有加。当晚，勃沙特夫妇被带进一间屋子里休息。勃沙特的妻子睡在一张由木板拼起来的床上，勃沙特睡的是一把躺椅，而与他们同在一个房间里的红军士兵则直接睡在潮湿的地上。红军安置好他们后，立刻送还了他们随身携带的所有东西，包括银圆也如数奉还。

此后，勃沙特一直随红军部队行进。在这期间，他先后接触了贺龙、萧克、王震等红军领导人。其中给他留下最深刻印象的是萧克。

红六军团经过55天的艰苦征战，已进入黄平境内，并在一个小山村与勃沙特等不期而遇。

勃沙特等自然也被红军扣押，并于10月2日押解回旧州。红六军团之所以这样做，不仅是以为这些身份不明的外国人是"西方间谍"，更主要的是从突围西征以来，伤病员日益增多，药品和物资却越加奇缺，认为传教士有条件、有办法帮助搞到药品和经费，所以决定让他们交纳一定数量的赎金或与之相等价值的物品。

时任红六军团军团长的萧克将军在回忆录中，道出了扣留薄复礼、海曼两人的另一层原因：坦率地讲，我们扣留他们两人的主要原因，是从军事角度来考虑的。红六军团西征以来，转战五十多天，暑天行军，伤、病兵日益增多，苦于无药医治。我们知道几位传教士有条件弄到药品和经费，于是，提出释放他们的条件是给红军提供一定数量的药品或经费。

此时的薄复礼，对于抓捕、扣留了他的红军仍然心怀恐惧，战战兢兢。但几天后发生的一件事情，令他对共产党的看法开始产生了一点改观。

在旧州教堂，红军有一个意外的收获——一张外国出版的贵州地图，对于不熟悉贵州地形的红军来说，这张地图是非常珍贵的。

到达贵州后，红军遇到的一个很大的问题就是地形不熟悉，《萧克回忆录》中写到：贵州是个多山多雨的省份，常听人讲贵州是"天无三日晴，地无三尺平"，到这里一看，果然如此。山高、谷深、道路窄小。我们从江西、湖南带的马，不习惯那种道路，好多都掉到沟里去了。老百姓也没有受过我党和大革命多少影响，对红军不大了解。尤其困难的是没有军用地图，全靠找向导指路。对于一支独立行动的队伍来说，在一个完全陌生的，又没有群众基础，甚至连地图都没有的地区活动，困难是可想而知的。

所以，当萧克拿到这张宝贵的贵州地图时，激动的心情也是"可想而知的"。不过，摊开地图，萧克不禁又皱起了眉头：这张地图不是中文的，上面标的地名全是外国文字，完全看不懂。

萧克叫来两个稍懂英语的干部，他们说地图上不是英文，同样看不懂。这时，有人提醒说，前些天抓住了几个外国人，有个叫薄复礼的能讲汉语，还认识不少汉字，何不让他来试试看能不能认识这些"洋文"。

萧克一听，赶紧派人把薄复礼找来。

薄复礼拿着地图一看，认出上面的字都是法文，出生在瑞士的他当然熟谙法语，于是就把图上所有的道路、村镇的名字翻译了过来。

薄复礼翻译，萧克记录并在地图上标注。两人忙了大半夜。不过两人的交流显然不只是翻译地名。薄复礼记得萧克"希望避免在运动中遇到汽车路"，萧克则"不仅知道了许多军事上有用的材料，也知道了他的身世"。

这一天的遭遇，薄复礼在他的回忆录《神灵之手》中有非常详细的记载。写这本书时，薄复礼已经被红军释放，完全不需要出于功利或自保考虑而对红军有任何恭维之词。他对萧克的第一印象是这样写的：我的良心受到质问。他只有25岁，是一个热情奔放、生气勃勃的领导者，一双明亮的大眼睛闪闪发光，充满了信心和力量。在艰辛曲折的旅途中，他不屈不挠。显而易见，他是一个充满追求精神的共产党将军，正希望在贵州东部建立一个共产主义的政权。

令薄复礼感到"良心受到质问"的，是萧克年轻而充满热情的形象和他脑海里"土匪"的样子毫不相干，从这个晚上开始，他慢慢地接触和了解了真正的共产党人。

萧克后来回忆说，他当时对传教士的印象也是不好的，因为认为他们来中国是搞文化侵略，所以把他们当地主一样看待。但经过与薄复礼合作翻译地图的这一晚接触后，他的看法有了改变。"他帮我们翻译的地图成为我们转战贵州作战行军的好向导。我作为一个独立行动的军队的指挥者，在困难的时候受到人们的帮助，不管时间多久，也难忘记。"

在后面的一路同行中，薄复礼慢慢发现，这支训练有素的队伍有很多独特之处令他瞠目结舌。

离开旧州后，薄复礼、海曼和埃米三人跟随红六军团，开始了他们的"长征生活"。对于这些外国人来说，行军当然是辛苦的，更不要说是艰苦卓绝的长征。

他们进入了一种新的生活，大部分日子，一天到晚只吃一顿饭，一天天没有休息和礼拜日的行军。新西兰籍的埃米·布劳斯小姐对行军生活尤其吃不消。负责照看她的红六军团政治保卫局总支书记戚元德，管她叫"洋小姐"，也有人叫她"胖子"。她的身体很胖，行动比较迟缓，行军时总是赶不上趟。薄复礼这样记录总是拖在队伍最后的埃米小姐：他们经过考虑，将埃米小姐放在队伍后面，不过天黑前也要到达宿营地。可怜的埃米小姐，她总是在后面追，往往是后面刚赶到，前面又吹响了出发号。埃米小姐只跟着走了两天，脚上就打了几个水泡，鞋子也磨烂了，走路一瘸一拐的，十分痛苦。无奈之下，戚元德就把棉布被单撕成长条，打成比较柔软的布条"草鞋"，让埃米小姐穿上坚持行走。"记得洋小姐的一双布'草鞋'，是我亲自编打的，我还特意在鞋头给她装饰了一个红色绒球。她看了很惊讶，一再说穿着很舒适，表示非常感谢。"戚元德回忆说。

为保证两名外国男传教士能够穿上鞋子，不至于赤脚行军，戚元德还把自己丈夫——政治保卫局局长吴德峰的一双布鞋、一双长筒靴，拿出来送给薄复礼和海曼。

薄复礼回忆说：行军路上，我的一只鞋子坏了，红军给我找了一双非常合脚的橡胶雨鞋，它是刚从一位正在嘟哝着的同志脚上"没收"的。因为气候潮湿，雨多，我们提出要块雨布，结果给了一件床单。我们后来才知道，这在红军中已是非常奢侈的供应了。

一周后，当部队来到一处平坦而又靠近村落的安全地带，出于人道主义考虑，红军决定无条件地将埃米释放。戚元德回忆说："临走时，她对我们表示千谢万谢。我目送她走了很远，看见她还回过头来，向我们招手致谢。"

埃米被释放后，只剩下薄复礼和海曼两名成年男性外国人，跟着红军一路前行。薄复礼在书中，详细地讲述了他跟随红军遭遇的各种突围和游击。虽然作为一个外国人，他当时并不完全清楚战事情况，但是他所描绘的场面，在党史中都有相应事件作参照。他提供的细节，恰是这段历史的珍贵注脚。

在行军中，他无意间见证了红军长征中的一个重要事件——红六军团与红二军团的木黄会师。

木黄会师，是中国红军史上的一件大事，它把来自不同战略区域的两支红军联合在一起，为红二方面军的诞生奠定了基础。

薄复礼对于红二、六军团会师的回忆，生动而细节化：

　　这一天，是红军会师的热闹日子，驻地锣鼓铿锵，彩旗飞扬。我们同先到这里不久的贺龙红二军团合并了。贺龙的军队，衣着更加破烂，但军队中红色旗帜及标志却十分明显。

　　在一次行军途中，一个蓄有小胡子、年约四十岁的中年人，骑着一匹马，颇有风度地从我们这支特殊的队伍前走过，我们知道，他是贺龙将军。

　　萧克在回忆录里，对这次重要的会师也有详细的记录："1934年10月24日，红六军团抵达贵州印江县木黄，与红二军团胜利会师。在木黄，我和任弼时、王震等与二军团首长贺龙、关向应、夏曦等同志欢聚一堂。"

　　木黄会师之后，两军团领导商量，黔东根据地纵横才200里，人口只有10万，人少粮缺，从两军会师后的发展前程看，需找到更好的发展方向。红军准备由黔东转战湘西。

　　转战路上，敌人的围追堵截不断。在由四川酉阳（今属重庆市）前往湘西时，为了摆脱尾随的敌人，红军进行了连续多日超出人体极限的急行军。这段路程让两个外国人苦不堪言。负责照顾他们的戚元德看出这两人已经难以承受疲惫，安慰他们说会给他们找马骑。在红军中，只有高级指挥员才配备马匹，部队忙着前进，马匹哪有那么容易补充。三天之后，戚元德好不容易才给他们找了一头骡子。薄复礼和海曼轮换着骑，勉强能跟上红军战士的脚步。

　　1987年，时年90岁高龄的薄复礼老人，仍念念不忘地对李云飞说：红军对他"很好，很好"，因为他大部分时间都能骑马，而且还给他配备了一名马夫。

　　除了一路上受到的优待以外，令他最记忆深刻的，是与红军的交往，让他看到了一群"理想主义者"。同时，他也用他的笔描写了红二、六军团艰苦长征的战士群像：

　　　　红军很体贴人，凡遇到危险路段，总会有人走出队列帮我们一把。在外宿营，当红军官兵们睡在潮湿冰冷的泥地上时，我和海曼却得到了难得的铺草和门板；吴法官（红六军团政治保卫局局长吴德峰）很可能注意到我们衰弱的情况，晚上，他命令卫兵给我们买只鸡补养一下。卫兵从那对老夫妇房东家里买了只鸡；这段行军太累了！法官的妻子（政治保卫局总支书记戚元德）可能感觉出了这个原因，她答应将为海曼和我找匹马。三天后，大概是到了湖北境内，给了我们一头骡子，我和海曼每人各骑它三分之一的路。不久，又将一头骡子给了海曼。

在长征的行进中，薄复礼看到的红军，是一群极能吃苦的人，是"不一样的无产者"：

路，在中国的定义与英国略有不同。随红军所走的路，有时几乎只是前边的人踏出的一条痕迹，说不上路。

在山间的路上行走，滑得很，数千人马迈着沉重的脚步走在这条道上，把本来就很滑的路弄得泥泞不堪。跌倒是家常便饭，衣服上的泥浆常常是这块干了，那里又新添了块湿的，好在大家都习以为常，而且一旦有人摔倒，立即就有人把你扶起来，一起前进，并没有人笑话你不会走路。

光是跟上红军战士前进的脚步，我就已经疲于奔命。难以置信的是，在极度疲惫的赶路之外，那些平日里默默行军、雕塑一般的战士们，还不放弃任何时间来学习。

我看到勤奋的红军战士除了忙着打草鞋、补衣服外，还抓紧时间学习文化知识，听关于共产主义原理的党课武装思想。每个排还经常召开会议，会前先选一个议题，要大家做准备，开会时，大家踊跃发言，特别是新兵，在老兵的鼓励下，讲自己受地主剥削的亲身经历。每次发言后，排长做总结，重申主要观点。

一旦到了某个驻地，可以进行极为短暂的休整，红军都会建立"列宁室"。所谓"列宁室"，实际上就是红军读书学习的一个地方，有时利用房子，有时就自己动手临时建，八根竹竿或树桩做桩，绿色的树枝和竹枝编在一起做墙，屋顶铺上稻草就算天花板。这个地方就成了他们读书学习或者集体活动的地方。

更加令薄复礼讶异的是，这群勤奋、肯吃苦的人，即便是最底层的士兵也有着"完整的理论体系"。他问一个红军战士："农民和地主的界限你们是如何划分的？"战士告诉他："按自食其力。如果一个人的土地由别人来耕种，那他就是压迫者。"

薄复礼眼中的红军，"几乎总处在被敌人围追堵截的危险境地，但他们并不悲观。他们衣不能保暖，食不能果腹，武器更低劣得要命，但他们始终保持着快乐。"

对于军中的娱乐活动，薄复礼也有记录：

红军的娱乐活动通常安排在傍晚，形式也是多种多样，有时，他们聚在一起，形成一个圆圈，坐在地上，队长就点人出来唱歌，不会唱的就进行摔跤比赛，不论输赢都有一阵热烈的掌声。

他们的游戏有时候也有复杂的，比如武术，还有击剑活动，篮球也是他们所爱的活动之一，他们有时候还化装演戏。我记得有一天晚上，一个士兵到我们的房子里来，向我借帽子，我就把那顶旧毡帽借给了他。后来听说他们要化装成蒋介石和另外一个帝国主义分子参加演出。

而在红军丰富多彩的游戏娱乐之中，从没有看到赌博——在我眼中，那是中国人最热衷的一项娱乐。在中国，这么大的一群人中没有赌博现象的确少见。据说，红军是严格禁止赌博的。红军的新兵有抽鸦片烟的，但入伍不久，就集中到一起，集中戒烟。他们住在一间大房子里，吃得较好，不参加军事训练，卫生员给每个人配一些戒烟用的药。大约两个星期，这些新战士的烟瘾就戒掉了。

他很快发现这个队伍跟外界宣传中的"匪军不太一样"：

红军每到一地，打开富农粮仓，把粮食分给穷人；在根据地休息的时候，红军就帮助农民种植稻谷；红军纪律很严格，从穷人那里拿比如香烟、蔬菜等都会付费，没有现金时就会给农民一点银饰。但他发现也有个别士兵因在居民家里偷拿食品，受到长官的责备，因为这种行为与他们所宣扬的共产主义精神相悖。

不知不觉，薄复礼和海曼在长征的队伍里过了一年，1935年的11月18日，红二、六军团继续长征，从湖南桑植出发的前一天，海曼因为身体极度虚弱，他收到了红军发给他的释放通行证。海曼被释放了，薄复礼却仍然留在红军的队伍里，虽然他早已不再害怕这些戴着红色标志的人们，但对妻子的想念，对自由的向往，仍令他在行军之中暗自神伤。

1936年的春天来了，此时的薄复礼，已经随长征的队伍进入了云南境内。红六军团先头部队攻占距离昆明四五十里的富民县城，另一部直抵厂口附近活动，逼近昆明。

有一天，薄复礼正在晒太阳，远远瞧见红六军团军团长萧克同他的警卫员走过来。在亲热地打过招呼之后，萧克告诉了薄复礼一个喜讯：红军准备释放他。

"释放薄复礼的日子，红军似乎经过了精心的挑选和准备。因为薄复礼记得很清楚，那天是4月12日，是个礼拜日，又是复活节。"

这一天，红军破例摆了一桌酒席，为他们特殊的朋友薄复礼饯行。红六军团司令员萧克、保卫局长吴德峰和戚元德坐在桌旁，作陪的还有红军曾经的"俘虏"，原国民党军第41师师长张振汉，当时已是红军学校教员。

红军长征途中的酒席，远远算不上丰盛。给薄复礼留下最深刻印象的，是戚元德变戏法一样拿出来的一罐咖啡，萧克则给他做了一个拿手菜——粉蒸肉。

薄复礼在《神灵之手》中回忆道：

> 吴法官说："如果你愿意保持联系的话，我们将很高兴能收到你的信。"萧将军也插话说："你作为一个旅游者留在中国我不反对，甚至可

以允许你办学校，只要不欺骗学生和百姓，让他们信奉什么上帝，这是可以的，但是，如果你回家并留在那里，这可能更好些。"

饭后，吴德峰还向薄复礼交代了有关事项，问他到昆明需要多少路费，薄复礼以两天路程计算，提出要四块银圆。吴德峰给了他十块。

第二天凌晨，红军从驻地撤离了。两天以后，重获自由的薄复礼到了省会昆明。在那里，他重新见到了日夜思念的妻子露茜。至此，薄复礼随红军长征时间达十八个月，转战了贵州、四川、湖北、湖南、云南等五个省，行程达近万公里，成为红军长征途中一名奇特的参加者。

三个月后，薄复礼在英国出版了《神灵之手》。当年10月，红二方面军也刚刚完成长征。薄复礼回到英国，他本人也因此成了一段传奇经历的主角，被邀请参加多个报告会。令人欣慰的是，这位在红军长征中生活了十八个月的英国传教士，对共产党的描述友善而客观。

1936年，刚刚被红军释放的薄复礼在昆明写了一首诗，其中有这样几句：

感谢"被捕"，

友谊和血的联结，

超过了世间的一切。

我们患难与共，

我们共勉负重。

为那珍贵的互助，

我洒下深情的泪珠。

英国地方报告会的一段记录中，是这样说的："勃沙特先生告诉我们，中国红军那种令人惊讶的热情，对新世界的追求和希望，对自己信仰的执着是前所未有的。"

1939年，薄复礼作为国际教会组织派往中国的传教士，再次到贵州省盘县一带，直到1952年，薄复礼与妻子被召回国。当夫妇俩就要离开前后生活了约30年的中国时，他们依依不舍的神情溢于言表。临行前，薄复礼说："我是最后一个离开贵州回国的外国人。别的外国传教士都害怕共产党，可我不怕，因为我了解他们。只要共产党像我所见到的红军，就用不着害怕。他们是讲友谊的，是信得过的朋友。"

又是30多年之后，已经古稀之年的萧克将军重新找到了老朋友薄复礼。萧克这样阐述他们的友谊："人的信仰可以不同，但并不影响相互间的交往，甚至相互影响，发展友谊，成为朋友。尽管曾经失却联系，这份友谊却延续了半个多世纪。"

五、周素园：坚信马克思主义的同盟会员

中国工农红军所进行的二万五千里长征，从人类学意义上讲，是对生命极限的挑战。然而，在黔西北毕节有这样一位无党无派的爱国民主人士，在年届花甲之际，义无反顾地随红二、六军团历尽艰辛到达陕北。

他就是周素园。

他这样写实征途："那几个月，睡的是露天下的绿草。虽说有个布篷，但遇到大雨就困在草荡里。而且两三间铺宽的地方，要住30来个人，真是手足都没处安放。只要你抽身一动，就休想再能插下去。吃的呢，简直和猪食差不多。……满身是虱子，随便捕捉就是几十上百。"在他走到陕北的20余年后，仍激动地吟诵一联："欹枕未干额上露，开脸乍见眉际霜。"这位贵州辛亥革命元勋之一的周素园先生，出身于毕节一书香之家，16岁考取清朝的秀才。诗书满腹的一介书生，人生之路却充满了传奇。

毕节旧知识分子和高级开明士绅周素园，是清朝末年的秀才，在贵阳办过报，后来又在贵州省政府当过秘书长。红军快到毕节时，国民党专员莫雄叫他

走，他说："我没有多少家当，不必走。"红六军团攻占毕节，战士们走进他家，发现有许多马列主义的书，其中有《国家与革命》《通俗资本论》《共产主义ABC》《新政治经济学》，随意翻开一本，只见圈圈点点，感想心得，书眉四处写得密密麻麻。《通俗资本论》扉页上是马克思的大胡子照片，使得红军干部战士肃然起敬。他们不解："地主还读马列？"这情况立即被汇报到六军团首长那里。政工人员立即报告军团政治委员王震和政治部主任夏曦同志。

他们马上去找他，问过他的经历后，又问他为什么看马克思主义的书籍，他说："我研究马克思主义十年了，我觉得马克思讲得对，我相信马克思主义。你们共产党、红军，是讲马克思主义的，所以我用不着走……"

他们又说："你研究马克思主义好，现在我们共产党的政策要抗日反蒋，你赞成不赞成？"他说："赞成，完全赞成。"红军就请他出来当了贵州抗日救国军司令，他时间很短就发展到一千人枪。红军到毕节前，原来想在黔西、大定站住脚，到毕节后，请他给云南的国民党纵队司令孙渡写信，因为他和龙云、孙渡等上层人物都认识。周素园就把共产党和红军当时的政治主张告知孙渡，并说：蒋介石叫中央嫡系万耀煌、樊嵩甫等进入云南贵州来打红军，也叫你打红军，红军是不好打的；退一步说，即使你把红军打掉了，也是两败俱伤；万、樊挟天子以令诸侯，人多势大，那时的云南，还是你的?！假途灭虢，史有明鉴。正是由于龙云当时被动的处境，周素园给孙渡的书信打中了他的要害。所以孙渡就在威宁、昭通按兵不动，形成与国民党追击军夹击之势，迫红军北走四川。这种态势，就利于红军集中主力对付东面来的敌人，能在毕节停留近二十天，休整补充(红六军团在乌蒙山向宣威进军时，也曾用六军团首长名义，把这个意思与龙云、孙渡写过信，并提出同他们缔结抗日停战协定。虽然估计不会有什么结果，但至少可以使龙云加深对蒋介石中央军入滇的戒心，加深其矛盾。后来事实也证明是如此)。

红二、六军团即将开始艰苦的征程，年届六旬，身体虚弱的周素园该做何安置？军团首长们有一席有趣的对话——贺龙军团长拿着那时常握在手里的酸枣木烟斗，装着劣质烟丝说："萧克呀，你讨了个乖巧，一下得了一团人，这周老先生做何安排，得想个法子才好。"

萧克点头："他虚岁59了吧？身体不好，又常犯病。这一路枪林弹雨，缺粮断水，肯定吃不消。咱们在黔西北缴获不少，干脆拿几斤黄金、鸦片做安置费，让他回去休养。"

贺龙摇头："不能回原籍了，只能去香港、昆明什么的做个寓公。王震负责征求一下周老先生意见吧。"

之后，王震向周素园转达了军团首长意见。听了意见，周素园激动地说："我今年快60岁了，以前都没有找到光明。参加了红军，是我一生最光荣的时刻，死也要死在红军里。我不愿离开红军。"

"那好，"贺龙得知周素园的态度，高声表态，"我就是喜欢这样的人！就是用担架，也要抬着他和我们一路！"

就这样，周素园在追寻光明的道路上，以虚弱的身躯，踏上了"平均每天急行军50公里以上，平均三天就有一次激烈的战斗，平均每300米就有一名红军战士牺牲"的艰险征途。

他以坚定的信念，坚强的意志以及无与伦比的勇敢随红二、六军团到达陕北后，受到毛泽东、周恩来等领导同志的多次亲切接见，同他进行了长时间的谈话，鼓励他继续学习与工作。

1936年12月12日西安事变，局势骤然紧张。在国家面临一盘散沙的十字路口，周素园遵照毛泽东的指示，分别给何应钦、王伯群、吴忠信、张学良、朱绍良等写信，劝告和平解决西安事变，以避免国家陷于内战，使亲者痛仇者快。国共合作后，周素园被任命为八路军高级参议，获少将军衔，他以盼望已久的报国之心投入紧张工作。在随军奔赴抗日前线之际，甚至做了随时为国捐躯的思想准备。

在毛泽东的鼓励下，1937年上半年，周素园为《红色中华》写了《纪念一·二八的感想》一稿；为红军大学写了名为《洪宪叛国始末记》的近代史教材，讲述了袁世凯的发迹和复辟帝制失败的经过；给美国纽约《新历史社》写了题为《世界人类如何才能完成普遍裁军》的论文，提出只有实现人类权利平等，放弃人压迫人的制度，只有取消资产阶级的财产所有权，放弃人剥削人的制度，才是消灭战争的基本方法。

他在《1937年8月3日家书》中写道："余本不欲写信，国家民族，生死存亡，已迫近最后五分钟，区区家庭及个人之事，实无谈说之必要。……我希望，我亲爱的人，保持着健康的身体，充满积极的精神，安居能自食其力，国难则执戈以从。"在他以"壮心不已"的思想境界为国难"执戈以从"之际，身体不遂其所愿。

8月中旬起，他双足红肿，流水流血，不能着地，生活不能自理。虽经医护人员精心治疗，但久久不愈。他认为自己不能工作，反而成了党和八路军的"坐享优待"的累赘，动了回贵州继续工作的念头，并把想法告诉了毛泽东同志。

1937年10月6日，毛泽东同志给他写信说："我们觉得你是我们的一个十分亲切而又可敬的朋友与革命同志，并不觉得你是'坐享优待'。先生的行止与工作，完全依照先生的健康、兴趣来决定，因为先生是老年人了，不比年轻人。""先生所提回黔并工作的计划，如果已下了决定并认为这样更好的话，我是全部同意的。""临走时请留下通讯处，并告我。何时走，我来看你。"

临行前，毛泽东等领导同志为周素园饯行。毛泽东对他说："周先生，你虽没有入党，总算红军的一员，交情如此，不可以不知道历史，行前你可否简单地写一点留给我？"次日，周素园送了自传去，毛泽东复信说："你以往的已足以自豪了，今后更辉煌的将来，应该是我执笔来补写。"

就这样，周素园带着毛泽东同志给西南各省国民党政府领导人的亲笔信，以及党中央交付的有关任务，回到云贵川。在访问国民党各省当局中，要求释放政治犯，宣传团结抗日，扩大了中共和八路军的政治影响。在成都，他与代理省主席邓汉祥接触较为圆满。通过做工作使邓汉祥将4万元法币寄至延安，资助陕北公学。并通过四川省动员委员会，将彭德怀同志《论游击战》的册子大量翻印，送给各界广泛阅读。1938年应龙云之邀，周素园到了昆明，除每日接待各界来访人士20余人，宣讲八路军抗日事迹外，又介绍了朱家壁等一批热血青年去延安学习。又把延安寄来的书籍分发郑一斋、徐家瑞、刘惠之等热血青年阅读，定期开展学习座谈会。在他的宣传鼓励下，民族资本家郑一斋慷慨捐助巨款，购买了两万盒治疗创伤的特效药"白仙丹"（今"云南白药"），通过航空邮寄至西安八路军办事处，给前线浴血奋战的八路军战士以有效医治。这些活动，自然惹恼了龙云，他通过省党部警告周素园，并要他离开昆明，抵达贵阳。贵州中统特务头目陈惕庐又对他当面警告，不许在贵阳久留，让他回原籍。

1949年11月27日，毕节县城鞭炮雷鸣，老少欢呼，迎来了解放。周素园站在欢迎队伍之首，不由得热泪盈眶，他等候的光明终于来临了！1950年7月，他被西南军政委员会授以贵州省人民政府副主席之职，1955年2月被任命为贵州省副省长。

1958年2月1日，周素园因病去世，终年78岁。他走过的曲折道路，是我国老一辈正直善良、富有爱国主义思想的知识分子的必由之路。他勤奋好学，追求真理。他在学习中思索，在思索中前进，自强不息，奋斗不止。他从封建思想的束缚中挣脱出来，接受了资产阶级改良主义，继之转变为激进的资产阶级民主主义，最后转变到社会主义、共产主义。毛泽东领导中国共产党制定的统一战线政策，吸引他参加了中国工农红军万里长征。

六、女红军们：九死一生的巾帼英雄

红二方面军长征中的女红军，总共为20多名，她们是：马忆湘、朱国英、伍秋姑、李贞、杜玉珍、张四妹、张吉兰、陈罗英、陈琼英、范庆芳、周雪林、胡越强、秦金美、戚元德、曾林红、蹇先任、蹇先佛，以及殷成福和她的女儿侯幺妹、儿媳刘大妹等。她们没有单独编队，没有统一建制，大都分散在政治机关、宣传队、电台机要部门、医疗卫生单位、随军被服队等。她们当中既有姐妹，还有母女、婆媳，各司其职，各自随军征战。

李贞，1955年9月27日在中南海怀仁堂被授予少将军衔。当时，周恩来握着她的手说："李贞同志，你是我们中国第一位女将军，祝贺你啊！"这位童养媳出身的女将军，从1926年参加革命到授衔授勋，经历了整整三十个戎马春秋。李贞，乳名旦娃子，湖南浏阳县永和区小板桥乡李家屋场人，1908年2月出生，6岁时就做了邻村古家的童养媳。1926年春天，这位18岁的小媳妇，为了追赶革命潮流，不顾一切地冲出古家的门，报名参加了妇女解放协会。填表登记时，她把乳名旦娃子改成"李贞"，表示对革命坚贞不屈。1927年3月，李贞由中共永和区委书记张启龙介绍加入了中国共产党。同年9月，她参加了湘赣边界秋收起义。遂与浏东游击队一起，出生入死打游击。土地革命战争时期，李贞担任过浏东游击队士兵委员会委员长，中共平江、吉安县委军事部部长，湘赣红军妇女团政治委员，湘赣军区红军学校政治部主任，红六军团政治部组织部部长，湘赣川黔军区政治部组织部部长，红二方面军政治部组织部副部长等职。1934年8月，李贞随同红六军团参加西征，时任红六军团政治部组织部部长。同年10月，与贺龙率领的红二军团会师后，她参加了创建湘鄂川黔革命根据地的艰苦斗争，任湘鄂川黔军区政治部组织部部长。在长征中，李贞随同红六军团行动。

1989年，李贞在她撰写的《难忘的岁月》一文中，这样述说："长征开始，我担任红六军团组织部部长，既要和部队一起行军打仗，又要做党团工作、干部工作、收容伤病员，每天还要统计伤亡数字。晚上宿营时，同志们都睡着了，我还得给那些小红军缝补破旧的衣服。尽管环境十分艰苦，工作非常劳累，但大家为了实现崇高的理想，仍然是那样坚定、团结、乐观。那时骡马很少，许多领导同志都把马让给伤病员骑，自己坚持步行。记得军团长萧克同志风趣地说：'李贞同志，你走得动吗？说是给你配备一匹马，可那只是编制上的马、纸上的马。我们不能纸上谈兵，但不得不跟你纸上谈马哟！'我高兴地说：'大家都一样走路，我保证不会掉队。'后来，部队打胜仗缴获了一批骡马，这才给配备了一匹。为了照顾那些小战士，我和丈夫甘泗淇同志，经常把马让给他们骑。宿营时，把帐篷让给年幼体弱的刘月生、罗洪标、颜金生等小红军住……"

红二、四方面军会师后，即共同携手北上，很快就进入荒无人烟的草地。有天傍晚宿营时，李贞发现女护士马忆湘的干粮袋子丢了，独自坐在一边抽泣抹泪，便顺手从所剩无几的干粮袋子里抓了一把青稞炒面，让马忆湘先吃上几口……马忆湘是土家族人，家在湘西永顺县龙家寨，年纪不过十四五岁。她1935年初参加红军，时在红二军团医院当看护员。

1936年10月22日，红二方面军在将台堡与红一方面军会师。贺龙总指挥在一次总结会上，曾称赞甘泗淇、李贞夫妇是"两个模范干部，一对革命夫妻"。可这一对革命夫妻，却没有一个亲生子女。艰苦岁月，李贞曾几次怀孕几次阵痛，形成习惯性流产，根本就没法子保胎生育。但她先后抚养过二十多个烈士遗孤和亲朋战友的孩子。1990年3月11日，李贞将军在北京逝世。

蹇先任，1909年2月15日出生于湘西慈利县一户富裕家庭。1926年加入中国共产主义青年团，1927年转为中共党员。1928年春节前后，蹇先任和她的大弟蹇先为一起走出家门，参加了石门南乡的年关暴动。暴动失败后，蹇先任姐弟不得不分手，转入地下，并继续从事秘密活动，坚持斗争。1929年8月，贺龙、张一鸣等人率领的红四军主力由桑植出发，向大庸、慈利推进。8月25日，红军占领江垭，27日进驻杉木桥。就在这时，隐蔽在舅舅家中的蹇先任，和她的大弟蹇先为不期而遇，奇迹般地重新相会在一起。红四军第一路党代表张一鸣，是慈利县人，1926年入党。部队一到杉木桥，他就打听和联络慈利的地下党员和进步青年学生。当他得知蹇先任就隐蔽在当地时，马上就跟蹇先为一起，找到了这个"女才子"，要她到红四军工作。这样，蹇先任就从地方转入部队，在湘鄂边红军前敌委员会担任秘书。因此，红军指战员都称呼她"蹇先生"。随后，时任湘鄂边红军前敌委员会书记的贺龙，与前委秘书蹇先任结为伴侣，谱成一曲战马背上的婚恋之歌。1934年夏天，蹇先任动员她的妹妹蹇先佛、弟弟蹇先超参加了红军。蹇先佛写得一手好字，会画画，就留在红军宣传队当宣传员，蹇先超被分配到红军医院当看护员。蹇先超是兄弟姐妹四人中的小弟弟，当时只有14岁，是名副其实的"红小鬼"。一年后，他由红军医院调到红二军团第四师卫生队当护士，亲临火线抢救和护理伤员。

1934年10月，红二、六军团会师后，经由贺龙和任弼时、陈琮英夫妇的穿针引线，蹇先佛与红六军团军团长萧克结为终身伴侣。

1935年11月1日，蹇先任在贺龙的故乡故土——桑植县五关之一的洪家关生下一个女婴，这时，贺龙总指挥正在前线指挥作战，后方传来"捷报"：增加一门迫击炮。这是贺龙出发前的约定，生了男孩就是"增加一挺机关枪"，生了女孩就是"增加一门迫击炮"。在萧克的建议下，孩子取名叫贺捷生。拿到从后方拍来的电报得知新添小女，贺龙乐得合不拢嘴。"快，你给起了名字，你是红军中的文化人！"贺龙将电报递给了萧克。萧克说："既然是打胜仗时生的，就叫'捷生'吧。"

1935年11月19日，即贺捷生出生后的第18天，蹇先任跟随红军出发长征。贺捷生成为长征路上年纪最小的红军。因为背着孩子行军，贺龙让蹇先任随同红二军团卫生部行动。卫生部长贺彪见她身体虚弱，又带着个吃奶的孩子，就将她和伤病员编在一起，沿途的饮食生活、宿营起行等事，均可由医护人员帮助照应。红军"神医"贺彪——这位新中国成立后的总后勤部副部长兼卫生部部长，他在长征中可没少操心照顾这母女二人，病重时还曾抢救过她们的生命。有一天宿营时，贺彪指派小护士马忆湘帮助哄哄孩子，可这女护士不但没把孩子哄好，哇哇哭叫的小捷生反倒把女护士哄睡着了。这曾被当作一则趣闻，在军团卫生部流传开来。

1936年7月初，红二、六军团与红四方面军在甘孜会师后，开始穿越荒无人烟的茫茫草地。而就在进入草地的第一天，蹇先佛的孩子降生了。草地上无遮无挡，哪怕是一顶帐篷都找不到。闻讯赶来的萧克在附近找到了一处藏民放牧遗弃的土围子，他们又就近挖了一些草皮，急急忙忙整修了一下，作为产妇的产房。姐姐蹇先任赶来亲自为妹妹接生。

一个男婴就这样降生了。萧克给孩子取了个名字叫"堡生"——在草地

"土堡"里出生的儿子。1937年，康克清在延安曾对前来采访的美国女记者尼姆·威尔斯说："萧克的妻子在长征途中几乎死于难产。她是在过草地时分娩，生了个男孩，我们叫他'草原的儿子'。"

过草地时，陈琮英生了一个女儿，因缺乏营养，任弼时将缝衣针改成鱼钩去河边钓鱼，还抽空去打野兔、山鸡给妻子滋补身子。他亲自摘来野菜，也是老的自己吃，把嫩的留给陈琮英和女儿。他们给女儿起了一个名字叫"远征"。

这些红军女干部战士们，要克服比男兵更多的困难，她们是母亲、妻子，但是，她们首先是一名红军指战员。

有位经过长征的男红军的回忆录中，记述着这样的感受："她们不仅要克服自身面临的困难，而且还要承担鼓舞士气的任务。她们忍饥挨饿，个个面黄肌瘦，但保持了良好的精神状态，行军路上经常唱歌，给大家鼓劲。她们多数看上去二十多岁，照样背着枪支和行军锅，凭着顽强的意志，最终走出了草地。那个时候的草地行军，每天都可以看见自己战友牺牲，大家对死人的事情已经麻木了。但看着这些衣衫褴褛的红军女战士，我觉得她们实在是太可怜了。"

红二、六军团进入贵州时，任弼时感染了疟疾，时冷时热，常冒虚汗，面色发黄。为了减轻担架员的负担，任弼时尽量拄着拐杖行军。他的妻子陈琮英负责机要工作，也没有得到特殊照顾，仍是背着密码箱行军。饥饿、疲劳，瘦小的陈琮英掉队了。好在，当她倚在一棵大树下喘息时，幸而被负责宣传和收容的陈罗英发现，连背带拖地赶上队伍。任弼时这时才知道妻子掉队，诙谐地说："我丢得老婆，可丢不起军团的密电码啊！"

红二方面军和一、四方面军一样，是由这样一群人，他们凭着对中国共产党的无比忠诚、对共产主义坚定不移的信仰、对中国人民解放事业的坚定信念，走在艰苦卓绝的长征道路上，征服着恶劣的自然环境，战胜了于己数倍、数十倍的强敌。

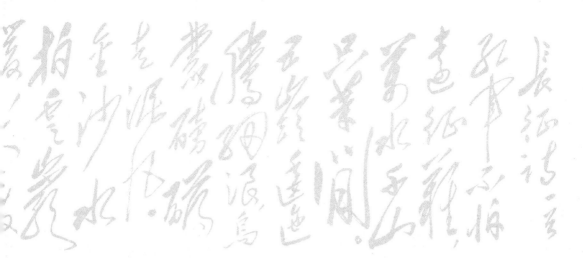

第十章

大会师，奔赴抗日前线

　　就在红二、六军团同红四方面军会师前后，中国国内政治形势发生了许多新的变化。

　　日本帝国主义对华侵略战争日益加紧。

　　全国人民要求抗日的呼声日益强烈。中国共产党的抗日民族统一战线的主张日益深入人心。全国抗日民主运动日益发展。在西北地区，由于中国共产党卓有成效的统战工作，中国工农红军与东北军、第十七路军之间，已经停止了敌对状态，张学良、杨虎城主张联共抗日。

　　1936年6月至9月，国民政府和地方实力派系：广西的新桂系和广东的陈济棠粤系，利用抗日运动之名义，发生了反抗不积极抗日却一直处心积虑要消灭两广的国民政府中央首领蒋介石的政治事件。该政治事件几乎触发了一场内战，史称"两广事变"。两广事变在历经三个多月，双方出动高达80万部队对峙后，最终不发一枪一弹而告终。

　　由于两广事变的发生，蒋介石将陕甘一带"剿共"主力部队从西北调至湖南，从而使甘南地区的敌人兵力空虚。这样，就给红二、六军团和红四方面军的北上，以及红军三大主力会师，提供了有利时机。

一、哈达铺：走出草地第一仗

红二、六军团以惊人的毅力和顽强的斗志，经过近一个月与极其恶劣的自然环境的殊死搏斗，走出了草地。

在极为艰苦的条件下，为了保证部队顺利地通过草地，共同北上，中共中央于1936年7月27日决定成立西北局，由张国焘任书记，任弼时任副书记，朱德等为委员，统一领导红二、四方面军的北上行动。同时，各级党的组织在部队中不间断地开展了艰苦细致的思想政治工作，明确提出了"走出草地就是胜利"的战斗口号，使部队在艰难困苦中看到了光明的前途；强调在极端困难的条件下，要想方设法，解决饥饿问题，战胜困难，坚持前进；号召各级领导干部身先士卒，为人表率，与战士同甘共苦；动员干部、战士发扬高度的阶级友爱和团结互助精神，争取胜利。此外，还大力加强了收容工作，尽量不使伤病的干部、战士落伍掉队，以保持部队的实力。

在通过草地的过程中，中革军委及总政治部曾于8月3日致电西方野战军（即红一方面军）和各军团、各军领导人，部署迎接红二、四方面军。电报说：红二、四方面军"不日全部集中阿西、巴西、包座以北，8月中旬，主力可向天水、兰州大道出击，配合一方面军消灭甘肃敌人，求得三个方面军大会合，发展西北抗日新局面"。电报要求：迅速"向全体指战员宣布此项消息，号召全体指战员准备以热烈的同志的精神欢迎他们"。

8月9日，任弼时在救济寺发出了给贺龙、关向应、萧克、甘泗淇的信，对红二方面军的同志应当如何促进党和红军的团结，促进一、二、四方面军的大会合提出了要求。信中说：

　　我这次随朱、张行动，力求了解过去一、四方面军会合时的党内争论问题，并努力促进我党的完全团结一致。我与朱（德）、张（国焘）、刘（伯承）、陈（昌浩）、徐（向前）、傅（钟）、李（卓然）等同志谈话，大家对党的组织上的统一，建立最高集体集权领导，是认为迫切的问题。陕北同志亦同样是认为迫切需要的，在这一基础上我党团结一致可能得到顺利的成功。我对陕北同志建议召集中央全体会议（一、二、四方面军靠近和会合时），已得到他们的同意。现国际正讨论这一问题，大概是可能批准这一会议的召集。我现在正在这边同志中要求他们将来在六中全会上（做）很客观、冷静、正确的自我批评，根据目前的形势与党的策略路线决议基础重新估计过去中央的领导。六中全会应着重在目前形势与战斗任务的讨论，对粉碎五次围剿斗争经验只需在主要问题上提出原则性的讨论，而应避免一些枝节不甚重要，而且争论也无良好结果的小问题。

　　此外，我已向总政治部提出并已得同意，立即在二、四方面军开始一、二、四方面军大会合的政治动员。在四方面军中应消除一切成见和不好的印象。须有良好的政治上和技术上的准备，以期在大会合时三个方面军的完全兄弟的亲密的团结一致。同时，我已向陕北建议，在一方面军中也进行同样的动员和准备，已得他们回电，现正在一方面军及独立军师团地方部队中进行这种动员。陕北最近有一告二、四方面军同志书，我们也准备用二、四方面军首长名义致书一方面军战士，以互相勉励，准备大会合。

　　我想二方面军在促成一、二、四方面军大会合上是负有重大责任的，必要时将来可以二方面军指战员名义发一告一、四方面军同志书，这将来到哈达铺时（岷州、西固之间人口稠密的地方）再面谈决定。目前即应在二方面军中进行大会合的政治动员和一切必要的准备工作。

　　任弼时的这封信得到了红二方面军领导人的一致赞同。

　　8月16日，贺龙、萧克、关向应致电任弼时说："（一）在救济寺留的信，我已收到。我们完全同意你对过去党内斗争所采取的立场。我们坚决站在这一立场上，为党的统一而斗争。（二）赞成以二方面军的名义出一告一、四方面军的书。（三）你务必在哈达铺归还二方面军。"任弼时高瞻远瞩、顾全大局，为促进党和红军的团结一致，为开创西北的新局面做出了可贵的贡献。

在近两个月的艰苦行军中，红二方面军付出了巨大的牺牲，终于胜利地通过了广袤荒凉的草地，并且有效地保存了部队的有生力量。

9月1日，红二方面军总指挥部及红二军团先头部队到达哈达铺；红六军团进至礼县并攻打礼县县城，未克。

9月3日，红六军团撤至祁家窑一带休整。

9月6日，红二军团和红三十二军全部到达哈达铺地区。这时，任弼时即从红军总部回到了红二方面军。

9月7日，红二军团第五师正式改为红三十二军第九十六师。至此，红二方面军第三十二军下辖两个师，第九十四师，第九十六师。每师各两个团。

红二、四方面军通过草地时，全国革命形势的发展非常有利。红二、四方面军已经占领了腊子口、大草滩、哈达铺、临潭、漳县、渭源和通渭等地；西进策应红二、四方面军北上的红一方面军已经占领了定边、盐池、洪德、同心等十多个城镇，三大主力红军会师的形势已经形成，全国的抗日高潮也正迅速发展，中国共产党提出的抗日民族统一战线的主张，得到了全国人民的拥护。

1936年8月10日，中共中央政治局举行扩大会议，讨论了国际国内形势，并根据毛泽东的建议，确定把开展统一战线工作放在党和红军战略任务的首位，制定了逼蒋抗日的方针，积极同蒋介石政府及国民党各地方实力派分别进行统战谈判，并大力开展群众抗日活动，以推动国民党政府走向抗日道路。8月30日，中共中央发布了《关于冬季以前一、二、四方面军行动方针的意见》，指出红军三个方面军行动的基本方针是：（一）逼蒋抗日，造成各种条件使国民党及蒋军不能不与我们妥协；（二）紧密地联合东北军，并进行西北其他各部的联合谈判，造成西北新局面；（三）反对日本截断中苏关系的企图，准备冬季打通苏联；（四）发展甘南作为战略根据地之一，同时巩固与发展陕南苏区，使之与陕北、甘北相呼应；（五）迫使胡宗南部停止于甘肃以东。

9月8日，毛泽东、张闻天、周恩来、博古致电朱德、张国焘、任弼时，指出："中国最大敌人是日本帝国主义，抗日反蒋并提是错误的，我们从二月起开始改变此口号。"又说："从三月起中央已开始同南京政府秘密谈判。"为了适应新的形势，推动中国革命运动的发展，红二方面军领导人贺龙、任弼时、关向应等，当即致电中共中央表示拥护中央确定的方针，并且指出："为着不放弃全国极有利的局面，使我党能够担负起当前的艰巨任务，我们深切感到党内的团结一致与建立绝对统一集中最高领导力量是万分迫切需要的。……在蒋敌进攻严重关头，我一、二、四方面军只有密切关系，在一致战略方针下，坚决对敌，才能造成西北新局面，而不致被敌各个击破。"再次表示了红二方面军坚持党的团结，坚决反对分裂，拥护中共中央领导，进一步发展大好形势的决心。

在全国抗日形势日益发展，红军三大主力即将会合的情况下，蒋介石置中国共产党和全国人民团结抗日的正确方针于不顾，一方面加紧解决"两广事件"，准备把胡宗南部由湖南迅速调到陕甘；另一方面命令位于定西、陇西和武山地区的国民党第37军毛炳文部和位于天水、秦安和武都地区的国民党第3军王钧部，阻止红军会合；同时，阴谋撤换张学良，强迫东北军和西北军执行他的"剿共"计划，进攻红一、二、四方面军。

为了阻止蒋介石在解决"两广事件"后增调嫡系胡宗南部进入甘肃，9月初，中央军委制订了一个作战计划。要求：红一方面军以一部分兵力保卫苏区，主力占领海源、靖远、固原及其以南地区，策应红二、四方面军作战；红二、四方面军兵分两路，红四方面军为左路，占领岷州、武山等地，继续向东向北，会同红一方面军向定西、陇西及西兰大道进攻，吸引与消灭敌毛炳文所部，红二方面军为右路，东出甘南和陕西省西南部占领成县、徽县、两当、康县、凤县和宝鸡，建立苏区，东与陕南苏区，西同甘南苏区相联系；以这一行动，实现红军三个方面军的会师，并准备打击与消灭胡宗南部，以巩固与扩大西北革命根据地，促进抗日民族统一战线的形成，进而迫使蒋介石与红军谈判，以推动全国的抗日民族战争。

根据中央军委的计划，红二方面军总部于1936年9月7日在哈达铺研究制订了成（县）徽（县）两（当县）康（县）战役计划（亦称"甘南战役"）。

8日，红二方面军总部发布了《第二方面军基本命令》。命令提出："我方面军决乘甘陕敌人分兵据城的弱点，透过其封锁线，打击成县、徽县、两当、凤县、略阳、康县之敌而袭取之，建立临时根据地，配合一、四方面军行动，求得三个方面军会合，战役任务期于9月底完成。"

9月11日和12日，为了达成上述任务，红二方面军不顾部队刚出草地，减员很大，体力虚弱，未及休整等困难，按预定计划开始行动。

由于广大指战员士气高昂，行动迅速，进攻方向又恰是国民党第3军王钧部与川军孙震部的中间地带，敌人守备相当薄弱，因此，进展顺利。

左路纵队红六军团沿礼县崖城、红河、罗家堡、天水县娘娘坝、徽县高板一线，向两当前进。

14日，红十七师途经礼县罗家堡时，发现王钧部护送电台的第21旅一个连，当即发起攻击，将敌全部歼灭，俘敌40多人，缴获15瓦电台一部，各种枪40多支。

16日，红六军团十六师在娘娘坝又歼敌一个连。后敌人进行疯狂反扑。

17日，红六军团进至徽县马家庄后即分兵两路：红十八师南下徽县之永宁，红十六师、十七师直捣两当。

18日凌晨，红十六师、十七师先头部队50多人进抵两当城下，在预先打入两当县保安队内部的党的兵运工作者的配合下，一枪未发，即生俘保安队员和警察97人，缴获步枪200余支，子弹40箱，服装300多套。

清晨，红十六师、十七师主力进驻县城。入城后，各部队积极开展群众工作，张贴标语，走访群众，出示布告，稳定人心。同日，红十八师从永宁出发，攻克了徽县县城。

中路纵队红二军团四师和红三十二军，11日从理川出发后，经礼县之上坪、洮坪、江口、两和县之姜席、十里，成县之纸坊镇等地，长驱直入，奔袭成县。

17日，发起攻取成县县城的战斗，歼敌王钧部一个营，缴获各种枪300余支，胜利占领县城。接着，红六军团十八师将徽县县城移交红二军团四师后，回师永宁。

20日，红六军团十六师、十七师于东攻陕西凤县，但因敌众我寡，久攻未下，遂返回两当县开展群众工作。红三十二军在成县一带活动。

右路纵队红二军团第六师，12日，从岩昌镇出发后，一路风餐露宿，跋山涉水，沿礼县之白河、桥头、肖良、三峪、西河、大桥一线，进击康县。19日，顺利攻克县城。接着，迅速东进，威逼陕西略阳县城。之后，该师第十六团和第十八团由略阳进至徽县，十七团则留在康县一带开展群众工作。

从9月11日到20日，红二方面军以10天时间，长途奔袭，英勇作战，胜利攻占了成县、徽县、两当、康县四座县城并占领了陕西略阳、凤县的部分地区，圆满地完成了成徽两康战役计划。

9月25日，国民党王钧部第35旅及补充团，由武都向成县反扑。

26日，红三十二军及红二军团四师十一团在成县西之大船坝、小川镇一带迎敌。

27日，红二方面军总部命令红二军团开往成县，与红三十二军密切配合，伏击敌人，给敌王钧部第35旅以严重打击，共打死打伤敌人数百名，俘虏300余人。在战斗中，红二军团六师十八团政治委员周成宏壮烈牺牲。战斗结束后，红三十二军和红二军团均移师徽县之红川一带。

成徽两康战役结束后，为了执行中共中央关于在这一地区建立临时革命根据地的指示，红二方面军一方面以一部分兵力继续围攻凤县、略阳，一方面抽出大批力量开展群众工作。当时正值秋收季节，红军战士热情地帮助群众抢收庄稼。每逢集日，还敲锣打鼓走上街头，宣传党和红军的抗日主张，表演反映群众革命斗争的文艺节目，给青少年教唱《我们红军打土豪》等革命歌曲。经过广泛深入的宣传教育，群众的阶级觉悟提高很快，许多人主动为部队腾出住房，给部队送水送饭，传递消息，不少青年踊跃参军，革命热情极为高涨。

在普遍发动群众的基础上，红二方面军积极帮助建立革命政权，领导群众开展革命斗争。9月19日，方面军总部在成县召开了几千人参加的群众大会，成立了成县苏维埃政府，并组织了陇南抗日游击队。20日，红六军团领导机关在两当县城召开群众大会，成立了两当县苏维埃政府，并组织了两当县农会和"两当县义勇军"。21日，红二方面军总部在徽县城召开群众大会，成立了徽县苏维埃政府，并组织了东河、东关、东关口、东柳沟四个抗日委员会。为了开展游击战争，红二方面军总部还帮助建立了一支拥有1000多人的徽县工农游击大队。在康县，红二军团六师也召开群众大会，成立了康县苏维埃政府。地方革命政权建立后，领导当地群众斗地主，打土豪，分发胜利果实，为红军筹粮筹款，发动青年参加红军，掀起了轰轰烈烈的革命群众运动。仅半月时间，红二方面军就吸收新战士2000多名，并筹集了大批抗日资财。

经过红二方面军的英勇战斗和卓有成效的工作，使成徽两康地区成为中国共产党同国民党反动派斗争的新的战略区域，形成了与陕甘宁根据地和红一、四方面军在西北地区几方呼应的有利局面。

二、将台堡：长征胜利的大会师

在红二方面军完成挥师东进遂行成徽两康战役任务的同时，红一方面军也从宁夏的豫旺县城一带开始西出，红四方面军则按预定计划，进入岷（州）洮（州）西（固）地区。红一、二、四方面军日益接近，形成了南北夹击敌人的有利态势。

1936年9月初，蒋介石解决了"两广事变"后，急调胡宗南部兼程北返，抢占西兰公路的静（宁）会（宁）定（西）段，企图截断东北军主力同其驻兰州部队的联络，控制东北军，并隔断红军三个方面军会合的道路。同时，命令位于定西、陇西、武山地区之第37军毛炳文部向陇西集结；令位于秦安、天水、西固、武都地区的第3军王钧部以主力向武山地区集结；令川军第41军孙震部由绵阳、碧口等地向北推进至武都、西固一带，协同青海马步芳部进攻红四方面军；令第25、49、51、140师以及第3军、东北军、西北军和川军各一部，向陕甘南部边境之成县、凤县、略阳、康县地区推进，围堵红二方面军；令宁夏马鸿逵部和在甘肃固原及其以北的何柱国、马鸿宾部南北对进，夹击清水河以西的红一方面军主力。

为了迅速实现三个方面军的会合，中革军委根据这种情况于9月14日下达了集中三个方面军主力，以打击蒋介石嫡系胡宗南部为主要目的的静（宁）会（宁）战役计划。这一计划的实施，是消灭胡宗南部，实现红一、二、四方面军会合，发展西北新局面，以至推动全国抗战的关键。在战役计划下发的同时，中革军委向全军发出了号召，指出："在这一对中国红军的发展与中国抗日战争之发展有着决定意义的战略计划中，我红军的三个方面军需用最大的努力与最亲密的团结以赴之！"红二方面军领导接到战役计划后，对三个方面军战略方针上的统一感到非常高兴。

9月21日，贺龙、任弼时、刘伯承、关向应联名致电毛泽东、朱德、张国焘、徐向前、陈昌浩、林育英、洛甫、周恩来、彭德怀等，表示热烈拥护。电报说："静会战役不独是适合当前的军事、政治形势上需要之正确决定，且是一、二、四方面军胜利会合，三个方面军在军事上能得到统一集中领导之正确决定……，党内统一团结自可随之解决。这是我党与中国革命最可喜庆之条件。"为了执行静会战役计划，红二方面军当即决定红六军团进到宝鸡地区，牵敌西进，策应红一、四方面军作战。但是，由于张国焘的分裂活动，整个战役计划没有得到贯彻执行，结果非但没有消灭胡宗南部，反而使胡宗南部乘机由西安进至清水、秦安、庄浪地区，同毛炳文和王钧部靠拢了。王钧第35旅及补充团还乘机向成县发动了进攻。川军孙震部也由武都进至康县一带，企图同胡宗南部、毛炳文部南北夹击红二方面军，致使红二方面军陷于腹背受敌的危险境地。

10月1日，红二方面军遂致电中革军委，就部队的行动问题提出了建议。电报说："占领成（县）、徽（县）、两（当）、康（县）四县后"，"我活动内幅狭小，地区贫苦，人口稀少，不利于我扩大、筹资与休整。我们建议在现地一星期后，我方面军即出动，经天水、宝鸡间北渡渭河，至渭水、张家川、莲花镇地域"。

10月2日，中共中央复电同意放弃成、徽、两、康地区迅速北进。

10月3日，红二方面军在徽县发布北进会合红一、四方面军的命令，命令指出："我方面军具有会合第一、四两方面军协同作战之目的，由现地经天水、甘谷、与（于）麻沿河、永兴镇、武山的中间地带进到通渭地域，并相机消灭相遇的敌人单个兵团。"

10月4日，即以红六军团为右纵队，红二军团及红三十二军为左纵队，向北转移。

红二方面军的转移行动是在缺乏必要的掩护下进行的，一直处于十分仓促被动的局面。决定转移时，部队分布于徽县、两当、康县地区，成县已被敌王钧部占领。川敌孙震部正急速由武都向康县迫近。为了抢渡渭水并且摆脱当面敌人的压迫，红二方面军主力不得不先行出发，致使分散在康县活动的红二军团六师十七团收拢不及，遭敌优势兵力之截击包围，失去了与领导机关的联系。根据当时的情况，方面军决定，主力经高桥镇、横河镇，在甘谷以西的乐善镇附近抢渡渭水，然后，继续挥师北上。胡宗南、毛炳文、王钧等部很快觉察并利用了红军行动中的弱点，倾其全力，无所顾忌地向红二方面军进逼，致使红二方面军在向北转移过程中，前有胡宗南、毛炳文部的堵截，后有王钧部的追击，处境极为不利。部队由成、徽、两、康向渭水前进时，曾于甘谷以南的盐关镇遭敌伏击，红六军团损失很大，红十六师政治委员晏福生负伤。

10月10日，红二方面军抢渡渭水时，适逢上游暴雨，河水猛涨，因情况危急不得不冒险徒涉，又有不少同志光荣牺牲。渡过渭水之后，仍不断地遭敌地面部队的堵截和飞机的袭扰，给转移造成很大困难。在这种极为不利的情况下，红二方面军奋勇苦战，夺路前进。

10月22日，红二方面军在会宁东北的将台堡（今宁夏回族自治区固原市西吉县）同红一方面军胜利会师。

将台堡，红二方面军同红一方面军会师纪念碑。

至此，红二方面军胜利地完成了历时两年两个月另十八天的伟大长征，其间，转战赣、湘、桂、黔、鄂、滇、康、川、甘、青、陕共11省，行程2.7万千余里，大小战斗300多次。

红二方面军的长征是胜利的、成功的，与红一方面军会师时尚有11000多人。

1936年11月，毛泽东在陕西保安会见红二、四方面军部分领导同志时，高兴地赞扬红二方面军在长征中为中国革命保存了大量有生力量。他说："二、六军团在乌蒙山打转转，不要说敌人，连我们也被你们转昏了头，硬是转出来了嘛！出贵州，过乌江，我们付出了大代价，二、六军团讨了巧，就没有吃亏。你们一万人，走过来还是一万人，没有蚀本，是个了不起的奇迹，是一个大经验，要总结，要大家学。"尽管如此，红二方面军在整个长征过程中也还是付出了巨大的代价和牺牲的，共减员约一万数千人。

会师以后，第三团政治委员肖锋代表红一方面军把数万斤粮食，2000多只羊，20多头牛，30多头猪，1000多套棉衣，数万张羊皮，500匹布和3万块现洋送给红二方面军。

当红二方面军到达陕甘边境时，中共中央又派邓小平等前往慰问，并传达了瓦窑堡会议精神和毛泽东《论反对日本帝国主义的策略》的报告。后来，中共中央又派周恩来带着人民剧社对红二、四方面军进行慰问，在洪德城为红二方面军进行了文艺演出。

在这里，周恩来和贺龙两位南昌起义的战友亲切会面。1961年，贺龙回忆说："三个方面军会合后，周恩来由保安到洪德城，他和我见面后，曾问我三个方面军会合后怎么办，我说，统一归彭指挥吧！那是我们二方面军再次表示态度拥护中央。"

在那次文艺演出中，红二方面军的同志深深地为人民剧社充满革命激情的文艺演出所感动。贺龙看了演出节目后，兴奋极了，当场就说一定要搞一个这样的剧社。与贺龙一起看演出的周恩来指着坐在一旁的人民剧社社长危拱之对贺龙说，好嘛，叫你们宣传队跟我一起走，让危拱之同志帮助你们好好训练一下。贺龙提出剧社名就叫"战斗剧社"。将台堡会师后，任弼时奉命调红军前敌总指挥部任总政治委员，红二方面军政治委员职务由关向应接替。

三、富平：整军训练奔赴抗日前线

1936年12月初，蒋介石调集二三十万嫡系部队到陕甘宁边区，准备对红军进行更大规模的围攻，同时，亲自飞到西安，妄图驱使具有联共抗日倾向的张学良和杨虎城积极"剿共"。为了停止内战、抗日救国，张学良、杨虎城于12月12日发动了西安事变，对蒋介石实行兵谏。

对于西安事变后的形势和共产党的方针政策，红二方面军迅速对部队进行了传达教育，并遵照中央军委的命令，立即从洪德城地区出发，经环县、庆阳进到了陕西的三原、云阳镇地区，勘察地形，构筑工事，进行思想动员，准备进行战斗。后来，由于中共中央采取正确的方针，使西安事变得到了和平解决。西安事变和平解决后，中共中央于1937年2月10日致电国民党，提出了为实现国共两党合作的五项要求和四项保证。国民党在全国人民的压力下被迫接受了共产党的主张，抗日民族统一战线初步形成。随后，中共中央发表了告全党同志书，并于5月在延安召开了党代表会议。会议明确指出：停止内战、争取国内和平的阶段已经过去，今后的策略方针是为巩固和平、争取民主、实现抗日而奋斗。

在这一新的形势和新的任务面前，红二方面军广大指战员是坚决拥护党中央的正确路线跟得上革命形势发展的。为了使部队充分认识党的路线的正确，自觉地为实现党的路线而斗争，保持党对红军的绝对领导以及红军的阶级本质和光荣传统，以便保证部队由国内革命战争向抗日战争的胜利转变，完成抗日的一切准备。红二方面军移驻陕西富平地区后，即遵照红军总政治部的指示，发出了建设模范党军的号召，以共产党的抗日民族统一战线的策略路线为中心，针对部队的具体思想情况，进行了一系列的思想教育，明确了党是抗日战争中的领导力量，红军永远是党绝对领导下的革命武装，党、红军和革命根据地政府，在统一战线中必须始终保持政治上和组织上的独立性。

在加强部队思想建设、组织建设和军事训练的基础上，1937年3月8日，红二方面军于陈炉镇召开了党代表大会。任弼时做了政治报告，贺龙、关向应、甘泗淇等讲了话。与会代表对报告和讲话进行了认真讨论，并通过了《二方面军党代表大会决议案》。决议认为："党中央的基本政治路线是正确的"，要"坚决地为实现党中央的政治路线而斗争"。决议明确提出了新形势下红二方面军的建设方针和任务，指出："在巩固国内和平与对日抗战的时期中，红军的巩固与军事、政治的强化，是具有决定意义的。这就要求继续不倦地巩固红军（即或改变了名称），提高红军的战斗力，保障党在红军中绝对的领导与红军的独立性。因为只有这样才能保证更顺利地进行对日本帝国主义的抗战。红军同时要继续保卫苏维埃区域（即或改变了名称），因为苏维埃区域，在现时是中国唯一的民主政权和中国人民反对日本帝国主义最可靠的支柱。红军应以极大的力量担负组织人民和友军对日作战的任务，学习新的领导群众斗争的艺术与创造新的经验和新的工作方式与方法。"决议要求红二方面军必须进一步加强部队的阶级教育与民族教育，使每一个共产党员和红色战士都能了解党的政策、路线和革命转变到社会主义的前途，认清红军与其他军队的区别；不断地提高军事素质，健全各种制度和军事生活，保持部队艰苦奋斗的作风；加强干部的无产阶级党性的锻炼，提高在土地革命斗争中久经锻炼的领导骨干的水平；加强部队党的建设，进一步健全党的组织与各级党的领导，搞好党的教育，正确地开展思想斗争，一方面反对"左"倾关门主义，另一方面反对放弃党的领导的右倾机会主义；不断地扩大红军部队，开展争取友军的工作。

1937年4月26日，红六军团领导在陕西富平县合影。左起张子意、刘道生、王震、张启龙、彭绍辉、陈伯钧。

红二方面军部分干部合影，左起甘泗淇、萧克、王震、关向应、陈伯钧。

大会最后选举产生了中国共产党红二方面军委员会。这次党代表大会，对于保证部队忠诚不渝地贯彻执行党的路线，加强部队的政治思想建设，保持党对军队的绝对领导，提高部队的战斗力，以及保证部队胜利地由国内革命战争转向抗日战争，完成抗战的一切准备，都起到了决定性的作用。

这次党代表大会把部队建设推向了一个新的阶段。大会后，各部队在军事、政治和文化学习上，相继开展了竞赛，部队工作更加活跃。各连队都恢复了列宁室，广泛地开展了文化娱乐体育活动。红二军团和红六军团的连队还建立了"战斗剧社小组"或"奋斗剧社小组"，抽调活泼的青年战士到剧团学习歌舞、戏剧，做到了每个连队都能自己组织晚会。同时，还以团为单位，组织了"战斗"或"奋斗"体育社，发动指战员参加球类、田径和拳术等体育活动。方面军政治部要求部队都要学会《誓死不做亡国奴》《抗日先锋》《武装上前线》《保卫西北》四首歌曲。

5月30日，为了更进一步地推动部队的教育和训练，红二方面军在里镇举行了首届运动大会，进行了军事（刺杀、投弹、射击）、政治（政治演讲、政治测验）、文化（墙报、识字、日记奖评）和体育娱乐（球类、田径、唱歌）的各项测验、比赛，检阅了部队训练的成绩。

整训期间，红二方面军在中共中央的统一领导下，于5月间，积极地参加了反对张国焘错误路线的斗争，维护了以毛泽东为代表的党中央及全党的团结和统一。

在此期间，红二方面军还奉命开展了一场反对军阀主义、游击主义的斗争。但是，当时却错误地把反军阀主义的主要目标指向了方面军总指挥兼红二军团军团长贺龙，把反游击主义的主要目标指向了红六军团政治委员王震。

为了消除这场错误斗争的影响，后来，任弼时曾于1943年1月专门发表文章《向贺龙同志学习》，向全党全军发出学习号召。文章说："贺龙同志是南昌起义的军事领袖，苏维埃革命时期的红军创造者之一"，"有指挥战争与建设军队的丰富经验"。"他对革命对党一贯忠诚"，"对党中央的正确路线是坚决而忠实地执行的，从不以军队势力和党对立，不把军队看得比党高。当二方面军和四方面军会合时，他是坚决反对张国焘所采取的反抗中央的行动的。在延安的一次反对张国焘路线的会议上，贺龙同志手指着张国焘说：'当你是共产党员的时候，我还是个军阀；现在我做了共产党员，你反而变成军阀了！'这说明了他是对党忠诚的，是反对军阀主义的……他还时常说，率领军队的党员，绝对不能把军队看成是自己的，自己如果调动工作时，就希望代替自己工作的人，能够很快地把军队带得顺手，很就绪，否则自己心中是不安的。这说明了贺龙同志对党对革命的忠诚，说明了他是立场坚定，有原则性，有组织能力，善于和群众打成一片，性格直率，富有魄力，大公无私的一个同志"。

任弼时对红六军团和王震也有着深刻的了解。1944年10月，《在湘赣工作座谈会上的发言》中，他指出：红六军团"是从当地群众斗争发展到武装斗争，再发展到地方游击队，由游击队集合而成红军的"。这样产生的红军，特点是"与群众的关系比较密切"，"对地方党政一般地服从习惯要好一些"，"干部的机动性和独立活动的能力强一些，士兵的觉悟程度、政治条件、政治基础也比较好一些"。"我们应该估计它的政治素质是好的，对这个部队的战斗力也应该估计是相当强的"。"那么湘赣这个部队有没有弱点呢？它是游击集合而成的队伍，民主性比较大一些，这一方面可以说是它的长处，但是另一方面部队的散漫习气是大一些，我过去也是这样看法，它的战斗力相当强，但游击习气大一些"。他还说："对于创造这个队伍，哪些人员是有功绩的，哪些同志是这个队伍历史发展上的重要人物呢？我们说从本队伍里面产生出来的重要人物应该是谭思聪、王震、谭家述等同志，这些人都应该作为这个部队的创造者。"

任弼时的文章和谈话，对历史上这场斗争做了公正的评说。

在富平期间，红二方面军还大力进行了群众工作，密切了军民关系，取得了人民群众的热烈拥护，仅仅几个月，就有2100多名青年参加了红军。

1937年7月7日，卢沟桥事变爆发，日本帝国主义发动了妄图灭亡中国的侵略战争。7月8日，中共中央向全国发表了抗日宣言。

8月25日，红二方面军遵照红军总部的命令，改编为中国国民革命军第八路军第一二〇师，从陕西省富平县出发，东渡黄河，奔赴华北抗日前线，开始了伟大的民族解放战争的新历程。

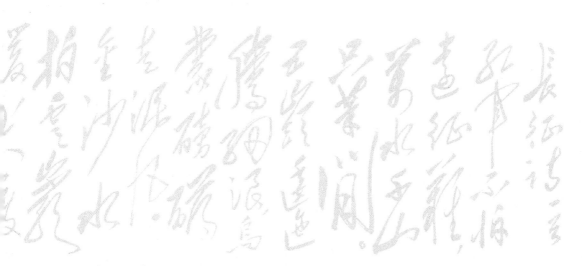

结语

他们创造了长征史上的诸多个"第一"

红二方面军的长征，是中国工农红军长征中重要的组成部分。任弼时、贺龙、关向应、萧克、王震等红二方面军领导人和广大指战员，凭借坚定不移的信仰、牺牲奉献的精神、坚不可摧的意志、坚忍不拔的毅力、灵活机智的战法、勇猛顽强的作风、包容融洽的团结、排除万难的气概，在征途上同十数倍、数十倍的敌人围追堵截进行了殊死战斗，同雪山草地，峻岭巨川进行顽强拼搏，他们在中国工农红军的长征史上，创造出诸多个"第一"和"最"，其中，有的甚至是红军中的"唯一"。

一、他们有为中央红军长征探路的部队——红六军团

红六军团于1934年7月23日，得到中共中央书记处和中革军委电报"训令"，退出湘赣苏区，为中央红军长征开辟前进道路。红六军团于1934年8月7日出发，是为中央红军长征探路的部队。从隶属关系上讲，在红二方面军组建之前，红六军团一直受中革军委直接指挥，完成配合红一方面军的各项作战任务。

自1934年4月下旬至5月上旬，广昌、筠门岭、建宁、龙冈等相继失守后，中央苏区南北门户洞开。红军在中央苏区内线打破国民党军第五次"围剿"的希望破灭。中共中央决定将主力撤离中央苏区，进行战略转移。博古主持召开

中央政治局扩大会议，讨论红军在作战不利形势下的对策。毛泽东在讨论中发言，建议红军主力应尽快向外突围转移，转移的方向不宜向东北，可以往西。会议没有接受这一主张，只是决定派红七军团作为抗日先遣队北上，派红六军团从湘赣苏区到湖南中部，发展游击战争并开辟新的苏区。对于这两支部队的行动，周恩来于1943年在中共中央政治局会议上发言指出："一路是探路，一路是调敌。"这句话是对它们的客观评价，红七军团主要是调敌，红六军团主要是探路。为红军主力长征探路的历史责任就落到了红六军团身上。随着红六军团的西征，红军长征的序幕就此拉开。

红六军团西征比中央红军战略转移早两个月，由于红六军团及时向中央和军委报告了沿途的地形、民情、气候、物产等，为中央红军转移提供了重要情报；红六军团经过行军作战不仅锻炼了自己，而且在西进途中做了大量政治宣传，为中央红军的突围转移提供了有利的群众基础。时任红六军团军团长、红二方面军副总指挥的萧克将军后来回忆说："红六军团突围西征，比中央红军早两个月，为中央红军长征起到了侦察、探路的先遣队作用。"而红一方面军退出中央苏区踏上长征道路，自进入湖南汝城、蓝山、宁远、道州（道县）、江华，广西全州（全县），湖南通道、靖州，贵州黎平、镇远、施秉、旧州（老黄平）、黄平、瓮安，一直到突破乌江之前，即沿红六军团踏出来的路线前进。这足以说明，长征由红六军团迈步开始。其间，蒋介石判断中央红军"必沿五岭山脉，循萧匪故道，经兴、全间西进"[①]。当时报纸刊载称"前头乌龟扒开路，后面的乌龟跟上来"。当时道县县政府第六届行政会议汇刊中说"萧匪经过县境。掠取谷米货物散给贫民，治恩市患，特商同县党部各公法团，组织宣传队分向四乡宣传共匪欺骗伎俩，以免民众受共党恩惑"。"当赤匪萧、朱、毛先后西窜，势如潮涌，本县义勇部

[①]《南昌行营鱼亥行战一电令1934年11月6日21—23时》，《共匪西窜记》，胡羽高编著，贵州羽高书店出版，1946年11月版。

队仅有义勇一排兵力，单薄不足防守"。①这些文件资料也印证了红六军团西征的重要性。

任弼时、萧克、王震率领红六军团誓师西征，是最早离开中央革命根据地的主力红军，但又是最后到达陕北的主力红军。他们艰难地担负了前锋与后卫的双重角色，有力抵制了张国焘的分裂活动。特别是在第五次反"围剿"的关键时刻率红军从桂东长征，浴血征途，成功寻找到了战略突围方向，建立了新的湘鄂川黔革命根据地。没有非凡的革命意志和坚定的革命信仰，是很难完成这一艰巨任务的。

二、他们在征途中有为中央红军长征探路攻占的第一座县城——新田

1934年8月20日，红六军团攻占长征途中的第一座县城——湖南省新田县城。攻占新田意义重大，这是红六军团跨越长征第一渡——五斗江，首次冲破敌军四道封锁线之后，攻占的第一座县城，彰显了红军的作战能力。军团部进驻新田小源村召开师、团首长会议，制订西进永州零陵、抢渡湘江计划。

红一方面军在两个月后，再次突破敌军四道封锁线，随后制订突破湘江计划。

---

① 《道县县政府第六届行政会议汇刊（民国二十四年五月）》，《红军长征在零陵》，蒋良金主编，文津出版社，1989年4月第1版。

三、他们实现了长征期间两个战略区部队的首次会师

红二、六军团在贵州省印江县木黄的会师，是红军长征期间两个战略区部队的首次会师。

10月24日，历尽千辛万苦的红六军团，终于与贺龙率领的红三军（后恢复二军团番号）在贵州东部印江县木黄地区胜利会师。

会师后红三军恢复红军第二军团的番号，贺龙任军团长，任弼时任政治委员，关向应任副政治委员，李达任参谋长，张子意任政治部主任。萧克、王震继续任红六军团军团长和政治委员。此后，来自于黔东、湘鄂西、洪湖、湘赣、湘鄂赣不同战略区的两支劲旅形成了一支强大的战略突击力量，两个军团统一作战，策应中央红军长征，牵制湖南、湖北敌军主力，创建湘鄂川黔革命根据地，自己的兵力由8000余人，迅速发展到1.1万余人。

红二、六军团的木黄会师，是中国工农红军在长征途中的第一次会师，是第一次将两支不同战略区的红军部队会合成一支战略力量。会师后，两军团指战员欢欣鼓舞，热情互助，表现了"天下红军是一家"的高度的友爱精神。这次会师，是团结的模范，是互相帮助、互相支援的模范，也是并肩作战、歼灭敌人、形成统一的战略力量的模范。这次会师，也标志着中国工农红军成为一支团结战斗的整体，是长征途中诸次会师的开端。

这次会师，为我们树立的坚持党的领导、坚持团结互助、坚持英勇奋战的光辉榜样，将永远激励着中国人民军队前进。

四、他们创造了多次以少胜多的典范战例

红二、六军团并肩作战，团结一致，展开湘鄂川黔根据地的反"围剿"斗争，其中，"陈家河—桃子溪战役"，仅以一万兵力，歼敌数万人。此后六个月里，又先后取得忠堡战斗、板栗园战斗两次以一万余人的兵力分别歼灭敌军数万人，以及此后取得东进津市、澧州、临澧、石门的胜利，书写了中国工农红军"以少胜多"的典范战例。

1935年9月29日，红二、六军团召开积极分子会议，总结反"围剿"斗争，任弼时代表湘鄂川黔省委和中革军委分会做了总结发言，指出："我们的胜利，共经过大小战斗30次，前后与我们直接作战之敌计有86个团……先后占领过7个县城……共计缴获敌步枪约1万支，生俘敌8000余人，缴获敌轻重机关枪150余挺，无线电5部，山炮2门，子弹约120万发，生擒敌纵队司令兼师长1名、师参谋长2名、团长3名、营长及营以下官长200余人，击毙敌师长1名、旅长2名、团长5名、营连排长百余，敌伤亡兵力在1万以上。"

红二、六军团不仅在艰难困苦之中创建了长江南岸的最后一块红色根据地，而且有力地配合和策应了中央红军的二万五千里长征。胜利的取得，是和两支英雄军团团结成为一支统一的战略突击力量分不开的。红二、六军团仅自己万余兵力取得如此骄人的战绩，这在中国工农红军长征史中，是极其突出的。

五、他们攀登的雪山海拔最高，他们跨越的草地最漫长

在红军翻越的雪山中，红二、六军团攀登的中甸哈巴雪山是中国工农红军长征途中翻越的最高的雪山，海拔高达5300多米。

1936年5月2日，红六军团继红二军团之后，翻越长征中的第一座大雪山——中甸雪山。雪山海拔5300多米，上山50余公里，下山20余公里。山势陡峭险峻，积雪一二尺厚，异常寒冷。山顶空气稀薄缺氧，呼吸困难，行进十分艰难。宣传员们走在队伍的前面，不顾高山缺氧，头疼脑涨，站在寒风刺骨的山顶雪地中，呼着口号，打着竹板，鼓励部队前进。指战员们忍受着难以想象的艰难困苦，相互帮助，相互勉励，终于翻过了第一座大雪山。是晚，到达藏族聚居的小中甸。红二军团100余人因冻牺牲在雪山上。5月9日，红六军团从中甸出发向玉龙山主峰哈巴雪山进军。爬山到了500米高度，红军开始遇上积雪。因为此时天气较温暖，红军指战员精神和体力较充沛，尤其是空气中的氧气也比较多，红六军团进军还比较顺利。然而，到了海拔3000米左右，大家就越来越感到步履艰难，身上的背包、枪支等也就变得更加沉重了。爬到4000米时，积雪越来越厚，氧气越来越少，气温越来越低，天色也越来越黑。有的同志精疲力竭牺牲了。12日，翻越上下山约60公里的大雪山，山上刮着狂风，下着大雪，空气稀薄，呼吸困难。爬到5000米高度时，由于山上气压低、氧气少、太阳辐射强，许多人感到头晕、恶心、胸闷、气短，有的同志头发全部脱落，有的同志口鼻流血，还有的同志猝然死去，情况异常危险。雪山最后被征服了，但为此付出的代价十分惨重，在翻越主峰的几天时间里，就有600多名指战员倒在山上，再也没有爬起来。在最艰险的时刻，许多同志抬着伤病员，搀扶着体弱的同志，忍着饥寒，踏着前人的足迹艰难地前进，发扬了高度的阶级友爱和团结互助精神。

红二方面军走过的草地最为漫长,红军其他部队走过草地一般用时为七天,而红二方面军耗时近一个月。这是由于他们走过的草地,是草地中部,纵深较草地边缘要长得多。其次,他们担任红军长征的后卫部队,同时也是红二、四方面军长征的收容队,沿途筹粮条件要困难得多。因此,他们遇到的艰难险阻超过了其他红军部队。

六、他们是第一个被外国人在境外著书介绍他们长征的队伍

1937年10月,埃德加·斯诺的不朽名著《西行漫记》(英文原著名《红星照耀中国》)在英国出版,从此成为世界了解红军、了解长征乃至了解中国的最著名的作品。很少有人知道,在《西行漫记》出版一年之前,一部名叫《神灵之手》的书同样在英国伦敦出版,它才是第一本向西方世界介绍红军长征的书。这本书的作者是一位英国籍瑞士传教士,名叫勃沙特,中文名为薄复礼。1934年10月在贵州旧州境内,他与长征中的中国工农红军第六军团的部队相遇,随后与这支红军与红二军团会师,并且和红军一起走了十八个月的长征路。《神灵之手》约20万字,作者把自己在红军长征中的所见所感写进书里,用这本书介绍给了世界。这本书虽然曾在西方世界发行过三版,但在我国还鲜为人知。

作者由于突然被俘,对红军印象欠佳,但通过为时一年半的接触、了解后,他对红军有了较为客观的认识和较为公正的评价。在资产阶级报刊都把红军诬称为"匪徒"、"强盗"的情况下,勃沙特以他的亲眼见闻告诉人们:"实际上,红军的领导人是坚信共产主义和马克思列宁主义的信徒,并在实践着其原理,是另一种频率和形式的苏维埃。"

1936年4月,他离开红军时,萧克同志为他热情饯行,并请从贵州毕节自愿参加长征的周素园先生作陪。离别后,他一直对中国共产党和中国的革命军

队持友好、信任的态度。

1952年，勃沙特作为最后一个离开贵州的西方传教士，在辞别遵义教友宁文生时，他恳切地表示说："别的外国传教士都怕共产党，我就不怕。因为我了解他们，只要共产党是我见到过的红军，就不用害怕。他们是讲友谊的，是信得过的朋友。"

七、他们是红军队伍中唯一具有一名国民党军中将师长、一名年届六旬的党外人士和一名传教士跟随红军长征的部队

（这一部分内容已经在上一章中介绍过，不再赘述。）

八、他们拥有整个红军队伍在长征中带到陕北的唯一一门山炮——北京军事博物馆中"唯一"的红军长征展品

在北京的中国人民革命军事博物馆里，陈列着一门山炮，这是红军长征途中的战利品。战利品历来是一支军队能打仗、能打胜仗的标志，能够缴获火炮，更是这支军队能打大胜仗的能力体现。这门山炮就是长征途中红军打胜仗的见证。

1935年4月，红二、六军团在"陈家河—桃子溪战役"中，歼灭敌军第58师师部及两个旅（欠一个团），从敌炮兵手中缴获了两门山炮。这是其中一门，也是整个红军队伍在长征中带到陕北的唯一一门山炮。

这门山炮的原称为"七生五过山炮"，1927年由国民党的上海兵工厂制造，口径为75毫米，全重386公斤，炮弹发射初速为280米/秒（榴弹），出厂

陈家河—桃子溪战役缴获的山炮

编号为587号。这门山炮原来是国民党军队炮兵营的主力装备之一。红六军团缴获后，成为红二、六军团攻坚作战的利器。1935年6月14日，红军红二、六军团（后组建为红二方面军）以一部分兵力佯攻湖北咸丰县，打响了著名的"忠堡战斗"的枪声。在战斗中，红军指战员始终英勇作战。然而，面对几倍于我军的敌人，在对国民党的"围剿"部队实行分割反包围作战的时候，红二军团和红六军团遇到了国民党军队强大的火力阻击，人员伤亡比较大。在情急之中，红二军团和红六军团用一门仅有的山炮和数门迫击炮，对敌军实施火力压制。就在这次战斗中，这门山炮凸现了其神威。当时，红军的炮手连续向敌军发射了三发炮弹，一举摧毁了敌军的火力据点。红军战士趁势发起攻击，在忠堡附近的构皮岭地区全歼国民党军第41师，并生擒国民党纵队司令兼第41师中将师长张振汉。

同年11月，在红二、六军团长征途中，这门山炮继续发挥威力。1936年1月，红二、六军团突破乌江天险时，又用这门山炮压制对岸敌军火力，摧毁几处火力点，并乘机夺取船只渡过乌江。因此，红军战士对这门屡立功勋的山炮钟爱有加。

在长征途中，红二、六军团带着这门山炮，转战乌蒙山区，抢渡金沙江，经过藏族聚居区，进军甘孜，翻越大雪山，走过人迹罕至的草地。在翻越雪山时，许多红军战士牺牲了，在过草地时，更多的红军战士倒下了，但红军战士们对这门山炮却非常珍爱，宁肯吃苦流汗，马驮人扛，必要时拆卸，过了困难地带，再安装起来。就这样，终于把这门山炮带到陕北，又随着一二○师在抗日战争中沉重地打击日本侵略者，在战斗中迎来全国的解放。

1959年，筹建中国人民革命军事博物馆，贺龙元帅点名将这门山炮陈列进军事博物馆的展厅之中，作为长征途中唯一的山炮以向后人展示当年的风采和红军长征的英勇顽强。

如果，我们总结红二方面军的长征，最全面、最准确的概括，莫过于时任红二方面军政委关向应所做的报告。

1937年7月，红二方面军政治委员关向应在《红二方面军的北上抗日》一文中曾经做了系统、全面的总结。文中指出，红二方面军长征，"取得了有决定意义的胜利"：一、"实现了战略计划"，进到了抗日的前进阵地。二、"高度地保存了有生力量"，"在行军六千一百四十里后（在黔大毕），比出发时的总指数增加百分之二十；一万零八百七十一里后（渡金沙江），保持了出发的水平；一万四千六百里后（在甘孜），保持了百分之八十七；一万六千五百四十里后（出草地在哈达铺），还保持了百分之六十以上"。三、"在没有根据地的条件下，却消灭了、击溃了许多敌人（如万纵队之遭击败，李、孙、郝纵队之遭打击）"。四、"广泛宣传了党及红军的政治主张，与居民建立了良好的关系"。五、"在两次大会师中，与各方红军交换了斗争经验"。文中指出，取得长征胜利，有什么经验呢？

一，建立了坚强的领导。"湘鄂川黔省委及军分会在任弼时、贺龙等同志领导下，正确地执行了党的策略路线，坚决地为争取苏维埃胜利，为民族解放、社会解放，为保存壮大二、六军团的有生力量而斗争"。

二，"全体指战员具备了高度的政治素质，团结在党及军委分会之下，好像一个人一样，为消灭进攻之敌，完成战斗任务而奋斗。不屈不挠的意志，无上（尚）的信心，无比的英勇，血（赤）诚的牺牲心，崇高的责任心，刻苦耐劳的朴素性等，在这一行动中，得到了高度的发扬。此外，上下级的互信、指挥机关指挥的灵敏及情况判断的正确，都是很至关重要的"。

三，"我们认定红军与群众的关系，就像鱼与水一般的关系。在长期行军及战斗环境中，任何时候不忘记三大纪律八项注意的实行（这是朱、毛游击队时红军严肃的政治纪律），要使群众不怕红军，并认识红军是他们自己的军队。……愈在困难的环境中，就应更加注意到纪律的维持，这样来发动群众，使群众认识红军，拥护红军。这样与群众保持密切的关系，是伟大的斗争力量"。

四，"国内战争中大规模的转移，在不可避免的敌人严厉的追迫下，（要）使红军不能（会）像历史上一般军队那样容易（失败），在转移中，就必须坚决地战斗。如果企图避免战斗，那便会常常引起更多的战斗，结果不仅不能避免战斗，而且会遭到无代价的牺牲，消耗有生力量。这是中国内战的历史所深刻教训我们的。我们抓紧了这一原则，不放弃一切有利的战斗，对于追堵之敌，在运动中，在一般有利情况下，进行坚决的突击。……换句话，在转移中，必须准备必要的牺牲，不可避免的牺牲，予敌以打击，制止其追击，才能得到军用品的补充，才能得到休息的可能。因为有便水（在湖南晃县）的奋斗，才能有石呀、江口的休息；有将军山、六龙场、新街的苦战的胜利，才有黔大毕一时期的立足，才有六千红军的扩大及大批资财的补充。这正是在战争中辩证法的运用"。

五，"在转移中，一切装备，都（应）适于游击战争，轻装疾进，实施迅速秘密突然大胆的战略战术机动，（要）采取逐步转移的原则（建立游击根据地及巩固根据地，补充整理），以大规模的运动战游击战来完成长征"。

六，"急速的行动，勇猛的动作，突然的机动，震撼敌人战略战术的痛苦处，造成敌人危机，（盲目）的动作，使敌人不得不处于应付的地位，不得不失去常态的调动，变成仓皇的状态，这样便易于取得运动战的机会"。

七，"大规模的转移中，要预计到部队是有很大的流动性的，任何时机（候），都应注意到部队的补充。补充的来源，主要是靠沿途同情于我们的居民。在行军时、宿营时、警戒时、驻军时采取各种有力的方法进行扩红。此外，俘虏中的同情我们的分子（绝对是大多数同情于我们的）也应争取其加入红军。这种经常争取补充的工作，成了保存有生力量的主要手段之一"。

八，"在长征中，常有超过一定体力限度的连续不断的运动，这是可以消耗军队的元气的。因此要善于争取必要的休息整理"。

九，"以曲线的行动避免敌人优势兵力的压迫，同时可以疲劳敌人、迷惑敌人，并造成消灭敌人单个部队的良好条件。因为敌人的追击，每每是成扇面（形）的前进，堵截的部队，是布置在某一地区，每每（是）固定的防御，（所以）在遭遇敌人前后的追堵中，很灵活地、适当地（当然又要看地形及左右两侧的敌情来决定）在曲线上运动（当然没有一定的轨道），就会避免敌人主力部队的压迫，造成消灭敌人单个部队的条件"。

十，"我们是大兵团在广大地区进行大规模的运动战游击战"。"有时在某一方面，（也）进行局部的正规的防御（如在大定的将军山），可是这种防御，是为了在其他方面进行坚决的突击，而且防御的本身，也是积极的"。

十一，"乘敌向我追击，部队疲劳，队势不整之际，坚决消灭其分进部队。有时则扼制（其）追击的部队，或在追击部队未赶到前，击其堵截部队及在我侧面的部队（如在湖南之瓦屋塘及贵州之平越）。有时侧击伏击（其）追击部队"。

十二，"消耗的战斗，一般的（应）避免之，力求避免牺牲过巨的战斗"。

红二方面军在长征中是充分"发扬了运动战游击战的特长"的。当红二、四方面军在西康会师的时候，朱德总司令曾给予了很高的评价，他说："二、六军团在这次行动中，是集游击战、运动战的大成。"正因为善于运动战、游击战，所以在与敌人兵员武器及其他条件对比居于绝对劣势的情况下，仍"能顺利地活动于湘鄂川黔滇康等省，高度地保存有生力量，完成了预定的战略"。

在中共中央的领导下，珍视和不断加强党和红军的团结，是红二方面军胜利完成长征的根本保证。

红二方面军遵循人民军队的建军原则，始终把党在军队中的政治工作摆在重要位置，为把部队建设成为一支党的绝对领导下的服务于人民和根据地建设的人民军队而斗争。这是红二方面军胜利完成长征的力量之源。

红二方面军长征中一个鲜明的特点是，善于把握大局，极为重视中共中央确定的重大战略行动方针的宣传和贯彻。他们在长征途中，不论在湘中、黔东、黔大毕还是通过康藏、甘南地区，都十分重视抗日救国的宣传教育，十分重视党的统一战线政策，并且组织了各种不同形式的抗日救国团体，把长征同抗日救国行动紧密联系起来，这是红二方面军胜利完成伟大长征的重要因素之一。

附录:
红二、六军团 / 红二方面军长征大事记

1934年

7月23日　中革军委命令红六军团退出湘赣根据地，向湖南中部挺进，创建新的革命根据地，并与红三军（红二军团）联络。

指定由任弼时、萧克、王震组成红六军团军政委员会，任弼时为主席，领导红六军团的行动。

8月7日　红六军团全部9758人，在独立第四团的引导下，于下午3时由遂川横石、新江口出发，开始突围西征。

突破五斗江封锁线，跨过长征第一渡。

8月8日　连续突破第二、第三道封锁线。袭占遂川以西的藻林。

8月9日　攻占左安镇，突破第四道封锁线，胜利突破敌战役包围纵深。

8月11日　红六军团进至湖南桂东寨前圩。

8月12日　红六军团在寨前圩召开连以上干部大会，庆祝突围胜利，做进一步战斗动员。

正式宣布成立红六军团领导机关和主要领导干部任命。中央代表任弼时为军政委员会主席，委员萧克为军团长兼红十七师师长，委员王震为军团政治委员兼红十七师政治委员，李达为军团参谋长兼红十七师参谋长，张子意为军团政治部主任兼红十七师政治部主任，龙云为红十八师师长，甘泗淇为政治委员，谭家述为参谋长，方礼明为政治部主任。

8月20日	红六军团占领西征途中第一座县城，新田县城。
8月23日	红六军团到达零陵湘江边楚江圩、接履桥。
8月25日	红十七师四十九团在白泥坳顽强阻击敌军，掩护红六军团主力进入阳明山区。
8月26日	红六军团军政委员会在歃马庵会议决策，因阳明山不适合建立根据地，放弃原计划，拟向西于全县抢渡湘江。
	部队东出白果市，诱导敌误断红军东去，旋急转南下，把敌人甩在该山北面和东面。
8月29日	穿越宁远、嘉禾、蓝山，急转向西，跳出敌包围圈。
9月1日	乘虚在道县以南的薛家厂渡过湘江上游潇水。
9月2日	红六军团于蒋家岭击溃国民党桂军第19师一部之堵截，进入广西灌阳境内。
9月3日	红六军团于灌阳文村击溃国民党湘军第16师一部和桂军第19师两个团。
9月4日	红六军团利用兴安界首、咸水间的凤凰嘴董家堰的滚水坝，两小时内，无一伤亡地渡过湘江。
9月5日	红六军团先头团进占全县西延大埠头（今资源县城）。
9月7日	红五十一团遭遇敌第24师70团偷袭，团长张鸿基牺牲。
	红五十二团在西延以西10公里处石溪村击落敌侦察机1架，为长征途中首次击落敌飞机。
9月8日	接到中革军委补充训令，红六军团依托西延山地展开游击活动，求得在城步、武冈、绥宁地区暂时立足，吸引敌人，然后再沿湘黔边境转移到凤凰、乾城、永绥地区建立根据地。
9月9日	进入湖南城步县境内。
	敌二十四个团合围红六军团于城步地区。
9月11日	红六军团跳出敌预定包围圈。
9月14日	红六军团于绥宁西南的小水遭国民党湘军第55旅突袭。

9月17日	红六军团袭占通道县城。
9月18日	红六军团在新厂地区给国民党湘军补充第2总队以歼灭性打击，毙伤俘敌600余人，缴枪400余支。
9月22日	红六军团由平察进入贵州黎平地区。
9月24日	在苗、侗族人民协助下，由里格北渡清水江。
9月25日	进至清江县的凯寨、孟优，遇国民党湘军堵截，折返大广。
9月26日	红六军团在清江大广地区与国民党湘军补充第1总队和桂军第24师遭遇，发生激战。第五十四团团长赵雄牺牲。
10月1日	红六军团于施秉、黄平间击破国民党黔军的防堵，强渡大沙河，毙伤敌近300人。袭占旧州（老黄平）。
10月3日	中革军委命令红六军团沿施秉以北地区向江口方向前进。"无论如何你们不得再向西移。"
10月4日	接中革军委电报"绝对不可再向西北转移"。红六军团放弃抢渡乌江计划，拟按电报"向铜仁以西，乌江以东之江口前进"。
10月6日	红六军团按电报精神进至走马坪、廖家屯地域。 红六军团被导入敌二十三个团另一个营的大包围圈。
10月7日	六军团在石阡甘溪与国民党桂军第19师遭遇，作战不利，伤亡近500人。
10月8日	红十八师在包溪与敌激战，掩护主力东进。
10月13日	接电报命令"六军团仍应向铜仁以西乌江以东之江口前进，继续执行军委原规定任务"。
10月15日	红六军团一部在沿河水田坝（铅厂坝）与红三军会合。 贺龙、关向应率领红三军（红二军团）主力、红六军团特务团南下接应红六军团主力。
10月16日	红六军团主力由石阡朱家坝折转南下，后卫第五十二团陷入国民党湘军重围，奋战数昼夜。

10月17日	红六军团主力再到甘溪。黄昏，击退国民党湘军的截堵，通过石阡、镇远大道，突出敌人二十四个团重重包围。

10月17日　红六军团主力再到甘溪。黄昏，击退国民党湘军的截堵，通过石阡、镇远大道，突出敌人二十四个团重重包围。

红十八师师长龙云率被截断的红五十二团800余人在困牛山（又名"三步跳"）与敌三个团激战，毙敌400余人，损失300人。

后，红五十二团连续几次突围，团长田海清牺牲、师长龙云被俘遭杀害，部队全部牺牲。

10月20日　红六军团主力在石阡公鹅坳击退国民党湘军第110团、黔军第4团的截堵，胜利通过石阡、江口大道。

10月23日　红十七师第五十团与红三军于梵净山下的木根坡会合。

10月24日　红六军团主力与红三军在印江木黄胜利会师。

10月26日　红三军与红六军团在南腰界召开庆祝会师大会。

红三军恢复红二军团的番号。

10月27日　两军团领导人致电中革军委主席朱德、副主席周恩来，报告红二、六军团新的决定：两军团集中行动，向湘西北发展。

10月28日　红二、六军团从南腰界出发，开始湘西攻势，策应中央红军长征，开辟新的根据地，并决定留中共黔东特委和黔东独立师继续坚持黔东斗争。

10月30日　红二、六军团占领四川西阳（今属重庆）县城。

11月7日　红二、六军团占领湘西永顺县城。

11月13日　红二、六军团接中革军委电示：红二、六军团应深入湖南西北扩大行动地域。两军团主力撤出永顺。

11月16日　中共中央书记处复电任弼时、萧克、王震、贺龙、夏曦、关向应，指出红二军团政治领导在离开湘鄂西后的主要严重错误。

红二、六军团进行龙家寨战斗，给国民党军陈渠珍部主力以歼灭性打击。

11月18日　复克永顺。

11月24日　红二、六军团主力南渡西水未成，回师占领大庸、桑植。

11月25日	中革军委电示红二、六军团：坚决深入湖南中部及西部活动，积极协助西方军（即中央红军），红二军团主力及红六军团全部应集中一起，以突击遭遇的敌正规部队。
11月26日	中共湘鄂川黔省委、湘鄂川黔军区及湘鄂川黔革命委员会成立。
12月1日	湘鄂川黔革命委员会颁布《关于没收和分配土地条例》。
12月7日	红二、六军团主力继续发展攻势，由大庸向南进袭沅陵，旋沿沅江东下。
12月10日	中共湘鄂川黔省委移至塔卧。
12月16日	中共湘鄂川黔省委做出创造湘鄂川黔根据地的决议，提出根据地建设的各项任务，制定了《分田工作大纲》。 红二、六军团进行浯溪河战斗，歼灭国民党军独立第34旅大部。
12月17日	红二、六军团包围常德。
12月18日	占领桃源。 中共中央政治局决定，改变与红二、六军团会合，在湘西创立新的根据地的决定。
12月20日	朱德致电贺龙、任弼时、关向应、萧克、王震，指示红二、六军团留在常德、桃源及其西北地域活动，并派出两个别动队，分向益阳、辰州两方向活动，以牵制湘军。
12月24日	湖南、湖北两省国民党军加紧部署对红二、六军团的"围剿"。 红二、六军团撤离常德、桃源。
12月26日	红二、六军团回占慈利。
12月27日	朱德电示贺龙、任弼时、王震、萧克：红二、红六军团不应在慈利久停，应在敌人分进合攻之先，转向永顺。

1935年

1月初	红二、六军团主力由慈利返回永顺、大庸地区。
1月4日	中共湘鄂川黔省委发出关于地方战争动员的指示。
1月6日	中共湘鄂川黔省委召开活动分子会议，任弼时总结红二、红六军团会师后的斗争情况，具体布置战争动员工作。
1月11日	红二、六军团领导人致电中革军委，报告反"围剿"的方针和作战计划。
1月27日	红二军团在大庸丁家溶召开党的积极分子会议，开展反对夏曦错误的斗争。
1月28日	中共湘鄂川黔省委颁布《关于土地问题的决定》。
2月8日	红二、六军团进行溪口战斗，迎击敌郭汝栋纵队。
	红二、六军团收到中共中央书记处发来的《中共中央关于反对敌人五次"围剿"的总结决议》。
2月11日	中共中央和毛泽东对红二、六军团如何粉碎敌人"围剿"发来指示，决定成立湘鄂川黔军委分会。
3月14日	红二、六军团进行高梁坪战斗，击溃国民党两个保安团，并给予湘军第16师两个团以重大打击，歼其一部。
3月15日	大庸失守。
3月21日	红二、六军团进行后坪战斗，应战敌李觉、郭汝栋纵队，毙伤敌近500人。
3月22日	桑植失守。
3月31日	中共中央致电任弼时并转湘鄂川黔省委，对夏曦的错误及处理做出指示。
4月5日	中共中央电示红二、六军团，认为在湘鄂川黔根据地粉碎敌人"围剿"的可能是存在的，仍应尽力在原地区坚持斗争，

争取胜利。

4月13日	红二、六军团进行陈家河战斗，歼灭国民党军第58师第172旅。
4月15日	红二、六军团进行桃子溪战斗，歼灭国民党军第58师师部和第174旅。
4月16日	收复桑植。
4月底	红二、六军团主力东出，进占江垭、象耳桥，逼近慈利。
5月7日	红二、六军团主力由江垭、慈利地区西返，于塔卧、永顺间之茶陵坡消灭国民党湘军第62师一个营。
6月9日	红二、六军团包围湖北宣恩，并切断宣恩、恩施间的通道，准备打击增援之敌。
6月3~14日	红二、六军团进行忠堡战斗，全歼国民党军第41师师部和第121旅，俘敌纵队司令张振汉。
6月23日	红二、六军团开始围困龙山。
7月初	红二、六军团与中革军委中断密码电讯联系。
7月3日	红二、六军团进行小井战斗，击溃增援龙山之国民党军陶广纵队。
7月10日	红二、六军团进行象鼻岭战斗，击退了国民党援军独立第38旅。
7月15日	红二、六军团进行胡家沟战斗，迎击国民党援军黄新纵队五个团。
7月27日	红二、六军团放弃对龙山之围困。
7月28日	红二、六军团进行招头寨战斗，与敌陶广纵队激战一天，阻止了其对龙山的增援。
8月3日	红二、六军团进行板栗园战斗，歼灭国民党军第85师，毙敌师长谢彬，俘虏1000余人。
8月8日	红二、六军团进行芭蕉坨战斗，击溃敌陶广纵队十个团。
8月20~27日	红二、六军团主力东出津市、澧州地区，占领石门、临澧、澧州、津市。其间，26日发表了《中华苏维埃共和国中央革命军

事委员会湘鄂川黔分会为号召全国民众保卫中国反对日本帝国
主义侵略打倒卖国罪魁蒋介石的宣言》。

9月上旬　　红二、六军团撤离津市、澧州地区，集结于石门西北的维新、
　　　　　　仙阳、大兴、磨岗隘一带。

9月29日　　红二、六军团在磨岗隘召开党的积极分子会议，任弼时代表中共
　　　　　　湘鄂川黔省委和中革军委分会总结反"围剿"的经验教训，动
　　　　　　员粉碎国民党军更大规模的"围剿"。

　　　　　　红二、六军团电台收到中革军委电台的联络信号。任弼时及其
　　　　　　他领导人用密码致电周恩来，进行联络。

9月30日　　朱德、张国焘根据任弼时等29日致周恩来的密码电报复电红
　　　　　　二、六军团，提出今后应互相密切联络。

10月上旬　红二、六军团致电朱德、张国焘，建议部队主力转移至黔东石
　　　　　　阡、镇远、黄平地区。

10月15日　朱德、张国焘复电指示：红二、六军团"在狭小地区内固守
　　　　　　为失策，决战防御亦不可轻于尝试，远征减员必大，可否在
　　　　　　敌包围线外原有苏区附近，诱敌出堡垒，以进攻路线集中兵
　　　　　　力各个击破之"。

10月19日　朱德、张国焘再次致电红二、六军团，重申15日指示的方针，
　　　　　　并提出如何行动由红二、六军团根据实际情况决定。

11月4日　　中共湘鄂川黔省委及中革军委分会于刘家坪召开联席会议，决
　　　　　　定向石阡、镇远、黄平地区实行战略转移，并对转移行动做了
　　　　　　具体部署。新组建了红五、红十六师两个师部又五个团。

11月19日　贺龙代表中革军委分会下达突围命令。

　　　　　　当晚从刘家坪等地出发，开始战略转移。

11月20日　红二、六军团在张家湾一带冲破国民党军澧水封锁线。

11月21日　红二、六军团占领洞庭溪、大宴溪，消灭国民党军一部，突破
　　　　　　沅江封锁线。

11月23~28日　红二、六军团占领辰溪、浦市、溆浦、新化、兰田和锡矿山等城镇。

12月11日　　红二、六军团开始退出湘中，向石阡、镇远、黄平地区转移。

12月22日　　红二、六军团进行瓦屋塘战斗，攻击敌陶广纵队第62师。

12月24日　　红二、六军团由竹舟渡过巫水，转向北进。

12月26日　　占领锦屏。

12月27日　　从江西街、托口渡过清水江。同日，收到中共中央政治局来电，《关于目前形势与党的任务的决议》摘要。

1936年

1月1日　　红二、六军团到达冷水铺地区。

1月3日　　占领晃县龙溪口。

1月4日　　占领玉屏。

1月5日　　红二、六军团进行便水战斗，拟集中主力歼敌李觉纵队先头部队，因敌援兵猛烈反击，被迫撤回原阵地。

1月9日　　红二、六军团占领江口。留在黔东根据地执行掩护任务的红十八师，突围后恢复红六军团建制。

1月12日　　红二、六军团进抵石阡，胜利完成了转移石阡地区的任务。

1月19日　　中革军委分会召开石阡会议，检查总结突围以来的战斗行动，分析面临的形势，决定继续西进，争取在贵州西部创建新的根据地。

1月21日　　红二、六军团开始由石阡西进，当日突破镇（远）、黄（平）、余（庆）封锁线。

1月24日　　占领瓮安。

1月26日　　占领平越，歼敌一个营。

1月27日　　占领洗马河和龙里，威逼贵阳。

1月31日	占领扎佐、修文，造成由息烽北渡乌江的态势。
2月2日	红二、六军团袭占鸭池河，渡过乌江。
	占领黔西县城。
2月5日	中革军委分会召开黔西会议，决定部队实行战略展开。红四、红六、红十七师迎击东北方向疾进之敌，红五、红十六师西取大定、毕节。
2月6日	占领大定。
2月8日	中共川滇黔省委和中华苏维埃人民共和国川滇黔省革命委员会成立。
2月9日	红二、六军团占领毕节。
2月14日	王震、夏曦等在毕节领导组建贵州抗日救国军。周素园出任司令员，邓止戈任参谋长。
	黔西县城失守。
2月17日	红二军团进抵大定。
2月18日	大定县城失守。
2月19日	红二、六军团进行将军山战斗，歼敌七个连，毙俘敌500余人。
2月27日	中共川滇黔省委和中革军委分会决定放弃在黔西、大定、毕节地区建立根据地的计划，转向安顺地区。
	红二、六军团扩大5000余人。
2月29日	红六军团政治部主任夏曦被洪水卷走，牺牲。
3月2日	红二、六军团召开野马川会议，决定转战滇东地区。
3月4日	红二、六军团到达回水塘、妈姑。
3月5日	占领柯科。
3月7日	进至奎香、恒底、板底地区。
3月8日	红二、六军团主力由寸铁坝和奎香返回50里，在以则河地区反击尾追之国民党军樊嵩甫纵队。
3月9日	折转奎香、恒底地区。

3月12日	红二、六军团进行哲庄坝战斗，毙伤敌万耀煌部120余人，俘200余人。
3月16日	红二、六军团绕回奎香，柯科地区。
3月17～22日	红二、六军团在昭通、威宁之间南下，进至云南东部地区。
3月23日	红二、六军团进行来宾铺战斗，重创滇军刘正富旅，毙敌400余人。
	朱德、张国焘致电贺龙、任弼时、关向应，提及红二、红六军团渡金沙江北上事宜，但无肯定性意见。
3月28日	红二、六军团进至盘县地区。
3月29日	红二、六军团致电朱德、张国焘，请求决定部队行动。
3月30日	朱德、张国焘来电，指示红二、六军团北渡金沙江，与红四方面军会合，一起北上。
3月31日	红二、六军团撤离盘县，分两路向普渡河渡口疾进。
4月6日	红二、六军团进抵云南寻甸。
4月8日	红二、六军团进行音翁山及款庄、小松园战斗。
4月9日	红二、六军团进行六甲战斗，毙敌400余名。
4月10日	红二、六军团转向昆明方向行动。
4月11日	占领富民。
4月12日	红二、六军团致电朱德、张国焘，报告了部队向巨甸前进并设法在该地渡江的意图，请求予以接应。
4月15日	红二、六军团渡过普渡河后，占领楚雄、盐兴。
4月16日	占领镇南，牟定。
4月17日	占领姚安。
4月18日	占领祥云、盐丰。
4月20日	占领宾川。
4月23日	占领鹤庆。以破竹之势，横扫滇西。
4月24日	中革军委分会在鹤庆召开会议，确定了北渡金沙江的部署。

占领丽江。

4月25～28日　红二、六军团分两路到达石鼓、巨甸，由此胜利地渡过了金沙江。

4月30日　先头部队红四师越过哈巴雪山，到达中甸县城。

朱德、张国焘致电祝贺红二、六军团胜利渡过金沙江。

5月1～3日　红二军团直属队和红五、红六师以及红六军团所属部队全部到达中甸及其附近地区。

5月5日　红二、六军团决定分两路从中甸出发。红六军团经定乡、稻城、理化、瞻化；红二军团经德荣、巴塘、白玉，向甘孜前进。

5月10日　红二军团占领德荣。

5月13日　红六军团占领定乡。

5月22日　红六军团占领稻城。

5月30日　红六军团离开稻城，向理化进发。

6月3日　红六军团在理化以南之甲洼，与前来迎接的红四方面军红三十二军会合。

6月7日　红六军团到达理化县城。

6月17日　红六军团经巴塘进至白玉县城。

6月22日　红六军团到达甘孜蒲玉隆，与红四方面军会师，受到红军总司令部首长和红四方面军领导同志的迎接。

6月30日　红二军团到达甘孜附近的绒坝岔，与红四方面军红三十军会师。

7月1日　红二、六军团全部到达甘孜及其附近地区。

7月2日　在甘孜举行庆祝红二、六军团与红四方面军胜利会师的盛大联欢会。

中共中央电贺红二、六军团与红四方面军胜利会合。

红四方面军红三十二军（原红一方面军红九军团）编入红二方

面军序列。

7月5日	中共中央军委颁布组成红二方面军及干部任职的命令。
7月11日	红二、六军团由甘孜的东谷出发，开始北上。
7月23日	红六军团到达阿坝。
7月26日	红二方面军总指挥部及红二军团到达阿坝。
7月27日	中共中央西北局成立，张国焘任书记，任弼时任副书记，朱德等为委员，统一领导红二、四方面军北上。
7月30日	红六军进入水草地。
8月8日	红二方面军到达包座。
8月9日	任弼时在救济寺发出给贺龙、关向应、萧克、甘泗淇的信，对促进党和红军的团结，迎接红一、二、四方面军大会合提出了要求。
8月11日	红二方面军到达阿西、巴西。
8月16日	贺龙、萧克、关向应复电任弼时，赞同其对过去党内斗争采取的立场。
8月25日	红六军团到达哈达铺地区。
9月1日	红二方面军总指挥部及红二军团先头部队到达哈达铺。
	红六军团进至礼县攻打县城。
9月6日	红二军团和红三十二军全部到达哈达铺地区。
9月7日	红二军团第五师改编为红三十二军第九十六师。
	红二方面军总指挥部制订了成（县）徽（县）两（当）康（县）战役计划。
9月8日	红二方面军发布《第二方面军基本命令》。
9月11～12日	红二方面军按预定计划，开始成（县）徽（县）两（当）康（县）战役行动。
9月17日	红二方面军占领成县。
9月18日	占领两当、徽县。

9月19日	占领康县，并围攻凤县。
9月21日	贺龙、任弼时、刘伯承、关向应联名致电毛泽东、朱德、张国焘等，表示拥护静（宁）会（宁）战役计划。
9月26日	红六军团在两当县召开群众大会，成立两当县苏维埃政府、农会、义勇军。
9月27日	红二军团与红三十二军在成县伏击国民党军王钧部第35旅，给敌以沉重打击。
10月1日	红二方面军致电中共中央军委，对部队行动提出建议。
10月2日	中共中央复电同意放弃成（县）徽（县）两（当）康（县）地区，迅速北上。
10月3日	红二方面军在徽县发布北进会合红一方面军的命令。
10月4日	红二方面军放弃成（县）徽（县）两（当）康（县）地区，开始向北转移。
10月10日	红二方面军渡过渭水。
10月22日	红二方面军到达将台堡，与红一方面军会师。 至此，红二方面军胜利结束长征。
11月21日	红二方面军配合红一、红四方面军，进行山城堡战役。
11月30日	任弼时提出《关于二、六军团长征的总结与二方面军发展前途及目前任务报告大纲》。
12月12日	红二方面军奉命由环县到达陕西三原地区，准备打击国民党军的进攻。
12月19日	红二方面军政治部提出《二、六军团长征政治工作总结报告》。

1937年

7月7日　　卢沟桥事变爆发。

8月25日　 遵照红军总指挥部命令，红二方面军改编为国民革命军第八路
　　　　　军（第十八集团军）第一二〇师。

9月2日　　一二〇师在陕西省富平县庄里镇举行抗日誓师大会。

9月3日　　一二〇师由陕西省富平县庄里镇出发，东渡黄河，开赴华北抗
　　　　　日前线。

后 记

一部记述中国工农红军第二方面军长征的书和读者朋友们见面了。

说起红军长征故事，多数朋友并不陌生，"遵义会议"、"四渡赤水"，几乎耳熟能详。但是，红二方面军长征中的故事，像"阳明山调敌"、"智渡湘江"、"十万坪大捷"、"勇战陈家河"、"乌蒙山回旋战"，这些传奇，恐怕就鲜为人知了。

过去，我也知之甚少。

一次偶然的机会，我读到红军湘鄂川黔根据地反"围剿"作战斗争史，才发现红军的长征有着更丰富的内容。他们能够以自己的万余兵力竟然在半年中，三战三捷，歼敌三万人，他们在战斗中展现的勇敢机智令人震撼！

我在国防大学的教学与研究中，探索红军为什么能够战胜各式各样的困难和敌人、取得胜利的原因时，对红二方面军的长征有关资料又进行深入的研究。有两份史料在我面前发出炫目的光芒。一份是一位英国教会派往中国贵州的传教士阿尔弗雷德·勃沙特于1936年在英国出版的自传体回忆录《一位传教士眼中的长征》（原译名《神灵之手》）。另一份是时任广西追剿副总指挥的白崇禧的训话。这两份史料，给予我极其深刻的印象。

前者，记述了自己跟随红军长征达十八个月之久，亲眼所见红军如何坚持理想、扶助贫民、英勇作战、刻苦学习的事实。后者，则是白崇禧，这位素有"小诸葛"之称的将军在总结自己失败的原因的报告中说到，由任弼时、萧克、王震指挥的红六军团有三大长处："第一是纪律严格，进退动作一致，奔驰数省，队伍完整；第二是组织严密，党的命令，由政委执行，可直达士兵下层；第三是行军力强，该部没有落伍者。"

两份史料告诉我们，红军的长征有着更加丰富的内涵。

是的，红军的长征精神是多么的广博深邃。由此，在我心中产生了一种责任感，应当把各个部队的红军长征故事介绍给更多的人——让大家能够更加深刻地体味长征精神。有了这样的精神，没有什么克服不了的困难。从而激励人们在新的历史条件下，展开新的长征，缅怀先烈、不忘初心，走好新的长征路。

令人可喜的是，去年八月间，经我的一位校友萧晓青介绍，我认识了四川文艺出版社的编辑林小云。当我们聚集在一起，讨论如何纪念中国工农红军长征胜利八十周年时，大家一拍即合：出版一部介绍红二方面军长征的书。这一创意很快得到四川文艺出版社吴鸿社长的鼎力支持。本书的出版得到军事科学院战争和军队建设史研究部郭志刚主任研究员的指点与帮助，也得到国防大学政治部宣传部张少勇副部长的大力帮助。我还要说，本书在写作中得到红二方面军总指挥贺龙元帅的女儿贺晓明大姐、副总指挥萧克上将的儿子萧星华的支持鼓励，得到四川文艺出版社奉学勤编辑的辛勤帮助。可以说，正如我们常说的，红军长征的胜利是全体红军的胜利，不仅是三个方面军和红二十五军的征战的胜利，也是陕北红军建立陕甘宁根据地作为长征落脚点的胜利，更是与那些留在江南八省坚持斗争的红军指战员掩护主力红军成功突围完成长征的胜利一样。这部书的出版，是大家共同努力的结果，更是读者们支持的结果！

谢谢大家！